幸存者游戏

[美] 埃勒里·奎因 著　　陈晋 译

The Adventure of the Murdered Moths

Ellery Queen

人民文学出版社
PEOPLE'S LITERATURE PUBLISHING HOUSE

图书在版编目(CIP)数据

幸存者游戏／(美) 埃勒里·奎因著；陈晋译. —北京：人民文学出版社，2016
ISBN 978-7-02-012046-8

Ⅰ.①幸… Ⅱ.①埃… ②陈… Ⅲ.①短篇小说-小说集-美国-现代 Ⅳ.①I712.45

中国版本图书馆 CIP 数据核字(2016)第 234947 号

责任编辑 朱卫净 仲召明
封面设计 汪佳诗

出版发行 人民文学出版社
社　　址 北京市朝内大街 166 号
邮政编码 100705
网　　址 http://rw-cn.com

印　　制 上海利丰雅高印刷有限公司
经　　销 全国新华书店等

字　　数 353 千字
开　　本 890 毫米×1240 毫米 1/32
印　　张 15.75
版　　次 2016 年 11 月北京第 1 版
印　　次 2016 年 11 月第 1 次印刷

书　　号 978-7-02-012046-8
定　　价 58.00 元

如有印装质量问题，请与本社图书销售中心调换。电话：01065233595

目录

出版前言

时光回到一九三九年至一九四八年间。一家人围坐在老式拱形收音机旁，收听《埃勒里·奎因探案记》。伴随着按键咔的一声和调频的嘶嘶声，父亲或母亲打开了收音机。随即，声音浑厚的播音员（伯特·帕克斯或欧内斯特·查普尔或另外一个男人）邀请大家聆听大名鼎鼎的侦探口述他如何独自破案的过程，并鼓励观众发挥聪明才智，与其一决高下……每当谜底将解之际，播音员就会暂停播放，提供听众一个机会，与侦探一同指认罪犯。听众总能听到一个个令人毛骨悚然又匪夷所思的犯罪故事——受害者在山洞里遇害，洞口只有死者一人的脚印；雪人中藏着一具尸体；在一列州际列车上发生了谋杀案，作案凶器却凭空消失；一个神秘女子在月夜的乡间别墅突然消失。每当听众的好奇心随着情节的发展被推向顶端之际，播音员即会停止节目，告知观众，所有可以指证凶手的证据都已在剧情中一一罗列，并邀请来自世界各地娱乐界、新闻界、体育界和公共服务界的人士组成陪审团，接受挑战，一起解开谜团。而后埃勒里会重现犯罪场景，指出凶手并详解犯罪过程。最后，饰演埃勒里的演员向演播室的陪审团成员致谢，感谢他们（几乎每次都是）的错误推断，并向他们推荐埃勒里最新出炉的小说，邀约他们订阅《埃勒里·奎因悬疑杂志》。

这些不但让听众感到毛骨悚然而且又挑战听众智慧的广播，是由两位表兄弟弗雷德里克·丹奈（1905—1982）和曼弗雷德·B. 李（1905—1971）共同创作而成。二人以埃勒里·奎因作为共用的笔名，并以此命名剧中的主人公——为了让故事略带有“卡夫卡风格”，他们笔下的“埃勒里·奎因”本身就是一位侦探小说家，但后者的小说主人公名字则从未公之于众。

自一九二九年《罗马帽子之谜》问世以来，奎因相继推出了一系列经典侦探小说作品，如《希腊棺材之谜》、《埃及十字架之谜》、《中国橘子之谜》、《X 的悲剧》和《Y 的悲剧》(后两部作品以巴纳比·罗斯为笔名创作)。一部部布局精巧的侦探小说，呈现给听众和读者一些线索怪诞、推理缜密以及侦探小说史上最令人称奇、情节最错综复杂的悬疑案件。奎因当之无愧为侦探小说黄金时代的领军人物。这一时代侦探小说的特点之一是所有的线索都毫无保留地呈现给读者和听众。同时代的另外一名作者（兄弟二人的朋友）约翰·迪克森·卡尔曾经写道：“悬疑故事已成为这个世界声势最浩大的游戏。”早期奎因广播剧为凸显与听众的互动，在故事进行到三分之二时，播音员即宣布线索已完整提供，并邀请听众一起解决谜团。

到二十世纪三十年代末期，埃勒里·奎因（小说主人公名字）已经成为美国小说中最负盛名的侦探，其随从也成为小说世界家喻户晓的人物，包括——其父亲理查德·奎因警长、托马斯·韦利警佐、普劳蒂医生以及其他角色。曼弗雷德·B.李和弗雷德里克·丹奈还热衷于用其他媒介形式将埃勒里推给观众。然而，即便不那么铁杆的奎因迷都不难发现，早期的艾勒理·奎因电影（一九三五年的《西班牙披肩之谜》和一九三七年的《橘子之谜》）与原著的风采相去甚远。这是因为电影剧本通常由对奎因系列作品知之甚少的电影编剧撰写，而广播剧剧本则由这对表兄弟亲自执笔而成。当时，CBS电台的乔治·扎卡里正筹划推出侦探广播节目，并深深地被埃勒里·奎因系列故事所吸引。此时，李和丹奈制作了一个名叫《作家！作家！》的广播节目，邀请知名作者在节目中听取表兄弟俩（以“埃勒里先生”和“奎因先生”为名介绍给听众）叙述一系列的悬疑事件后，迎战解决悬疑。随后，扎卡里邀请兄弟二人无偿参与制作广播节目《化名吉米·瓦伦丁》和《阴影》。这大大提高了二人制作节目的水平。一九三九年六月十八日，《埃勒里·奎因探案记》以广播剧的形式正式与听众见面。在当时，每集短剧的播放时间为一小时，剧集基本照搬小说中的情节。埃勒里（侦探小说家）和其父亲理查德·奎因（纽约警署警长）是剧中的主要人物。在CBS电台的坚持下，丹奈和李又增加了一个女性角色，埃勒里的秘书尼基·波特，二人的调情成了剧集的辅助情节。韦利警佐这一角色在广播剧中也被保留了下来。但不同于小说中的情节，这个人物在广播剧中是个喜剧角色——总是成为警长或喜或怒的靶子，并且经常（但并非总是）被叫成“呆子”，以至于不少听众疑惑为何纽约警署要雇用这么一号人物。当然我们很欣喜地看到，在《失踪儿童》一剧中，他得以有机会称呼奎因警长为“糟老头子”。在埃勒里·奎因系列小说和短剧的创作中，弗雷德里克·丹奈负责大部分剧情的设置，而曼弗雷德·B. 李则担任主笔的角色。

在早期的《埃勒里·奎因探案记》中，休·马洛饰演埃勒里一角，桑托斯·奥尔特加饰演其父亲理查德·奎因一角。从一九四〇年二月起，该节目改版，每集播出时间改为三十分钟。随后角色的扮演者经常更换，卡尔顿·扬、悉尼·史密斯、劳伦斯·多布金以及霍华德·卡尔弗相继饰演埃勒里一角。一九四三年，据报道，该节目每星期的听众人数突破一千五百万人。一九四五年六月，当弗雷德里克·丹奈忙于《埃勒里·奎因悬疑杂志》的创作而无暇顾及广播剧的编撰时，安东尼·布歇（威廉·安东尼·帕克·怀特的笔名）加入该节目，担当起这一任务。布歇本人也是一名经验丰富的悬疑小说作家，创作了美国西海岸版的埃勒里·奎因——弗格斯·奥布里恩这一人物。曼弗雷德·B. 李则继续主笔，将每一集的情节描写得绘声绘色。最后一期广播剧播于一九四八年五月，但埃勒里·奎因系列冒险剧并未因此画上句号。这对表兄弟将十二集广播剧收录在珍藏版《犯罪日记》中（一九五二年出版），每一集中都可看到尼基的身影。

在审稿过程中，我们不得不对原剧本做一些编辑。为了满足播出时间的要求，作者当时对台词进行了增删。遇到这种情况，我们保留的是较长的对话。有一个剧本，一个角色在剧本播出之前被删除了，他的台词改由尼基念出来——只有在一个地方，作者（也有可能是导演）忘了进行修改。我们觉得还是让台词全由尼基念出来为好。我们保留了尽可能多的舞台提示，“即兴表演”也被保留了下来（引导角色选择适当的问候语或告别语，抑或是对艾勒里破案时发出的惊叹语）。编者同样保留了声效应用时的描述——脚步声、关门声和开门声、开灯声和关灯声、刮风声、汽车发动机的声音、火车车厢行驶在铁轨上的声音——编者希望通过这些描述，读者能够重回六十年前，和当时的听众一起置身剧情之中。

本书谨献给埃勒里·奎因一百周年华诞。曼弗雷德·B. 李和弗雷德里克·丹奈同出生于一九〇五年。小说《最后一击》也告诉广大奎因迷，二人笔下的大侦探埃勒里·奎因也同样出生于这一年。

致 谢

特别感谢弗雷德里克·丹奈及曼弗雷德·B. 李的家人授权本书出版，并提供了近三百五十集剧集的脚本。感谢三位埃勒里·奎因研究专家——乔恩·布里恩、小西奥多·赫特尔和马尔文·拉赫曼——在各自阅读上百篇文稿后向编辑做了收录推荐。编者最终收录的剧目由李和丹奈创作（不包括安东尼·布歇和其他人在丹奈退出广播剧制作以后加盟创作的作品），不包括后期被重新翻写成短篇小说的作品。

感谢阿瑟·韦德罗向编者建议出版本书，并帮助完成艰巨的校对清样工作，以确保版式前后一致，并协助排版工作者辨析原油印版中模糊难认的字迹。

感谢所有人。特别鸣谢作者和侦探双重身份的埃勒里·奎因。正如安东尼·布歇所言："埃勒里·奎因，就是美国推理小说。"

《幸存者游戏》是埃勒里·奎因的早期广播剧作之一，于一九三九年六月十五日播出。该剧剧情广为奎因作品迷喜爱——“联合养老保险”，一群“投资者”捐建了一个基金，并规定最后存活的成员可获得所有的钱财——一个逐个消灭其他成员的最完美的举措。

幸存者游戏

人　物

埃勒里·奎因	侦探
尼基·波特	侦探秘书
比尔·罗西	受害者
罗西妈妈	受害者母亲
乔·沙利文	俱乐部成员
厄尼·菲利普斯	俱乐部成员
露西尔·切里	俱乐部成员
戴维·W. 弗雷泽	百万富翁
希德·帕拉莫尔	六六俱乐部老板
警长理查德·奎因	纽约警署
法医普劳蒂	纽约警署
警佐托马斯·韦利	纽约警署

警察、救护医生、衣帽间女服务员、酒吧招待、两名暴徒

背景：纽约市，一九三九年

（稀疏的街道，些许的嘈杂声。）

埃勒里：尼基，非常抱歉，让你工作了一整天。但是连载文章必须今天打出来。

尼基：我，尼基·波特，随传随到的秘书——微笑服务。星期天加班不收加班费。（狡黠）奎因先生，打印你的手稿让我错过了一次约会。

埃勒里：尼基，你怎么不早告诉我？这样吧——我不步行送你回去了，给你叫辆出租车，或许能让你挤出点时间。

尼基（迅速）：不要紧。虽然我约会的对象是个金融界的巨头，而且还是普林斯顿的高才生……不过除此两点之外，若让我选择，我更愿意和你一起走走，虽然现在太阳很大。

埃勒里（不动声色）：我不明白为什么你从离开我的公寓开始走路就一瘸一拐的。

尼基：我没有！……好吧，都是新鞋惹的祸。你真是明察秋毫啊。

埃勒里（咯咯地笑）：一切事物都不应该被忽略。

尼基：除了酸肿的双脚，你就不能注意些别的吗，比方说……人？

埃勒里：你在套我的话吗？说到脚，尼基，从那个跑过街的家伙身上，你可以推断出什么？

尼基：在哪里？

埃勒里：那儿，那个身材高大、皮肤黝黑的家伙，刚从那家门面不大的意大利餐馆跑出来。

尼基：噢，那家伙。等等……我知道了，他在热恋中。

埃勒里（咯咯地笑）：热恋中？怎么说呢？

尼基：你看，他从街的一边冲到了另外一个街角，对吧？那个角落除了信箱什么都没有，是不是？如果不是情书，一个人干吗要那么迫不及待地跑着去寄信？

埃勒里（大笑）：尼基，你真是个逻辑学家……但是你错了，小朋友。

尼基：就知道你会这么说！我怎么错了？

埃勒里：因为他两手空空。

尼基：但他正跑向那个邮箱啊，聪明人！

埃勒里：天哪，确实是……不，我是对的。你看，他跑向那个邮箱，仔细地看了看，接着转身——这不，现在又沿着街道往回跑了！

尼基：好吧，那你告诉我他跑来跑去干吗？

埃勒里：没有其他的细节依据，我不好判断。你看，他又跑过街了——

尼基（惊慌）：埃勒里！有辆车！

埃勒里（大吼）：小心，你这个笨蛋。你会被撞到的，快停下来！

（在二人交谈之际，一辆汽车全速驶过他们，随后传来男人的一声嘶哑的惨叫声和轰然倒地的声音）

尼基（尖叫）：他受伤了，那辆车撞到他了！

埃勒里：竟然停都不停！走，尼基，过去看看！

（一段简短的音乐插曲——救护车的声音——围观者嘈杂的叫喊——“退后！”“给他腾点空间，不要围着他！”“让医生看看他！”）

警察（粗暴）：你们两个目击了事故现场？你们叫什么名字？

埃勒里：埃勒里·奎因，长官，我住在西八十七大街，二一二A。

警察：你呢，小姐？

尼基：尼基·波特——

警察：尼基？怎么拼写？

埃勒里：N-I-K-K-I。写上我的联系地址，长官。波特小姐是我的秘书。

警察：啊，您是刑侦队奎因警长的儿子吗？

埃勒里：是的。

警察（语气变得缓和）：是这样啊。瞧，奎因先生，您不必掺和进这件事……

埃勒里：但是我很乐意做点什么，长官。我不喜欢肇事逃逸的司机。

警察：您记下车牌了吗，奎因先生？

埃勒里：没有。但是从车牌的颜色可以判断是纽约牌照，一辆黑色的轿车。

尼基：那个司机简直就是个——是个杀人犯！他就是个杀人犯！

警察：是的，小姐，您说得基本没错。抱歉，我要去看看是否有其他目击者。（退场）

尼基：埃勒里，他——伤得很重吗？

埃勒里：这是急救车的医生。医生，他怎么样了？

医生：没救了。内脏出血，根本都不敢动他，随时可能咽气。（受害者的呻吟声）看，他醒了。长官，要是想向受害者询问情况，您得快点了。

警察：嗯，嗯。请让一让。听着先生，是谁撞到你了？谁撞到你了？

受害者（微弱）：告诉——乔……

警察：他被撞糊涂了。

埃勒里：不，长官。他好像正试图告诉您些什么。

警察：告诉乔，哪个乔？

受害者（微弱）：乔——乔·沙利文——六六俱乐部——

警察：乔·沙利文，六六俱乐部……告诉他什么？

受害者（微弱）：也告诉——其他人……要小心……

警察：其他人——小心……小心什么？

受害者（更清晰）：谋杀……（急促地呼吸）

埃勒里：谋杀！

尼基：埃勒里，你觉得他真的是被……

警察（激动）：谋杀？你是说你是被人蓄意撞倒的？是谁，谁要杀你？

（停顿）

医生：他死了。

（一片沉寂。紧接着，一个女人由远及近喘着粗气上场，就像推搡着人群进来一样。她的哭泣声打破了安静）

罗西妈妈：是我的古列尔莫——我的比尔啊……我的比尔……我的儿子啊……

警察（笨拙迟缓）：请等等，夫人。您最好不要——

罗西妈妈（尖叫）：我是罗西妈妈，在罗西餐馆工作。这是我的儿子比尔，比尔！（大声啼哭）

警察（咆哮）：往后站，所有人往后站！

尼基：所有最冷血的蓄意犯罪中，这真是最闻所未闻的——

埃勒里（平静）：乔·沙利文，六六俱乐部……尼基，我想在媒体咬着他不放之前，我们应该和沙利文先生谈一谈。

（音乐起……舞蹈乐队表演，退场。柔和的低语声。）

女孩：您的帽子，先生。

埃勒里：谢谢，小姐。请问乔·沙利文在吗？

女孩：乔？他这会儿应该快到了。他九点来接其他吧台招待的班。

埃勒里：谢谢。

尼基（低语）：一个夜总会的酒吧招待。我敢打赌他是个暴徒。

埃勒里：安静点，尼基。这边，我们坐吧台这边。（拍打吧台）服务员！

酒吧招待：您好，先生。想要点什么？

埃勒里：你想喝点什么，尼基？

尼基：我要点贵的。我看看……服务员，那个细长的刻花玻璃瓶里装的是什么？

酒吧招待：那是甘露，小姐——全球最好的牌子，布舍罗。

尼基：埃勒里，那些瓶子很诡异。竟然连个标签都没有！

酒吧招待：名字刻在瓶底，所以看不到。甘露喝完了可以把瓶子当酒瓶用。

尼基：好吧，给我来点。你确定这东西很贵？加在橘味白酒里，谢谢！

埃勒里：苏格兰威士忌加苏打。

酒吧招待：好的，先生。（转身）噢，乔！以为你不来了呢。给这位先生来杯苏格兰威士忌加苏打，这位小姐来杯橘味白酒加布舍罗甘露。搏斗会我要迟到了。

沙利文：好的。（调酒的声音）

埃勒里（漫不经心）：你是乔·沙利文，是吗？

沙利文：手柄在这里，请拿好，先生。要多加冰块吗？

埃勒里：不要太多。比尔·罗西提到过您。

沙利文：是吧？您是比尔的朋友？

埃勒里：从某种意义上说是的。最近见过比尔吗？

沙利文：噢，比尔基本上每天都来。您的饮料，先生。嗨，厄尼。

菲利普斯（上场）：晚上好，乔。希德·帕拉莫尔来了吗？

沙利文：我不知道啊，我刚来。厄尼，找老板有什么事吗？

菲利普斯：他要见我。两杯苏格兰威士忌，乔。

沙利文：厄尼，你还欠希德多少钱？

菲利普斯（阴郁）：蛮多的。

埃勒里：顺便说一下，沙利文。比尔·罗西今天出交通事故了。

菲利普斯：什么？比尔今天出事了？

埃勒里：哦，你也认识比尔·罗西吗？

沙利文：是的，这位是厄尼·菲利普斯。事故？怎么会呢，我昨天还见过他。

菲利普斯：真够倒霉的！发生了什么事？

埃勒里：一辆车从他身上碾压过去，司机逃逸，菲利普斯先生。

菲利普斯：碾压？你知道这件事吗，乔？

沙利文：不知道。比尔伤得重吗，先生？

埃勒里（冷淡）：非常糟糕，他死了。（玻璃瓶破碎在地的声音）

沙利文（低沉）：比尔·罗西——死了？

菲利普斯（沉重）：给我威士忌，乔。

埃勒里：他临死之前给你留了句话，沙利文。

沙利文：给我？他说什么？

埃勒里：他说："告诉乔，要小心——"

沙利文（疑惑）：要小心？

埃勒里：是的，他还说也告诉"其他人"。

菲利普斯：其他人！（停顿）你确定他说了——其他人？

埃勒里：他就是这么说的，菲利普斯先生。

沙利文：比尔还说了些什么？

埃勒里：在他死之前，给他做笔录的警察问他让你和其他人小心什么，他说："谋杀。"然后就断气了。

菲利普斯（沉重）：谋杀？（玻璃的碰撞声）我说，乔——帮我告诉希德·帕拉莫尔，我要见一个美术总监谈谈我正在策划的一个广告……（退场）

埃勒里（稍作停顿）：你的朋友为何要见美术总监？

沙利文：噢，他叫厄尼·菲利普斯，商业广告艺术家……比尔说——谋杀？

埃勒里：是的，你认为他指的是什么呢，沙利文？这句话很奇怪。

沙利文（急促）：不好说。或许——或许他当时精神错乱了……抱歉，先生。我有客人。（退场）

尼基（稍作停顿）：他们什么也不肯说？

埃勒里：我想我知道谁愿意说，尼基。死者的母亲！

（音乐起……渐出。）

罗西妈妈（死寂的声音）：你们来做什么？你们能还我——一个比尔？他死了。

埃勒里（温和）：罗西夫人，我们不该在您悲伤之际还来打扰您——

罗西妈妈：你们是来看我哭的吗？

尼基：噢，不！我们绝不是为这个而来的——

罗西妈妈：我不哭。哭也是徒劳……（突然）你是警察？

埃勒里：警察？嗯……是的。

罗西妈妈：我没告诉你们吗，我的比尔，他是被——你们是怎么说的来着？——谋杀的……

埃勒里：罗西妈妈，您怎么知道您儿子是被谋杀的？

罗西妈妈：比尔总是说："妈妈，您等着，再坚持一段时间。我会弄到很多很多钱。到时候您就不用再在饭店里做意大利面了。"他总是说起他会得到一大笔钱。他说除非他死了，不然那笔钱肯定归他……现在他死了，他被谋杀了，所以他就得不到那笔钱了。

埃勒里：我明白了。罗西妈妈，您儿子要得到的是什么钱，他有没有告诉过您？

罗西妈妈：比尔说有一天他会从俱乐部得到一笔钱。

埃勒里：六六俱乐部？

罗西妈妈：不是，不是这个俱乐部。一个奇怪的俱乐部，乔·沙利文也是成员之一。

埃勒里（迅速）：还有一个叫厄尼·菲利普斯的是吗？

罗西妈妈：是的，也有他。我想还有一个有钱人——叫……弗雷泽。对，就是弗雷泽。还有一个女孩——叫切里，露西尔·切里。她是你们通常所说的，嗯——女装制图。

尼基：她说的应该是时装设计。麦迪逊大街上有一个叫露西尔·切里的女装设计师。

埃勒里：嗯。尼基，我在想，她说的弗雷泽会不会是戴维·W.弗雷泽，那个拥有化工产品公司的百万富翁？

罗西妈妈：就是他！这个俱乐部每年都会在我的餐馆举行一次聚会，每年一次。

埃勒里：罗西妈妈，那个俱乐部叫什么名字？

罗西妈妈：一个很有趣的名字。幸存男子俱乐部。

尼基：幸存男子俱乐部！还有一个女会员？

埃勒里：听起来很刺激。罗西妈妈，这是一个什么样的俱乐部，他们都做什么？

罗西妈妈：我不知道。他们吃吃喝喝，还做演讲。我的比尔也参与这些。我想他们都来自海军。我的比尔以前是美国海军的一名水手。

埃勒里：是吗？谢谢您，罗西妈妈。除非有必要，我们会尽可能不再打扰您。（椅子拖拉的声音）

罗西妈妈（恶狠狠）：你找出谁杀了比尔——我付钱给你！

埃勒里（温和）：没那个必要，罗西妈妈。

罗西妈妈（喃喃）：再见……（离开的脚步声）

尼基：现在怎么办呢，侦探先生？

埃勒里（严肃）：比尔·罗西被一辆神秘的车撞到了——一个怪诞的男性俱乐部，背后有一笔钱——还有一个女性会员——海军背景——

尼基：所有这些都和美国海军陆战队有关联！

埃勒里（干练）：尼基，这个案子值得查一查！去调查戴维·W.弗雷泽还有那个时装设计师露西尔·切里。叫他们明天早上十点来我的住所一趟。

（音乐起……而后是门铃声。）

埃勒里：应该是他们中的一个来了，尼基！

尼基：应该是那个妄自尊大的弗雷泽。你真应该听听他昨晚在电话里说了什么……（退场）

（门打开。迅速而沉重的脚步声。门关上）

弗雷泽（粗暴）：你是奎因，那个侦探？我是戴维·W. 弗雷泽。找我有什么事吗？

埃勒里：请坐，弗雷泽先生。

弗雷泽：抱歉，我没时间。我在去办公室的路上，顺道路过这里。有何贵干？

埃勒里：那么，我就直截了当地说了。您和比尔·罗西是朋友？

弗雷泽：噢，我明白了。是的，曾经是。我听说他昨天出事故死了。好吧，人总有这么一天，或早或晚。二十年前比尔和我在海军里是战友。

埃勒里：我想你们都属于一个组织——叫——幸存男子俱乐部？

弗雷兹：噢，那个啊。年少无知的胡作非为。我都十年没参加聚会了。不适合我参加，理由你知道的。（干巴巴地笑了几声）

埃勒里：弗雷泽先生，创办这个组织的目的到底是——

弗雷泽：奎因，想想吧，我不会卷入多年前就已经被我抛诸脑后、矫揉造作、婆婆妈妈的无稽之谈中。你到底想干什么，我可是忙得很。

埃勒里：比尔·罗西死之前说了一些话，关于——谋杀。

弗雷泽：谋杀？荒唐！

埃勒里：他给乔·沙利文发出了警告——我想您认识他吧？

弗雷泽：是的，但是——

埃勒里：——还有“其他人”，弗雷泽先生……他说“其他人”的时候是否也指您？

弗雷泽：谋杀——警告——胡说八道！（退场）瞧，我可不想浪费时间讨论伤脑筋的侦探故事。祝你愉快！

尼基：但是，弗雷泽先生——（摔门声）

埃勒里：让他走，尼基。你查了他的资料了吗？

尼基：是的。他年轻时性格叛逆，揣着一大把钞票逃出了家，后来在战争期间加入了海军。战争结束后，他父亲去世，他继承了一大笔遗产。他同时也是个艺术品收藏家，业余花大量时间购买古画，甚至还撰写关于收藏品的文章，还有——（门铃声）

埃勒里：尼基，去开门，应该是露西尔·切里。（开门声）

尼基（走到门边）：噢，请进，切里小姐。（关门声）奎因先生在等您。

埃勒里：您好，请坐。

切里小姐（上场）：谢谢，奎因先生。我不知道自己为什么要来，不过我想可能是我好奇心重。昨天比尔·罗西死于一场车祸，今天大人物埃勒里·奎因让我这个无名小卒上门拜访。我能问为什么吗？

尼基（嫉妒）：看出来了，奎因先生，又是一个你的追随者。

埃勒里：切里小姐，比尔·罗西的母亲坚信她儿子是被蓄意撞到的——也就是说，她认为她儿子死于谋杀。

切里小姐：为什么，这——这太荒谬了，奎因先生！

埃勒里：荒谬不荒谬，现在还不好说。比尔死前给乔·沙利文和“其他人”留下了警告。我想您也是“其他人”之一吧？

切里小姐；但我不知道比尔怎么会——我的意思是说，我怎么会和这个事情有关联。除非——

埃勒里：除非什么，切里小姐？

切里小姐（轻轻地笑了几声）：我想说，除非这件事情和幸存男子俱乐部有关系，因为这是联系比尔和我，还有其他人的唯一纽带。

埃勒里：您是怎么和幸存男子俱乐部产生联系的，切里小姐？这个我很好奇。

尼基（轻声）：当然好奇了。

切里小姐：是这样的，奎因先生，我的父亲吉尔伯特·切里是战时海军潜艇指挥官。一九一九年，他所服役的 L-5 潜艇在南加州沿岸沉没。所有的船员中，只有十一人因我父亲获救。他是那场灾难的英雄。我父亲为了救他们牺牲了。

埃勒里：我明白了。

切里小姐：十一名幸存者组成了一个俱乐部。因我父亲救了他们，他们推举我母亲和我为终身荣誉会员。母亲几年前去世了，所以我成了这个俱乐部中切里家族的唯一成员，也是唯一一名女性。

埃勒里：那么就是一个纯粹纪念性质的组织了。

切里小姐：也不全是。那个弗雷泽先生——就是戴维·W. 弗雷泽，您知道他的，是化工产品公司的老板——他也是幸存的海员之一。出于感激，弗雷泽先生的父亲建立了一个信用基金并捐献给了俱乐部。

埃勒里：是吗？

切里小姐：基金一直都在投资，现在总资产应该有十二万美金。最初的想法是基金会成立的二十年后，这些钱会平分给到时还在世的俱乐部成员，并且——

埃勒里：请等一下！您说二十年以后？这意味着这笔钱就在今年会被平分！

切里小姐：是的，大概一个月以后吧。（倒抽了一口气）噢，我没想到这个……

埃勒里：什么？

切里小姐：难道这就是比尔——死的原因吗？我的意思是，从现在起，一个月后，还活着的成员能得到那笔钱，我们的后代没有那个资格……不，这太荒唐了，我不相信是真的！

埃勒里：切里小姐，现在还有多少当年的幸存者在世？

切里小姐（紧张）：除了我，乔·沙利文，还有厄尼·菲利普斯。之前还有比尔·罗西。现在既然他死了，那么只剩下——我们三个了。

埃勒里：弗雷泽呢？他不和你们一起平分吗？

切里小姐：噢，不。弗雷泽家族相当富有，所以他父亲把他排除在获益人之外，尽管这个基金会是他所拥有的。

埃勒里：您提供的线索很有启发。切里小姐，我们似乎可以推断出一个作案动机了。你们中任何一人死了，都会失去平分这十二万美金的权利，其他受益人的份额也就相应增加了。现在你们有三个人还在，你们每人可以获得四万美金。但是如果您在这最后一个月期间死了，切里小姐，沙利文和菲利普斯——

切里小姐：不！这绝对不可能，不可能！

埃勒里（毫不含糊）：沙利文和菲利普斯每人可以获得六万美金，而非四万。如果他们中的一个死了……

切里小姐（紧张）：我打小就认识这些人。他们对我就像父亲一般。这其中肯定有什么问题，奎因先生——肯定是哪里出错了——

埃勒里（冷静）：事实上确实是有问题。切里小姐，幸存男子俱乐部下一次的年度聚会是什么时候呢？

切里小姐：两个星期以后。在罗西妈妈的餐馆。我们每年都在那里聚会。

埃勒里：这么说这十二万美金的大肥肉在你们聚会两个星期后就要被瓜分了？切里小姐，我建议您从现在往后的一个月内，要非常非常小心。

切里小姐（生气）：胡言乱语！您是在恐吓我！（停顿——而后声音低沉）您认为会有……会有危险吗？

埃勒里：是的，切里小姐。（停顿）再见。（开门声）

切里小姐：再见……（关门声）

尼基：被吓得要死，瞧她那身花哨的打扮。

埃勒里：他们都被吓到了——这个女孩，酒吧招待沙利文，商业艺术家菲利普斯，甚至百万富翁弗雷泽。好吧，尼基，让他们两个星期以后举行他们的年度聚会吧！

尼基：你要做什么？

埃勒里：我会到场的——但是我不会让他们知道！

（音乐起……而后是餐盘的当啷声，一把勺子掉落在地的叮当声。）

菲利普斯：我不知道我今晚这是怎么了。罗西妈妈，再给我一把勺子！

罗西妈妈：好的，菲利普斯先生。（放置勺子轻微的响声）

沙利文：我今晚也很紧张，厄尼。我猜是因为——

切里小姐（警告）：乔——别说。罗西妈妈在这里。

罗西妈妈：我听到了。因为我的比尔。罗西妈妈知道。

切里小姐（哀伤）：罗西妈妈，我们本该取消今年的聚会。

罗西妈妈（平静）：没关系的，切里小姐。

沙利文：我非常高兴这是最后一次聚会。再也不用每年顶着酷暑回来，看着这群人一个一个——死去。

菲利普斯：我不知道今晚为什么要来。

切里小姐：我不知道我们今晚来干吗。

菲利普斯：让我们一起为指挥官干杯，然后离开这儿。

切里小姐：要不这样，今年我们不要为我父亲举杯，而为比尔·罗西干杯？

沙利文（努力打起精神）：好主意，罗西妈妈，我们的私人库存还有一瓶酒，是吧？

罗西妈妈：是的。地窖里还有一瓶，最后一瓶了。你们要为我的比尔干杯？

菲利普斯：是的妈妈，是的。麻烦把那瓶酒取出来。

罗西妈妈（期盼）：是，是，菲利普斯先生。（退场）

沙利文：我不想伤害这个老妇人的感情，但我今晚不能喝酒。

切里小姐：乔！为什么？

沙利文：医生嘱咐我别喝。我的心脏不太好。

切里小姐：噢，乔，我很为你感到难过。但是看在罗西妈妈的份上，就假装喝下去。这是我们最后一次聚会，而且——

罗西妈妈（上场）：就是这瓶了。但是有点问题，沙利文先生。

沙利文：有问题？……这不是我们的私人珍藏！这是瓶绿色的薄荷利口酒！

罗西妈妈：我指的就是这个。这瓶的颜色不对。

切里小姐：哟，我们的是樱桃果酒。

菲利普斯：真有意思，露西尔。这瓶也是布舍罗牌，瓶子也同样是细长的刻花玻璃瓶。

罗西妈妈：这是我能找到的唯一一瓶。

切里小姐：噢，大概有一瓶薄荷利口酒和樱桃果酒混在一起了。乔，打开它，我们一起为比尔干杯。

沙利文：好！（撕开封装，打开瓶盖）

罗西妈妈：这有杯子，沙利文先生。

沙利文：好的，妈妈。（倒酒声）这个给厄尼，这杯是给露西尔的——您呢，妈妈？

罗西妈妈：我不能喝。我看着你们为我的比尔干杯。沙利文先生，您不喝吗？

沙利文：嗯——当然要喝了，妈妈。来！这个是我的。

切里小姐：好吧，大家。让我们一起举杯，为比尔·罗西干杯！

（酒杯碰撞声）

埃勒里（快速上场）：停下！不要喝那酒！（酒杯摔破的声音，仿佛从他们的手上掉落）

切里小姐：为什么，奎因先生？您怎么会在——这怎么回事？

沙利文：厄尼，这不是两个星期前在六六俱乐部盘问我们的那个家伙嘛。

菲利普斯（愤怒）：你想干什么，我们为什么不能喝？

埃勒里：因为这瓶薄荷利口酒被下毒了！

（音乐起……夹杂着喃喃细语声。）

警长奎因：好，好，我知道了。你们在这儿再待一会儿，我马上就回来。（关门声）埃勒里，普劳蒂还没有到吗？噢，你来啦，你这个喋喋不休的老东西。这瓶子里到底是什么东西？

埃勒里：爸爸，普劳蒂还没有完成采样分析。

警长：快点，普劳蒂，我们时间可不多。

普劳蒂：警长，冷静点。真不知道你为什么叫我来做这个，这个是市毒理学家的工作。好像我没事做似的，让我给每个在纽约遇害的流浪汉做尸检……差不多好了。好了，就是这个了。（瓶子碰撞声）

埃勒里（急切）：是什么东西，瓶子里除了薄荷利口酒还有什么？

普拉提：氰化氢，剂量够放倒一匹马。

埃勒里：氰化氢，我猜得没错。

警长：氰化氢？罗西死了，现在还想毒死其他人……这种大剂量的下毒行为可以判处最高级别的谋杀罪。

普劳蒂：这就是你们部门负责的工作了。（退场）我可要回去继续玩牌了。晚安！（关门声）

埃勒里：爸爸，您发现什么没？

警长：没太多发现。据说他们二十年前藏了二十瓶樱桃果酒，都是布舍罗牌，以后每年开一瓶……

埃勒里：为什么是樱桃果酒？

警长：因为他们的救命恩人，那女孩的父亲姓切里，吉尔伯特·切里[①]，这是原因之一吧？听起来像小年轻们的一个秘密团体。总之，今晚是他们二十周年聚会，所以这也是最后一瓶。

埃勒里：一直在罗西妈妈的地窖里特别存放着？

警长：是的，而且很显然去年聚会以后就没有人留意过这最后一瓶酒。

埃勒里：这就意味着凶手在过去一整年的任何时候，都有可能在这瓶布舍罗牌薄荷利口酒中投放氰化氢，然后和布舍罗牌樱桃果酒掉包。没有其他解释了。

警长：这一切都太荒唐了。好吧，我想可以让他们走了，没理由让他们耗在这里。

埃勒里：他们现在怎样？

警长：紧张得不行。那个厄尼·菲利普斯把自己的牙齿咬得咯咯响，那个酒吧招待乔·沙利文像是吞了违禁的杜松子酒，还有那个女孩露西尔·切里，看上去像是要晕倒了……顺便问一下，你那个尼基小丫头在哪里，看她缠着你的那个劲儿……

埃勒里：我告诫她今晚远离这件事。她想象力太丰富了，要么会

---

① 英文中“切里”和“樱桃”是同一个单词 cherry。

把事情搞砸，要么给自己带来麻烦。

警长：是的。（开门声）好了，你们大伙儿，可以回家了！

埃勒里（严肃）：我建议你们——要万分小心。

（音乐起……临街大门关闭的声音。）

沙利文（紧张）：嗯……那就晚安吧，厄尼。晚安，露西尔。我想我自个溜达回家吧。（步伐迅速地退场）

切里小姐（低声）：晚——晚安，厄尼。

菲利普斯（嘟囔）：或许我最好送你回去，露西尔，已经很晚了——

切里小姐（迅速）：不，不麻烦你了，厄尼。我打个车回家。（出租车开门声）

菲利普斯：好吧。（出租车关门声。车子启动并驶离——紧接着人行道上响起缓慢的脚步声，又忽然停住。菲利普斯吓得惊叫了一声）嗨！干什么干什么——

尼基（急促）：菲利普斯先生——

菲利普斯（生气）：我说，你干吗偷偷溜到别人背后？快走开，小姐！

尼基（急切）：我是尼基·波特！菲利普斯先生，我——我今晚一直在跟踪您，从您到罗西妈妈的餐馆时，而且——

菲利普斯（气恼）：跟踪我？你可真胆大！

尼基：等等！您不知道——还有其他的人也在跟踪您！

菲利普斯（孱弱）：什——什么？跟踪我？

尼基：是的，一辆黑色的轿车。我敢肯定他们是在跟踪您，我一

直想提醒您的。噢！（一辆全速行驶的汽车冲上来，刹车，车门迅速打开）

暴徒甲（粗暴）：你，菲利普斯！快上车！

菲利普斯（恐惧）：什——什么——（奔跑的脚步声）

暴徒乙（从车子出来）：抓住那女的，别让她跑了。

暴徒甲（喊叫声，奔跑声）：嘿，你，给我回来！抓到你了！

尼基：放开我，你这个大猩猩！救命！放开我！（挣扎扭打，被拉上了车。车门关上，车辆发动。尼基的声音由近及远渐渐消逝）救命！埃勒里！救命！

（音乐起……而后是打字机笨拙的啄啄声。）

埃勒里：真见鬼！（门铃声）噢，来得正是时候！进来，尼基！（门打开，又关上）你知道现在几点——（失望）啊，是你啊，警佐。

韦利：当然是我了，你以为会是谁——特洛男爵[①]？怎么回事？你看上去不太高兴，奎因先生。

埃勒里：我是不高兴。我的秘书一早上都没出现。很多重要的文件等着她打！

韦利（怪异）：你说尼基·波特？那个天天想占你便宜的可爱小滑头？

埃勒里（恼怒）：胡说八道，韦利。你跟我父亲一样邪恶……好

① 一九二一年在美国公映的影片《特洛男爵》男主角。该影片描述在美国纽约贫民窟出生的英国贵族后代塞德里克用真诚和善良打动祖父，最后认祖归宗的故事。

吧，好吧，你来有何贵干呢？你不是早上十一点来为我占星的吧！

韦利（慢悠悠）：警长从中央大街派我来给你捎个口信。

埃勒里：口信？什么口信？

韦利：厄尼·菲利普斯失踪了。

埃勒里：幸存男子俱乐部的菲利普斯？失踪了？什么时候？

韦利：昨晚，就在警长让他们离开罗西妈妈的餐馆之后不久。他被强行掳走了。

埃勒里（焦虑）：绑架！我告诫他们要小心的。这究竟是怎么回事？

韦利：我不想给你那聪明的脑袋灌输任何想法……但是——你那个秘书昨晚回家睡觉了吗？

埃勒里（迅速）：你什么意思？

韦利（吞吞吐吐）：嗯，一个出租车司机看到了昨晚发生的事情。菲利普斯刚离开罗西饭店，一辆黑色的轿车驶上来，强行把菲利普斯架上车然后开走了。出租车司机没有记住车牌。

埃勒里：但是尼基怎么了？快告诉我。

韦利（仍然吞吞吐吐）：嗯……菲利普斯被带走的时候好像还有一个女孩也在，他们也把她一起带走了，而且……嗯，她身材小巧玲珑，看上去像你的秘书，戴着一顶绿色的帽子，上面插着红色羽毛。警长大概认为……

埃勒里（叹息）：噢，这个傻瓜！这个愚蠢、草率的小傻瓜！她当然是尼基……她有一顶那样的帽子。尼基——落入绑架者的手里！

韦利（仍旧吞吞吐吐）：当然了，或许是其他哪个小傻妞——

埃勒里：不，不，就是我那个傻妞，警佐，我肯定是她。我昨晚特别交代她回家，当然，现在看来她没听我的，还自己跑去做侦查。是尼基，肯定是她。我们该怎么做？我们必须找到她，我们必须……

韦利（焦虑）：我说，你不是被她迷住了吧？

埃勒里：别像个胡言乱语的白痴！换成其他的女孩我也会这样的。好吧，别傻站在这里了，做点事去！

韦利（简明扼要）：做什么呢？

埃勒里（心烦意乱）：我不知道。可怜的孩子，天知道他们会对她做什么——她还只是个孩子。韦利——这都是我的错——我早该劝她不要——（电话铃响起）或许是爸爸有什么消息了！（抓起电话）喂！喂！

尼基（话筒过滤后的声音——甜美）：请问是埃勒里·奎因的住所吗？

埃勒里（叫喊）：尼基！（放下话筒）韦利，是尼基——她听上去一切正常。（拿起话筒）尼基，你还好吗，有没有受伤，你在哪里，发生什么事了？尼基，快说话！

尼基（话筒过滤后的声音）：你给我个说话的机会，不然我怎么说。你在为我担心吗，奎恩先生？

埃勒里（咆哮）：担心你！我都要疯了！你在哪里？

尼基（话筒过滤后的声音）：你真是太好了——为我担心！我真高兴自己被绑架了。我被绑架了，你知道吗？

埃勒里（努力压住声音）：尼基，听着，纽约总警察署的每一个警察都在寻找你和厄尼·菲利普斯，你可以告诉我情况了吗？

尼基（声音变调）：是的，亲爱的。我正在希德·帕拉莫尔的公寓喝着古巴鸡尾酒，和最帅气的匪徒调情，其他人也在这里……

埃勒里：其他人！谁？

尼基（话筒过滤后的声音）：噢，露西尔·切里和乔·沙利文——当然还有菲利普斯先生。等一下，帕拉莫尔先生要和你说话。

埃勒里：希德·帕拉莫尔。那个恶棍——

帕拉莫尔（话筒过滤后的声音，恼怒）：喂，奎因？我是六六俱乐部的希德·帕拉莫尔。我说，这个戴绿帽子上面插了红羽毛的女人——她声称是你的秘书，是吗？叫尼基什么的……

埃勒里（严肃）：就是这个小姑娘，你打算怎么样？

帕拉莫尔（话筒过滤后的声音）：听着，过来把她给我带走。她很烦人！（电话挂断）

韦利：我刚才听到你说希德·帕拉莫尔了？怎么了？这家伙在他的纽约六六俱乐部设有高级赌场。这个暴徒很狡猾，是个难缠的家伙。

埃勒里：显然没有难缠到把尼基给吞了。

韦利：你现在就过去——单独去？

埃勒里：当然了！我过去有两件事要做——给尼基·波特一个耳光，看看帕拉莫尔和比尔·罗西以及幸存男子俱乐部的关系！

（音乐起……而后是开门声。）

暴徒：你想干吗？

埃勒里（上场）：噢，给我滚开……你是希德·帕拉莫尔？

帕拉莫尔：是的。让他进来，路易。你是奎因？这是你的傻妞宝贝——祝你好运！

尼基（高兴）：你好，奎因先生！

埃勒里：我一会儿再收拾你。（尖锐）好吧，帕拉莫尔，我看到你这里有切里小姐、沙利文、菲利普斯，还有我的秘书。绑架不是你的老本行吧？

帕拉莫尔（轻松）：老弟，你误会我了。厄尼，你是被绑架来的吗？

菲利普斯（紧张）：不，不，我不是。希德——是我的朋友。

帕拉莫尔：听到了吗？乔·沙利文是我的酒吧招待，还有切里小姐是刚才自己来的。

埃勒里：不要拐弯抹角，有话直说吧。

帕拉莫尔：当然了，厄尼·菲利普斯是联系我跟这桩生意的纽带。厄尼，告诉奎恩，希德·帕拉莫尔是什么意思。

菲利普斯：我——我在希德·帕拉莫尔的六六俱乐部里投了很多钱，奎因，很多很多。现在我破产了，所以为了偿还赌债，在三个月前和希德签了合约，用我在幸存男子俱乐部的分红抵债。

切里小姐：噢，厄尼——瞧你做的这蠢事！

菲利普斯：我不得不这么做，露西尔。否则我——付不起那些钱。而我的分红现在有四万美金，并且——

埃勒里：菲利普斯，你欠了帕拉莫尔多少钱？

菲利普斯（缓慢）：五——五万美金。

帕拉莫尔：是的，厄尼向我抵押借款五万美金。所以即便那笔基金平分了，我得到了厄尼的分红，他还欠我一万美金——是这样的吧，厄尼？

菲利普斯：当然，当然了，希德。我——我会想办法把剩余的钱也还清。

帕拉莫尔（狡黠）：你当然会了。（冷峻）奎因，我在幸存者俱乐部也下了赌注——明白吗？如果厄尼在下个月得到那笔钱之前死了，我就失去了我那份钱，因为只有活着的人到时候才能得到那笔钱。

埃勒里：我仍然搞不懂你这个茶会的目的何在。

帕拉莫尔：这家伙菲利普斯是我押的宝——明白吗？我在保护他！这群笨手笨脚的人当中有一人杀了比尔·罗西，昨晚还想毒死其他人，所以我必须介入，保护我的投资……明白了？我警告你们每一个人！

沙利文：希德，您——您不会认为我跟这些事有什么牵连吧——

帕拉莫尔：我现在只是对你们发出警告，乔。

切里小姐：你是在暗指我是凶手吗，帕拉莫尔先生？

帕拉莫尔：我没暗指什么，切里小姐。我告诉你们，两星期内，我得到钱以前，任何想杀死菲利普斯的人都是活得不耐烦了。现在快给我滚。

尼基（爱慕）：埃勒里，他真霸气，不是吗？就像电影里的爱德华·G. 罗宾森[1]！

帕拉莫尔（咆哮）：在我赤手空拳掐死她之前，你带着你这个宝贝快走！

---

① 爱德华·罗宾森（1893—1973），好莱坞男星，获奥斯卡终身成就奖。

埃勒里：帕拉莫尔先生，我深表抱歉。尼基——你……跟……我……来！

（音乐起……而后是餐盘的碰撞声。）

尼基（嘴里塞得满满的）：你真是我的偶像。让一个女孩被一个暴徒给羞辱了——了不起的埃勒里·奎因！

埃勒里：闭嘴，你这个讨厌鬼——我在想问题。

尼基（嘴里仍塞得满满的）：更糟糕的是——你还没反驳他。如果我没有跟踪菲利普斯，不被绑架，不打电话给你，你现在怎么会知道这些信息……罗西妈妈，再来点意大利面。

罗西妈妈：是的，小姐。

尼基：还把我带到罗西妈妈的餐馆来……好吧，我自己掏钱吃饭，你这个吝啬鬼。我能把你那份也吃了吗，我饿了。

埃勒里（沉思）：哪里不对劲，总觉得少了点什么……

尼基：你根本没有在听我说话！

埃勒里：什么？噢，是没在听，尼基，在哪里呢？

尼基：什么在哪里？

埃勒里：少了点关键的东西，就像骆驼身上的最后一根稻草。就在什么地方，但该死的我想不起来。

尼基：如果你是在想谁下了毒，为什么不先查查谁杀了比尔·罗西呢？

埃勒里：没有任何信息。我父亲查了每一个人，他们都有当时的不在场证据。那辆黑色轿车也还没有追查到，任何人都有可能是凶手。

尼基：是的。但是凶手当时怎么那么肯定比尔·罗西会过街并掐准时间把他撞倒？

埃勒里（嘀咕）：尼基……他很有可能一直在伺机而动，罗西一跑出去他就逮到机会了！

尼基：噢，我不这么认为。我觉得比尔·罗西是被诱杀的，先把他引诱出这个餐馆——

埃勒里：我猜是玛塔·哈利[①]引诱了他？

罗西妈妈（上场）：这是你要的意大利面——

尼基：问一下罗西妈妈，她应该知道——

罗西妈妈：你们找出杀害我儿子的凶手了？

尼基：罗西妈妈，您儿子出事……嗯……比尔遇到意外的那天——

罗西妈妈（不容置疑）：不是意外，他是被谋杀的。

尼基：比尔是否得到了什么信息——比如一封信、一个口信、一个电话，或者其他什么信息——在他冲上大街之前？

罗西妈妈：没有，他没有接到任何信件或者电话。

尼基（低声）：噢，没必要这么恶狠狠地看着我啊！（高声）但是罗西妈妈，如果他没有得到任何信息，他怎么会跑到大街上呢？他当时好像跑得很急。

罗西妈妈：我叫他出去的。

尼基：你？

罗西妈妈：是啊，因为起火了。

---

① 玛塔·哈利（1876—1917），一战期间在法国从事间谍活动的妓女，为德国情报部门提供情报。

埃勒里：什么？起火了，什么地方起火了？

罗西妈妈：我们的厨房起火了——

埃勒里（来了兴趣）：您厨房起火了？为什么起火了？

罗西妈妈：不知道，火势不大，好像是自己烧起来的。

埃勒里（兴奋）：是吧，是吧，然后发生什么了？

罗西妈妈：我让比尔出门去拉消防报警器，但是没一会儿我和路易吉就把那团火扑灭了——（痛苦）但是我的儿子，他却被车子撞死了。如果不是那次失火，我的比尔就不会死……抱歉，我要去厨房了。（离开的脚步声）

埃勒里（低声）：哇，真想不到啊！尼基，我把刚才说的话全部收回，你真难得，你真是太棒了。你刚才问对了问题——

尼基：我又做什么了？

埃勒里：没有，没什么。但是——是的，事情就是这样。那个东西，那个我一直在寻找的关键点……

尼基（急促）：埃勒里！你肯定知道一些什么了！你发现什么了？

埃勒里：一些……我找到了所有真相！

尼基：但是怎么可能呢？她只是说到起火——

埃勒里：感谢那场火！

尼基：你什么意思？

埃勒里：那场火让我侦破了这个案子！（音乐起）

挑战听众

场景随即切换到“陪审团裁决阶段”，纸上谈兵的侦探们发表各自的意见。埃勒里仅向陪审团陈述了下列一段话，摘自《幸存者游戏》：

埃勒里：女士们先生们，基于目前的证据，我对这个案件做出了一个判断……让我们听听我们这些空头理论的侦探们说些什么。我在想他们的观点是否与我一致？

（音乐起……）

警长：好吧，我把那些人都召集到了总部楼下，他们嚷嚷个不停，当然了，我也不怪他们。埃勒里，叫他们过来是做什么？

埃勒里：我很想跟他们聊聊。

尼基：警长，他这个样子好几个小时了，我都要叫了！

警长：我几年前就对此无语了，年轻的姑娘。你想聊聊，但现在做什么呢？

埃勒里：让他们先等会儿，我来让您看看一个简单而美妙的事实。首先——动机。我们对动机有一致意见吧。

警长：当然了。给那瓶布舍罗牌薄荷利口酒下毒的人是为了害死俱乐部的其他成员，并获得所有的十二万美金。

尼基：这些我们早就知道了。有什么新的情况吗？

埃勒里：这样想想：这些人每年在聚会上喝的都是樱桃果酒，那为何下毒的人不把氰化氢投放到樱桃果酒中，而是投到薄荷利口酒中呢？

尼基：这个确实很奇怪。

警长：我对这个问题也感到疑惑。

埃勒里：你们看不出来这意味着什么吗？我们都知道，所有布舍罗牌的饮品，瓶身都没有明显的标志。制造商还有其他一些信息都是蚀刻在瓶子底部，不容易被发现。区别这些饮品最简单的方法就是他们的……颜色！透过雕花玻璃瓶可以看到不同饮品的颜色！

尼基：嗯，嗯。但是凶手怎么可能会认错颜色呢？樱桃果酒是红色，那个薄荷利口酒是绿色。

埃勒里：尼基，他怎么会弄错颜色呢？这只是因为他不能区分红色和绿色，因为他是个色盲。

尼基：色盲？

警长：就是这样的，这就解释了一切！这个人是个色盲——混淆红绿两种颜色的色盲！

埃勒里：等等，爸爸，您要去哪里？

警长：去哪里，去测测这些人谁是色盲！现在能肯定他们中的一人必定是色盲，我们找出是谁，就可以找到杀死比尔·罗西的凶手和下毒的人！

埃勒里：噢，但是这完全没必要。我早就知道了。

警长（不耐烦）：你就继续瞎说吧——你怎么可能知道他们中谁是色盲？我告诉你，我们要测了才知道。（停顿）老天——我知道该怎么测了！

（音乐起……渐出。）

韦利（气喘吁吁）：这是十瓶淡酒。警长，你开聚会啊？

警长（气喘吁吁）：好的，韦利，好的。这边，放我桌上。（放置瓶子的声音）摆成一个直列。就这样。我们有八瓶樱桃苏打和两瓶酸橙绿苏打。八瓶红的，两瓶绿的！

韦利：但你为何要让我把标签撕了呢？

警长：这样他们就不知道是什么口味的苏打了，笨蛋！现在他们只能通过颜色区分——

韦利：我真是搞不懂这是做什么。

埃勒里：我们家族的血液里流淌着疯狂的基因，警佐。

警长（兴高采烈）：韦利，现在让我们的朋友们一个一个进来，先从希德·帕拉莫尔开始。

韦利：好的，这里你说了算。（门打开）嘿，帕拉莫尔！过来！

尼基：警长，我总觉得您太莽撞了。

帕拉莫尔（上场）：你们打算把我关在这里多久？我有公民权！我缴纳赋税！我是个美国公民——

警长：你当然是啦，帕拉莫尔。把门关上，韦利。（关门声）现在，帕拉莫尔，我只问你一个问题，然后你就可以走了——也许可以走。

帕拉莫尔：我等了足足一个小时就是为了一个问题？发生什么事了？我可有一桩生意等着谈。

警长：看到那十个装着苏打的瓶子了吗？

帕拉莫尔（疑惑）：看到了。

警长：装绿苏打的是哪几个瓶子？

帕拉莫尔（茫然）：啊？

警长：我说装绿苏打的瓶子是哪几个？

帕拉莫尔：这是干什么，玩游戏吗？

警长（和蔼）：是的，我们在玩游戏！（严厉）开始！

帕拉莫尔（疑惑）：有两瓶绿的——第三瓶和——四、五、六——第七瓶。

警长（稍作停顿）：可以让他走了，警佐。

帕拉莫尔（退场）：发疯的条子。选苏打瓶——苏打……（关门声）

埃勒里（懒洋洋）：我早就知道帕拉莫尔不是色盲。他早上跟我打电话的时候，描述尼基是戴着绿帽子，上面有一根红色羽毛。这就说明了他不是色盲。

警长：好吧，他被排除了。韦利，把厄尼·菲利普斯带进来！

韦利（伴随着开门声）：菲利普斯！

菲利普斯（上场——紧张）：是？您叫我？我来了……

警长：看到这些瓶子了吗，菲利普斯？我要你告诉我哪几个是红色的。

菲利普斯：红色的？告诉您哪几个是绿色的更方便些，第三个和第七个。问这个做什么？

警长：没什么。我只想知道而已。就这样！

韦利：这边出去，菲利普斯。（开门声和关门声）

埃勒里：爸爸，您早该知道菲利普斯不是色盲。他是个商业艺术家。一个色盲是没办法和颜料打交道的。

警长：叫沙利文进来，那个酒吧招待！（喃喃）我把位置调一下，说不定刚才他们听到了。把绿色的放在第五和第六个位置上。

埃勒里：爸爸，您知道的，沙利文应该……

警长：噢，沙利文，进来。指出哪几个瓶子是绿色的！

沙利文：为什么？

警长：快指出来！

沙利文：好吧。这边——这两个。

警长：韦利，叫那个女孩进来——露西尔·切里！

韦利（伴随着开门声）：切里小姐……

切里小姐（上场）：警长，我抗议……

警长：我稍后会洗耳恭听的。先告诉我，这些瓶子中哪几个装有绿色苏打。

切里小姐：您说什么？

警长：你听到我说什么了，指出绿色的瓶子。

切里小姐：这太愚蠢了。这里有两个绿色的瓶子，其余的都是红色的。

警长：你很聪明，不是吗？告诉我哪几个是绿色的？

切里小姐：这是在做什么——第五个和第六个。

警长（柔和）：谢谢。这就行了，切里小姐，还有你沙利文。带他们出去。

韦利（乏味）：这边。

切里小姐（退场）：真不知道他们怎么允许处在他这样一个职位的人在上班时间喝酒……

沙利文：大概是累坏了吧。（关门声）

埃勒里（狡黠）：爸爸，早告诫过您了，这样做完全没必要。如果您早来询问我，我就跟您说了。我排除沙利文是因为那天晚上他们聚会的时候，当罗西妈妈取出那瓶酒时，沙利文还没打开瓶子就说道："这是瓶绿色的薄荷利口酒。"他还闻了闻那酒。如果他红绿不分，他没法说出那是绿色的酒。

尼基：那切里小姐呢？我想您排除她是因为您喜欢她眼睛的颜色吧——

埃勒里：不，亲爱的，是因为她是时装设计师。没有一个色盲的女人能跟五颜六色的织物打交道。况且，我更喜欢你眼睛的颜色，尼基。

尼基：你说的是真的吗？

警长：好了，好了，你们两个！沙利文和切里小姐被排除了。（停顿，而后兴奋）这样我们就得到我们要的结论了，我不知道为什么，但是肯定是他了。

尼基：警长，谁啊？

警长（严肃）：那个大腕，弗雷泽——戴维·W. 弗雷泽。就剩他一个有嫌疑了，所以应该就是他。当然，他不参与基金的分红……我明白了！这个基金归他所有。他很有可能暗地里对这个基金一直心生不满，并且偷偷花掉了这十二万美金。所以他必须试着除掉所有人，因为如果在下个月之前这些人都死了，就没有人有权分红，这样就没有人会发现这笔钱已经不见了……韦利，把弗雷泽带进来！（开门声）

尼基：弗雷泽？听起来感觉不太可能。

埃勒里：爸爸，在您叫弗雷泽来之前，我先提出几点意见。

警长：听着，埃勒里……我知道自己在做什么……（走到门边）弗雷泽！进来！

弗雷泽（上场）：警长，我要一个解释和道歉！我不介意和警局合作，但我告诉过你儿子，我多年前就和这个幼稚的俱乐部毫无瓜葛，你这样做什么意思？把我扣押在这里，好像我是——

警长（平静）：弗雷泽，我现在逮捕你，罪名是谋杀比尔·罗西并意图毒害露西尔·切里、乔·沙利文和厄尼·菲利普斯。

弗雷泽（目瞪口呆）：什么？

警长：我有义务告诉你，你所说的一切——

埃勒里（懒洋洋）：爸爸，我建议把弗雷泽先生关禁闭室之前，您用您最中意的视力检测法测试一下他。

弗雷泽（气急败坏）：逮捕——我——谋杀罪——我！

警长：好的，为了确保万无一失。看到那些瓶子了吗，弗雷泽？

弗雷泽（迷惑）：什么？瓶子？

警长：指出其中的四个绿瓶子。（弹指头）快！

弗雷泽：四个绿瓶子？（严厉）听着，警长——

警长（自得其乐）：想拖延时间吗，弗雷泽？

弗雷泽（愤怒）：我绝不会做这种事情！这愚蠢之极！我要求允许我和我的律师通电话，就现在！

警长（柔和）：等一等，弗雷泽。先指出哪四个瓶子是绿色的。

弗雷泽（气急败坏）：为什么——为什么——这里只有两个绿色的瓶子。第五个和第六个。其余的都是红色的。这是在做什么——开玩笑吗？（沉默，而后用一种令人战栗的声音）那么，请告诉我，先生？

警长（孱弱）：是的，是的，一个玩笑，弗雷泽先生。这——在总部待着有点无聊。（努力挤出笑容）但您很开朗大度。戴维·弗雷泽开得起玩笑——这一点大家都知道，是吧，弗雷泽先生？

弗雷泽（厉声）：你这个弱智的白痴！再见！（摔门声）

埃勒里（哀怨）：爸爸，如果您早点听我的——

警长（怒气冲冲）：这都是你的错，埃勒里！

埃勒里（自顾自往下说）：——我早知道弗雷泽不是色盲。他是个著名的艺术品收藏家，专业到能撰写收藏品文章。绘画票友怎么可能是色盲。

警长：但这不可能。等等——等等。会不会是——是的，我明白了，是那个意大利老妇人。

尼基（倒抽了一口气）：罗西妈妈？杀自己的儿子？警长先生！

警长：不！其他人杀了比尔·罗西，但他母亲在酒中投毒。她认为他们中的一个人杀死了她儿子，所以她失去理智，决定把他们都除掉——

尼基（咯咯地笑）：噢，警长。

埃勒里（轻声地笑）：不，爸爸，不是罗西妈妈。因为如果是她投毒，那天晚上当她从地窖中取出那瓶酒时，她就不会说“有点问题”。她是第一个让大家注意到那瓶酒的人，如果她是凶手，她不会这么做的。

尼基：但是，埃勒里，我不明白——我的意思是，所有的人都排除出去了，所有人！

警长：啊，我对这件古怪的事情已经感到厌倦了。所有的人都不是凶手，没有人投毒。这就是答案。这该死的一切都是我在做的梦。

埃勒里（轻快）：如果您允许的话，让我告诉您谁在那瓶薄荷利口酒中投了毒。

警长：听着，活着的只有六个人有做这件事情的动机——包括理论上的动机。但他们全部被排除在外。

埃勒里：完全属实。

警长：那么你想说什么？

埃勒里：问题是——您为什么坚信投毒的人还活着？

尼基（稍作停顿）：埃勒里！你不会是认为——噢，我的天哪！

埃勒里：事实上，投毒的人已经死了。他两个星期前就已经死了并已下葬……比尔·罗西。

警长（倒抽了一口气）：罗西！罗西？

韦利：听着，我插句话。罗西？你头脑发晕了，奎因先生。为什么会是他，罗西被谋杀了！

埃勒里：谁这么说的？我从来没这么说过。他只不过是一个肇事逃逸司机轮胎下的冤鬼。大家都认为罗西死于谋杀，因为罗西妈妈这么认为，也因为他断气之前警告沙利文和其他人要小心——当问他“要小心什么”时，他最后吐出了两个字“谋杀”，然后便断气了。他所指的正是他数月前已投毒酒中，知道聚会当晚大家会开瓶举杯。但他要咽气时，他知道自己无法获得分红。为了使良心上好过一些，他就警告说他打算谋害的那些人两周后在周年聚会上所饮的酒中有毒。但他来不及解释就断气了。很确定，投毒的就是罗西本人。

尼基：但是——但是——

埃勒里：他应该是在六六俱乐部偷走了那瓶薄荷利口酒。我们知道该俱乐部有布舍罗牌的酒，因为尼基在那儿点了一杯。乔·沙利文告诉我，比尔·罗西基本上每晚都到俱乐部去。他是色盲，瓶子又没任何标签，他就误将绿色的酒当成红色的偷走，也一直没发现颜色的不同。

警长：罗西……吼！分析到点子上了。但你怎么确定他是色盲，你又不能把他从坟墓里挖出来证明。

埃勒里：我也是数小时前才知道的，尼基和我在罗西妈妈那里了解了一些情况。比尔出事当天，我们恰巧看到他从餐馆跑出来，直奔另一个街角的一个邮箱。他跑上前去，仔细看了看，然后冲相反的方向跑去。

警长：凭这个怎么能判断他是色盲？

埃勒里：起先我也不知道，后来罗西妈妈告诉我当天她的厨房着火了，她叫罗西出去拉消防报警器。换句话说，当我们看到罗西跑出餐馆时，他实际是要找消防报警器。但他却先奔向邮箱。那是大白天，他怎么可能把这两者搞混淆了。隔着一定的距离从后面看，如果不是因为两者颜色不同，确实容易弄错。但所有的邮箱都是绿色的，所有的消防报警器都是红色的。因此我确定比尔·罗西无法区分红色和绿色，是个色盲。继而我推断他就是投毒者——他就是我们两个星期来一直在找的罪犯。

韦利：噢，太不可思议了！

警长（疲惫）：魔法，地地道道的魔法。

埃勒里（咯咯地笑）：不，爸爸，逻辑，地地道道的逻辑。走吧，尼基。

尼基（爱慕）：噢，奎因先生……

埃勒里（认真）：怎么了，尼基？

尼基：您能给我签个名吗？

（音乐起……）

埃勒里·奎因偏好叙述看似不可能的犯罪：遇害者在一个凶手无法进出的密室或有人把守的房间里被谋害；或者如本剧，珠宝在一个封闭的空间凭空消失了。在一九三九年七月九日播出的《拿破仑的剃刀》中，奎因巧妙地给角色添加了不同口音，以便听众区分——一个美籍非裔列车服务员、一名美国西南部的警局局长、一位来自法国的教授。

拿破仑的剃刀

人　物

埃勒里·奎因	侦探
尼基·波特	侦探秘书
乔治·莱瑟姆	商人
史密斯、琼斯和布朗	火车上离群的三名乘客
莉莉·多德	电影明星
亨利·斯蒂尔斯夫妇	蜜月旅行夫妇
马塞尔·科萨尔·珊塞比·迪杜瓦	法兰西共和国公民
警局局长	德克萨斯州阿马里洛警局
霍华德·麦克纳尔蒂	密苏里州州议会参议员
理查德·奎因	纽约警署警长
托马斯·韦利	纽约警署警佐
出租车司机、列车员、列车服务生	

背景：一辆从加州开往纽约的火车，一九三九年

（出租车急速穿过街道，发出阵阵轰鸣声。）

埃勒里（急切）：司机，离圣菲火车站还有多远？

出租车司机：还有几个街区。是去赶超级特快车吗？

埃勒里：是的！我们赶得上吗？

出租车司机：我不知道，老兄。我尽快。（马达加速）

尼基：继续啊，埃勒里·奎因——说出来吧。如果我们错过了这班往东开的火车，这都是我的错。

埃勒里（咯咯地笑）：还是有良心的嘛，自己感到不安了吗，尼基？

尼基：哼……（自我辩护）你带我一路风尘仆仆来到洛杉矶，我还盼望着去马格宁广场购物，能看到嘉宝、盖博这些好莱坞大明星……但是一无所获！你又火急火燎地把我带到好莱坞，扔给我一大堆事情做，好像——好像我是宾·克劳斯贝[1]的一匹小母马。现在还匆匆忙忙地把我往回赶！

埃勒里：你噘嘴时很迷人，非常迷人。

尼基：我知道，该收拾行李的时候我不该在外面四处晃悠，但毕竟，我是个人——

埃勒里（大笑）：好啦，高兴点，尼基。总有一天我们会把加州好好玩个遍。我跟派拉蒙的业务已经处理好了，所以我们得赶回纽约……

（尖锐的刹车声）

出租车司机：圣菲火车站到了，老兄！（打开车门）

---

① 宾·克劳斯贝（1901—1977），好莱坞男星，两次获奥斯卡最佳男主角提名，后经营牧场生意。

埃勒里（兴奋）：给，司机。不用找零。服务生，这些包！尼基——你那双迷人的双腿快点给我摆起来！

尼基（闷闷不乐）：来啦，来啦。

服务生：好的，先生。是去二号站台吗？（从车上卸下行李）

埃勒里：我们买了去芝加哥的超级特快车票——（出租车扬长而去）

服务生：恐怕您赶不上今天的超级特快车。车子已经开走了。

埃勒里（嘀咕）：错过了！

尼基（愧疚）：噢，埃勒里！那我们现在怎么办？

埃勒里：下一趟超级特快是在周五……还要等上三天。服务生，最早一班往东开的额外付费列车是几点？

服务生：先生，特快车的话是明天早上十一点半，硬座列车比特快晚两个小时发车。

埃勒里：那得在这里过夜了。晚上还有其他列车从这个火车站出发吗？

服务生：有的，先生，但是只是一列普通的列车——

尼基：我们就是普通人啊。这趟车什么时候出发？

服务生：差两分钟就出发了，女士。晚上八点十五分。

埃勒里：我们就乘这列！拿上这些行李，服务生！（开始奔跑）

服务生：好的，先生！好的！

埃勒里：尼基，快点！来——让我拉你一把！你真麻烦——

列车员（跳上列车）：启——程——

尼基（气喘吁吁）：加利福尼亚，再见啦——见鬼去吧！

（响起铁路主题音乐。随即是列车与轨道轻柔而快速的碰撞声，以及列车前排传来的隐隐约约的汽笛声。接下来的场景发生在后车厢。)

列车员：先生，请出示一下您的车票。

埃勒里：噢，列车员。我们错过了超级特快车，这是我们的票，那车已经开出好几百英里远了。

列车员：噢，是的，奎因先生。还是这位女士——您太太——

埃勒里：不，不，她不是我太太。她是我的秘书。

列车员：噢，是的，先生。我们会给你们安排好位置的。奎因先生，给你们安排两个卧铺包间——

埃勒里：我更喜欢待在这个后车厢，人不多，又有吧台和休息室，外面还有一个观光台，最适合我这样的懒人。您能把我和波特小姐安排在这个车厢吗？

列车员：是的，先生，不过这个车厢没有包间。休息室里都有人了。要两个铺位吗，奎因先生？

埃勒里（咯咯地笑）：在火车上一切听从列车员的安排。好的——两个铺位。

莱瑟姆（上场）：不好意思，我可以坐这边吗，兄弟？

埃勒里：请坐。

莱瑟姆：我叫莱瑟姆——乔治·莱瑟姆，我是个仿真珠宝商。这么长的旅途有点无聊，是吧，这位——这位先生——

埃勒里：叫我奎因。

莱瑟姆：经常赶火车吗？我可是这里的常客。刚在洛杉矶做成了一笔大买卖——给米高梅提供了一批仿真珠宝。

埃勒里：听上去不错。（三个男子喃喃细语声）

莱瑟姆：是的，先生……啊！晚上好，先生们！（细语声渐渐消失）噢，我喜欢这样。看到刚刚经过的那三个傲慢的笨蛋了吗？

埃勒里：那三个不太说话的高个子？

莱瑟姆：是的。他们自称是史密斯、琼斯和布朗。自命不凡的家伙，问他们几点他们都不说。（大笑）说到这个，正好提醒我看时间了……现在是十点五十分。零点四十分才会到巴斯托。我想我该去睡会了，回头见老兄！（退场）

埃勒里（低声）：别让我先看到你，伙计！（后车厢车门打开，顿时传来列车与轨道碰撞的声音。门关上后声音立即变弱）啊，你在这里啊，尼基。加州夜晚的空气怎么样？

多德小姐（擦身而过）：晚安，亲爱的。

尼基（热情洋溢）：晚安，多德小姐！（低声）埃勒里，你知道她是谁吗？我刚刚在外面遇到她。

埃勒里：嗯——模样挺好看的，感觉挺惊艳的。她是谁？

尼基：一个真真正正的电影明星！莉莉·多德！埃勒里，她一个人旅行——微服出游。不过她信得过我——（埃勒里大笑）你在笑什么？

埃勒里（仍旧在笑）：因为你看上去既可人又天真温顺。

尼基（疑惑）：我又做错什么了？

埃勒里：一个微服出游的电影明星，跟一个友好的陌生人刚认识十分钟就暴露自己的身份。尼基，尼基，你就不会用用大脑？

尼基：用什么大脑？

埃勒里：学会看人！莉莉·多德在好莱坞已经走下坡路了，几近破产。不然她为什么乘不需额外付费的列车旅行？她想公开自己的身份，她的观众实际上都忘了她了。

尼基：噢，可怜的人。

埃勒里：你最好为你的老板感到可怜，小朋友。我在火车上睡不好。服务生，我们的铺位都打点好了吗？

搬运工：已经好了，先生。第七床和第八床。

埃勒里：好的。（晚安，尼基——亚利桑那州见！）

（音乐响起……更加嘈杂的列车轰鸣声。场景移到了列车观光台上。）

尼基：最后一句？最后一句是——“他趴在欧姆斯比家的门口，好像听到屋里传来一声绝望的哭喊。”

埃勒里：就让欧姆斯比绝望吧，尼基。我现在不太想口授文章。我们现在在哪里？

尼基：嗯——今天早上山地时间十点五十五分的时候我们离开了阿什岔口，现在又还没有到威廉斯，所以我想我们应该还在亚利桑那州的什么地方吧。

埃勒里：中午时应该会到威廉斯的，对吧？天哪，尼基，我都想顺便从威廉斯出发到科罗拉多大峡谷去玩一趟。

尼基：噢，可以吗？（失望）我想你不会的。

埃勒里：没办法去，尼基。你知道吗，你眼睛闪着光的时候特别漂亮。

尼基（神采奕奕）：这么说你注意到了！再多夸几句——

斯蒂尔斯（上场）：先生，我不小心听到您提起大峡谷。非常值得去看看。

斯蒂尔斯太太：亨利和我在结婚前去过——噢，天哪！我说漏嘴了，亨利！

斯蒂尔斯（害羞）：没什么好害羞的，亲爱的。我叫斯蒂尔斯，先生——亨利·斯蒂尔斯，在旧金山做五金供应商。这位是我太太。我们在度蜜月，正赶着去纽约参加世博会。

埃勒里：您好，这位是波特小姐。我叫奎因。

尼基：蜜月旅行夫妇！真甜蜜！

斯蒂尔斯太太（温和）：你们二位应该订婚了吧。我刚才跟我先生说你们看上去非常登对。

埃勒里（迅速）：谢谢您，斯蒂尔斯太太，但是——

尼基：我们看上去真像订婚了吗，斯蒂尔斯太太？（观光台上的门打开又关上）你听到了吗，奎因先生？听听人家怎么说的！

迪杜瓦（上场）：啊，找到那位小姐了！您是奎因先生？

埃勒里（看到有人来松了口气）：嗯？是的，是的。有什么能帮您的吗？

迪杜瓦（兴高采烈）：我找遍了整列列车都没有找到您。我跟自己说："迪杜瓦，找到那位小姐。"瞧，您果然和这位小姐在一起！请允许我自我介绍：马塞尔·科萨尔·珊塞比·迪杜瓦，来自法兰西共和国。

埃勒里：非常高兴认识您。迪杜瓦先生，这位是波特小姐，我的秘书——

斯蒂尔斯太太（尴尬）：噢！您的秘书，我以为——

埃勒里：还有斯蒂尔斯夫妇。（互相问候声）恐怕这里没有多余的位置了，迪杜瓦先生——

迪杜瓦：不，不，不要紧！您会不会就是埃勒里·奎因先生，那个业余侦探？

埃勒里：我算是被您逮了个正着了，先生。

迪杜瓦：这么说我没错！我听到您的名字，我就对自己说："迪杜瓦，造化真奇妙！"奎因先生，我有一件事情需要您帮忙解决——一件很奇怪的事情。

斯蒂尔斯：埃勒里·奎因！亲爱的，你听说过埃勒里·奎因——

尼基（咯咯地笑）：奎因先生，你又遇到以前遇到过的事情了。

埃勒里（不自在）：实际上……我做侦探只是为了消遣……

迪杜瓦：您太谦虚了，先生！在我的老家法国，您有很多追随者。除了赫尔克里·波洛，那个比利时人，您是我最喜欢的侦探——

埃勒里：非常感谢。什么奇怪的事情，迪杜瓦先生？

迪杜瓦：非常小的一件事情——最不值得一提的那种。但可以给大家解解闷，活动活动脑细胞，是吧？

斯蒂尔斯太太：太令人兴奋了，迪杜瓦先生，快点告诉奎因先生。

尼基：噢，是的，快请说！

埃勒里（低声）：尼基……

迪杜瓦（口齿伶俐）：那么我就说了。我是法国的一名历史学教授，从事拿破仑生平的研究——我刚刚完成一部关于拿破仑战争的论著，实际上——我现在是在享受索邦大学提供的公休——旅行，就像大家说的，看看你们国家伟大的河山……

尼基：但您刚才说有一件奇怪的事，迪杜瓦先生！

迪杜瓦：是呀。那件事情。真是个恶魔啊！[1] 我收集拿破仑皇帝的遗物，作为——你们怎么说的——一种爱好。最近在巴黎，我买了把货真价实的拿破仑生前用过的剃刀。

埃勒里：拿破仑的剃刀。听起来很有意思。

迪杜瓦：很有意思，不是吗？据说这是约瑟芬皇后送给拿破仑的礼物，庆祝他一九一五年在奥斯特利茨战役取得胜利。[2]

埃勒里：是吗？请继续说，先生。

迪杜瓦：然后，今天早上，我在这节车厢的男士盥洗室用这把剃刀刮胡子的时候——

斯蒂尔斯：您用那东西刮胡子？（大笑）抱歉，不知道为什么，我觉得这很搞笑……

迪杜瓦：这很好笑吗？我忘记说了，我买到这把剃刀以后才发现它是一个——怎么说来着——是个仿……

尼基：是个仿造品吗，迪杜瓦先生？

迪杜瓦：仿造品？不是的，怎么说呢？仿——仿真品！迪杜瓦买到了仿真品。所以我就把生锈的旧刀片换成直刃的新刀片，并且用来刮胡子。

埃勒里：但是您说的奇怪的事情究竟是什么，迪杜瓦先生？

迪杜瓦：马上就说到了，奎因先生。我忘记拿爽身粉，因为没有其他人在，所以我就直接把剃刀放在盥洗盆，去我的卧铺取爽身粉。等我回到盥洗室，啧啧！那把拿破仑的剃刀不见了——被偷了！一件奇妙的事情，啊？

---

① 原文为法语。

② 编者注：拿破仑与约瑟芬于一八〇九年离异。此处关于二人婚姻状况的叙述有误，也是奎因系列作品中，作者少有的笔误。

尼基：有人没看清楚是不是自己的东西就乱拿。

埃勒里：先生，您说您换了新的刀片，那手柄呢？

迪杜瓦：手柄？啊，您的意思是手握着的那个地方。是一个厚实的象牙雕——噢，非常笨重，六英寸长，厚度和宽度有半英寸。象牙雕上用法语刻着几个很精美的字："赠拿破仑，约瑟芬敬上。"

埃勒里：嗯……剃刀不是正品？值不了多少钱吗？

迪杜瓦：值不了几个钱，先生。这是个仿真品，大概就值几个法郎吧。但还是有人偷，为什么呢？

尼基：或许那个小偷看了上面刻的字，觉得那玩意儿值钱吧。

迪杜瓦（失望）：啊！我不这么认为。或许吧。

埃勒里（慢悠悠）：不过，迪杜瓦先生，您的这件怪事还是有点意思的。（笑了几声）我们会研究研究，是吧，尼基？

（音乐起……列车和铁轨缓慢的撞击声……火车刹车……颠了一下停住了……机车停下后喷出一股蒸汽……水从水龙头滴入金属盥洗盆中的滴答声。）

埃勒里（扑水）：啊……黏糊糊了一整天，洗一下真舒服。斯蒂尔斯，能帮我从那个架子上拿一条毛巾吗？

斯蒂尔斯：当然了，奎因先生。

埃勒里：谢谢……车子停了。我们现在在哪儿？

迪杜瓦：现在是十一点三十五分，所以我们应该在沃恩。这是新墨西哥州，对吧？啊，先生们，你们的国家真是幅员辽阔！壮阔的沙漠，斑驳紫色的天空，还有那些看上去很奇怪的小山从平原上突兀出来，看上去像史前人类堆的土墩子——

斯蒂尔斯：我们叫孤山，迪杜瓦先生。看上去很可爱，是吧？

莱瑟姆（上场）：嗨，先生们！谁想睡觉之前品尝一下我的私家珍藏？嗯？

埃勒里（冷冰冰）：看出来您已经打算去睡了，莱瑟姆——换了睡衣，漆皮拖鞋，还拿着一瓶黑啤。

史密斯（简慢）：麻烦让一让，兄弟……

莱瑟姆：嘿，挤谁呢？噢，是史密斯先生。史密斯先生、琼斯先生还有布朗先生。你们好啊伙计们！要来两口吗？

布朗（简慢）：不了，谢谢。晚安。（互道晚安）

莱瑟姆（恼火）：傲慢的家伙！以为他们有个休息室就了不起了——他们以为自己是谁！嗨，兄弟，要来点酒吗？

迪杜瓦（迅速）：不，不，谢谢。我要去理发店——理发室。在火车上理发！这真令人愉快，很新鲜，是吧？晚安，先生们！

莱瑟姆：您来一杯吗，斯蒂尔斯？来一杯？

斯蒂尔斯（迅速）：不，谢谢。等等，迪杜瓦先生。我跟您一起走，我太太在等我。

埃勒里：晚安，莱瑟姆。好梦。

莱瑟姆（退场）：你们这些家伙都怎么了？没人想喝一杯？那我就自己喝吧……

迪杜瓦：他很会找乐子，不是吗？奎因先生，是否破解了我的拿破仑剃刀之谜？

埃勒里：还没有，迪杜瓦……（所有人退场）

列车员（声音从远处传来）：启——程——

（列车猛地一晃开动了——汽鸣声——车轮慢慢开始滚动——莱瑟姆醉醺醺地唱起“我的内心是如此的干涸”……音乐响起，继而是车轮与轨道快速的撞击声——微鼾声。）

尼基（压低声音）：埃勒里。（停顿）埃勒里，快醒醒。

埃勒里（从睡梦中醒来）：嗯——怎么了——（从帘子后起身）谁？有什么事？

尼基：是尼基，埃勒里。把头伸出来看看。（睡帘拉开）

埃勒里（打哈欠）：尼基？发生什么事了吗？

尼基：没什么事，笨蛋。我想你可能想看看外面令人窒息的美景——

埃勒里（仍旧昏昏欲睡）：嗯？现在几点？

尼基：差不多六点了，我们很快就到阿马里洛。快起来，懒猪——我想让你看看日出！

埃勒里（嘟囔）：尼基·波特，我本来就睡得不踏实，你还把我叫醒，而且就为了看德克萨斯的日出？快回去睡觉。

尼基：噢，你……你骨子里就没有一丁点浪漫吗？足足一个小时整个天空都被染得金黄欲滴的——

埃勒里（打呵欠）：是的，是的，非常有诗意，我一点也不怀疑你的话。但是现在，快回去睡觉吧。

迪杜瓦（上场——睡眼惺忪）：是谁啊？啊，波特小姐。很抱歉，我听到有声音，就来看看——

埃勒里：你看看，你把迪杜瓦先生吵醒了！

尼基：非常抱歉，迪杜瓦先生——

迪杜瓦：不，不，我反正睡不好。我真是天生的倒霉蛋，我的朋友。昨晚我想去理发，但是理发室已经关门了。我回到车厢，走到自己的卧铺一看，猜我看到什么？莱瑟姆先生竟然躺在我的卧铺上！

尼基：莱瑟姆？那个招人烦的商人？

埃勒里：尼基，我们昨晚把他单独撂在男盥洗室时，他已经喝得醉醺醺了。

迪杜瓦：是的，对一个醉得不省人事的人来说，只要是下铺，哪个床位都一样，对吧？我的是五号，他的是六号——两个床位隔着条过道相对着。

尼基（慢悠悠）：那个——叫莱瑟姆的男人是在——五号的下铺？

迪杜瓦：是的，小姐，是在那里。我说："见鬼，先生，您占了我的床位！"但是他还是躺上去了，不久就开始打鼾。可怜的迪杜瓦能怎么办呢？如您看到的，我现在睡六号床——我睡他的铺位！

埃勒里（打哈欠）：所有倒霉的事好像都冲着您去了，迪杜瓦？抱歉，我还得抓紧时间再打会儿盹——

尼基（紧张）：埃勒里，那边——有点——不对劲。

迪杜瓦：不对劲？当然不对劲了！那只猪睡在我的——

埃勒里（警惕）：什么不对劲，尼基？

尼基：瞧——瞧……五号下铺的帘子。那些……帘子上面的扣子掉在地上了。（停顿）是被扯下来的——好拉开帘子！

埃勒里（停顿）：尼基，快回你的铺位去。

尼基：但是，埃勒里——

埃勒里：不要跟我争了，尼基，按我说的做。

尼基（低声）：好吧，埃勒里。（退场）

迪杜瓦（焦躁而低沉）：您把小姐支走了，奎因先生，到底是怎么回事？

埃勒里（严肃）：那些扣子不但是被扯下来的，迪杜瓦，而且，如果我没弄错的话，五号床帘子下面毯子上的污渍是血渍……莱瑟姆，莱瑟姆？

迪杜瓦（低声）：我的上帝啊！血渍？

埃勒里（急切）：莱瑟姆……（停顿）我们拉开看看，迪杜瓦。（帘子被拉开。停顿。埃勒里一字一顿地说话）您的谜团解开了，迪杜瓦。我找到了您的拿破仑剃刀。

迪杜瓦（低声）：剃刀，先生？在……我的铺位上？

埃勒里（严肃）：是的！插在乔治·莱瑟姆的背上！

（音乐起……没有火车奔跑的声音……七嘴八舌的嘈杂声。）

斯蒂尔斯太太（抽泣）：但，但是我们不能待在阿马里洛——

斯蒂尔斯：不要哭，亲爱的，求你了。不会耽搁很长时间的——

多德小姐：我必须马上去堪萨斯城！我的未婚夫在那里等我！

迪杜瓦：难以置信！谋杀！我的剃刀！局长先生——

警局局长（德克萨斯式慢吞吞的语调）：抱歉，大伙儿，你们这样吵吵嚷嚷也无济于事。快回到你们的休息室里待着。（嘈杂声消失）好吧，奎因先生，想不到用这种方式跟你碰面了。

埃勒里：验尸官确定死亡时间了吗，局长？

警局局长：他推断莱瑟姆的死亡时间是今天凌晨三点三十到五点

十五之间。

埃勒里：尼基，列车时间表。

尼基（低沉）：给，埃勒里。

埃勒里：三点三十分……那会儿我们刚要到新墨西哥的克罗维斯——然后我们就进入了中部标准时区。

警局局长：我们推断他就是在克罗维斯和之后那个站——德克萨斯的赫尔福德之间被谋杀的。

尼基：但是具体是在哪里呢，局长？验尸官是否指出了——谋杀是在新墨西哥州还是在德克萨斯州发生的？

埃勒里：问得好，但是显然没办法确定。

警局局长：一点头绪都没有。怎么了，汤米？

德克萨斯口音：有一封您的电报，局长，旧金山发来的。

警局局长：一定是旧金山警局发来的。（撕开电报——停顿）你们说说看，这个叫莱瑟姆的家伙是做什么的？

埃勒里：他说他是旅行商人，做仿真珠宝生意的。

警局局长：绝对不是！这个电报上说，他叫乔治·莱瑟姆，一个珠宝小偷！

尼基：珠宝小偷？

警局局长：是的，小姐。还有，旧金山警方声称他身上还带着最后一次行窃偷来的赃物。两个星期前他在纽约最新一次作案，偷了三块价值五万比索的翡翠，然后溜到旧金山打算出售。但是要接货的那个小子起了疑心，不但没买还去报了警。莱瑟姆就立刻上了从旧金山回纽约的火车。

埃勒里：有没有可能那个买家拒了他并报警之后，他转手处理给了其他人？

警局局长：不会的，电报上说他没那个时间。而且莱瑟姆一直单独作案。如果是这样的话，那三块翡翠应该还在他身上。

埃勒里：您搜了他的行李了吗？

警局局长：嗯，到目前还没有。我没有……奎因先生，你认为他是因为这三块翡翠被谋害的吗？

埃勒里（*严肃*）：很明显是的，局长。

尼基：有一点是肯定的，杀死莱瑟姆并盗走翡翠的人还在这列火车上！

埃勒里：列车员！

列车员：我有什么可以效劳的吗，先生？

埃勒里：您说从午夜到死者被发现这段时间，您一直坐在休息室。夜里有没有其他人去过休息室？

列车员：没有，先生，我发誓没有。火车在克罗维斯和赫尔福德靠站的时候，我都没有下车。我只站在观光台上摇了摇提灯。

埃勒里：服务生！

服务生：是的，先生，怎么了？这不是我干的，先生，我没有——

埃勒里：你说你一个晚上都待在车厢前方靠近门和男士盥洗室的地方，没有离开一步也没有看到任何人进出？

服务生：这是真的，我一个晚上都没有合眼，后背风湿痛得厉害——

埃勒里：情况就是这样了，局长。夜里没有一个陌生人进入这节车厢，如果凶手刚开始是藏匿在车厢里，那他没办法逃走——服务生和列车员夜里分别守住车厢的一头，他们也一直没睡。还有，这列车厢的所有乘客也都在：那三个人，史密斯、琼斯和布朗——斯蒂尔斯夫妇、迪杜瓦教授、莉莉·多德小姐，还有我们两个。

尼基：这么说翡翠还在这个车厢里了！

警局局长：这样的话就连斜眼都可以找到那些翡翠了。从现在开始，这些人不能踏出这节车厢半步。奎因先生，我带着我的人去找找那三块翡翠！

（音乐起……没有火车奔驰的声音。）

接线员（话筒过滤后的声音）：您好，请说！是阿马里洛打来的吗？这里是纽约警局。

埃勒里：喂，喂！爸爸？

警长（话筒过滤后的声音）：埃勒里？怎么回事，大盗莱瑟姆在你乘坐的火车上被杀了？我接到好几个电话，加州的，新墨西哥州的，还有德克萨斯州的——

埃勒里：现在遇到了个问题，爸爸。我们不能确定莱瑟姆是在哪个州遇害的。这关系到这件事情的管辖权。现在他们在争执这个案件的调查权应该归谁。而且虽然我们知道那三块翡翠还在这节车厢里，但是至今仍未找到——

警长（电话过滤后的声音）：我知道，我不断地收到最新的报告。你们现在在阿马里洛的一条支线轨道上并且受到了监视，对吗？

埃勒里：是的，就我们这节车厢。完全封闭。其余的车厢按原计划继续往前行驶。

警长（电话过滤后的声音）：好吧，我告诉你该怎么做。我想我会和当地的警方周旋一番，让他们放弃这个案件的管辖权，并把那节车厢拉到纽约来。莱瑟姆因大宗盗窃案在纽约被通缉，所以从某种意义上说，这个案子应该由纽约来管。

埃勒里：太棒了！我立刻把凶器空运过去给您——是一把剃刀。看看是否能在上面找到指纹——

警长（电话过滤后的声音）：埃勒里，我需要靠你帮我确保在车厢到达纽约之前，车上所有人一个都不能走，甚至不能踏出观光台半步。

埃勒里：好的。我会努力在车子到达中央大车站前找到凶手。

警长（电话过滤后的声音）：噢，你会的！好吧，到了芝加哥再和你们在车厢里碰头！

（音乐起……列车快速运行，发出低沉的声音。）

多德小姐：我这辈子从来没有被这样羞辱过。等报纸知道了这件事——莉莉·多德卷入了一起谋杀案——电影协会会怎么看我——我的演艺合同该怎么办——

斯蒂尔斯太太（泪眼汪汪）：早知道我们就待在西海岸了，亨利。遇上这种事——把所有的好心情都毁了——

斯蒂尔斯：没事的，没事的，亲爱的，别哭了。

尼基：斯蒂尔斯太太，别难过。到现在我们只不过耽搁了二十四小时，今天是周五，不用两个小时，我们就能到托皮卡了。

迪杜瓦：是的，这里离堪萨斯城很近。明天早上我们就到芝加哥了，斯蒂尔斯太太！啊，您笑了，太好了。服务生，给我们每人来一杯白兰地！

服务生（迟钝）：白兰地吗，先生？好的，先生，马上就来。（退场）

埃勒里（上场——焦躁）：好吧，局长，也不在莱瑟姆身上。

尼基（低沉）：埃勒里·奎因，你是说你还真去了行李车——搜了尸体？

埃勒里：什么？噢，是的。搞不明白，这不可能啊。

警局局长：告诉过你不在那儿，奎因先生。好吧，真他妈高兴我们可以一路谈笑风生看风景了。

尼基：但是，埃勒里，那些翡翠应该就在这个车厢里啊。

埃勒里：我知道肯定在，但是还没找到。我仔细地搜过了莱瑟姆的床位，六号床下铺，所有的东西都在那里，和我们发现命案时一样——他的睡衣、他的漆皮拖鞋、他的行李，甚至还有两百元的现金——明显都没有被动过。在迪杜瓦的铺位上，就是莱瑟姆遇害的地方，也没有发现那些翡翠。

警局局长：铁道公司要是知道我们这样折腾他们的车子肯定会不高兴的。我们基本上把所有垫子都一点一点扯碎了。

埃勒里（心急火燎）：每个人都搜了身，所有的衣服、行李、剃须刷子、牙膏管、爽身粉的包装盒、服务生的食品储藏室、盥洗室、观光台、提灯、吧台——我甚至还看了每个装饮品的瓶子——我还爬到车厢顶部——我把每个有可能容得下那三块翡翠的东西都翻了个遍。真叫人发狂。应该就在这里的什么地方。

尼基：哇，不要看我，奎因先生。不在我身上——我还自己搜了一遍！

埃勒里：尼基，既然你这么说了，那我告诉你，我自己也搜了身。

（提高音调）多德小姐，您确定昨晚没有听到任何动静？

多德小姐（阴沉）：我什么都没听到，我告诉过你了。

埃勒里：你们呢，斯蒂尔斯夫妇？（停顿）您呢，迪杜瓦？（停顿）你们三位先生呢？

史密斯（顽皮）：朋友，我是清白的。

琼斯（没好气）：这种事情别怀疑到我头上来——

布朗（温和）：安静点，琼斯。瞧，奎因，我们是三个住在休息室里安分守己的公民——

警局局长：要我说的话，你们就是三只可爱的大地鼠。你们说你们是游客？

史密斯：你可以这么说。对吧，布朗？

布朗：问琼斯。

琼斯（没好气）：我什么都不想说。

埃勒里：史密斯、琼斯和布朗。先生们，三个听起来很平常的姓氏。我猜，从左到右，你们的名字分别是汤姆、迪克和哈里，对吧？

史密斯：你怎么知道的，真有意思，我叫汤姆·史密斯。

布朗：还有，我叫哈里·布朗。我们的兄弟叫迪克·琼斯——是吧，迪克？

琼斯（仍旧摆出一副尊贵之相）：我什么都不想说。

埃勒里：你们看上去像三个非常亲密的朋友，你们怎么就一直粘在一块——一刻都没有离开过彼此的视线？

史密斯（顽皮）：告诉他，布朗。

布朗：我们喜欢彼此，奎因。

史密斯：我们不能忍受被分开。

埃勒里（恼怒）：我现在明白为什么莱瑟姆不喜欢你们。我跟你们还没完，我会知道你们三个到底是在干吗。

琼斯（怒吼）：啊，去其他地方吼叫吧，条子。

埃勒里（生气）：有什么问题吗，你们这帮低额头的爪哇猿人——

尼基：埃勒里！请别这样！

警局局长：好了，孩子们，别吵了。这些特立独行的人肯定背后隐藏着什么。

埃勒里：局长，您不明白。如果我在车子到达芝加哥之前不能找出杀了莱瑟姆的凶手和拿走了翡翠的人，我是不会从我父亲那里得到结果的！

（音乐起……火车减速……猛地晃了一下停住了……车外隐约传来了叫喊声，车子好像停靠在了一个大站台边。）

列车员（紧张）：正好九点十分。为去堪萨斯城节省了十二分钟。局长，我也不能去观光台上走走吗？我们要在这里停五十分钟。

警局局长：抱歉，列车员。我说的所有人也包括你。我去看看外面那群人在嚷嚷什么。（退场）

尼基（叹气）：奎因先生，我都乐不起来了。车厢里又没有厨具，只有服务生做的那些冷饭菜……唉，这都是什么旅行啊！（餐盘当啷声）来点三文鱼罐头吗？

埃勒里（阴郁）：我不饿，尼基。

尼基：不饿也得吃点。噢，迪杜瓦先生。或许您可以劝劝您的偶像。他什么也不吃。

迪杜瓦（紧张）：我，我自己也没有胃口。奎因先生，我一直在想这件事情。

埃勒里：迪杜瓦，我猜你一定比我想得有头绪吧。

迪杜瓦：我跟我自己说："迪杜瓦，一定是哪里出了问题。快想想！"然后我想着想着——啧啧！我想起来了！先生，我现在有危险！

埃勒里：噢，您也这么认为？

尼基：埃勒里，你是什么意思？迪杜瓦先生有危险？

埃勒里（疲倦）：嗯，那个凶手，拿着从迪杜瓦那里偷来的剃刀，扯开五号床下铺帘子的扣子，趁着躺在上面的人熟睡的时候，摸黑把凶器插入他的背部。

迪杜瓦（低声）：正是如此，小姐！您不明白吗？死者是在我的卧铺上遇袭的！所以，凶手原先要杀的应该是我！

尼基（惊吓）：您的意思是说凶手杀了莱瑟姆是因为莱瑟姆上错了床？但是这也——太可怕了！

迪杜瓦（严肃认真）：我欠他一条命，小姐。

尼基：但如果是这样的话——我不明白——那些翡翠——

埃勒里：这也是一直困扰我的问题。那些翡翠，真见鬼了！

迪杜瓦（紧张）：奎因先生，您不会让他——我是说凶手仍然在车上，或许他会再找机会——

埃勒里：我会盯着您的，那个警察局局长也会的，迪杜瓦。

迪杜瓦：啊，非常感谢，先生！

尼基：埃勒里，但是为什么凶手在行凶之前偷了迪杜瓦先生的剃刀呢？

埃勒里：用一件不属于他本人的凶器行凶，这样警方就无法顺藤摸瓜找到他。坐这边，迪杜瓦，别走开。

迪杜瓦：好的，好的。我感到很困惑，我又没有树敌，我也不认识这节车厢里的任何人，我甚至从来都没有见过他们。但竟然有人想来杀我。

尼基：埃勒里，剃刀上有指纹吗？

埃勒里：我怀疑没有，但我已经把它送到纽约去检验了。

迪杜瓦：啊，那把剃刀！我应该把它留下作为这件可怕事情的纪念物。我能要回来吗，奎因先生？

埃勒里：纽约警方检验完之后就会还给您。（乱哄哄的争吵声从车外传来）好像站台上有什么麻烦事。

尼基：又发生什么事了？我想我们最好也去看看……（退场）（车厢里其他旅客七嘴八舌的议论声——“怎么回事？”“发生什么事情了？”等等。穿过车厢的奔跑声，敲打车门声）

埃勒里（叫喊）：开门，局长！（开锁，门打开）外面发生什么事情了？

警局局长（上场）：退后，大家退后！……好吧，议员先生，请进。我不会因为这样一件事情跟州议会过不去。

议员（冷漠傲慢）：门开得正是时候，请让我过去。

（关门，上锁——喧哗声戛然而止）

警局局长：奎因先生，这位是密苏里州议会参议员麦克纳尔蒂先生。他坚持要上——

多德小姐（上场）：霍华德！你终于来了！（抽泣）噢，我真高兴你来了，霍华德，我真高兴——

参议员：莉莉……别哭，亲爱的……

多德小姐（仍然抽抽搭搭地哭诉）：我从来没有经历过这么可怕的

事！一……一个凶手，这群可恶的畜生把我关在这节车厢里，就像——就像一卷装在容器里的胶卷——

参议员（令人战栗的声音）：局长，你是不是欺负多德小姐了？如果你胆敢欺负她的话——

警局局长（迅速）：议员先生，您听我说，公事公办——

埃勒里：请等一下。局长，您为何让这个人上车？

警局局长：他是议员，奎因先生——

参议员（傲慢）：我是密苏里州州议会的参议员霍华德·麦克纳尔蒂。

埃勒里：我不在乎您是谁，这节车厢上的事情与您无关。德克萨斯州的戴夫·史密斯县、兰德尔县和波特县的警局局长以及纽约警局联合下令封锁这节车厢。

多德小姐：霍华德！你不会就这样眼巴巴地站在这里，让这个——这个写侦探小说的家伙给侮辱了吧？

参议员：滚开，年轻人。莉莉，拿上你的东西。服务生，多德小姐的行李箱！

埃勒里：服务生，住手！议员先生，您这是要去哪里？

参议员：听着，年轻人！多德小姐是位公众人物，我想说我也是……（干咳——随即语气凶猛）她是我的未婚妻，你明白吗？她计划来堪萨斯城，现在这里就是堪萨斯城，所以我要接她下车。

埃勒里：噢，不不，你不行。在我们到达纽约之前，多德小姐不能踏出这列车厢。

参议员：局长，开门！我会跟你算账的！绑架，纯粹是绑架！我要打电话给堪萨斯城的警局！我会——

埃勒里：您现在什么都不能做。既然您选择进入封锁区，议员先生，您也必须留下来。在我们到芝加哥之前，这个门是不会打开的。下次打开的时候，也只有警察能进来！

（音乐起……车厢在货物转运站被挂在了另一列火车上。）

尼基：噢噢，我的肚子。这样晃来晃去的，让我感觉想吐。（列车踉踉跄跄停下的吱吱作响声）

埃勒里：马上就好了，尼基……噢，您来了，爸爸。

警长（上场）：呜，真是累坏了。我们都准备好了，埃勒里。车厢已经挂在这个金刚狼后头了，明天早上八点二十分我们就能到中央大车站了。

尼基：明天是周日。这种回纽约的方式真是太棒了——（火车摇摇晃晃地开动了）出发喽！

警长：正点十二点五十分准时启程。好吧，儿子，这件事情让你很垂头丧气，是不是？

尼基：垂头丧气，挫败，颓废萎靡，奎因警长，他就像只受伤的灰熊——振作起来，埃勒里！

埃勒里（嘟囔）：那些让人困惑的翡翠，到底在哪里？

警长：别把什么都往自己身上揽。振作起来，一切都会好的。

尼基：警长，您知道他有多么绝望吗？他还叫我去搜那两个女人——斯蒂尔斯太太和多德小姐——看她们是不是装了义肢！（咯咯的笑声——警长大笑）

警长：埃勒里，你确定你到处都搜了个遍？

埃勒里：搜了上百遍……等等！我真笨！那个参议员！

尼基：参议员麦克纳尔蒂？他怎么可能拿了翡翠，埃勒里——他在堪萨斯城才上车的。

埃勒里：噢，他有可能的。拿了翡翠的人可能偷偷递给他或者递给他的人……参议员麦克纳尔蒂先生！

参议员（傲慢无礼）：你现在又想干吗，你这个疯子？

埃勒里：抱歉，议员先生，我们要对您进行搜身。

多德小姐：噢！霍华德，你要这样放任他胡作非为吗？

参议员：当然不会了，亲爱的！奎因警长，我要求——

警长（温和）：您最好让他搜身，议员先生。这只不过是例行公事。您知道——例行公事而已。儿子，快去吧。

埃勒里：请举起双手……

参议员（咬牙切齿）：忍无可忍！等我们到了纽约，先生们，到时我们看看你们这种专横跋扈——

埃勒里：请把口袋翻出来。爸爸，您搜搜他的外套。（斯蒂尔斯太太在一旁咯咯发笑）

参议员（令人战栗的声音）：你这女人——你是——在笑话——我吗？

迪杜瓦（低声）：斯蒂尔斯太太——议员先生生气了——请别——

斯蒂尔斯（低声）：约瑟芬！看在上帝的份上，别这样！还想给我们惹来更多的麻烦吗？

参议员（恶狠狠）：你满意了吗？失窃的翡翠在我身上，嗯？你要为此付出很大的代价，记住我的话！

警长（充耳不闻）：不在他的外套里，埃勒里。你找到了吗？

埃勒里：没有……没有！

（音乐起……列车与轨道轻柔的撞击声。）

警长（温和）：埃勒里？

尼基（惊吓）：噢！

警长：是我一个人，尼基。你一大早六点起来做什么？

尼基：给您儿子敷冰块，他额头烧得厉害，警长。

埃勒里（低声）：这证明了每个女人既是天使同时也是恶犬。尼基，我告诉你我没事！不要待我像个小孩子。就是那些翡翠搅得我头疼。

尼基（安慰）：好了，好了——再睡会吧——

警长：真不想打断这动人的场面，但是我要插一句话——我要开一个会。

埃勒里（警觉）：怎么了，爸爸？

警长：我想了一个晚上。我们再过半个小时就到普基普西市，我们必须得加紧步伐……等等。（停顿——走开）迪杜瓦？迪杜瓦，起床！（帘子拉开）

迪杜瓦（从睡梦中惊醒）：嗷——啊——（惊吓）怎么了，怎么了？

警长：小声点。迪杜瓦，我知道你是谁了，你就是那个凶手！

迪杜瓦（倒抽了一口气）：我？凶手？警长先生，您开玩笑——

警长（咯咯笑）：算是吧。靠近点，孩子们——我不想其他人听到。

埃勒里：您说迪杜瓦是凶手，这是什么意思？

警长（严肃）：我是想演一出戏。或者说，让迪杜瓦演一出戏！

埃勒里（声色俱厉）：一出戏？您什么意思？

警长：莱瑟姆是因为那些翡翠被杀的。那些东西应该还在这车厢的什么地方。等到了早上火车开进中央大车站时，要对所有的人进行一次彻底的搜身。所以，拿了宝石的人一定会把翡翠留在他藏匿好的地方以确保他能够蒙混过关。

尼基：如果他有点头脑的话，就会把那些翡翠留下。

迪杜瓦（紧张）：但是警长先生，您刚才说我是凶手——

警长：这是抓住凶手唯一的机会。我这样混淆视听，就是看凶手会不会试着把翡翠携带走。

尼基：警长，他不可能这样做的！除非他是个傻子——

警长：如果他看到我们把其他人当作罪犯，他会这么做的！假设我们在离中央大车站还有一个小时车程的哈门上演一场戏，罪犯看到他的机会来了，大概会觉得肯定不会再进行一次搜身。当我们的列车驶进纽约的时候，他就会带着翡翠下车——

尼基：然后您就把每个人再搜个遍！警长，这太聪明了。

迪杜瓦（焦躁）：您想假装逮捕我？但为什么是我？

警长：因为他们会相信你就是那个罪犯，迪杜瓦。我会假装收到一封来自巴黎警方的电报，电报说你的身份不是法国历史学教授，而是在法国被通缉的臭名昭著的珠宝大盗。听上去很棒，迪杜瓦！你觉得呢？

迪杜瓦：我不喜欢这样，被逮捕！不，不——

尼基：就当是个玩笑，迪杜瓦先生。想想真相大白时您获得的荣耀——您会成为法国的英雄——

迪杜瓦（犹豫不决）：您这么认为吗，小姐？奎因先生，您的意见呢？您是否也这么认为——

埃勒里：这会是——啊——您会成为像拿破仑那样的英雄，迪杜瓦先生。

迪杜瓦：啊，是的，是的。一个可以和大英雄拿破仑·波拿巴相提并论的角色。迪杜瓦同意了，警长先生，一切听从您的指挥！

警长：太棒了。来休息室，迪杜瓦——我们来详细计划一下，不要出现任何差池……（退场）

迪杜瓦（退场）：好的……好的……

尼基：再过两个小时，这个烦人的案子就要结了，我们就能好好休息了。

埃勒里（嘟囔）：休息……（停顿——轻声）等等……

尼基：又怎么了？

埃勒里：等等！等等！别说话！（停顿）（埃勒里放肆大笑起来）

尼基（惊吓）：埃勒里！你是不是不舒服？你等会儿——我这就去拿包冰袋给你敷额头——

埃勒里：冰袋！消停会儿！别傻了，尼基！我刚刚想明白了整个案子的来龙去脉！

尼基（怀疑）：你是说——你知道那些翡翠在哪里？

埃勒里：当然了！就像二加二那么简单！X就是等于Y。它们应该就在那儿！我真是昏了头的傻瓜。只有那一样东西我们还没有搜过。

尼基：但是所有东西都搜过了……埃勒里·奎因！如果你知道了那些翡翠在哪儿，你就应该知道谁偷走它们——你也就知道谁杀死了乔治·莱瑟姆！

埃勒里（心不在焉）：噢，这个问题嘛。当然了，我在德克萨斯州的阿马里洛就知道了。

（音乐起……）

挑战听众

埃勒里随后宣布已给出所有的线索，并挑战听众一起解决这个谜团。

（音乐起……没有列车奔跑的声音……“开车”的叫喊声渐渐消逝……列车启动了——现在火车在哈门，一辆电力推动的火车头在不断地加速……）

多德小姐：霍华德，如果你让这些野蛮人就这样走掉的话——

参议员：莉莉，别急，我一定会让他们为此付出很大的代价！

斯蒂尔斯太太（紧张）：哈门到了。亨利，你觉得到了纽约，他们会不会把我们关进监狱？

斯蒂尔斯（一筹莫展）：不知道，亲爱的。这真是一次糟糕的蜜月旅行。早知道我们就穿过墨西哥州往北走——

史密斯：你们会怀念这些乐趣的。

斯蒂尔斯太太：您觉得这是种乐趣，史密斯先生？我觉得您的想法很有趣！

布朗：有趣？（咯咯笑）这只不过是一出普通的马戏表演！

迪杜瓦：我，我不这么认为，布朗先生。您呢，琼斯？

琼斯（绷着脸）：我什么都不想说。

迪杜瓦：你们美国人，真是不可理喻。在我热爱的故乡法国——

警长（严肃——上场）：马塞尔·科萨尔·珊塞比·迪杜瓦！

迪杜瓦：怎么，警长先生？

警长（仍然一脸严肃）：我刚收到了一份哈门警方送来的电报，或许你有兴趣，迪杜瓦！

迪杜瓦（假装紧张）：电——电报，先生？这跟迪杜瓦有什么关系呢？

警长：你不知道吗？来自法国巴黎拘留所！

迪杜瓦（结结巴巴）：拘——拘留所？

警长：让我念给你听吧，我的朋友。电报上说："关于迪杜瓦，就您的询问做如下回复。马塞尔·科萨尔·珊塞比·迪杜瓦假扮成索邦大学法国历史学教授，此人实际上是法国臭名昭著的珠宝大盗——"埃勒里！局长！抓住他！

（扭打伴随着喘气声和大家不约而同的惊呼声，并在手铐声中走向高潮）

警局局长（喘气）：好了，捆得严严实实的了，先生。（迪杜瓦的号叫和反抗声）老实点，你这个暴躁的独行侠！

斯蒂尔斯太太（倒抽了一口气）：竟然是迪杜瓦先生？我真不敢相信！

多德小姐（兴奋）：你们知道的，我从一开始就怀疑这个法国佬！

斯蒂尔斯：珠宝大盗！真不能把这个身份和他联系起来！

警长（严厉）：迪杜瓦，我现在正式逮捕你，罪名是谋杀乔治·莱瑟姆。

迪杜瓦（大喊大叫）：笨蛋！蠢猪！我没有杀他！

警长：是啊，你只是个天真无邪的小红帽！迪杜瓦，你为了那些翡翠杀了莱瑟姆，你原本打算怎么处理那些东西？

迪杜瓦（仍旧大喊大叫）：我根本不知道什么翡翠！

警长：你还想耍赖，嗯？好吧，不管我们是否找到了那些宝石，迪杜瓦，关键是我们已经在你身上搜到了证据，你赖不掉。女士们，先生们，给你们造成不便，我深表歉意。现在一切都结束了，我表示感谢——

参议员：表示感谢也没用！我跟你还没完。

警长（谦恭）：抱歉，麦克纳尔蒂议员，我必须坚守我的职责。（粗暴）快走，迪杜瓦。在我们到达中央大车站之前看紧他……（退场——随后又上场，低声说话）谢谢，迪杜瓦。

迪杜瓦（咯咯笑）：我演得怎么样，警长？不错吧？

警长（咯咯笑）：不错！非常好！现在记住，迪杜瓦，你是一个被囚禁的凶手，继续这样演下去……（退场）

（音乐起……列车缓缓驶入中央大车站的地下轨道……熙熙攘攘的嘈杂声和谈话声。）

斯蒂尔斯太太：亨利，我们在隧道里了！噢，亲爱的，那个手提箱——是开着的——

斯蒂尔斯（急切）：亲爱的，我来关上……服务生——麻烦帮我们搬一下这几个箱子！

服务生：好的，先生，好的，先生。对不起，怠慢了您。（退场）

多德小姐（焦躁）：霍华德，估计有上百个记者守在中央大车站。请别让他们来烦我，我很烦躁，我会失声尖叫的……

参议员：别担心，亲爱的。让我来处理……（退场）

史密斯（简慢）：好了，琼斯，我们到了。

布朗：他不会说话的。

琼斯（拉长了脸）：要我说什么呢？（退场）

警长（低声）：继续演下去，迪杜瓦。你做得非常好。再过几分钟就好——

迪杜瓦（紧张）：这一切一旦结束，我会非常高兴的……

列车员（上场）：终点站中央大车站到了，终点站中央大车站到了……（列车越行越慢，夹杂着乘客喋喋不休的喧哗声）

斯蒂尔斯：亲爱的，我们到了！

斯蒂尔斯太太：谢天谢地！

多德小姐：怎么回事，为什么没有人开门？

参议员：快开门！服务生！列车员！警长！

警长（温和）：当然，当然了，议员先生。（门打开，吵闹声顿时涌了进来）你好啊，韦利，你带了多少人来？

韦利（上场）：带了名副其实的一整支军队。（一阵哗然声）好了，士兵们！奉命行事吧！（士兵鱼贯进入车厢——引起乘客们的一阵阵尖叫声——"这是在做什么？""把你的手拿开！""为什么还要搜身？"）

韦利（叫喊）：每个人负责一个乘客！搜遍所有东西——衣服、箱包、洗漱用品——所有的东西！

警长（温和）：女警员——搜搜这些女士们！把她们带到女士盥洗室！

（七嘴八舌的抗议声和叫喊声……声音渐渐消逝……没有音乐——靠一片寂静预示时间的流逝——随即再次响起喧嚣声。）

警长（期盼）：好了，警佐——把它们交给我吧！

警佐：把什么交给你？

警长：那三块翡翠，你这个白痴！谁身上搜出来的？

警佐：没搜出来。

警长：什么！你说，是不是要我亲自去搜身？这些人中的一个肯定拿了那些东西！

警佐：听我说，警长。我们把这些家伙剥得都可以看到他们的胎记了，我们把他们当马一样，探进了他们的咽喉，我们把他们的行李箱撕扯开——我们没有漏掉一样东西！

警局局长：那个列车员和服务生呢？

警长：我搜了他们，局长……（郁闷）好了，大家都累坏了。这招竟然不奏效，真该死。

埃勒里（温和）：爸爸，我建议放了他们。

警长：我还能怎样呢？韦利，记下他们的名字和联系地址了吗？

韦利：我也就获取了这些信息。

警长：让他们走。

韦利（大声）：好了，士兵们——集合！立——正！把他们一个一个带出去——确保每个人出去的时候没有落下什么东西……（人群离开的喧闹声，夹杂着叫嚷声和抗议声。但很快就安静下来了。门砰的一声被锁上了）

警长：好吧，一切都结束了。凶手估计吓坏了，或者是看穿了这个小把戏，没有上钩。他肯定是把翡翠藏在什么地方了。好了，迪杜瓦，你也可以走了。谢谢合作。

迪杜瓦：“合作”是什么意思？噢，您的意思是说……我为您感到很难过，警长先生……

埃勒里：等一等。警佐，那拿破仑剃刀你带来了吗，我在哈门给你打电话的时候说过的。

韦利：是的。

警长：不要拿，根本不用拿。拿走翡翠的人才是凶手——

埃勒里：那我建议您逮捕韦利警佐。

韦利：啊？

警长：怎么回事？这是怎么回事？

埃勒里：您说拿了翡翠的就是凶手。翡翠现在就在韦利手上。

韦利：我？（不知所措地笑）你一定是在开玩笑吧。

埃勒里：不是，它们确实就在你手上。

尼基：在他手上？他手上拿的唯一的东西就是那把剃刀！

埃勒里（大笑）：抱歉，韦利。我有权娱乐一下。我可是过了一段很难熬的时光……爸爸，那三块翡翠就藏在那把拿破仑剃刀的手柄里。

警长：在剃刀里？韦利，把那玩意给我！（停顿）

尼基（拍手）：是真的，是真的！噢，亲爱的，你太棒了！（低声）噢！抱歉，警长。

警长（高兴）：抱歉什么？瞧，这个手柄是空的——那三块玩意儿就藏在这里面——

韦利：真想不到啊！

迪杜瓦：难以置信！在我的剃刀里——啊，太聪明了，太聪明了，奎因先生。

埃勒里：确实如此！爸爸，之前您练习的那段台词是否可以再对着迪杜瓦先生说一遍？这次可不是演戏。

警长：啊？

埃勒里：以谋杀乔治·莱瑟姆和偷盗翡翠的名义逮捕迪杜瓦！

（音乐起……随即是出租车行驶的声音。）

尼基：走开，离我远点。你这个巫师，你这个——这个遁术师。我还是不能相信。警长伪造了一份来自法国的电报，声称迪杜瓦不是法国历史学教授，而是一个珠宝大盗……这一切竟然是真的！埃勒里，你是怎么识破他的？

埃勒里：这很简单。两个线索让迪杜瓦露馅了。他声称那把失窃的剃刀是约瑟芬为庆祝拿破仑一八一五年在奥斯特利茨取得胜利送给拿破仑的礼物。

尼基：这有什么问题？

埃勒里：滑铁卢战役是在一八一五年。奥斯特利茨战役是在一八〇五年。一个法国历史学教授，还自称写了不少关于拿破仑战役的著作，会犯下这种不可理喻的错误？

尼基：我明白了，所以你当即认识到他是个信口开河的江湖骗子。

埃勒里：很显然。还有，关于莱瑟姆的睡衣和漆皮鞋，有一件很奇怪的事。你记不记得莱瑟姆遭暗杀以后，我搜了莱瑟姆的卧铺，他的行李原封不动放在那里——包括他的睡衣和拖鞋。迪杜瓦说莱瑟姆爬上了他的床——如果迪杜瓦说的关于那晚发生的一切都是真话的话——莱瑟姆的睡衣和拖鞋应该是出现在迪杜瓦的床上而非莱瑟姆的床上。

尼基：所以你知道了迪杜瓦是在撒谎。

埃勒里：是的。我知道莱瑟姆并不是一开始就上错了床，他应该是到了自己的铺位，脱了睡衣和拖鞋，然后被引诱进了迪杜瓦的铺位，在那里被杀害的。被谁引诱的呢？只有可能是对一切撒了弥天大谎的迪杜瓦本人。

尼基：这么说你早在德克萨斯州的阿马里洛时就知道是谁杀害了莱瑟姆。

埃勒里：是的，尽管这些推理能够证明迪杜瓦是凶手，但是没有足够的证据。最好的证据是翡翠。所有的地方都被搜了个遍，那么迪杜瓦到底把它们藏到哪里了？突然我想起了还有一样东西没被搜过——只有一样东西，尼基——就是凶器本身！我在阿马里洛把它邮寄到了纽约。逻辑上说，翡翠应该藏在里面。手柄有六英寸长，宽和厚度都有半英寸。

尼基：把赃物藏在凶器里！真是天才的创举！但是我不明白，迪杜瓦事后打算怎么重新得到那些翡翠，毕竟那把剃刀在警方手上。

埃勒里：这是他凶杀案最精彩的一部分。记不记得在堪萨斯城，迪杜瓦问我警察在检验完剃刀后是否能归还给他？

尼基：这家伙真是够大胆的！

埃勒里（叹气）：但是还有一件事情困惑着我。

尼基：是我吗，奎因先生？没关系，说出来吧！

埃勒里：那三个团在一起的人——史密斯、琼斯和布朗。我想不出他们是在干吗。他们仍然让我感到很困惑。（尼基咯咯地笑）你笑什么？

尼基：警长认识他们。他告诉我了。你不是个了不起的大侦探吗？

埃勒里（恼怒）：爸爸认识他们？他们是谁？

尼基：琼斯是个邮件诈骗犯，史密斯和布朗负责把他从加州押解回纽约……后两个人是，亲爱的——吓你一跳！——同性恋！

埃勒里：同性恋?（停顿）

（埃勒里随即大笑起来，尼基被他的笑声感染，也露出了欢乐的笑容。他们渐渐融入彼此的笑声之中。）

（音乐起……）

读过弗雷德里克·丹奈的自传小说《金色的夏天》(作者“丹尼尔·纳森”)的读者们会知道童年对奎因兄弟是多么重要。在一九三九年七月三十日播出的这期节目中，我们看到了一个叛逆男孩眼中的世界。

坏 男 孩

人 物

博比·海斯	坏男孩
萨拉·布林克	男孩阿姨
弗洛伦斯·海斯	男孩母亲
梅尔顿医生	华盛顿广场医疗队
戈蒂尼先生	魔术师
韦伯先生	小提琴老师
埃勒里·奎因	侦探
尼基·波特	侦探秘书
奎因警长	纽约警署
警佐韦利	纽约警署
普劳蒂医生	纽约警署
弗林特	纽约警署

背景：纽约市，一九三九年

(屋内——金丝雀时不时欢乐地歌唱——与起居室相连的厨房里传出烹饪和备餐的声音——起居室里一阵阵随意翻阅

报纸的响声。)

萨拉(停下手中的活——试探的语气):博比?(停顿)博比!

博比(没好气):干吗?

萨拉(试探的语气):博比·布林克,你就这么跟萨拉阿姨说话?你就不能说:“怎么了,阿姨,有什么事吗?”

博比(冷漠):是的,阿姨。(抗拒)但我的名字不叫博比·布林克。

萨拉(试探——严肃):在这个房子里你就叫博比·布林克。

博比:就不是!我叫博比·海斯!

萨拉(上场):小伙子,你竟敢用这种口气跟我说话!

博比(挑衅):就是叫海斯!这是我父亲的姓,也是我母亲的姓,所以这也是我的姓!

萨拉:有些事情小孩子不懂。

博比(固执):我想我知道自己叫什么名字。

萨拉:你父亲是个坏蛋。他抛弃了你和你母亲,自己走得远远的了——

博比:他没有!妈妈说他死了。

萨拉(严肃):他要死了,你的日子就比现在好过了,还有你妈也是。你们还可以拿到一笔他的保险赔偿金——

博比:保险赔偿金?是什么,萨拉阿姨?

萨拉:这不重要。(胜利的口吻)博比,你对你的萨拉阿姨……就没有心存半点感激吗?阿姨把她妹妹和妹妹的儿子接到自己家,让他们好吃好住,还给他们钱花,你不觉得这个小男孩应该……爱他的阿姨吗?

博比：噢，我可没得到多少零花钱。

萨拉（立刻改变声调）：你是个邪恶的、忘恩负义的小杂种！我在厨房做晚饭的时候，你一个人在外面静悄悄地做什么？我敢打赌你一定是在搞一些什么恶作剧！

博比：我什么也没做，我就是在看报。

萨拉（嗤之以鼻）：看报纸？我看是追着猫玩吧。

博比：我没有！我在看广播版面！

萨拉：噢。（停顿，继而用狡黠的语调）博比，自从你妈妈的收音机……坏了以后，你很久都没有听广播节目了吧，你一定很想听那些节目，是吧？

博比：是呀，萨拉阿姨，我真希望我们能够把它修好。我还得去公园问那些一起玩的小朋友巴克·罗杰斯和独行侠都发生了什么。

萨拉（狡黠）：要不要萨拉阿姨给博比买台新的收音机？专门给博比一个人买的？

博比（高兴）：天哪！萨拉阿姨，真的吗，真的吗？

萨拉（狡黠）：如果你时不时给萨拉阿姨一个大大的拥吻，萨拉阿姨就会……（开门声和关门声）（语调尖锐）是你回来了吗，弗洛伦斯？

弗洛伦斯（上场——疲惫）：是的，萨拉……博比，亲爱的。

博比（欢快）：妈妈！（他跑上前——母子互相拥吻）

弗洛伦斯：天哪，抱得好紧啊！亲爱的，告诉妈妈，你今天都做什么了？

萨拉（尖酸）：他还像往常一样调皮捣蛋，总惹麻烦……我说，我就不明白了，你为什么——

博比：啊啊啊，你总是打小报告！我在华盛顿广场公园和一群小伙伴一起玩。我们本来打算在喷泉里游泳，结果被一个警察赶走了——

弗洛伦斯：博比，不可以这样！你会溺水的——

萨拉：还有呢——

博比：继续，继续，你继续告密啊！我扔了块石头——只是一颗小石子，妈妈——基本上伤不到人的那种——但是却碰巧把一块窗玻璃给打坏了……

弗洛伦斯（无助）：博比·海斯，你真是个坏孩子。还有，博比，我不喜欢你这样跟你的萨拉阿姨说话——

萨拉（尖酸）：弗洛伦斯，如果你不整天到处游荡，你就可以在家好好盯着你的孩子了。不能什么事都由我来做——

弗洛伦斯（低声——声音从较远处传来）：萨拉，我不是无所事事四处游逛。我是出去找工作。（水龙头关上的声音，水声四溅，好像在洗脸洗手）

萨拉（提高声调）：你，还有你所谓的工作！你的职责就是照看你的孩子。你非常清楚只要和我住在一起，你就不需要工作——

弗洛伦斯（停止洗漱——压低声音）：博比，亲爱的，把毛巾给妈妈。（怪异的声调）是的，我——知道，萨拉。

萨拉：回来得还真是时候！晚餐烧煳了。（退场）汤都沸了！（挪开饭锅和煎锅的声音）正好！要是再晚几秒钟——

博比（上场）：汤？我不喜欢你煮的汤，萨拉阿姨。我不喜欢。

萨拉（停下手上的活）：我没说让你吃汤啊，博比。想来点好吃的覆盆子果酱蛋卷吗？

博比：哇！我喜欢果酱蛋卷！（鸟笼里传来鸟儿扑腾翅膀的声音）

萨拉（上场）：我盛两碗汤，一会儿就给你弄蛋卷。（把餐盘放在桌上）弗洛伦斯，你就可怜可怜我，快点，好吗？博比！不要再玩鸟笼了！

弗洛伦斯（上场）：博比，你没听到萨拉阿姨说的话吗？别玩了，博比！

博比：好的，女士们。（拉椅子的声音）萨拉阿姨，我能喝梅子汁吗？我特别喜欢梅子汁——

萨拉（泼妇一般）：我会让你痛痛快快地喝上几杯的，博比·布林克！看看你都做了什么？你竟然把鸟笼打开了！

弗洛伦斯：噢，博比……金丝雀飞出来了。萨拉，抓住它！

萨拉（泼妇一般）：你是我见过的最淘气最爱恶作剧的孩子……（满屋子追赶金丝雀的叫喊声——但仅仅是萨拉和弗洛伦斯的叫喊——男孩不参与其中——猫咪在一旁兴奋地叫着）

弗洛伦斯：抓到了！噢，天哪，又飞到吊灯上去了！

萨拉：快下来，该死的！

弗洛伦斯：萨拉，把餐厅的门关上——会飞出去的！

萨拉（关门声）：把窗户关了，弗洛伦斯！

弗洛伦斯：小心——那只猫！

萨拉：达比——停下，你这只臭猫！

弗洛伦斯：在那边！快——萨拉！

萨拉（喘气）：抓到了！（追赶声停止了——把鸟笼关上）（愤怒）好吧，现在鸟抓回来了，那么你告诉我，博比·布林克，为什么把关金丝雀的鸟笼打开？还有你为什么直直坐在餐桌边一动不动，也不帮忙抓鸟？

博比（低声）：才不关我的事。我刚才在逗那只鸟玩。谁知道它就从我身边飞过去，脏兮兮的臭鸟。

弗洛伦斯（悲伤）：你到底是怎么了，博比·海斯？你一直很喜欢萨拉阿姨的宠物，但是你现在，不是去追赶达比，就是去捉弄金丝雀，要不就是跑到金鱼缸边钓鱼——你好像特别热衷于虐待这些可怜的小动物！

博比：噢噢，我可没伤到它们。

萨拉（尖酸）：弗洛伦斯，问题的根本在于你不好好管教他。如果他是我的孩子——

弗洛伦斯（平静）：但他不是你的孩子，萨拉。博比，晚饭以后我要跟你谈谈。

博比（低声）：好的，妈妈。

萨拉（尖酸）：喝你的汤吧，弗洛伦斯。（拉动椅子的声音）趁着汤还没有凉，我也要吃了。

弗洛伦斯：但是萨拉——博比的蛋卷……这样吧，博比，我给你做蛋卷……

萨拉（仍旧尖酸）：我不允许你这样做！我告诫过你们上千次，不许你们任何人进我的厨房乱弄东西。博比，你等会儿再吃，谁让你搅了我们的晚饭。

弗洛伦斯：萨拉，但是汤可以稍后加热啊——

萨拉（仍旧尖酸）：我们的煤气费很高。（正在她们默默吃饭之际，楼下隐隐约约响起了小提琴演奏的哀怨的曲子，好像是《希伯来小调》，又好像是《圣母玛利亚》。没有钢琴的伴奏，但演奏者似乎对自己的独奏信心满满。当啷一声，刀叉狠狠地摔在餐盘上）又是这个可恶的声音！每次我们一坐下来吃饭，他就开始演奏。我敢肯定，这家伙是故意这样做来烦我！

博比：萨拉阿姨，是楼下的韦伯先生。他喜欢演奏这个曲子——

弗洛伦斯（温和）：博比，别说话了。

萨拉（怒吼）：我会收拾他的，我会把他撵出去的！

（音乐起……仍旧是刚才那支哀怨的曲子，但这次是交响乐队的合奏声……合奏声渐渐减弱，随即是收拾餐盘的声音，依旧伴随着小提琴的独奏。）

弗洛伦斯（低声）：萨拉，今晚的汤很不错。博比，你可以去别的地方玩会儿。

博比：但是妈妈，我不能吃块苹果派吗？我非常想吃一块苹果派。

萨拉：我告诉过你了，博比，如果你妈妈一味纵容你，我会惩罚你的！

博比：太小气了吧！萨拉阿姨，你知道我有多喜欢苹果派！

弗洛伦斯（哽咽）：别这么说，博比，我跟你说去其他地方玩。

博比（平静）：好的，女士们。（欢快）我可以下楼去找戈蒂尼先生吗？我跟他约好了。

萨拉：不行，不可以去！弗洛伦斯，我告诉过你，我不许博比整天和那个一文不值、油腔滑调的演员待在一起。

弗洛伦斯（勺子狠狠地摔在杯子里）：萨拉，我是博比的母亲，我会用我认为最好的方式把他带大。戈蒂尼先生是个非常好的人。博比，你可以去戈蒂尼先生那里玩半个小时。然后回来睡觉。

萨拉（尖声大叫）：博比·布林克，我不许你去！弗洛伦斯，只要你跟我住在一起，住我的房子，用我的钱，你就必须按我说的做！

弗洛伦斯（大哭）：我再也受不了了！总是当面奚落我靠你的救济过日子——就因为我没有其他地方可去就主宰我的生活。我要离开，我要带走博比，我宁愿饿死——

萨拉（怒吼）：别傻了，弗洛伦斯！你如果早听我的话，就不会被你那个恶棍丈夫抛弃，成了个身无分文的单身母亲！我已经够仁慈的了，把你们接进来住，让你们以我认为最好的生活方式生活……停住你那弱智的哭声，弗洛伦斯。

博比（都快要哭了）：妈妈，求求你，别哭了，我错了，我不想去找戈蒂尼先生了，我真的不去了。

弗洛伦斯（努力控制情绪）：我——我没事的，博比。去楼下吧，博比——

萨拉：博比·布林克，你哪里也不许去！如果你敢……噢！（一阵剧痛）我……感觉……怪怪的……（啪的倒地声）

博比（惊吓）：妈妈！萨拉阿姨——她摔下去了！她——

弗洛伦斯（惊吓）：萨拉！萨拉，你怎么了？

萨拉（奄奄一息）：我的喉咙——我的胃——像火烧了一样——我不能呼吸了——

弗洛伦斯（尖叫）：博比！下楼去叫梅尔顿医生！快点去！

（音乐起……而后是打字机的嗒嗒声。）

埃勒里（口述）：“……然后进入了坟墓阴翳的墓穴中……”不，

改成“阴森森的墓穴中”，尼基，我想想看。

尼基：“坟墓……阴……森森……的墓穴中。”（停止打字）噢噢噢，多么美妙的构思啊。你晚上怎么睡得着觉呢，奎因先生？

埃勒里：事实上，我睡得很不好。但不是你说的这个原因，我最近总在想一些事情。

尼基（渴望）：是在想一个女人吗？一百一十磅重，名字的缩写是N.P.？

埃勒里（讽刺）：不是的，波特小姐。几天前我接到梅尔顿医生的一个电话——华盛顿广场医疗队的那个。现在几点了？

尼基：中午了。

埃勒里：他一个小时前就应该和一个叫布林克的女人来这里了。很奇怪的案子，尼基，显然是蓄意投毒。

尼基（阴郁）：我知道，很多……很多人需要的——嗯，不是投毒，事实上，而是……至少戳一下手臂。

埃勒里：嗯嗯。那所房子据说是一座老旧的棕色石墙房，面朝华盛顿广场公园，有三层楼高，维多利亚时期的古典别墅改成的公寓房，现在住着四户人家。这个萨拉·布林克是房主，自己住顶楼，梅尔顿医生住一楼，二楼也住着两个房客——

尼基：有意思。（叹气）

埃勒里（径自往下说）：——一个年迈的德国小提琴教师，还有一个好像是演员还是什么的人……（门铃声）噢，我的当事人来了！

尼基（退场）：你的阴森森的坟墓就先搁一边吧！埃勒里·奎因，我认识你这么久了，我猜除非这个案子结了，不然你是不

会爬回你那阴森森的坟墓里了……（门打开）请进。（相互问候声——门关上）

梅尔顿医生（上场）：奎因先生？这位是萨拉·布林克小姐，我那天电话里跟您提起的病人。

埃勒里：请坐。这位是我的秘书，波特小姐。这位是布林克小姐，这位是梅尔顿医生。（互相问候声）

梅尔顿医生：没事的……布林克小姐。您瞧，奎因先生，她还是很有心理阴影，虽然事情已经过去四天了——

萨拉（虚弱）：那只是意外，是个意外。我告诉过你了，梅尔顿医生，那只是个意外。我不明白自己为什么会让你带我到这儿来。一个侦探——

梅尔顿医生：布林克小姐，那怎么可能是个意外呢？

埃勒里：梅尔顿医生，您是在怀疑什么？

梅尔顿医生：我没有怀疑——我知道的。布林克小姐被蓄意下毒。

埃勒里（直截了当）：我想您已经把这认定为一个事实了。

梅尔顿医生（仍旧保持原先的态度）：千真万确。首先，她摔倒在餐厅地板上扭成一团，不久后就显示出了各种中毒的症状……

埃勒里：什么症状？

梅尔顿医生：空腹服毒后十分钟——喉咙和胃像火烧一般——止不住呕吐——严重脱水——昏迷，皮肤呈青紫色，呼吸困难，小腿痉挛……所有的症状都表明是砷中毒，奎因先生！

尼基：太可怕了！

埃勒里：砷，呃……您肯定检测过那个汤了，对吗，梅尔顿医生？

梅尔顿医生：是的，布林克小姐餐盘中剩余的汤我做过检测了——被加入了大量的砷。

埃勒里（突然）：布林克小姐，您的继承人是谁？

萨拉（低声）：我妹妹弗洛伦斯——和她十岁的儿子。他们是我唯一的亲人。

埃勒里：您的生活还算富裕吧？

萨拉：我……我有自己的房子，还有……几千美元的存款。

埃勒里：有仆人吗？

萨拉：我自己做家务活，自己烹饪。我请不起仆人。

埃勒里：我明白了。梅尔顿医生，您告诉过我，布林克小姐的妹妹弗洛伦斯·海斯太太当晚也吃了炖汤，但是没有中毒的迹象？

梅尔顿医生（干巴巴）：是我说的，她好好的，没有一点中毒的样子。

埃勒里：那么很显然，布林克小姐，只有您的食物被投放了砷。海斯太太在您准备晚餐或者烹饪的时候，是否到过您的厨房？

萨拉：没有，弗洛伦斯一整天都在外面。她直到我把两碗炖汤盛出来放在餐桌上的前几分钟才到家。

埃勒里：您的外甥在您做饭的时候是否在厨房里？

萨拉：博比？没有。

埃勒里：您把餐盘放在餐桌上以后，您的妹妹是否有机会在您的汤里下毒？

萨拉（低声）：弗洛伦斯……下毒害我？不，不可能的。我刚把餐盘放下，博比就打开鸟笼放走金丝雀，弗洛伦斯和我就开始追捕那只鸟——

埃勒里（锐利）：是吧！你们在追捕金丝雀的时候，您的外甥在做什么？

萨拉（疑惑）：博比？怎么了……他一直坐在桌子旁……

埃勒里（意味深长）：单独一个人。一个人……没有人看着他。

萨拉（停顿）：噢！

尼基：这……这太可怕了。

埃勒里：我只是很客观地询问一下当时的情景。

萨拉（歇斯底里）：梅尔顿医生，带我回家！

梅尔顿医生：但是布林克小姐，你不能就这么走了——

萨拉（仍旧歇斯底里）：关于这件事情，我不想再提一个字！

埃勒里：您可能也没这个机会了，布林克小姐，这是蓄意谋杀。

萨拉（依旧歇斯底里）：我——我不在乎！如果你介入了，奎因先生，我会——我会否认所有的情况！你也别想给我寄账单——我是一个子儿也不会付给你的！祝您愉快！（退场，开门声）

梅尔顿医生（尴尬）：我非常非常抱歉，奎因先生。我不明白事情怎么会这样……我想还是应该让您知道一下。关于她的财产状况，她并没有说实话。她在格林威治村有十二栋房子。所有的邻居都知道她很富有。

埃勒里：正如我所猜测的一样。好了，医生，看起来我们能做的很有限。祝您愉快！

梅尔顿医生：我很抱歉，但我必须赶紧把她送回去。她仍然很虚弱，您知道的——都差点没命了——（退场，关门声）

尼基：埃勒里·奎因，这真是骇人听闻！一个十岁的小男孩！

埃勒里（沉思）：这很奇怪，尼基。很显然，那个孩子故意把金丝雀放跑以便支开他母亲和阿姨——故意转移她们的注意力——

尼基：但是如果真是那个男孩在自己阿姨碗里下毒——不管这个老太婆本人是怎么样的人——他一定是一个……一个魔鬼，或者是心理变态！得采取行动，这个女人有危险——或许会被再次下毒——

埃勒里：毛骨悚然的情形……尼基，布林克小姐有说当晚她做的是什么炖汤吗？

尼基：什么汤？她好像没说吧。

埃勒里：我太大意了，应该问问她。（叹气）好了，就这样吧。既然她坚持自掘坟墓，那就让她自食其果吧！

（音乐响起……随即是播放棒球比赛的广播节目。）

尼基：埃勒里·奎因，要么口授你的小说，要么坐过来握着我的手——但是请不要让我听星期六下午的棒球比赛广播。

埃勒里（心虚）：我不过想听听巨人队的比赛嘛……（电话铃声）尼基，接一下电话好吗？

尼基（接电话）：您好！

警长（电话过滤后的声音）：尼基？叫埃勒里听电话。

尼基：你的电话，约翰·麦格劳[①]。奎因警长的。

---

① 约翰·麦格劳（1873—1934），美国棒球职业联赛运动员，后成为纽约巨人队经理。

埃勒里：是爸爸？（接电话）您好，爸爸。

警长（话筒过滤后的声音）：噢，埃勒里。如果我不让你参与进这件事，你会怪我的。

埃勒里：参与进什么事？

警长（话筒过滤后的声音）：我见过的最最荒唐的案子。如果你十五分钟之内能到的话，我会试着留住他们的。

埃勒里：您会试着留住谁？

警长（话筒过滤后的声音）：犯罪现场的目击证人，好几十个。

埃勒里：好几十个目击证人？是什么案子，爸爸——抢劫吗？

警长（话筒过滤后的声音）：事实上，如果你不快点的话，可能会有上百人。（咯咯笑）这些目击者从某种意义上说还蛮有意思的。华盛顿北广场十三号B栋，快点，埃勒里！（挂电话）

尼基：奎因先生，新案子吗？这可比听棒球比赛刺激多了。

埃勒里：目击者——好几十个——上百个——如果爸爸没有喝醉的话……华盛顿北广场十三号B栋……尼基！

尼基：怎么了？

埃勒里：就是上周来找我们的那个女人的住址——萨拉·布林克——梅尔顿医生的投毒案！快点！

（音乐起……出租车在路边猛刹车……街道上的喧嚣声……远处孩子们玩耍的叫喊声……车门打开。）

埃勒里（激动）：尼基，快跳出来！你软趴趴的跟糖浆一样！

尼基：你干吗不拉着我？你之前在洛杉矶的时候拉过我一次。

司机（转身）：小姐，您的找零。

埃勒里：不用找零了！

司机（退场）：那么谢谢了。（车子开走。他们跑上石阶，急促地叩响大门）

韦利（开门——上场）：啊——哈！奎因先生和波特小姐来救急啦！这边请，智囊团——老家伙在等你们呢。（关门声……边说话边上楼梯）

埃勒里（迅速）：是什么事情，警佐？发生什么事了？

韦利（隐晦）：我接到通知，奎因先生——什么都不许说。

尼基：是个惊喜吗？你父亲大人的父爱哟！

韦利（咯咯笑）：惊喜？我想说是个惊吓。（大笑）

埃勒里（生气）：除了神秘兮兮还是神秘兮兮！我写的东西讲究神秘，我解决的案子也是神秘的，但是我不喜欢神秘的事。韦利，我真想掐死你！

韦利：掐死你家那个老东西吧。就这里，顶楼。

警长（上场）：啊，她还有个儿子，她儿子也是这里一切的继承人。等等，埃勒里，等会儿你就会看到的！

埃勒里（严肃）：我等着。

尼基：警长，如果您不快点的话，您儿子的牙齿可要掉光了——他一直在那里磨牙。多么漂亮的牙齿啊……

埃勒里（严肃）：别油腔滑调，尼基——

尼基：这可不是油腔滑调！我就是觉得那些牙齿很讨人喜欢——

韦利：能赏光请您跳一支舞吗，帅哥？

埃勒里（咆哮）：这到底是在干什么？想把我弄疯吗？

警长（咯咯笑）：好啦好啦，这边。（上台阶）这是顶层走廊，每个门通向布林克住宅的不同房间。我们先在这里停住。（停住脚步）韦利、弗林特、皮戈特、哈格斯托姆——你们都准备好了吗？（七嘴八舌的应答声，声音阴郁而低沉）

韦利：对一个成年人来说，这活看上去真有意思。追赶——

弗林特：警长，是不是要重复一次刚才的事？

韦利：看在上帝的份上，一次不够吧？

埃勒里：我没疯，他们疯了，他们所有人。

尼基（安抚）：好了，好了，奎因先生，镇定点。让你父亲表演一下他的小把戏。

警长（严肃）：把戏？这是把戏？好了，先生们——在门外各就各位。（喃喃低语，各就各位）好了，埃勒里，你要看到的就是我们来这边打开门的时候看到的一切……韦利，开门！

韦利：记住，先生们，这是看在老祖宗的份上。二——十四——八十九——耶！（门打开。即刻拥出了一群蹦蹦跳跳的——兔子——四个探警抓捕兔子的喧闹声喧嚣四起——“抓住它们，哈格斯托姆！”“那边有只跑了！”“在哪里？”“那只！”“过来，你个小鬼头！”“放进这个袋子！”）

尼基（倒抽了一口气）：兔、兔子……兔子！

埃勒里：兔子！现在我知道是我疯了！

警长：是的，兔子——好几十只。我们花了半个小时的时间满屋子追着跑着把这些讨厌的东西抓回来。它们都是从这个房间跑出来的——萨拉·布林克的卧室。

埃勒里：那个老女人的房间，嗯？我去看看。（停顿，迅速）不，尼基，你待在走廊上。

尼基：为什么？你总是这么对我，好像我是个玻璃糖球——（倒抽了一口气，像是要吐了）噢……埃勒里。

警长（严肃）：是的，这就是这些兔子从我们身边跑过去时我们看到的……萨拉·布林克躺在自己的床上……死了。被谋杀了。（忽然同样的小提琴曲子又响起，仍然是独奏。渐渐飘远……）

（音乐起……继而是隐隐约约的小提琴演奏声。）

埃勒里：爸爸，从床单看来，这里可能有过打斗。

警长：你怎么看呢，医生？

普劳蒂（满不在乎）：当然有打斗了——跟一个叫“死亡”的老人打过。如果换你像她那么死去，你也会挣扎一番的。

埃勒里：尸体解剖结果出来了吗？

普劳蒂（满不在乎）：耐心点，老医生普劳蒂在确认中。

警长：好像他们中饭吃的是兔肉汤，午饭后这个老女人就径直到卧室来午睡。

普劳蒂：胃里有些食物。我猜她吃炖兔肉之前肯定吃了点其他什么东西。不然她在餐桌上会立刻毙命。好吧，先生们，是砷中毒。面部凹陷，皮肤呈紫青色，眼睑发炎，皮肤起斑疹——

埃勒里：有什么可疑之处吗，普劳蒂医生？

普劳蒂：我的孩子，怀疑在科学界备受推崇。但是这个案子，我敢肯定被投放的就是亚砷酸氧化物，也就是——砒霜。但是我们会进行一次解剖以便确认——赖因施试验测试一下就可以得出结论了。如果她是只兔子，她就不会这么倒霉了——砒霜杀不了兔子，它们对此有免疫力……好了，帮我叫辆车吧。我约了我的牙医。

韦利：车子在路上了，医生。

普劳蒂：这是尸体搬运证明。你说，这小提琴演奏得真是时候啊！是谁在演奏——尼禄吗？

韦利：是一个住在楼下的小提琴大师。叫韦伯。

埃勒里（走上前）：这是什么？

警长：什么是什么？

埃勒里：萨拉·布林克床头柜上那个亮锃锃的黑色大礼帽。（上场）布林克小姐不会是个女扮男装的演员吧？（咯咯笑）先生们，让我用这个帽子给大家表演个小把戏吧。看看，我袖子里什么都没有——我把我的右手插进帽子里——我说"玛里玛里哄，变！"芝麻开门——然后大家看到了——一只兔子！（兔子哼哼唧唧的叫声）

韦利（崇拜）：他竟然会变魔术！

埃勒里（大笑）：不是的，警佐，你开门的时候，这只兔子受到惊吓不敢跑，就躲到这个丝绸礼服帽里来了。礼服帽和兔子——嗯，这起凶杀案一定是个专业的魔术师做的！

韦利（责备）：奎因先生，你让我输了，你让我输了！

警长（咯咯笑）：哈哈，我跟你怎么说的来着，韦利？快给钱，我告诉你他会这么说的！

韦利（喃喃）：给你钱。我猜你这是瞎冤枉好人吧。

埃勒里：但是爸爸，我只是随便说说。

警长：你最好是认真的。她被一个魔术师下毒了。好吧，我正把他看押在起居室里。

埃勒里：您是说真有一个魔术师搅和进这件事？

警长：是的，住在楼下那个小提琴老师韦伯的对门。杂耍魔术师，自称是戈蒂尼大人。

埃勒里：魔术师……（突然）爸爸，我想见见他！

（音乐起……随即是开门声。）

警长：他没要什么花样吧，弗林特？

弗林特：没。温顺得像只兔子。来了！

戈蒂尼（局促）：警长，您搞错了，我没有毒害萨拉·布林克。

警长：是的，是的，你只是邪恶阴谋的牺牲品，戈蒂尼。

埃勒里：戈蒂尼先生，我叫奎因，我对萨拉·布林克的死很感兴趣。我听说当时你在家——在你的住所——就在中午她被毒害的时候。

戈蒂尼：是的，奎因先生，我当时——正好在家里闲着。

埃勒里：我还听说，从你一楼通往顶楼的防火梯正好经过布林克家的厨房，所以今天中午布林克小姐和海斯太太吃的那两碗兔肉汤——盛好放在靠近防火梯的柜子上时，你很有可能就在窗户外。

戈蒂尼：虽说如此，但是厨房窗户有一个铁制的花格架，只有从里面才能打开——所有房子里的后窗上都有。我怎么穿得过那些铁架子？

警长：我告诉你如何穿过，戈蒂尼。用这个小东西。

戈蒂尼（迅速）：警长，您是从哪里拿到我的惰钳的？

韦利：惰钳？什么东西？

警长：这是我们的朋友戈蒂尼使用的触到那盘炖肉的工具，警佐。这玩意看上去像一把剪刀，后面是可伸缩的百叶板，可以打开和闭合——看——

韦利（警告）：嘿，注意点那东西！差半英尺就割到我的鼻子了。

警长：是的，韦利，在我离你还有八英尺的时候，明白了吗？这是戈蒂尼的魔术道具——是在楼下他的一堆东西中搜出来的。戈蒂尼，你站在厨房外的防火梯上，用惰钳的末端把砒霜滴进了萨拉·布林克的汤里！

戈蒂尼（沙哑）：我没有，我没有，我告诉过你不是我杀害布林克的！

警长：还有那个礼服帽——里面有个口袋，典型的魔术道具。你还不承认那是你的？

戈蒂尼：那帽子是我的，但是——

警长：你是怎么进入那个叫布林克的女人的房间的？

戈蒂尼（愠怒）：你告诉我。

埃勒里：爸爸——

警长：等一等，埃勒里。我下午查了你的档案，戈蒂尼。你的原名叫戈登——约翰·戈登。在成为舞台魔术师之前，你是一位药剂师，所以你对砒霜一定很了解，对吗？

戈蒂尼（痛苦）：我猜这些巧合可以给我套上这个杀人犯的罪名了。

警长：但是你和这个死去的女人吵架不是巧合，戈蒂尼！邻里都知道这件事。那个老女人要你离开她妹妹和那个男孩博比！

埃勒里：爸爸，这些都是间接证据。

警长（不动声色）：是吗？好吧，那你可以把接下来我要告诉你的情况仔细考虑一番。我有一个证人，住在麦克道格尔胡同，正对着这个窗户。证人说她看到你，戈蒂尼，站在萨拉·布林克厨房窗户外的防火梯上，就在那碗兔肉汤可能被下毒的时候！你对此怎么解释？

戈蒂尼（痛苦）：警长，我承认我当时——当时是在那里。但是，我只是——我只是在偷窥。这没什么大不了的，对吗？

警长（严肃）：如果你就只会做这种事的话，戈蒂尼——

埃勒里：爸爸，我和弗洛伦斯·海斯的儿子博比聊过，他告诉我是他把戈蒂尼的礼服帽放在萨拉·布林克的卧室——他早上拿着帽子在那里玩了会儿——还有，那些兔子是萨拉·布林克本人的——她有时候在自己的房间里喂兔子……戈蒂尼先生，你知道是谁下毒害死萨拉·布林克的，对吗？

戈蒂尼（停顿，低声）：是的。

埃勒里（迅速）：是谁？

戈蒂尼（情绪激动）：我……我不能告诉你！（停顿——低声）我的意思是——我不会说的！

（音乐起……而后是弗洛伦斯的啜泣声。）

弗洛伦斯（断断续续的啜泣声）：我，我早就知道……这个房子里，会有一些可怕的事情……发生。我早就知道了，我早就知道了。

博比（努力忍住不哭）：妈妈，不要哭了，妈妈，不要哭了。

尼基（低声，带着厌恶）：走开，你——你……小男孩！

弗洛伦斯：不！不，请别这样，波特小姐。博比——亲爱的——

博比（号啕大哭）：噢，妈妈！（母子俩哭成一团）

尼基：海斯太太，请别这样。你这样会生病的，得克制住——

弗洛伦斯（努力控制情绪）：是的，是的。博比亲爱的——没，没事的——不要怕——萨拉阿姨只是……只是去做了一次长途旅行。（敲门声）噢！是谁？

尼基：别怕。（冲着门外喊）请进！

埃勒里（打开门——上场）：啊，真高兴你和海斯太太在一起，尼基。（抽泣停止）

弗洛伦斯：她就像个——完美的天使，奎因先生。

博比：你真的是个侦探吗？

埃勒里：我有时候也在想这个问题，博比。（突然）海斯太太，您的姐姐萨拉一直养宠物吗——金丝雀，猫，金鱼？

弗洛伦斯：是的，奎因先生。最近她还养起了——兔子。

埃勒里：她一直把兔子养在自己的卧室里吗？

弗洛伦斯：不是的，大部分的时候养在后院。

博比（兴奋）：养在一个普通的兔子笼里，你应该去看看！

埃勒里：谁喂养它们，海斯太太？

弗洛伦斯：萨拉。她不允许其他人去碰那些兔子——（突然打住）

尼基：怎么了，海斯太太？

弗洛伦斯（低沉）：我刚刚想起来。上周萨拉和韦伯先生吵了一架。她撞到他在后院喂养兔子。（传来了微弱的小提琴的演奏声，和此前一样）

博比：天哪，她和韦伯先生吵架了！

埃勒里：韦伯……一定是现在在演奏小提琴的那个韦伯。抱歉，我离开一下。（脚步声、开门声、叫喊声）韦利警佐！

韦利（立刻）：怎么了，奎因先生？

埃勒里：把那个叫韦伯的家伙带上来！

韦利：让他停止演奏小提琴的最好办法！（关门声）

埃勒里（上场）：海斯太太，您以前经常吃炖兔肉吗？

弗洛伦斯：一个星期至少一次。萨拉和我——都非常喜欢吃。她宰杀自己喂养的兔子——它们繁殖得太快了，我们必须把它们解决掉——

博比：我可不喜欢那个什么炖肉。我喜欢果子酱煎蛋、苹果派，还有巧克力软糖——

埃勒里：海斯太太，您中午吃了炖肉以后一点也没感觉不舒服吗？

弗洛伦斯（低声）：没有。

埃勒里：炖肉盛上来放在餐厅的时候，是否有什么异常发生？

弗洛伦斯（疑惑）：异常？奎因先生，您指的是什么？

埃勒里：是的，就像上周金丝雀飞出来那样。

弗洛伦斯：噢。（停顿）您不会是认为博比是个坏男孩吧——他只不过比较调皮，跟他同龄的男孩一样——

埃勒里（严肃）：这么说是发生了些事情了？

博比：妈妈，告诉他吧，我才不怕。我把金鱼缸推倒了。（挑衅）

尼基（低声）：埃勒里……请不要……

埃勒里：抱歉，尼基。（停顿）你阿姨和你妈妈在救起那些金鱼的时候，你在做什么，博比？

博比：坐在餐桌边。萨拉阿姨冲着我大叫——她说就因为那样，就不给我吃甜点。我很高兴她去远游了。噢……噢……耶……

弗洛伦斯（震惊——几乎要哭了）：博比！噢，博比亲爱的，你不应该这么说——（门打开，响起喃喃细语声）

韦利（上场）：这就是韦伯，还有梅尔顿医生。我、警长，我们几个人可以开个咖啡座谈会了。

警长：这边怎么样了，埃勒里？

埃勒里：噢，我刚才和海斯太太聊了聊。顺便问一下，韦伯先生，您就是我们听了一下午小提琴演奏的小提琴家？

韦伯（浓重的德国口音）：是的。海斯太太，对于您姐姐布林克小姐的事情我感到很难过——我都听说了——

弗洛伦斯（再次哭泣）：是的，你是很难过！我可怜的姐姐躺在那里——尸骨未寒，而你——你在楼下演奏音乐！你就没有一点感情吗？

韦伯（难过）：啊，海斯太太，但这是……怎么说的……悲伤的曲调。我感到很难过，所以我演奏悲伤的曲调。

埃勒里：您为何感到难过呢，韦伯先生？

韦伯（痛苦）：我的先生，我的本我和我的根源——都是悲伤的。所有的一切，所有的人。我们都是悲伤之人。

埃勒里：噢……韦伯先生。我听说您上周喂养过布林克小姐的兔子。

韦伯：是的，是的，我喂它们吃生菜。

埃勒里：布林克小姐因此责备了您？

韦伯：我坐在后院，一边拉小提琴一边想着科隆、斯图加特和茨维考[①]。后来我把小提琴放在长凳上就去喂兔子。布林克小姐就出来了，夺走我的小提琴——啊——她就像个疯女人——她把小提琴摔成了碎片。那是我最好的小提琴——我现在拉的那把——不是那么好——

弗洛伦斯（悲伤）：萨拉脾气很火爆。我很抱歉，韦伯先生。我不知道——这些事情。

韦伯：啊，那是当然了，我想让她赔我的小提琴。我是个身无分文的难民。但是她拒绝了。她还叫我搬走。我明天早上就要搬走了，还有梅尔顿医生，他也要搬走了——

警长（锐利）：真的吗，梅尔顿医生？

梅尔顿：我在附近找到新的住所就搬走。

埃勒里：您为何要搬走呢，梅尔顿医生？

梅尔顿：我所有的病人都是乡下来的——他们都不富裕，付不起很多钱。我一直——在拖欠房租。几天前布林克小姐说她再也不能延期了……所以我得搬走了。

弗洛伦斯：等等！梅尔顿医生，我——我之前也不知道这些情况。我……我想我是这个房子的主人了……现在是。请别搬走。您在这里好多年了——

梅尔顿医生（低沉）：您真是一个正直的好人，海斯太太。

弗洛伦斯：还有您，韦伯先生，也请留下。我——只要我有钱——我会尽快赔偿您的小提琴……

韦伯：啊，谢谢您，亲爱的太太！谢谢您！

---

① 三个均是德国城市名称。

（音乐起……而后陷入一片寂静。）

警长（暴躁）：真该死！（猫咪的喵喵声）

埃勒里：怎么了，爸爸？您差点踢到那只猫。

尼基：可怜的小猫咪！这边，小猫咪——别让那个臭脾气的老家伙坏了你的情绪……警长，您该为您自己感到羞耻！

警长：猫！兔子！金鱼！金丝雀！简直是个动物园！还有，别这么看着我，尼基！我可没踢到那只该死的猫，我不知道它在那里。

尼基：听到了吗，猫咪？他在道歉。不过我们早就知道他不会做这种缺德的事情，是不是？（猫咪的喵喵声）

警长：埃勒里，如果戈蒂尼没有下毒，那该死的谜语的谜底是什么？

埃勒里：我有个想法——非常非常模糊的想法——

尼基：想象一下这个了不起的人有个想法，小猫咪……你觉得他会不会形成一个非常强大的想法呢？

（门被踢开）

韦利（上场——咆哮）：有人偷了我的枪！

警长：什么！

韦利（局促不安，几近落泪）：我告诉你们，这是——魔法！有人偷了我的枪——就是从我的口袋里掏走的！（尼基和埃勒里大笑）

警长：韦利，我为你感到吃惊。你怎么会让这种事情发生？

韦利（悲伤）：我不知道，我到现在都不敢相信。我只知道刚才枪还揣在口袋里，然后就不见了。我的枪。我从未听闻闹市区还会发生这种事情。

尼基（哈哈大笑）：噢……我的天哪……这是我这辈子听到过的最好笑的事情！

韦利（酸溜溜）：好吧，你那漂亮脸蛋上的泪珠子该擦擦了——在你的粉底上都留下两道很宽的泪痕。

尼基（仍然哈哈大笑）：噢，警佐……（打开手提包）我的手帕呢？（笑声停止）这太有意思了。（停顿）我发誓刚才还在我包里的。我很肯定。

埃勒里（敏锐）：丢了什么东西，尼基？你的手帕？

尼基：不是，我的镜匣。埃勒里，不见了。

韦利：她的镜匣不见了。（大笑）太有意思了，哈哈！（大笑）

警长（急躁）：这鬼地方……怎么回事啊这里？还有其他人丢东西吗？

埃勒里（慢悠悠）：我的自动出水笔不见了。原先我放在马夹口袋里的。

韦利（大笑）：他说他的自动出水笔不见了，哈哈哈。（笑得更肆无忌惮）

警长（也笑起来）：我得吸口烟了！（笑声戛然而止）嘿！我的烟盒不见了！

韦利（笑得不能自已）：他的烟盒……他的……（爆笑）

警长（吼叫）：韦利警佐，马上搜查这所房子！竟然把我的烟盒偷了！立刻行动！

韦利（努力收住笑声）：是，长官……（又失声笑了出来）噢，弗林特。知道刚才发生了什么吗？

警长（迅速）：这无关紧要！什么事，弗林特？

弗林特（上场）：警长，法医普劳蒂从验尸房打来电话。他确认那个老女人死于砒霜中毒。说是验尸的时候出现了什么黏膜出血——

警长：那么她死于砒霜中毒！这个我们早就知道了！

弗林特：我们也收到了市毒理学办公室的一份报告。记得那些白色的粉末吗——看上去像面粉一样的东西——我们从后院的兔笼地板上刮下来的一层？

埃勒里（敏锐）：什么？你们在萨拉·布林克的兔笼里找到了白色粉末？

警长：是的。下午你来这儿之前我们就发现了。还有呢，弗林特？

弗林特：市毒理学办公室说那也是砒霜。

埃勒里：兔笼里有砒霜，怎么没有人告诉我！

警长：你怎么不问呢？好了，弗林特。韦利，快点去搜——

弗林特：噢，对了，韦利。你怎么把你的枪随便放呢？这房子里可是有小孩的！

韦利：我的枪？在哪里，在哪里呢？

弗林特：在楼下大厅的一张桌子上。你的枪，警长的烟盒，还有一支自动出水笔和一个镜匣……我说这也太诡异了，像彩票抽奖一样——

尼基：我的镜匣——在楼下的大厅？可我没有把它放楼下啊！

警长（若有所思）：等等，韦利。有人在我们每个人身上拿了一样东西——放在楼下的桌子上——

韦利：知道我在想什么吗？我们掉进鬼屋了！

埃勒里（沉思）：一个归还战利品的小偷……

警长（暴怒）：如果他不想要这些东西，那干吗还要偷呢？

埃勒里（突然）：天哪！原来是这样！

所有人：原来是怎样？

埃勒里：我知道了这个案子的所有谜底！

（音乐起……小提琴乐曲……而后是小提琴独奏。）

尼基（低声）：你干吗来搜博比·海斯的房间，埃勒里？

埃勒里（不动声色）：因为，我的孩子——

尼基：您说，祖父大人——

埃勒里：抱歉，你可是个大人了，对吧，尼基？这是什么？（打开壁橱门）

尼基：一直把我当成一个——一个绑着辫子的小女孩，而不愿意更多关注现在的我！是，我已经长大了。夏洛克·福尔摩斯·奎因先生。还有，我会证明给你看的。我已经在你身上浪费了太多的时间，你——你这个自私的笨蛋。以后我晚上要出去约会——我会给自己找个体贴、善解人意的好男人……（恼怒）埃勒里·奎因，别躲在壁橱里！出来，听我说！

埃勒里（困惑，但很兴奋）：尼基·波特，快进来听我说！

尼基（迅速踏进壁橱）：埃勒里！你是不是发现什么了？

埃勒里（吊儿郎当）：是的，如果手电筒没让我产生错觉的话——我敢肯定这是一个滑动板。

尼基：滑动板！（大笑）怎么会有滑动板呢，听起来像是——中世纪的玩意儿！

埃勒里：不，是一个十岁小男孩的玩意儿。博比锯穿了壁橱的后

墙。看看这扇门后是什么东西……（滑动木板）

尼基：一个通道！埃勒里，这是一个……（咯咯笑）秘密通道！

埃勒里：除非我弄错了，这里应该有一段木梯子……往上通往……尼基，快上来！（退场，空洞洞的脚步声）

尼基（惊恐）：埃勒里！等等我！这里好黑……（爬上楼梯。仍旧是小提琴的演奏声，但此刻更加响亮。低声交谈）韦伯的小提琴声音——更响亮了，是不是，埃勒里？

埃勒里：是的。这个通道就像一个巨大的扩音器。

尼基（低声）：我在想这些梯子通往哪里？非常——诡异。

埃勒里：很显然是通往像阁楼那样的地方……（打开嘎吱作响的门）我们到了，尼基。果真是阁楼。

尼基：噢噢！（紧张地笑）我——我以为那是蝙蝠呢，原来只是蜘蛛网啊。我在想，这里怎么会有这样的楼梯呢？

埃勒里：这是一所老房子。这个通往阁楼的楼梯应该是在过去某次改建的时候被封死了。博比发现了它……那是什么？（脚踩在木地板上发出咯吱咯吱的响声）

尼基（惊惶）：埃勒里！别把我一个人扔在这个黑漆漆的地方！

埃勒里（迅速）：噢，快过来，尼基。你刚才不是还在吹嘘自己已经长大了嘛。快看这个标志。

尼基（走出黑暗）：标志？上面写的什么？

埃勒里：一个十岁的小男孩用大写字母歪歪斜斜地写着：魔术师——罗伯特[①]·海斯。还有，这里有个盒子……（停顿，打开盒子）

---

① 英文中，Bobby（博比）是 Robert（罗伯特）的昵称。

尼基：里面乱七八糟的是什么？

埃勒里：魔杖、魔术用的手帕、纸牌、硬币、手铐、绳索、弹簧小刀……魔术师通常用的一些装备。啊！

尼基：你“啊”什么？噢，这里有一小包东西。是什么——特制的魔术纸张吗？

埃勒里（严肃）：不，尼基。比魔术纸张更精妙更致命的魔术。

尼基：埃勒里！你不会认为是——

埃勒里（严肃）：但我就是这么认为的，尼基。白色粉末，砒霜。

尼基：砒霜！（停顿）噢，我真不敢相信。这太——太让人感到恶心了，埃勒里。

埃勒里（若有所思）：我在想戈蒂尼为什么不说出实情。他一直都知道。

尼基（厌恶）：但是埃勒里……一个小男孩。一个十岁的小男孩！

埃勒里（突然）：我们快下楼，尼基，快把这件事情解决了！

（音乐起……而后是陪审团的一幕。）

挑战听众

埃勒里给演播室的陪审团一个解决谜团的机会，而后，他又回到了故事当中。

（音乐起……而后是众人的喃喃低语声。）

警长（低声，恼怒）：但你是怎么知道的呢，埃勒里？我查看了所有你看到的东西——你知道的所有情况我也都知道——但是不能说明什么啊。

埃勒里：可以说明问题的，爸爸，你只不过不太会综合分析。

警长（犹豫）：除非那个孩子——那个博比——

韦利：我说，你不会是认为他……（不自在）浑蛋，我真不该干这行。

尼基（悲伤）：埃勒里——请快点行动起来，还有……把伤害降到最低，那个可怜的女人……

警长（严厉）：好了好了，我们走吧。过一会儿宣布了真相，每个人都要大喊大叫一番。（提高音量）大家注意了！（喃喃声立刻停止）好了，埃勒里，开始吧。（一片寂静）

弗洛伦斯（被这个场面吓到了）：博比，博比，快到妈妈这里来。

博比：妈妈，为什么每个人都不说话了？他们现在要干吗？

弗洛伦斯（惊恐）：博比，到妈妈的房间去，博比！

博比：但是妈妈，我想留在这里！我从来没见过一个侦探是怎么破案的。我想看看——

弗洛伦斯（几近歇斯底里）：博比，按我说的做，快去！

埃勒里（严肃）：海斯太太，我想博比最好还是留下。

弗洛伦斯（低声）：博比……留在这里？但是——

戈蒂尼（厉声）：奎因，为什么不让这个孩子走开？这不是一个十岁小孩待的地方，他妈妈是对的！

埃勒里（温和）：那么请告诉我们，戈蒂尼先生，是谁下毒害死了萨拉·布林克。告诉我们，我就让博比离开。

戈蒂尼（发疯）：不！（绝望）不。

博比：我不想走开！

埃勒里（温和）：你为什么不告诉我们呢，戈蒂尼先生？

戈蒂尼（伤心）：因为——我没有证据！你们不会相信我的。

埃勒里（温和）：我明白了。（停顿，突然）戈蒂尼，你和博比是很好的朋友，是吗？

博比（自豪）：是的，我和戈蒂尼先生是好哥们。

弗洛伦斯（几近哭泣）：博比，别说话！

埃勒里：博比这个年纪的孩子对密道、移动木门这些东西，还有——魔术，是非常容易痴迷的。是吧，戈蒂尼？你一直在教博比变魔术，对吗？

博比：是的，先生！你应该看看戈蒂尼先生变的魔术——

戈蒂尼（伤心）：博比——什么都不要说——

埃勒里（温和）：给你演示这些神奇的戏法时，戈蒂尼先生跟你说了些什么，博比？

博比：噢，他告诉我要时常练习——这样我才能成为一个了不起的魔术师。

埃勒里（温和）：当你把韦利警佐的手枪，我的自动出水笔，奎因警长的烟盒，还有波特小姐的镜匣……从我们的眼皮底下拿走的时候，博比——你是在练习是不是？练习看你的手是不是比其他人的眼睛都快？（众人的惊呼声）

弗洛伦斯（震惊）：博比——你……偷东西？奎因先生，他不可能——他只是个孩子——他不知道自己在做什么——

博比：我是拿了那些东西，妈妈，但是我不是偷。我把它们放在楼下大厅的桌子上了。我只是想试试我能不能做得到。这不算偷吧……（觉得恐惧）妈妈，我没有偷！妈妈，别哭妈妈——

警长（喃喃低语）：快点，埃勒里，快把这件事情给了结了。

埃勒里（严肃）：你还拿了一包白色的粉末，是不是，博比？把它放在阁楼藏了起来？

弗洛伦斯：白色的粉末？（语气激烈）博比！不要回答！

博比：为什么不回答，妈妈？是的，是我拿的。戈蒂尼让我去找一包一包的白色粉末，像面粉一样的东西。他告诉我，找到了就找机会给他。但是阁楼上的那包——我……我还来不及给他。我想给他的，但是——

戈蒂尼（低声）：博比。别回答了，住嘴！

警长：为什么要住嘴，戈蒂尼？怎么回事？你是不是想说——

埃勒里（尖锐）：爸爸，请等一等。博比，戈蒂尼先生还跟你说了其他一些事情，对吧？

博比（犹豫不决）：他说……没什么，没什么。

埃勒里（更加温和）：你可以告诉我，博比。你知道吗，我都知道了。

博比（惊讶）：你都知道了？噢，当然了，你是个侦探。侦探无所不知。（悲伤）但是我答应了不能说出去的。所以我不能说，你明白吗？

埃勒里：戈蒂尼先生叫你做一些事情，为的是救你母亲的命，是不是，博比？

博比：天哪！你怎么知道的，先生？上帝啊！

弗洛伦斯：为……救……我的命？

埃勒里：所以每次你妈妈和你萨拉阿姨吃兔肉汤的时候，你就必须做那些事情，对不对，博比？

博比：天哪，太对了！也不是什么特别大动作的事情。但我必须时时小心，为的是搭救我妈妈的命。我不知道为什么，但是戈蒂尼先生是这么告诉我的。

戈蒂尼（叹息）：博比……

埃勒里：但是你每次做那件事情的时候，你妈妈和你阿姨都在场。博比，你是一个非常聪明的小男孩，所以想办法转移她们的注意力。一个星期前，你故意把金丝雀放跑了。今天中午，你又故意把金鱼缸推倒了……

警长：但是为什么呢，埃勒里？看在上帝的份上，为什么呢？

埃勒里（简洁明了）：爸爸，因为他母亲和他的阿姨在追捕金丝雀的时候，还有今天她们在救金鱼的时候，博比把他母亲和他阿姨的餐盘调换了！

尼基：什么？

埃勒里（简洁明了）：所以，当她们坐回桌子前用餐的时候，萨拉·布林克吃下了自己原本给妹妹准备的汤……结果中毒的不是弗洛伦斯，而是萨拉·布林克本人！（严肃）……并且，她今天被毒死了。

警长（怀疑）：你的意思是说那个萨拉·布林克——萨拉·布林克……

埃勒里（锐利）：我的意思是这个案子的投毒者，从一开始就是萨拉·布林克。她意图毒害自己的妹妹弗洛伦斯，但是在戈蒂尼的怂恿下，博比有了警觉并参与搅和，最终萨拉·布林克成功地把自己放倒了！

（音乐起……而后是柔和的舞曲音乐和低语声。）

埃勒里（叹气）：暗淡的灯光，柔和的音乐，欢乐的人群，没被放砒霜的食物……我们跳个舞吧，尼基！

尼基：埃勒里·奎因，你是这个世界上最最卑鄙的男人！你总是在不恰当的时候叫我做一些我很想做的事情。我的意思是……我一直在想，你怎么知道博比调换餐盘来挽救自己母亲的生命？我晚上会睡不着的，除非我知道了！

埃勒里：上帝啊，你要睡不着我良心上会不安的。但是你应该自己分析分析，尼基。

尼基：继续，你继续强调，我是个傻瓜……快点告诉我！

埃勒里（大笑）：好吧，尼基，是那群兔子——那群兔子让我知道了整件事情的来龙去脉。法医普劳蒂今天说过，兔子对砒霜有免疫力。有免疫力，尼基！所以你用注入一定剂量砒霜的生菜喂养兔子的时候，它们吃了一点都没事。但是它们的肉呢？很自然的，它们的肉里面已经浸透了砒霜。所以如果你吃了这些肉做的汤羹，你就会砒霜中毒。这不是很简单吗？

尼基：你怎么知道那些兔子被喂了砒霜？

埃勒里：因为弗林特报告的时候说，在萨拉·布林克后院的兔笼里发现了砒霜。这就证明了这些小动物被喂养过砒霜……所以它们在被屠宰和使用之前，肉里肯定渗透着砒霜的毒。

尼基：但是这怎么会让你怀疑到萨拉·布林克的头上？

埃勒里：这是推理中最简单的一部分。有谁在煮汤之前就知道兔肉中有毒，又有谁知道其中的哪一份是有毒的——记不记得弗洛伦斯·海斯两次吃了那些汤羹都安然无恙——我就问我自己：谁能够烹调这些汤羹，并且严格控制一份是用有毒的兔肉做的，而另外一份是没毒的？答案只有一个：

有一个人，而且仅有此人——那就是厨师本人。

尼基（逐渐明白）：萨拉·布林克就是厨师本人！

埃勒里：完全正确，尼基。她自己暴露了自己。她自己做饭，还不允许其他人进她的厨房——所以肯定是萨拉对两份食物是否有毒心知肚明。下一个问题是：萨拉·布林克要毒死自己吗？这显然很荒谬。她是要毒死博比吗？也不是，他不喜欢吃兔肉汤——所以他不会吃那玩意儿。很显然萨拉甚至都没想要强迫他吃。所以她唯一可能想谋害的就是这家里的另外一个人——这个人同样喜欢吃炖肉——她妹妹弗洛伦斯。

尼基（兴奋）：我明白了，我明白了。除非有人把两份炖肉掉包了，不然萨拉的计划就能很顺利地执行。而博比是两次事件中唯一能掉包的人。你就是这么知道的！

埃勒里：是的。当然我也意识到一个十岁的孩子是不会明白他做这些事情意味着什么。所以他肯定是受人指使。那么这个人又会是谁呢？很明显，戈蒂尼——博比的魔术老师，他的偶像。

尼基：戈蒂尼怎么会知道已经发生的一切？他怎么知道萨拉要毒害自己的妹妹弗洛伦斯？

埃勒里：他刚才告诉爸爸，他看见萨拉在后院用沾了白色粉末的萝卜喂养兔子。他就跑过去看了一番，和爸爸的手下看到的一样，他也发现笼子地板上有一些粉末颗粒，便取回了一些拿去化验。他先前是个药剂师，知道那些粉末就是砒霜，也知道兔子对砒霜免疫，所以他推断萨拉想要毒害自己的妹妹。但是他没有证据，所以他只能想了个办法阻止谋杀。他就用教博比变魔术做演示——这一招对一个年仅十岁、对他很崇拜的孩子很有用！——他让博比觉得很有必要练习调换母亲和阿姨的餐盘。戈蒂尼非常冷酷地挑选萨拉·布林克死刑的决策者和刽子手，让博比成了无辜的道具。他的计划只不过是让萨拉·布林克这个秘密的投毒者自食其果。

尼基：但是萨拉——她为什么要毒死自己的妹妹呢？海斯太太一无所有……

埃勒里：噢，不，尼基，海斯太太还真有一些资产，她有一个儿子——就是萨拉·布林克的外甥。而后者是个老女人，嫉恨她妹妹的年轻和母爱，想把她的孩子变成自己的。我们现在已经不能确定这是不是作案动机，毕竟这个女人死了。不过我很肯定这是精神错乱的一种——一种极度挫败的母爱。

尼基（若有所思）：挫败的母爱……（突然）埃勒里，我们一起跳舞吧！

埃勒里（大笑）：非常乐意，小可爱……等等！这种挫败的母爱和你邀请我跳舞有什么联系吗？

尼基（狡黠）：奎因先生，我会让你大吃一惊的！

（舞曲音乐起……）

二十世纪三十年代的侦探小说家都有各自擅长的情节设置并因此闻名——约翰·迪克森·卡尔的密室作案，阿加莎·克里斯蒂最不引人怀疑的凶手，多萝西·L.塞耶斯怪诞的杀人方法，弗里曼·威尔斯·克罗夫茨看似言之凿凿的不在场证据，以及埃勒里·奎因的死亡遗言——受害者在临死前留下隐晦的信息指证杀人凶手。在一九三九年十月十五日播出的《马奇之死》中，奎因呈现给观众的故事围绕一个“卑劣而富有”的老人，在决意修改遗嘱之际被害身亡，临死前留下的信息似乎把他的每个子女都推向了嫌疑人的位置。

马奇之死

人　物

埃勒里·奎因	侦探
警佐托马斯·韦利	纽约警署
警长奎因	纽约警署
塞缪尔·马奇	富翁
贾斯珀·贝茨	富翁秘书
帕特里克·马奇中尉	富翁马奇长子
罗伯特·马奇	富翁马奇次子
艾德温娜·费伊	罗伯特妻子
罗伯塔·马奇	富翁马奇独女
格兰奇侯爵	罗伯塔的丈夫
费茨罗伊先生	富翁马奇的律师

陆军上校、勤务兵、菲律宾接线员、阿根廷接线员、秘鲁接

线员、蒙特卡洛接线员、波多黎各接线员、法国接线员、阿尔及利亚接线员以及埃及接线员、医生

背景：纽约市，一九三九年

（一辆汽车飞快地穿行在第五大道上，车内……韦利警佐一边驾车，一边欢快地哼着歌曲……）

埃勒里（烦躁）：警佐，心情很不错嘛！

韦利：这么好的阳光——我一向这么乐呵呵的。“因为你——”（嘴里吹着调子）

埃勒里（如临大敌）：因为我？我又怎么了？

韦利（立即接话）：没什么，奎因先生。（嘴里吹着调子）（漫不经心）有尼基·波特的消息了吗？

埃勒里（吼叫）：没有！

韦利：瞧，我并不是——（嘟嘟的喇叭声……急刹车的声音。韦利朝车窗外怒骂了几句）乱闯马路，活得不耐烦啦？（对着自己嘀咕了几句，车窗外的汽车喧嚣声愈发响亮）

埃勒里（温和）：警佐——你为何突然问我有没有尼基·波特的消息？

韦利：嗯？怎么了，没什么啊。我只是随便问问。

埃勒里（冷峻）：你怎么知道我这几天都没有收到她的消息？

韦利：为什么……呃……我知道她度假去了，所以……呃……我猜的啦……

埃勒里（冷峻）：你这哪是猜的！肯定是我爸爸告诉你的！

韦利（心虚）：好吧，警长好像那么提了一下——

埃勒里（压住怒气）：你知道吗，警佐？你和我爸爸就像一对叽叽喳喳的长舌妇。

韦利：奎因先生，我只是想说——

埃勒里（怒吼）：我知道你想说什么！我听了就烦！自从尼基离开，我就一直听你们说个没完没了——尼基这个，尼基那个。她不就是没有给我写信嘛，她有这个权利！

韦利（赶紧接上话）：是是是，完全正确，奎因先生。

埃勒里：她不是我的什么人！

韦利（仍旧急忙接话）：当然，当然了，奎因先生。

埃勒里：她只不过是我的秘书，我的打字员，一个——一个被我雇佣的人！

韦利：这是事实，奎因先生。

埃勒里（一下子泄了气）：好，你什么都懂……

韦利（叹气）：开了这么久都还没到。（迅速转移话题）奎因先生，你要去的那个地方离第五大道有多远？

埃勒里（猛地从沉思中醒过来）：啊？噢，再往北走几个街区就到了。

韦利（试图重新建立友好的氛围）：塞缪尔·马奇的公馆，是叫这个名字，对吗？

埃勒里：我跟你说是叫这个名字吗？我想我是这么跟你说的。

韦利（奉承讨好）：奎因先生，你一定是声名远扬，能有机会来拜访这些商界大佬！这些家伙——富得流油！这个塞缪尔·马奇是什么大人物？我老婆一直在他的百货公司烧钱。

埃勒里（漠不关心）：我从来没有见过此人。

韦利：噢，又是宗案子，嗯？我以为你最近不接案子了。

埃勒里（火气又一下子涌上来）：为什么不接？我为什么不能接案子？就因为尼基度假去了，你跟我爸爸就认为——韦利，我再也不想提起尼基了！

韦利（低沉）：谁——我？（急忙接话）好了，我们到了。（车子驶向路边）我想应该是这里了。那是门牌号。这里看上去像个自然历史博物馆！（车子猛地刹车停下，发动机仍然运行着，发出嗡嗡的声响）

埃勒里（闷闷不乐）：这是塞缪尔·马奇博物馆。（车门打开……迈出车外）呃，警佐。

韦利（声音稍远）：怎么了，奎因先生？

埃勒里（尴尬）：嗯……谢谢你送我过来。

韦利：不用客气，没什么大不了的。祝你今天猎奇愉快！（启动发动机）

埃勒里（仍然觉得尴尬）：呃……警佐……

韦利（声音稍远）：怎么了，奎因先生？

埃勒里（迅速）：对不起，我不该发脾气。晚安！（车门关上。脚步声迅速消失在走廊里）

韦利（轻声）：又是一桩案子，嗯？男人啊，男人，你先解决自己的案子吧！

（音乐起……渐出。）

贝茨（上场……一个上了年纪的人）：是埃勒里·奎因先生吗？

埃勒里：是的。您是马奇先生吗？

贝茨：噢，不。我叫贾斯珀·贝茨。奎因先生，不好意思，让您久等了。请跟我往这边走。

埃勒里：谢谢。（光滑的地板上响起了脚步声）

贝茨（说话声伴随着脚步声）：奎因先生，跟您说个情况，马奇先生身体不太舒服——

埃勒里（魂不守舍）：我想应该没什么大碍吧。

贝茨：不不，当然没有。只不过有点感冒。（脚步声戛然而止）这边楼梯，奎因先生。（听不到任何脚步声）

埃勒里：贝茨先生，您是马奇家族的一员吗？

贝茨（笑出声来）：天哪，当然不是了！我只能称得上是个秘书，一个受雇佣的陪伴人，或者说一条看门狗——一个地地道道一无所有的人。这边请。（地板上再次响起脚步声）

埃勒里：贝茨先生，这件案子是关于什么的？

贝茨：奎因先生，这个恐怕要马奇先生自己跟您说。我们到了。（两人轻声踩在木地板上）

马奇（隐隐约约传来一个老者尖锐的声音）：进来，贝茨，快进来！跟你一起的那个是奎因吗？（门打开）

贝茨：马奇先生，这位是埃勒里·奎因先生。

埃勒里：您好，先生。

马奇（嘀咕）：贝茨，把门关上。（门关上）坐下，奎因。不不，贝茨，你留下。护士，你出去！

护士（迅速离开）：是的，马奇先生……

埃勒里：马奇先生，看您卧病在床很为您感到难过。我希望您没有——

马奇：我卧病在床你有什么好难过的？你压根就不认识我。这种废话只会浪费时间！

埃勒里（吃惊）：我只是想表示一下——（打住，发笑）马奇先生，您说得很对。您要见我，是为了什么事呢？

马奇（问话唐突无礼）：你对我了解多少？

埃勒里：我只知道您拥有全纽约最大的百货大厦……

马奇（嘀咕）：奎因，我有三个孩子。

埃勒里：嗯，然后呢？

马奇：你记住我的话……我大儿子帕特里克，我龙凤胎儿子罗伯特和女儿罗伯塔。你再也找不到比这三个更自私、更不感恩戴德、更没用的东西了。

埃勒里：马奇先生，我很为您感到难过。

马奇：你又在浪费时间了。我才不在意你难过不难过！听好了，让我说完！

贝茨（低声）：奎因先生，这就是他说话的方式。他其实不是——

马奇：贝茨，别在那里嘟嘟囔囔的！奎因，我要你找到我那三个子女！

埃勒里（吃惊）：找到他们？您的意思是说您不知道他们三个在哪里？

马奇（怒吼）：我要是知道还找你来做什么？（稍微平静一些）我已经好些年没见到他们了。他们通通离家出走，把我这老骨头给抛弃了！我为他们付出了那么多！好吧，也没关系，关键是：你能否把他们给我找到？

埃勒里：我敬爱的先生，我不认为——

马奇：别管我叫什么“敬爱”不“敬爱”的！我就问你，你能否找到他们？

埃勒里：当然能，但是——

马奇：那就可以了。我的大儿子，帕特里克在美国的陆军服役。至少我上次听到他的消息时他从事的是这行当——

贝茨：奎因先生，您能跟华盛顿那边联系一下找到他——

马奇（不怒自威）：贝茨。

贝茨（小声嘟囔）：对不起，先生。

马奇：还有，那对双胞胎。

埃勒里：但是马奇先生——

马奇：不要插话。罗伯特娶了一个乐队钢琴演奏家，叫艾德温娜·费伊。罗伯特总是尾随着她到世界各个地方参加没完没了的演出，所以他这会儿有可能出现在世界的任何地方。罗伯塔，他的孪生妹妹也在外面飘荡……这个世界对我这些孩子们来说太小了……（一阵咳嗽声）

贝茨（告诫）：马奇先生，我给您叫护士吧——

马奇（停止咳嗽）：贝茨，你吵到我了！我刚才说什么了？噢，罗伯塔，她在外面晃悠。她嫁的那个人有一个什么名号来着——一个英国的小混混——他叫什么名字，贝茨？

贝茨：格兰奇侯爵，马奇先生。

马奇：是的，是的，好像就是这个名字。他们很有可能在法国的比亚里茨，要不就是瑞士的阿尔卑斯山，总之就是那些个吃喝玩乐大把大把砸钱的地方。砸的还是我的钱。我那时真是一时昏了头，竟然把那么多钱给了罗伯塔。

贝茨（迅速反应）：马奇先生指的并不是——

马奇：奎因知道我指的是什么！好吧，奎因，这就是我给你的信息。去干活吧。贝茨，带奎因出去。

埃勒里：马奇先生，恐怕我们之间有点小小的误会。

马奇：嗯？误会？

埃勒里：我从来没说过要接这个业务。事实上，我也不想接。这不是我的业务范围。您找个普通的侦探所就可以了。（停住不语）

马奇：你不接这个案子，你刚才是这么说的吧？

埃勒里：是的，很抱歉。

马奇：好吧，那么晚安了。贝茨，再给我找个侦探来。

贝茨：是的，马奇先生。奎因先生，这边请……

埃勒里：谢谢。（门打开）噢，想问您个问题，马奇先生——

马奇（声音稍远）：嗯？你想知道什么？

埃勒里：我只是满足一下自己的好奇心罢了。你们一家人分离多年，您怎么会突然想去找您的那三个孩子呢？

马奇（怔住……随即声音变得冷峻）：我正在拟一个新的遗嘱。

埃勒里：严格说，这不是我问题的答案。（温和）或许也算得上答案吧。（大声）这么说您的遗嘱还没有修改？

马奇：没有。（停止言语，突然大笑起来）我要是早改了，接下来就没有好戏看了。

埃勒里：明白了……（突然态度转变）马奇先生，我改变主意了，我决定接受这个任务。

马奇（嘟囔）：你肯接受这个任务啦。好吧，这个是你自己的决定。好了，贝茨，把他的劳务费给他。他要多少给他多少。我警告你，奎因，如果你找到了他们，他们不愿意回来，你会得不到全部的报酬。除非他们全部给我到齐！

埃勒里（平静）：我想他们会回来的，马奇先生。您瞧，我会告诉他们，您——快死了。

马奇：快死了？（咯咯地笑）正合我的心意——正合我的心意。好主意。（忽然大声怒吼）那你还愣着干什么？快行动起来，把那三个——寄生虫给我找出来。

（音乐起……“电话连线”主题……继而声音渐出。）

纽约接线员（话筒过滤后的声音）：这里是纽约，请华盛顿方面接线帕特里克·马奇中尉。

华盛顿接线员（话筒过滤后的声音）：这里是华盛顿。我们没有找到帕特里克·马奇中尉。

纽约接线员（话筒过滤后的声音）：这里是纽约，请菲律宾马尼拉连线驻扎在此的美军电信局，接线帕特里克·马奇中尉。

菲律宾接线员（话筒过滤后的声音）：这里是菲律宾的马尼拉岛。我们没有找到帕特里克·马奇中尉。

纽约接线员（话筒过滤后的声音）：这里是纽约，请波多黎各圣胡安连线驻扎在此的美军电信局，接线帕特里克·马奇中尉。

波多黎各接线员（话筒过滤后的声音）：这里是波多黎各的圣胡安。帕特里克·马奇中尉不在这里的美军基地服役。

纽约接线员：这里是纽约，请巴拿马城连线驻扎在此的美军电信局，接线帕特里克·马奇中尉。

巴拿马接线员（话筒过滤后的声音）：这里是巴拿马城，请等一下，马上为您连线帕特里克·马奇中尉。请稍候。

（音乐起……美国陆军主题音乐……音乐渐出，响起开门声和军人铿锵有力的步伐声。）

勤务兵：长官，帕特里克·马奇中尉来见您。

上校：噢，好的，下士。让中尉进来。（响起脚步声，声音渐出……中尉踏步进来）

帕特里克（行军礼）：马奇中尉向上校报告——

上校（友善）：稍息。中尉，请坐，坐下吧。

帕特里克：谢谢长官。

上校：那么好吧，中尉，你也知道，我们奉命驻扎在巴拿马运河。按目前的世界局势，每个军人都必须做到坚守岗位，这尤为重要。你为何却要选择在这个时候离开？

帕特里克：我接到了一个叫奎因的人打来的电话……他是一个私人侦探。我想他一直在帮我父亲寻找我的下落，上校……

上校（吃惊）：马奇中尉，你的意思是说你父亲一直不知道你随军驻扎在这里？

帕特里克（尴尬）：是的，上校。我们的关系——不太好。事实上，我已经五年没有见到家父了。我想我称不上是个好儿子吧。

上校（冷漠）：我想是的。那么现在是什么情况？

帕特里克：这个叫奎因的人说我父亲快不行了。

上校（冷漠）：我明白了。我很为你感到难过。

帕特里克（低沉）：谢谢上校。如果我搭飞机回去还可以赶得上。先到哈瓦那或者新奥尔良，然后在那里搭一班去纽约的飞机……上校，我父亲想见我。如果上校能够——

上校（严肃）：准假。我会立即通知下去。先这样了，中尉。

帕特里克：上校，真不知道怎么感谢您……

上校（冷漠）：中尉，你可以先下去了……

（音乐起……“电话连线”主题……继而声音渐出。）

纽约接线员（话筒过滤后的声音）：这里是纽约，呼叫里约热内卢的国际大饭店，寻找罗伯特·马奇。

里约热内卢接线员（话筒过滤后的声音）：（西班牙口音）这里是里约热内卢，我们没有找到罗伯特·马奇。

纽约接线员（话筒过滤后的声音）：这里是纽约，呼叫秘鲁利马的大使饭店，寻找罗伯特·马奇。

利马接线员（话筒过滤后的声音）：（西班牙口音）利马，在大使饭店里没有找到罗伯特·马奇。

纽约接线员（话筒过滤后的声音）：这里是纽约，呼叫布宜诺斯艾利斯的科罗纳多饭店。

布宜诺斯艾利斯接线员（话筒过滤后的声音）：（西班牙口音）正在为您连线马奇先生。

（音乐起……继而是音乐大厅里贝多芬降A大调钢琴独奏曲……演奏完毕……观众席上响起此起彼伏的掌声和叫好声……随即是后台喃喃细语声和殷勤的赞叹声。）

一个阿根廷人（热情洋溢）：啊，费伊女士——太棒了——太出色了！听听那掌声……我能亲吻女士您的双手吗？——啊，多么灵巧、富有激情的双手？

艾德温娜（欢快）：米兰达先生，您过奖了！谢谢您，还有您的同胞，你们所有人。

阿根廷人：里约热内卢从未响起过如此美妙的钢琴曲！贝多芬降A大调钢琴独奏曲……那种震撼，那种激情，还有那种悲伤……

艾德温娜：谢谢，米兰达先生。能到你们居住的这座美丽的城市来演出，我感到非常荣幸。我先生呢？噢，亲爱的，你在这儿！你不是来恭喜我的吗？听听观众们的掌声！（仍旧响着一阵又一阵的鼓掌声）

罗伯特（上场……面露愁色）：艾德温娜……我必须立马和你谈谈……就我们俩。

艾德温娜（惊慌）：罗伯特！发生什么事了？你看上去脸色苍白。罗伯特，你不会是生病了吧——

罗伯特：不，不。艾德温娜，我们一起去你的化妆间说话——

阿根廷人（声音稍远）：但是女士——观众还在呼唤着您——

艾德温娜（苦恼）：米兰达先生——非常抱歉——请帮我跟他们解释一下——出了点状况——（开门声——关门声——门紧紧关上）罗伯特！亲爱的！告诉我发生了什么事？

罗伯特（缓慢……声音僵硬……）：我刚刚收到一封电报——是一个叫奎因的侦探发来的。我父亲——快不行了。

艾德温娜：噢，罗伯特。（温和）我可怜的罗伯特。

罗伯特（怒吼）：可怜的罗伯特！这不是你想说的话吧！你这些年一直诘问我对我父亲的态度。现在继续说啊——说啊！说这都是我的错！

艾德温娜：罗伯特，我诘问你？噢，亲爱的……我知道你现在很难过。我们当然要立马回纽约去。

罗伯特：我们？别傻了……艾德温娜。你不能就这么突然中断你的巡回演出。

艾德温娜（坚定）：噢，我当然可以了。不要争了，罗伯特，我们马上收拾行李离开这里。

（音乐起……“电话连线”主题……继而声音渐出。）

纽约接线员（话筒过滤后的声音）：这里是纽约，呼叫蒙特卡罗市政厅，接线罗伯塔·马奇·格兰奇。

蒙特卡罗接线员（话筒过滤后的声音）：（法国口音）这里是蒙特卡罗，无法连线到罗伯塔·马奇·格兰奇。

纽约接线员（话筒过滤后的声音）：这里是纽约，呼叫比亚里茨一八七，请接线罗伯塔·马奇·格兰奇。

比亚里茨接线员（话筒过滤后的声音）：（法国口音）这里是比亚里茨一八七，没有找到此人。

纽约接线员：这里是纽约，呼叫阿尔及利亚的格兰大饭店，请接线罗伯塔·马奇·格兰奇。

阿尔及利亚接线员（话筒过滤后的声音）：（浓重的法国口音）阿尔及利亚，无法找到您要找的人。

纽约接线员（话筒过滤后的声音）：请您用罗伯塔·马奇这个名字试试。

阿尔及利亚接线员（话筒过滤后的声音）：（浓重的法国口音）请试试接线埃及的开罗。

（音乐起……埃及的舞曲民歌……夹杂着操多种口音的喃喃细语声，场景仿佛是在当地的一个咖啡馆……）

侯爵（拖长了腔调）：太棒了，真是太棒了。

罗伯塔（乏味）：什么东西太棒了，我的侯爵大人？

侯爵：你看这些姑娘扭得都不像人了！罗伯塔，看看那个漂亮的姑娘！太棒了……

罗伯塔（漠不关心）：我觉得，你已经“观赏”得够多的了，把我那一份都看了。维维安，我腻了。一个受过教育的女人真不该到开罗这种地方来。

侯爵：但对一个受过教育的男人来说，这真他妈是个好地方。（声音尖锐）好吧，那你想干吗？

一名当地人（上场）：抱歉，打扰了。刚刚收到了一封来自美国的电报，是给格兰奇侯爵夫人的。让我给您送过来——送到这里——

侯爵（尖酸）：快给我！（往桌上扔了几块硬币）给——你的小费。

当地人（退场——迎合）：谢谢侯爵大人——夫人——

侯爵：肮脏的乞丐，呸！（乏味）给，亲爱的。肯定又是你父亲的律师发的老套的玩意儿，看得我都麻木了。

罗伯塔（眼含热泪打开电报）：你拿着我父亲的钱都干吗了——把钱吞了吗？（打开电报，慢悠悠）是一个叫埃勒里·奎因的人从纽约发来的。

侯爵：烦人。（音乐停住——响起一片嘈杂声）嗨，太棒了——天哪！（响起热情洋溢的掌声）

罗伯塔（微弱）：维维安。

侯爵（仍旧在喝彩）：怎么了，亲爱的？……太棒啦，太棒啦！

罗伯塔（声音仍旧微弱）：是——关于我父亲的。他快死了。

侯爵（停止鼓掌）：（毫无表情）快死了？太离奇了！我一直觉得你们美国人都可以活到九十岁……（鼓掌）再来一个，再来一个，嘿，那边那个姑娘！拿着，这是给你的小费！（把硬币丢在地上）

罗伯塔（低声）：父亲……快死了……（疯狂）维维安，我们必须马上回纽约！

侯爵：嗯？噢，是的，是的，亲爱的。当然得马上回去。（音乐再次响起——伴随观众的喧哗声。侯爵也跟着拍起手）扭起来，小妞！

罗伯塔（狂怒）：维维安！你个——兔崽子！你没听到我说的话吗？快带我回饭店！如果我不能见到我父亲最后一面，我永远都不会原谅我自己！（几近尖叫）维维安！你听到我说什么了吗？

侯爵（冷漠）：小点声，别把自己弄得像个——女服务生。

罗伯塔（勃然大怒）：维维安！

侯爵（冷嘲热讽）：你就装吧。你父亲对我冷漠无情，对你也一样。我知道你在担心什么——你担心他万一要改遗嘱，你回去得太迟了。

罗伯塔：畜生！

侯爵（懒洋洋）：噢，罗伯塔，我非常赞成我们得马上行动。咱们可不能就这么断粮了，对吧？（尖酸）你——服务生，把我的车开过来！我们马上离开！

（音乐起……好像是奏鸣曲，又好像是英雄交响曲……随即是众人愤愤不平的喃喃声。）

罗伯特（愠怒）：这是我见过最低级的伎俩！把我从布宜诺斯艾利斯弄回来，艾德温娜还因此取消了演出——

艾德温娜（镇静）：这没什么，罗伯特，亲爱的。请不要大吵大闹的了。你父亲——

帕特里克：父亲的气色看上去从来都没有这么好过。我都不知道怎么和上校解释——

罗伯塔（歇斯底里）：得了，帕特里克，你和你那什么军队，有什么大不了的！看看我，维维安和我绕了大半个地球。

侯爵：这真是个古怪的国家。难怪这里的人年纪轻轻就死了。

罗伯塔：都是那个人的错！你——奎因，听着就是个愚蠢的名字。你竟敢发电报——

费茨罗伊（冷漠）：请不要把奎因先生搅进来。在这件事情上，他只是你们父亲的代理人。

罗伯特（恼怒）：费茨罗伊，这跟你没关系！你那双灵巧的爱尔兰人的手，不管父亲做什么，它们都是他的幕后推手。

费茨罗伊（耐心）：罗伯特先生，我只是您父亲的律师。

艾德温娜：罗伯特，请不要这样，这样会让自己难受的——

贝茨（上场——紧张）：马奇先生下来了。他会直接来这里。如果你们所有人能——

罗伯塔（尖声）：还有你，贝茨！就是你，一直怂恿父亲做一些罪恶的勾当——

埃勒里（了无生趣）：侯爵夫人，据我对您父亲的了解，贝茨先生要能这么做，除非他给您父亲催眠了。

帕特里克：别说了，罗伯塔，爸爸来了。（众人顿时沉寂了下来）

马奇（上场）：啊，我最亲爱的孩子们。（停顿——敏锐）好吧，请大家都坐下，我们来开一个小型的家庭会议。费茨罗伊，东西都准备好了吗？

费茨罗伊：是的，马奇先生。（三个子女都同时发出疑问的声音）

马奇（冷漠）：住嘴！（三人立即停止了说话）我把你们三个找来不是听你们吵吵闹闹的。奎因，干得好。到贝茨那儿去领你应得的报酬。

埃勒里：谢谢，马奇先生。我能再留下来一会儿吗？

马奇：嗯？（咯咯笑）为什么不能？你会看到很精彩的一幕。（生硬）现在，你们三个听我说。一个一个来。帕特里克！

帕特里克（平静）：是的，爸爸。

马奇：帕特里克，你最让我感到失望。你是长子，我对你寄予厚望——培养你——希望你有朝一日能加入马奇百货并接手我的工作。而你却加入军队成了一个普通的雇佣兵。

帕特里克（平静）：爸爸，这个我们之前也谈过了。我为我的职业感到骄傲。

马奇：不要和我顶嘴！罗伯特！

罗伯特（阴沉）：我不想听您假慈悲的教训。您把我们都叫回来做什么——听您布道吗？

艾德温娜（哀伤）：罗伯特！亲爱的——请不要……

马奇（坦荡）：罗伯特，当帕特里克抛弃我的时候，我还指望你能接任我。但是显然百货业对你来说不够体面——噢，不，你有自己的职业，名字后面还挂着一个学位。

罗伯特：我想做一名建筑师！这有什么不对吗？

马奇：我也放弃了自己对你最初的期望，不是吗，罗伯特？我把你送进了最好的建筑学校，你去了雅典，还去了罗马。你获得硕士学位以后，我帮你起家经商。而你做了什么？

罗伯特（阴沉）：我已经尽力了。

马奇：你放弃了，没有一点意志力！从那以后，你就没有正儿八经做过一份工作！为了让你能独立，做个真正的男子汉，我停止供养你，你就娶了个女人来养你，来证明你是个多么没骨气的寄生虫。罗伯特，一个小白脸，一个吃软饭的男人——而你自己还乐在其中。

艾德温娜（急切）：马奇先生，请别这么说。这不是真的。罗伯特对我帮助很大。他帮我安排巡回演出——您不知道他多么努力，马奇先生——您或许并不真正了解罗伯特——

马奇（嘲讽）：噢，我很了解他，艾德温娜。提醒你一下，我对你没有任何敌意。事实上，我很佩服你。你至少有自己的职业，自食其力。但是你仍旧是个傻瓜——傻到嫁了个要你供养的男人！

罗伯特（怒吼）：我不想待在这里让我妻子被人当众侮辱——

马奇：我的儿子，我没有侮辱你的妻子，我是在侮辱你。该你了——罗伯塔。我最最亲爱的女儿。你的两个兄长让我大失所望以后，你完全可以成为我的安慰。可是你都做了什么？嫁给了一个名号——一个落魄、老掉牙、陈腐不堪的名号！

罗伯塔（倒吸了一口气）：爸爸！您怎么能用这么恶俗的态度来谈论格兰奇侯爵？

侯爵（迅速回应）：没事，亲爱的——你可敬的父亲以前也说过很多……

马奇（嘲讽）：谢谢，我的侯爵大人。但是光动动嘴巴可换不了你回英国的费用。罗伯塔，这些年来，你从来不给我写信，除了要钱的时候——拿着钱逛全欧洲最昂贵的消费场所。花着我的钱，炫耀你的封号，你那个庸俗、一文不值的所谓侯爵夫人……你这个蠢货。（三个子女愤怒的回应声）

贝茨：马奇先生，请不要太激动了，这样对身体不好。您不认为——

马奇：闭嘴，贝茨。（声音静了下来）好吧，孩子们，我给了你们机会而你们却不珍惜，我给了你们所有优越的条件，现在我再也不会给你们什么了。我要把这些从你们身上都拿走。我要狠狠地敲打你们唯一能感觉疼痛的地方。我不会再给你们一个子儿。（一片寂静——气氛紧张）是的，这就是我为什么把你们叫回来的原因。不论是现在还是我死后，你们都休想再从我这里拿一分钱。（仍旧一片死寂）明天我会签署一份新的遗嘱，到时候所有的一切都跟你们没有任何关系，没有任何关系！

罗伯塔（叫喊）：爸爸——所有的东西？您的公司——

马奇：我会把我的百货公司留给雇员们。他们辛辛苦苦创建了它，现在他们有资格去分享这一切。

帕特里克（低声）：爸爸，这对我没有丝毫影响……但是您的个人财产，您打算如何处置？

马奇：交了税还有一些必要的开支以外，大概还会剩余三百万美金。我会全部留给我唯一的朋友，我这二十年来的伙伴——贾斯珀·贝茨。

贝茨（倒抽了一口凉气）：马奇先生！我不知道——您不能——

帕特里克（平静）：装得不错，贝茨。你晚年一定会被评选为“最优质潜力股”。

罗伯塔（尖叫）：这一切——都是密谋好的，这是个阴谋！我们会一无所有！维维安，我们得采取行动——帕特里克！罗伯特！

罗伯特（情绪激动）：爸爸，您疯了，您一定是疯了！

帕特里克（生硬）：罗伯特，别再说这样的话。

马奇（温和）：别担心，罗伯特，这个问题我也早就考虑过了。你们没机会在精神疾病方面做文章，宣布我的遗嘱无效。我早就采取措施预防这一点了，对吧，费茨罗伊？

费茨罗伊（冷漠）：新的遗嘱天衣无缝，没有任何破绽可言。（罗伯塔的啜泣声）

马奇（冷漠）：现在，你们三个给我滚出去。我不想再看到你们任何人，也不想听到关于你们的任何消息。

罗伯塔（疯狂）：爸爸，爸爸，您不能——

罗伯特（嘶哑）：噩梦，这真是个噩梦。爸爸，您……

艾德温娜（温和）：走吧，罗伯特。

帕特里克（干巴巴地笑了几声）：我想这也是我们应得的。（罗伯塔仍旧啜泣不已）那么，爸爸——再见了。（突然）你们两个，快走！我们一起快点从这里消失！（他们都在各自的话语声中离开了）

费茨罗伊（只听得到翻动纸张的沙沙声——一阵沉默后）：马奇先生，这是新立的遗嘱，您要现在签字吗？

马奇（压抑、低沉的声音）：不，费茨罗伊……不是现在……我今天不太想……下午吧，费茨罗伊。

费茨罗伊：您届时会安排见证人到场吗？

马奇（压抑、低沉的声音）：是的，是的，我明天下午晚一点会派人送过去。你第二天一大早就可以收到。现在你们都请离开吧，你们所有人……

贝茨（低声）：马奇先生，我说不出心里有多么——

马奇（咆哮）：贝茨，我说了快走！（冷寂的笑声，不带任何戏谑或诙谐）怎么样，奎因，很好地消遣了一番吧？觉得好笑吗？

埃勒里（严肃）：马奇先生，我一点也不觉得好笑。祝您愉快，再见。

（音乐起……紧接着又是一小段过门音乐。）

埃勒里：总之，爸爸，这就是我今天早上看到的一切。

警长（翻阅报纸发出的沙沙声）：那我该做点什么呢——放声大哭？这是他们的豪门恩怨！

埃勒里：还是老样子……爸爸，我有我担心的地方。我从一开始就对情况感到忧虑。这就是我最后答应接下这个案子的原因。

埃勒里：噢，瞎扯！你不是被尼基牵着鼻子走，就是担心这个担心那个。这次又是什么呢，埃勒里？

埃勒里：爸爸，这样的安排很危险。那个马奇老头这样做，不就等于自己给自己发了封邀请函，半只脚踏进坟墓里了嘛。

他会给自己招来很大的麻烦。

警长：你在说什么？什么邀请？

埃勒里（平静）：谋杀。（停顿）谋杀……

警长：噢，你真是精神失常了。尼基离开对你还是有影响的嘛。你需要给自己放个假。（再次响起翻看报纸的沙沙声）

埃勒里：爸爸……

警长：怎么了？

埃勒里：您能否派韦利去马奇的宅子盯梢？

警长：派韦利去……这个时候派他去做什么？

埃勒里：是的，爸爸。告诉韦利时时警惕——在老马奇下午晚些时候签订新的遗嘱之前，他都要在附近守着，看看有什么异常情况。

警长：埃勒里，你是不是该去看看精神科医生了。

埃勒里（急切）：爸爸，这么说您会按我说的做了？

警长（大笑——放下报纸）：我想我现在总该做点让你能乐得起来的事。（拿起话筒，拨了一个键）接线员，请帮我接警局总部。

（音乐起……和先前一样的音乐片段——随即转为电话铃声。拿起话筒……）

埃勒里（疲倦）：您好！

警长（话筒过滤后的声音）：埃勒里，你一整个下午到底去哪里了？我往你的住所拨电话拨了几个小时了！

埃勒里（疲倦）：爸爸，我刚刚到家。我一整个下午都泡在图书馆里看一些关于毒药的书。怎么了？

警长：怎么了？你没有看下午的报纸吗？

埃勒里（慢慢地）：没有，爸爸，你不会是指——（惊声）爸爸！

警长（严肃）：老塞缪尔·马奇接到了邀请函！

埃勒里（倒吸了一口气）：他被杀害了？噢，天哪，我就知道会发生这样的事！韦利下午都在哪里？您没有派韦利去看着他吗——

警长：韦利去了，但被马奇赶了出去，他就只好在房子外面巡视。事实上，是韦利最早发现了尸体。

埃勒里：他是怎么被杀害的？爸爸，快点说！

警长：韦利发现他坐在书房的椅子上，被捅死了。凶器是他自己的裁纸刀。我们刚刚完成初步的调查——

埃勒里：我下午怎么不在家，真该死！尸体现在在哪里？

警长：已经被挪开了。想去案发现场看看吗？

埃勒里：当然了！您是从马奇家里打来的电话吗？

警长：是的，所有人都离开了。我一个人留下来不停地打电话找你。

埃勒里：有发现什么线索吗？

警长：有一条线索，但是有跟没有差不多。猜猜看，马奇断气之前都干了什么？他写下了凶手的名字！

埃勒里：他写下了什么？天哪——那您就不需要让我参与了。爸爸，谁是凶手？他写了谁的名字？

警长：就是个名字，我们看不懂。

埃勒里（小声嘀咕）：我今天怎么这么倒霉。他连凶手的名字都写下来了，你们却看不懂？

警长：我们看是看懂了，但是我的意思是——写的都是废话！埃勒里，问题的关键是写得太简单了，我不太明白。

埃勒里：爸爸，我们一样一样慢慢说。马奇写下了一个名字。什么名字？拼出来给我听听。

警长：M-A-R-C-H，马奇。

埃勒里：马奇！您的意思是他写下了他自己的姓氏作为抓捕凶手的线索？爸爸，我马上就过去。

警长：好吧，快点！我得去——（声音戛然停止了，警长的头部好像被重物狠狠撞击了一下，他微微呻吟一声，骤然倒地——埃勒里在电话的另一端把发生的一切都听得一清二楚）

埃勒里（电话的钩键轻轻地摇晃）：爸爸！发生什么事了爸爸？（很明显地传来另一只话筒被挂在钩键上的声音）爸爸！（电话另一端传来嗡嗡的声音）接线员！接线员！

接线员（话筒过滤后的声音）：先生，您的电话被挂断了——

埃勒里（喊叫）：别干坐在那里说废话！快帮我接警局总部的紧急事务中心！

接线员（迅速回应——话筒过滤后的声音）：是的，先生！（拨键声）

警员（话筒过滤后的声音）：您好，这里是警局总部……

埃勒里：你好，我是埃勒里·奎因——警长理查德·奎因的儿子！快点拉响警报！把韦利警佐找来！任何人都可以！去塞缪尔·马奇的大宅，在第五大道上——

警员（迅速回应——话筒过滤后的声音）：好的，奎因先生。发生什么事了？

埃勒里（叫喊）：不要问了，快挂了电话去办事！我父亲很可能遇到了袭击！

（音乐起……警报声……随即是众人喃喃细语声。）

埃勒里（焦急）：爸爸，您现在好些了吗？您确定没事吗？

警长（烦躁）：噢，别把我当个小孩，埃勒里……噢噢噢噢噢。

韦利（真切）：我说警长，你不会是受到撞击，轻微脑震荡了吧？（着急）或许你应该回去休息休息——

警长（从牙缝里挤出字来）：等我抓到了那家伙……（喃喃的诅咒声）

埃勒里（低声）：医生，怎么样了？

医生（镇定）：奎因先生只是后脑勺受到了重击，就在耳朵后面。他很快就会没事的。

埃勒里（压低声音）：你确定不会有脑震荡的危险？

医生：非常肯定。

警长：医生，谢谢你，我现在很好……埃勒里！快过来！

埃勒里：爸爸，放轻松点，不要这么激动——

警长：我会让一些人激动一番。那家伙要庆幸我没有看到他。竟敢趁着我跟你谈话时偷偷溜到我身后，然后哐的一声往我头上砸。后来我就只记得警车上的这些人和韦利围着我低声说话。

埃勒里（沉思）：这就是马奇被谋杀的地方……爸爸，我在想是谁袭击了您。

警长（酸溜溜）：谁？肯定是杀死马奇的凶手，还能有谁？

埃勒里：您怎么这么肯定？

警长：因为他袭击了我之后就擦去了马奇留下来的线索！

埃勒里（叹气）：我还是从头问起吧。韦利，你最早发现尸体的时候是什么情况？

韦利：那个老家伙已经断气了。我发现他坐在桌边的椅子上，头趴在桌上，好像睡着了似的。他的一只手紧紧地握着那把裁纸刀。他的胸口正对着心脏的部位有一道很深的血淋淋的伤口。

警长：普劳蒂医生说他没有立马断气。不过凶手大概断定他当场就死了。

韦利：我一定是把凶手吓跑了。他大概听到我在四处巡视的动静，所以就溜之大吉了。

警长：总之，马奇当时还有一口气在。他肯定是知道谁捅了他。所以他想留一条线索——于是他就写下了凶手的名字……

韦利：他当时手边没有任何笔，抽屉又离得太远了——

警长（严肃）：所以，那个老家伙就——好吧，埃勒里，你一定会觉得他难以置信。他把刀从自己的胸口拔出，然后用那把刀在桌上刻字。

埃勒里：我的上帝啊！

韦利：是的，他用刀尖在桌面上刻了“马奇”。

埃勒里（惊讶）：然后才咽气的！然后凶手返回作案现场，用另外一把刀把死者刻在桌上的名字划掉了！太不可思议了——

韦利：我说这也太疯狂了。看看桌面上那一层胶合板！老马奇刻字的地方全部都被刮花了！

埃勒里：但是杀死老马奇的凶手把那些字刮花又有什么用？他自己肯定也知道有警察看过了老马奇刻下的字……着实有点让人搞不明白。

警长：这还不止呢。凶手把桌面刮花了以后，还把整个房间，书桌什么的全部翻了个遍……看看这到处乱七八糟的！和我们刚发现尸体的时候完全不是一个样子。

埃勒里：他是在搜什么东西……知道了！他是在找那份新的遗嘱——大概在行凶后，他没有来得及找，因为警佐把他吓跑了。新的遗嘱有被他找到吗？

警长：没有！我们最早发现尸体的时候就把那份遗嘱找了出来。

韦利：我把那份遗嘱拿到警局总部，警长一个人留在了这里。然后他就遇袭了！

埃勒里：塞缪尔·马奇在遗嘱上签字了吗？

警长（严肃）：还没有。

埃勒里：这个有妄想症的傻瓜！这样老马奇的家产还是按他原来的遗嘱分配？

警长：正是如此。老马奇的律师费茨罗伊说按旧遗嘱上的财产分配方法，他的三个孩子将平分老马奇的资产。他没有其他的继承人，贝茨也不是遗产受益人。

韦利（咯咯笑）：贾斯珀应该很难接受这个事实吧。有人毁了他三百万美金的继承权！

埃勒里：爸爸，让我们假设一下。假设您没有发现那份新遗嘱，不知道新遗嘱的下落，不知道老马奇是否在上面签了字……

警长（若有所思）：我明白你的意思，如果是这样的话，会有人要行动了——

埃勒里：是的。（停顿）“March”，“马奇”。垂死的人留下了“March”作为线索……但是光留下一个姓氏，指的可以是他三个孩子中的任何一个……帕特里克·马奇、罗伯特·马奇、罗伯塔·马奇……

韦利：确实是一条意思很明显的线索，不过看上去老马奇故意要把线索弄模糊。

埃勒里（心不在焉）：警佐，你又胡说八道了。这种事情只有在侦探小说里才有……

韦利（了无生趣）：这个你最清楚了。

埃勒里（不理会）：一定有什么隐晦的意思，会是什么呢……

警长：好吧，老马奇肯定是指他三个孩子中的一个，这个是不争的事实——他清清楚楚地写下了自己的家族姓氏。而且他这么一死，他那三个孩子就是唯一的遗产受益人了——

埃勒里：涉及三个人的一个局——好吧……除非……

警长（片刻停顿后）：除非什么，埃勒里？

埃勒里：除非他刻下的“March”不光是指他的姓氏——还有其他的含义在里面……

韦利：这么说，还真是有可能……会是什么呢……

警长：会有其他什么意思？埃勒里，你一定是知道什么了……

埃勒里（苦笑）：我在想一个非常荒唐的可能性，但也不是完全没可能……爸爸，您和老马奇的三个子女谈过了吗？

警长：还没有。我打算晚上跟他们聊聊。

埃勒里：那我就到时候再告诉您吧。

（音乐起……继而是众人声音渐弱的谈话声……罗伯塔低声地啜泣。）

警长（严厉）：这些不在场的证据不值得我浪费时间去考证。你们中的任何一个人都有可能是凶手。

帕特里克（斩钉截铁）：警长，您不觉得您说这话太武断了吗？

罗伯特（情绪激动）：你知道你自己在说什么吗？

罗伯塔（啜泣）：爸爸他至今——还尸骨未寒。

艾德温娜（平静）：罗伯塔，别哭了，你要控制一下自己的情绪。

侯爵（急切）：有没有谁知道那老家伙在新遗嘱上签字了没有？

埃勒里：如果你们这些良好公民都拒绝承认这是一起弑父案，那么请你们解释一下，你们的父亲死前在他的书桌上刻下家族姓氏“March”是什么意思？

韦利：是啊，你们怎么解释呢，你们这些——寄生虫。

罗伯特（吃惊）：你竟敢对我们品头论足。

埃勒里（温和）：我说的不是事实吗，罗伯特·马奇先生？

罗伯塔（疯狂）：一个垂死的人——精神恍惚——爸爸不会那样做的。

埃勒里：您父亲的确那样做了，罗伯塔·马奇小姐——抱歉，或许我应该称呼您……侯爵夫人。

帕特里克：谁知道可怜的父亲当时脑子里在想什么。他有可能并不是指我们中的任何一个——他很有可能指的不是“马奇”这个姓氏，而是“march”这个词本身的意思。

埃勒里（温和）：中尉，您确实很聪明。

罗伯塔：维维安，这家伙——这家伙什么意思？

侯爵（无助）：亲爱的，我一点都不明白他说的是什么意思。

埃勒里：或许我可以给你点提示，我的侯爵大人！比如说你的妻子和她的双胞胎哥哥，我查出来，他们是在三月份出生的[①]。

---

① March 的名词解释之一：三月。

侯爵：是吧，你这例子举得可真不是一般的好。

埃勒里：还有——噢，是的，马奇太太。或者我应该称呼您艾德温娜·费伊，这个是您用的艺名吧——

艾德温娜（吃惊）：我吗，奎因先生？您是说我——

罗伯特：看看，他现在又想把艾德温娜拖进来。这个人真是疯了。

埃勒里：马奇先生，我只是想说您太太是一个很出名的钢琴演奏家，特别是她演奏的贝多芬降A大调独奏曲和《英雄交响曲》……

艾德温娜（疑惑不解）：奎因先生，我想您说得对——但是这又是——

埃勒里（温和）：费恩小姐，那两支曲子不是贝多芬最出名的葬礼进行曲[①]吗？

艾德温娜（吃惊地笑）：噢噢……这太有意思了……这确实——非常有意思。

警长（低声）：埃勒里，你过来一下好吗？或许我们最好——

帕特里克（生气）：好了，奎因，你已经闹够了。你把我们都叫过来是不是就想证明你是个白痴？我现在非常同意罗伯特的说法。

埃勒里（温和）：是吗，中尉？

韦利（激动）：嘿，或许老家伙指的就是中尉本人。他在军队服役，对吗？部队里面不是到处都可以听到"前进[②]——前进——前进"吗？

---

① March 的名词解释之一：进行曲。

② March 的动词解释之一：前进。

警长（生气）：韦利，这没你什么事，不要掺和了。埃勒里，看在老天的份上。

埃勒里：当然了，侯爵的太太应该被尊称为侯爵夫人，对吧？虽然读音不一样，但是侯爵夫人这个词是以英文字母“m-a-r-c-h”开头的①。

罗伯塔：我都快要疯了。（开始咆哮）

侯爵（不安）：好了，亲爱的，别这样。我们在这里占不了主导权，这里不是苏格兰警署。或许——

（爆发了一阵七嘴八舌的议论声……抗议声……“March”是否寓意军队……抑或是葬礼进行曲……又或是出生月份……还是指侯爵夫人……众人争论不休，“愚蠢至极，荒诞不经”之类的话不时出现）

警长（低声……伴随着众人的议论声）：埃勒里，你是不是疯了？你还真相信这些乱七八糟的东西？

埃勒里（沉稳、不动声色）：爸爸，我不知道该信什么。但是我确信一件事——老马奇垂死时留下了一条线索，他指的是这些人中的一个——如果我们知道那到底是什么意思，我们就可以知道这几个人中到底谁是凶手。

（音乐起……韦利打呼的声音……闹钟指针的滴答声……一片死寂，除了以下的声音。）

警长（生气……几乎是自言自语）：我干吗要干警察这个行当……

① 侯爵夫人英文：Marchioness。

一辈子大把大把的好时光，每天就坐在总局的一张桌子后面，旁边一个是鼾声如雷的大鲸鱼，另一边是一头装聋作哑的蠢驴。

埃勒里（阴郁……叹气）：爸爸，冷静点。

警长：别跟我说话。好吧，好吧。（仍然一边发火，一边自言自语）没什么，没什么。那个书房里竟然没有发现凶手的指纹——或者说到处都是乱七八糟一大堆人的指纹。那把刀？啊，猜猜看凶手有没有在刀上露出什么马脚？没有，先生。除了老马奇自己的指纹，那把刀上什么线索也没有。有意思，太有意思了……我就是马上死了，也要把那个狠狠敲了我脑袋的家伙给揪出来。韦利，韦利，拜托睡觉的时候鼾声别那么大好不好，你是个人还是只大猩猩！

韦利（一声重重的鼻息声后醒来）：噢啊——噢（打呵欠……停止打呵欠……兴奋）我说，我刚刚想起来。

警长和埃勒里（立马兴奋不已……屏住呼吸）：怎么了，怎么了？想起什么了？

韦利（郑重其事）：警长，你把我叫醒那会儿，我正在做梦呢。我梦到……

警长（厌恶）：啊啊……

韦利：嗨，知道吗，我梦到了一种挺珍贵的石头——好像是绿色的，又好像红色，或是棕色的。

埃勒里（慢悠悠）：警佐，你说的是绿宝石吧？

韦利：是的，先生，就是绿宝石。我在梦里看得非常清楚，我还对自己说："汤姆，这太有意思了，绿宝石不是一种出生石吗？"在我梦里，这肯定是一种出生石了。然后我就醒了——

警长（怒吼）：我真是交上霉运了。快回去睡觉吧，你要打鼾什么的随便你。但别梦里见了美女流口水。

韦利（嘟囔自语）：我就是想帮帮忙——说一些玩笑话——我这么做是为了什么呢？我真应该加入美国海军，就像玛利亚说的那样——

埃勒里（漠不关心）：警佐，我觉得只有在古代人们才把绿宝石当作一种出生石……爸爸。

警长（厉声说话）：怎么了？

埃勒里：您手下有没有拍下桌面——我的意思是在凶手返回现场袭击您然后刮掉那些字之前的桌面？

警长：当然拍了，这是惯例，怎么了？

埃勒里：没什么特别的原因。除非凶手不知道我们给线索留下了影像。这样或许结果会不一样……爸爸，让我看看照片……您知道我还没有亲眼看看刻在桌面上的那些字是什么样的。（按下通话键）

警长：豪伊，帮我把拍下老马奇桌面的照片拿过来。

电话另一边（话筒过滤后的声音）：好的，警长。（通话键……警局内部通话器）

埃勒里：爸爸，照片拍得怎么样？那些字看得清楚吗？

警长：噢，当然清楚了。我们用了提取指纹的办法。在桌面上洒上一些白色的粉末，一吹，除了那些字母，其他地方的粉末都被吹开。这样从照片上看，那些字呈现为白色。（门打开）

电话里的警员（上场）：奎因警长，这是照片。

警长：就是这个，豪伊。埃勒里，你看看。（关门声）

韦利（嘲讽）：上面是写着“March”吧……我念过书，这个字我还是认识的。连这一点都信不过我？

埃勒里：嗯……是“March”没错……但是字母 M 和字母 A 是大写的，其他字母是小写……噢……（兴奋地喘气）噢，上帝啊。

警长（敏锐）：埃勒里，怎么了？

韦利（嘲讽）：我说，他看上去好像病了。

埃勒里：我是病了。这所有的一切……你为什么不早点告诉我？（放声大笑）上帝啊，如果不是这个意思的话——

韦利（恼怒）：A 字母大写就把他弄成这样啦？

警长（明锐）：埃勒里，你不会是知道些什么了吧——

埃勒里：是的，爸爸。我全都知道了。（警长和警佐都吃惊地倒抽了一口气）我知道老马奇指的凶手是谁了。

韦利（茫然）：就看了一眼照片，什么都明白了……我真是傻了眼了……

埃勒里：等一下等一下……（停顿）对，就这么做。爸爸，我不单单知道谁杀死了老马奇，我还知道怎么把他抓个正着。

警长（兴奋）：太好了，用什么办法？（咆哮）快说用什么办法？

埃勒里（迅速回应）：我需要一个人，假装声称发现了一些情况——就今天晚上。

警长：发现了什么？快说，埃勒里，发现了什么？

埃勒里：发现了一些新的证据——证明老马奇已经在新立的遗嘱上签字了。

韦利：但是他并没有签字啊奎因先生——他的那份遗嘱现在就在

我这个办公室里——他根本就没有签。

埃勒里：警佐，我们都知道他没有签，但是凶手并不知道。我想让他误以为遗嘱已经签订，而且一旦到了马奇的律师费茨罗伊手上，该遗嘱就立即生效。

警长（斩钉截铁）：我加入你的计划，埃勒里。我们要怎么放风声？

埃勒里：就说老马奇在遇害之前已经在遗嘱上签字，并且有证人在场。遗嘱随后邮寄给了费茨罗伊。凶案是在下午发生的，所以凶手必定认为这份遗嘱现在就在邮局，并且明天一大早就会被投递给费茨罗伊。你们明白我的意思吗？

警长（迅速回应）：明白了。那我们现在就得立即行动——现在已经不早了。埃勒里，这个凶手是谁？我们这鬼话连篇是要编给谁听？

埃勒里：爸爸，靠近点。你们警局这四堵墙壁我都信不过——

韦利（迅速回应）：嘿，等等……奎因先生，也让我听听嘛。（不小心踢翻了一把椅子）嗷！没事的，没事的哈。

警长（急切）：凶手叫什么名字，埃勒里？

埃勒里（低声）：凶手就是——

（音乐起……随后是陪审团场景。）

挑战听众

埃勒里（咯咯笑）：好吧，这次我都差点泄露了谜底。不过我确确实实知道杀死老马奇的凶手是谁……我看到我们这些空头理论的侦探们正滔滔不绝地讨论如何破案。

（晨曦初露的闹市区，夹杂着街道的嘈杂声……）

警长（小心提防）：韦利，看到他了吗？

韦利（全神贯注——上场）：报告警长，还没有。

埃勒里：爸爸，你确定投递给费茨罗伊的信件一定会通过这个分局来周转吗？

韦利：我希望今天第一批投递还没有开始呢。要是守错了地方，那就太可惜了——

警长：投递员还有几分钟就出发了。（若有所思）我在想这一招能不能奏效。

埃勒里：爸爸，你确定把我们编造的信息都放出去了——老马奇遇害之前签了那份新遗嘱，把他的三个孩子排除在受益人之外，并且有证人在场？

警长：当然了。我之前还觉得自己做得天衣无缝，不会引起任何怀疑。但是现在——我都不敢说得那么肯定了。

埃勒里（信心十足）：爸爸，他肯定会上钩的。这是他获得财产的唯一机会，他不得不上钩。对他而言，只要他能赶在新遗嘱寄给费茨罗伊之前介入并毁了遗嘱，老马奇的家产就不会旁落，而且——

韦利：话是这么说的，奎因先生，但是去拦截一个投递员这种事会把联邦调查局都扯进来的……

埃勒里（淡然）：警长，对一个会谋害他人性命的人来说，他也同样会毫不犹豫地和美国政府对着干——（喃喃细语声和脚步声渐行渐远……最终消失）

警长（尖锐而低沉）：别说了！他们来了！

埃勒里：谁？

警长：投递员！

韦利：他们是来了，身上背着装信件的包囊。

警长：快躲远点，你这个大块头！你就把眼睛擦亮好好盯着就行了……

埃勒里：爸爸，让我们的投递员先走一会儿，然后我们再跟上……

韦利：哪个是我们要跟踪的投递员？

警长：个子高高红头发的那个……好的……（人行道上响起脚步声）我们挨着建筑物走。

埃勒里：爸爸，您确定那个红头发的投递员是要到费茨罗伊那里派件？

警长（咯咯笑）：我当然肯定了——他是布鲁克林辖区的一个探员。我可不能让真的投递员冒险。我手下大部分人都出现在马奇家的凶案现场，凶手很有可能会认出他们，所以我也不能用自己人。（停止说话）

韦利（紧张）：看到他了吗？我浑身都起鸡皮疙瘩了。

（下一幕最好迅速结束！）

埃勒里：爸爸！（脚步声停止）有个人从那个门口晃出来了，跑到我们那个冒牌的投递员身后。快看！

警长（吼叫）：他袭击了我们的人！（奔跑的脚步声）

埃勒里（伴随着脚步声）：该死，他抢走了包囊！

警长（吼叫）：嘿，快停下，不然我要开枪了！

韦利：警长，我来收拾他。（朝空中开了两枪。街上的车辆迅速急刹车停住）

埃勒里：他跑过街了——不要让他跑了！

警长：嘿，小心点——有辆车！

（急刹车的声音——砰的一声撞击声——一旁的行人中有个男人发出了一声惊呼，并夹杂着一个女人的尖叫声，随即围观人群发出阵阵低语声）

埃勒里：上帝啊，他被撞到了！

警长（脚步声在人群吵闹声中停止）：大家往后退……

韦利（严肃）：快退后！听到了没有！这把枪可是不长眼睛的！——你！听到了吗？

埃勒里：警佐，把你的枪收起来吧……他死了。

（音乐起……渐出。）

韦利（如释重负）：我说，我觉得一下子轻松了好多，你们明白我的意思吧。除非现在有什么新的案件，不然我现在觉得浑身轻松……怎么了，奎因先生？你不舒服吗？

埃勒里（闷闷不乐）：噢，警佐，我很好，就是觉得有点低落。

警长（索然无味）：你当然感到低落了。

韦利（真切）：我很理解你的心情……呃……很快就会好了。你是在喝白兰地吗，奎因先生？

埃勒里：什么？噢，是的，警佐，是白兰地。

韦利（失望）：白兰地，嗯？

警长：韦利，你也来点吧。埃勒里从山上什么地方弄来的。

韦利：谢谢，警长。那我就来点吧。（玻璃杯的碰撞声……倒酒声）

埃勒里（生气）：爸爸，您是不是也要趁机来两杯……

韦利（迅速回应）：这日子过得真滋润哪！（停顿）呜！这太棒了。我说，奎因先生，这次你是怎么辨别出真凶的？……我说，这白兰地太棒了，相当不错。

埃勒里（突然大笑起来）：警佐，喜欢就再来一杯。（又是玻璃杯的碰撞声和倒酒声）抱歉，我是个很无趣的人。

警长：你要是能透露点信息，我们就不会觉得你无趣了。那些记者这几天一直围着我转。我能跟他们说什么？就只能跟他们说你跟我讲的那点东西。但你除了告诉我凶手的名字，其他的信息一概没有！

韦利（开怀畅饮）：是的，先生，这白兰地真是不错啊……

警长：我说，韦利，我不介意你喝我的白兰地。但请记住，你这是喝水，不要以为这是在拿酒洗澡。你可是有个老婆在家里等你！

韦利（挑衅）：谁说的？谁说的？警长，这下你让我郁闷了。再来杯酒下肚！（饮酒声）

埃勒里（茫然）：整件事情的关键，在于如何解读老马奇断气之前在办公桌上刻下的那个字“MArch”……

警长：安静点，韦利，我要听他说什么。

韦利：好吧，好吧。March……这么说那个字是关键喽。当然是了，先生，当然是那个字了，march……

埃勒里：凶手要么是马奇家族的人，要么不是。我一开始就明白肯定是前者。

警长：你是怎么知道的？

埃勒里：这么说吧，凶手会是马奇家族以外的人吗？不可能的。如果是的话，一个垂死的人要留下凶手的名字，他肯定不会写自己家族的姓氏。

韦利：说得对……说得对……（打嗝）

埃勒里：他憋着最后一口气的时候，第一个念头肯定是写下家族姓氏以外的字，这样别人也会觉得一目了然，到底哪个人是凶手。

警长（若有所思）：确实是这样，你说得很有道理。所以说老马奇本意就是指向他家族成员中的一个。

韦利：忘恩负义的家伙。

警长：但他的那三个孩子，你是怎么辨认出哪个是凶手的？

埃勒里：爸爸，您这么想，如果他所指的就是三个孩子中的一个，他怎么会写下家族的姓氏，而非他们的名字呢？他压根就不用写姓氏，单写名字就好了嘛。

警长：但是他确实没有写下名字啊！

埃勒里：他确实没有。因为他写不出来。

韦利（哼着小调）：他写不出来，他写不出来，写不出来……

警长：安静点，你这个酒鬼。埃勒里，你说他写不出名字是什么意思？他为什么写不出来？

埃勒里：因为他很清楚地意识到只有一个姓会不清不楚——容易误导别人！

韦利（高歌）：这个忘恩负义的家伙……

警长：你能不能别在旁边发出驴叫声了？把那个酒瓶给我！（韦利

停止唱歌）

韦利（迷迷糊糊）：遵命……长官……

埃勒里：爸爸，您明白我的意思了吗？比如说，我问我自己，会不会是马奇中尉——就是帕特里克——他父亲指的会不会就是他？如果是的话，他为什么不直接写下帕特里克这个名字，或者帕特？

警长：但是埃勒里，我还是不明白。他就那样写了几个字，你怎么就知道他指的是双胞胎中的哪一个？

埃勒里：我看到第二个字母是大写的时候，一下子茅塞顿开了——所有的谜底就在大写A字母上。为什么一个临死的人要把A字母大写呢？这个字母是那个单词的第二个字母。其余的第三、第四和第五个字母都是小写的。他这么做只有一个解释，那就是他写的不是一个名字，而是某个单词的缩写！（韦利发出了打鼾声）

警长：缩写！这是什么的缩写？……大写的M和A，小写的r、c和h。

埃勒里（敏锐）：大写的M指的是Master，硕士。大写的A和小写的r、c和h指的是Architecture，建筑的意思。建筑系硕士生！老马奇在指责那三个孩子的时候，他说过他的儿子罗伯特获得了建筑系的硕士学位！所以我知道他指的就是罗伯特。后者捅死了自己的父亲……（电话铃声响起）谁打来的电话。爸爸，我自己来接吧……

警长：真的把我难倒了……（接电话）

埃勒里：您好？（没有听到电话另一端的声音）是的，是的，请说！

警长：埃勒里，是谁？

埃勒里：电报局——他们说有一封我的电报……是的，请念给我听！（停止说话）好的……好的……（兴奋地大喊）耶！（挂断电话）

韦利（从睡梦中醒来）：嗯——怎么了……发生什么事了？

埃勒里（兴奋）：发生什么事了？噢，没什么。没什么。爸爸，是尼基发来的电报！尼基要回来了！警佐，快把酒倒上——我们一起喝个痛快！

（音乐起……）

又是一宗看似不可能的谋杀案——案情扑朔迷离。一个超自然现象的研究者在一个闹鬼的山洞中被勒死。而山洞的入口处仅发现了他本人的脚印。埃勒里·奎因建议导演“巧妙而适当地加入‘鬼魅’的声效和音乐”。该剧首播于一九三九年十月二十二日。

闹鬼的山洞

人　物

埃勒里·奎因	侦探
尼基·波特	侦探秘书
奎因警长	纽约警署
韦利警佐	纽约警署
科林斯教授	特库姆塞旅舍
苏珊·科林斯	特库姆塞旅舍
科林·蒙塔古	鬼神论的拥护者
劳拉·蒙塔古	科林·蒙塔古之女
亚历山大·刘易斯	鬼神论的反对者
加布里埃尔·邓恩	樵夫
芬奇	科林斯家的男仆

背景：阿迪朗达克，一九三九年

（不耐烦地在房间来回踱步声……门打开。）

警长（打呵欠）：（上场）早上好，埃勒里。又起了个大早啊？

埃勒里（仍旧不停地踱步）：（狂躁）爸爸，我根本就没躺床上去。

警长（难以置信）：连床都没碰一下！发生什么事了？

埃勒里（停止踱步）：是尼基，上帝保佑她！

警长（干巴巴）：噢。

埃勒里（暴躁）：她上周给我发了封电报，说她六天以后就回来。还说她回来了会给我电话。我昨晚等了一个晚上，一点音信都没有。我不停地给她的住所打电话，但没有人接听。我打了一整个晚上，早上又打。爸爸，她竟然还没有从阿迪朗达克回来！我非常不理解。

警长（不感兴趣）：这有什么不理解的。她决定延长假期了呗。你还是个了不起的侦探呢，连这一点都推断不出来啊。

埃勒里：但是尼基不应该这样对我。也不事先通知我一声。我又不介意她继续待在……

警长：是，是不介意。

埃勒里：她一定是待在山上舍不得回来，但是总该跟我说一声——（两声长长的电话铃声）

警长：我来接。

埃勒里（抢上前去）：噢，不不，爸爸，我来接，我来接。这是长途电话的信号！（抓起话筒）您好！您好？

接线员（话筒过滤后的声音）：请等一下，正在为您连线。（按键声）

尼基（话筒过滤后的声音）：埃勒里？

埃勒里（欣喜若狂，松了口气）：尼基！尼基……

尼基：呜！我的耳朵，奎因先生。你听到我的声音好像很高兴嘛。

埃勒里：高兴？我简直是要抓狂了！

尼基：真的吗？没有秘书的日子你过得怎么样啊？

埃勒里：非常糟糕！尼基，你还住在特库姆塞旅舍吗？

尼基：不是的，埃勒里。我遇到了几个非常非常好的人——科林斯教授夫妇——苏珊真是太可亲了——

埃勒里（郁郁寡欢）：噢，知道了。

尼基：——而且我觉得他们也很喜欢我。他们还邀请我去他们在阿迪朗达克的小木屋住几天……小木屋噢！看上去更像一栋别墅！

警长（凑到电话旁）：你好啊，尼基！

尼基：您好啊警长！……所以，埃勒里亲爱的，你一定知道我在说什么吧。一边是万丈深渊，一边是深蓝色的大海。我很想在这边待上几天，但是——嗯，你是我老板——

埃勒里（爽快）：说什么呢尼基，你想待多久就待多久。

警长（声音稍远）：真虚伪！

尼基：噢，埃勒里，你真是太好了！我其实特别想留下来，因为——嗯，你听了可能会笑的——

埃勒里（郁郁寡欢）：我已经要开始捧腹大笑了。

尼基：埃勒里——这山上有鬼出没！

埃勒里：有——什么？（大笑）等等，尼基，我要把这个跟我爸爸说一下——爸爸，尼基在那里跟一个鬼一起玩耍呢！

警长（走上前去）：难怪你刚才笑得那么开心。你上个星期还在怀疑是不是一个橄榄球运动员。

尼基：埃勒里·奎因，我听到你在那边哈哈大笑！这一点都不好笑。那个鬼就在这一带出没，给当地的居民带来很多困扰。

据说这个鬼就在离科林斯教授小木屋不远的一个山洞里。

埃勒里（咯咯笑）：听起来惬意极了！

尼基：你又在讽刺我了！科林·蒙塔古和亚历山大·刘易斯也到这里来打算探个究竟，看看是不是真的有鬼——

埃勒里：蒙塔古？刘易斯？（沮丧）你是说那里——还有其他的——人？

尼基（轻快）：其他人？当然了！他们都是非常好的人！我在这里的日子真是阳光灿烂，愉快至极！

埃勒里（迅速回应）：尼基，你什么时候回来？

尼基（吃惊）：周三回去。我还以为——

埃勒里：我开车去接你——今天就过去。

尼基（吃惊）：但是埃勒里，我刚才还以为你说——

埃勒里：我不是那个意思——你当然可以待到周三。但是我……我也想休几天假。到时候我会待在特库姆塞旅舍，然后再把你接回纽约——

尼基：哇，埃勒里，你真是太讨人喜欢了！

埃勒里：先别高兴得太早了。我应该怎么过去？

尼基：在特库姆塞旅舍问一下科林斯小木屋怎么走——

接线员：女士，五分钟时间到了。

尼基：这么快！埃勒里，再见啦！（挂断电话）

埃勒里：再见，尼基。（挂断电话，自言自语）蒙塔古……刘易斯……

警长：我说，埃勒里，我想和你一起开车过去。

埃勒里（心不在焉）：爸爸，您说什么？噢，当然了，非常高兴和您同往。

警长：有鬼，啊？（咯咯笑）我让韦利和我们一起去。我一直想看看韦利撞鬼的时候会发生什么事情！

（音乐起……车子在盘山公路上绕行的声音。路况很差。）

埃勒里（不耐烦）：那该死的科林斯住宅到底在哪里？我们从特库姆塞旅舍出来就一直绕着山路往上爬。

警长：这条路是通往那里的唯一通道——如果这称得上是路的话。

埃勒里：我们应该快到山顶了。

韦利（自得其乐）：是的，先生。而且我感觉自己都要飞起来了，飞进这环绕的苍穹！（他们都大笑起来）看看这些树！这天空！这空气！（深呼吸）呼吸一下这空气，快——吸口气！

警长（咯咯笑）：天生就是个说酒话的醉鬼。

埃勒里（仍旧不耐烦）：可不是嘛，警佐，你都称得上是诗人了！

韦利（委屈）：问题是你们两个没有一点诗意。你看我，一到了这种属于上帝的村庄，我就觉得自己像希腊神话里的牧羊神——叫什么名字来着——潘[①]。是的，先生们，潘！我想尽情奔跑，欢声高歌——（突然）瞧，前面那个朝咱们走过来的是不是尼基·波特——和一对中年夫妇在一起的那个？

警长：哎呀，真是尼基！（按响汽车喇叭）嘿，儿子，这下子轮到你要飞上天去了！（猛地刹车，车子停住了）

---

① 希腊神话中的牧羊神，掌管树林、田地和羊群的神，有人的躯干和头，山羊的腿、角和耳朵。

尼基（迎面走来）：埃勒里！

埃勒里：尼基！快过来！（打开车门）

尼基（被紧紧拥抱住，表情尴尬）：埃勒里，你——埃勒里，放手！我都快窒息了！噢噢，勒得我肋骨都要断了。

埃勒里（高兴）：尼基，见到你真是太高兴了。你精神看上去很好！是不是啊，爸爸？

警长（咯咯笑）：是啊，看上去美得跟一幅画似的。你好啊，尼基。

尼基：您好，警长！还有韦利警佐。哇，你们也来了，真是莫大的惊喜啊。

韦利：是啊，警长和我觉得好久没看到树了，所以决定来这里凑凑热闹。

尼基（大笑）：那你来这里可够你看的了！科林斯教授、科林斯太太，介绍你们认识一下，奎因警长、奎因先生和韦利警佐。（互相问候声）

苏珊：尼基跟我们讲了许多关于你们三个的事——

科林斯：是啊，我们都觉得好像认识你们很久了。

埃勒里：谢谢您，科林斯教授。这里的村庄真是太美了。您的木屋离这儿远吗？

科林斯：离这里不远，走一段路就到了。我们现在是在山顶上。

苏珊：奎因先生，你和你父亲还有韦利警佐，一定要留下来住几天。（他们齐声谢绝邀请）

埃勒里：科林斯太太，谢谢您的好意。我们都住下了，你们住哪里——

苏珊：奎因先生，我们有很多空房间——

科林斯：别争了，你们就留下来待上几天吧。

尼基（大笑）：埃勒里，你争也没用的。苏珊和教授真是太热情了，你都不知道他们是怎么把我留下的。

苏珊：我们那儿还住着几个人呢，亚历山大·刘易斯、科林·蒙塔古和他的女儿劳拉——

埃勒里：那个叫蒙塔古的都有个女儿了？（大笑）我还以为——

尼基（一本正经）：你以为什么呢，奎因先生？

科林斯（咯咯笑）：噢，我明白了。奎因先生，没人和你争。蒙塔古都五十多了，那个亚历山大·刘易斯是个体型干巴巴的小家伙——

苏珊：瘦瘦小小的，像个埃及木乃伊。

尼基：苏珊！你怎么可以这么说刘易斯先生。他虽然个子小小的，但是很讨人喜欢。

警长（了无生趣）：埃勒里，看来你一路把我们颠簸到这边是有企图的。

埃勒里（尴尬）：胡说八道！我是被她说的那个鬼故事吸引过来的。

尼基：谢谢你啦，奎因先生。

埃勒里：尼基，我的意思是——要不咱们都上车吧，咱们开车去科林斯教授的木屋。

警长（待所有人都坐定后）：科林斯教授，非常感谢你们的挽留。说实话，你们说的那个关于鬼的事情把我也着实给迷住了。（关上车门）

科林斯（大笑）：警长，关于这个故事，你可有得听了……

韦利：那就请你跟我们好好讲一讲——马上开动！（车子开动）

（音乐起……随即从木屋前空旷的门廊上传来众人的交谈声和叮叮当当的碰杯声。）

警长：谢谢，科林斯太太，我想我会的。

苏珊：芬奇，给韦利警佐再倒一杯鸡尾酒。

芬奇（声音稍远）：好的，太太。（调酒声）您请，先生。

韦利（豪饮）：芬奇，你真是个棒小伙！这才叫生活，是不是？

（众人的欢笑声）

蒙塔古：我女儿劳拉呢？

苏珊：蒙塔古先生，她在外面散步呢，说是去看日落，和奎因先生还有尼基一起去了。

警长（咯咯笑）：这座山有两个传说——动人的爱情和鬼怪——

刘易斯：蒙塔古，我想奎因父子对这些超自然的现象并没有一种崇敬之情。

蒙塔古：刘易斯，不单单是奎因父子，还有科林斯一家人也是呢——

科林斯（迅速回应）：你们两个，别把我给扯进去。我把我的木屋借给你们做研究用的图书室，这已经很够意思了。所谓超自然现象都是些哗众取宠的东西！

苏珊：劳拉他们回来了。（三个人边说笑边走过来。脚步声伴随着木地板的嘎吱嘎吱声。而后三人又走上了门廊的台阶）

尼基（上场）：劳拉，我完完全全陶醉了！

埃勒里（同样感到兴奋）：真是太美了！太太美了！大家好啊！

（互相打招呼）

劳拉（上场）：奎因先生被山上的空气给陶醉了——就像艾米丽·迪金森小说里的蜜蜂一样——

警长：像谁？

韦利：我也是，蒙塔古小姐！不觉得这很有意思吗？

苏珊（浑然不觉得有趣）：劳拉，你还真是乐在其中啊。不过要去那个闹鬼的山洞进行一番探险，这个节骨眼上，我倒希望不要搞什么浪漫的气氛。

蒙塔古（咯咯笑）：劳拉时常跑到那个山洞去看诗集呢。

尼基：劳拉！你就不能找个氛围轻松一点的地方看书吗？

劳拉：尼基，那个地方是阴森森的有点可怕。但是那让我很陶醉。

尼基：给我一百万让我靠近那个山洞我都不愿意。

埃勒里（咯咯笑）：我本打算让尼基给我指路，但是她哀求着跑开了。

警长：尼基，你不会是相信了那些关于鬼怪的言论吧？

韦利：女人在这方面很有意思。鬼怪！全是胡言乱语。

劳拉：韦利警佐，请不要这么说。我倒是不怕——但那里确实是在闹鬼。

韦利（惊讶）：我说，蒙塔古小姐，你不会是认真的吧？

蒙塔古：警佐，她是她父亲的女儿。我们家族对超自然的东西都有一种很自然的崇敬之情。

埃勒里：噢，蒙塔古先生，您是这方面的专家。

蒙塔古（谦逊）：好吧，我不敢说是什么专家——

刘易斯：蒙塔古，我也不认为你称得上什么专家，你只不过是个容易上当的白痴。还跑去西雅图像模像样地参加那些所谓灵媒繁琐的仪式。

蒙塔古（愤怒）：刘易斯，我想你一定从没上过当！

刘易斯（嘲讽）：我？别说笑了蒙塔古。记不记得那次在纳什维尔，我揭发了一帮自称是通灵的人。而你呢，你都快要上钩了——

蒙塔古：刘易斯，你是个白痴！

科林斯（咯咯笑）：先生们，先生们！（两人平息争吵，但仍不满地小声嘀咕）奎因先生，他们两个就是这个样子。二十几年了，一对水火不容的冤家。但要是有其他人敢损坏他们任何一个人的名誉，另外一个人会立马拿起刀把那人的喉咙割断。

苏珊：你们知道吗，蒙塔古先生可能是世界上拥有关于超自然现象藏书最丰富的人，而且那些书价值连城——

刘易斯：走狗屎运的人！要是能得到他那些藏书，就是砍了我的右手我也愿意。

埃勒里：你们二位到这里来是研究那个所谓闹鬼山洞的灵异现象？

蒙塔古：是的，奎因先生。我们计划展开一系列的科学实验。

科林斯：科学？蒙塔古，别逗了。我大学里那些实验用的试管跟“科学”还能沾上边，但是你这些跟巫医相关的东西——

刘易斯：科林斯教授，你们这些唠唠叨叨的老学究也一样！怀疑的态度！我说那都是些该死的傻瓜！

埃勒里：这些超自然现象的实质是什么？

尼基：埃勒里，让我告诉你——很多年以前，有人在那个山洞里把另外一个人给掐死了，然后——（远处渐渐响起了非人非鬼的哀嚎声，又像是风的呼啸声）

警长（敏锐）：什么声音？

韦利：听起来像——像狼嚎声。

尼基：阿迪朗达克这一带有狼出没吗？

韦利（喃喃低语）：最好是有。

蒙塔古（兴奋）：安静！听！（哀嚎声再次响起——停住）

刘易斯（同样兴奋）：蒙塔古，就是这哀嚎声！鬼魅的声音！

尼基（恐惧）：你们不觉得这声音——很奇怪吗？

劳拉：听得我浑身都发抖了……呜呜，这真是太棒了！

苏珊：劳拉，我可不觉得棒！（一片寂静，哀嚎声再次响起）

韦利：我说，是谁在这里装神弄鬼的？

蒙塔古（兴奋）：噢，不是的，警佐。我们之前都查过了，这声音确实是从那个山洞里传出来的……

科林斯：嘘！这只不过是风和怪异的石头构造共同产生的自然现象。（嘲讽）鬼！我——（停止说话。哀嚎声再次响起）

埃勒里（敏锐）：我要去那个山洞看个究竟！

（音乐起……而后响起了诡异的哀嚎声……继而是嘎吱嘎吱的脚步声，一群人仿佛在丛林中行进。）

警长（咯咯笑）：我没见过谁比那三个女人躲得更快。嗯，闻闻这些松木香！

韦利（咕哝）：闹鬼，哼！等我抓到这鬼玩意，我一定把他的脖子给拧断。

埃勒里：科林斯教授，去那山洞一定要穿过这片丛林吗？

科林斯：是的。这是从我的房子到山洞的必经之路，没办法绕行——两边都是悬崖。看到了吗，这样直直往上走就是山顶了，然后是一片空地。那个山洞就在空地的边上。

刘易斯：就是在这座山的最顶端，俯瞰那个湖。

埃勒里：噢，我明白了，刘易斯先生，就是教授的房子后面那个湖。

蒙塔古（全神贯注）：刘易斯，哀嚎声好像停止了。

刘易斯（烦躁）：每次都这样，我们觉得好像——

警长：是不是有人朝这里走过来？（脚步声越来越靠近）

科林斯：一定是我们的加布里埃尔·邓恩。大块头的樵夫，就住在山腰下面一点的一座木屋里……果真是他。嗨，盖布！

盖布（上场——声音低沉）：你好啊，教授。你也听到从山洞里传来的哀嚎声啦？

科林斯：肯定是听到了。盖布，给你介绍一下我的朋友——（相互问候声。而后一行人继续步行前进）

盖布：这些扼死鬼最近变得异常肆无忌惮。

韦利：盖布·邓恩，你也相信那些胡言乱语？

盖布（平静）：先生，一个人住在这山里头，很多事情你不得不信。

埃勒里：关于扼杀犯和那个山洞，到底有什么传说？

刘易斯：蒙塔古，告诉他。

蒙塔古：据说一个登山的人把几个行人骗到了那山洞里，把他们勒死了，然后把他们的钱拿走了。

刘易斯：奎因先生，这大概是一百年前的事情了。

埃勒里：那他怎么处理受害者的尸体？

刘易斯：扔进湖里了。山洞的洞壁上有一个天然的凿洞——像一扇窗户，在离湖面五十英尺高的地方俯瞰整个湖泊。

盖布：是这样的，先生们。从那以后，那些受害者就一直发出哀嚎声，就是你们听到的那声音。

警长（嘀咕）：荒谬！

韦利：鬼话连篇！无聊至极！荒谬！

蒙塔古：当然了，那个杀人犯后来被抓住并被处以绞刑。

科林斯（咯咯笑）：而后这山里那些淳朴的山民们就说，每当你听到这哀嚎声，杀人犯的鬼魂正在把受害者的鬼魂重新勒死一遍。

盖布：我们到了。（脚步声停止）

韦利：那是不是就是山洞的入口——就在空地的另外一边？

警长：怎么回事，还安了个木门？

埃勒里：我们走近点。教授，怎么会有个木门？（所有人都站定，没有听到任何脚步声）

科林斯：问盖布吧，他懂得比我多。

盖布：几年前有个从城里来的家伙在这里安了扇门，向进洞参观的人收取费用。

韦利：他的名字一定叫巴纳姆[①]。

盖布（咯咯笑）：不过他可没待多长时间。一天晚上，他单独在这里的时候，响起了哀嚎声。他就像头公鹿一样快速地溜走了，从那以后，我们再也没有看到他。

埃勒里：我们一起去看看这个声名远扬的山洞。（推开那扇重重的门。开门声响彻整个山洞，引起了一阵阵由近及远的回声）

---

① 巴纳姆（1810—1891），商人、舆论关系策划者。

嗯，这么暗，什么都看不清。（踩在石头地面上的脚步声）

蒙塔古：奎因先生，到处都是冷冰冰的石头——地板、墙壁、洞顶。这洞顶是这座山峰顶的里层。洞壁这里还有一扇窗。

埃勒里（稍稍往前走）：是的，我看到了。差不多已经在悬崖的最顶端，俯瞰整个湖泊。

警长：你们说你们会在这里开展一些试验。刘易斯先生，是什么试验？

刘易斯：我们计划在这里待足二十四个小时。从明天早上六点到后天早上六点。

蒙塔古：我们会带上毯子、煤油灯、食物、水，还有一个声音记录仪。哀嚎声开始的时候我们会在这山洞里。

科林斯（大笑）：听起来非常科学。

刘易斯：你就笑吧，你这个没有品位的老家伙！

韦利（拖长声调）：假设你们跟这个鬼撞了个正着——你们不觉得你们该带上根棍棒什么的以防万一吗？

盖布（平静）：先生，如果这些哀嚎声的发声源用棍棒可以打得到的话，那就不是大家所说的多年前那些死者的鬼魂。我在这山里已经待了很多年了。

蒙塔古：当然了，这些声响也很有可能是人为制造出来的。考虑到这种可能性，我们也相应地采取了一些防范措施。你们看，虽然天看上去灰蒙蒙像是要下雨的样子，但是如果今晚不下雨的话……

刘易斯：你们都看到了，那片空地是通向这个山洞的唯一通道。

埃勒里：你们两位都是大活人，你们到这山洞的时候也都会在空地上留下脚印。

刘易斯：我们会光着脚进来，以区分我们自己的脚印。

蒙塔古：当然，就只有我们两个会穿过那片空地到这里来。这也是我们事先说好的。这也是个秘密——

科林斯（严肃）：盖布，听到了吗？不要跟任何人提起这件事。（咯咯笑）

盖布：听上去你们两位打算自找麻烦。

刘易斯（高声叫喊）：卷入麻烦的不会是我们。我们回去吧。蒙塔古，你带了那把新锁了吗？（一行人走出山洞。巨大的门锁发出叮当声）

蒙塔古：是的。（关门声，扣上门锁）钥匙就在我的口袋里。好了，先生们，明天早上六点之前就让这里的一切安然不动。如果你们想送我们一程，大家明早都得早起。

警长（严肃）：相信我，我非常乐意！

韦利（咯咯笑）：我也是！

埃勒里（严肃）：随时愿意效劳！

（音乐起……伴随音乐声响的是瓢泼大雨声，雨仿佛下了一整夜。随即黎明到来，到处可以听到欢快的鸟鸣声……两个人穿过丛林的脚步声……）

埃勒里：尼基，我们以后可以经常做这种事。

尼基：你的意思是说一大早六点起来看两个中年男人如何自娱自乐？

埃勒里：不是的，尼基。我是说早起去树林里走走。

尼基：奎因先生！你真是自然母亲的孩子，不是吗？

埃勒里（咯咯笑）：恐怕我的自然母亲骨子里很不安分。你不知道——嗯，尼基，你不知道过去的两个星期我有多么难熬。你可以问爸爸——他知道。

尼基：我已经问过你爸爸了——他跟我说了很多。（温和）你真的很想我？

埃勒里：非常非常想。

尼基（感动）：噢，埃勒里……

埃勒里（迅速接话）：当然了，这是很正常的。每个男人总是习惯有一个女人在身边的感觉——

尼基（冷漠）：真是这样的吗？就像一双穿习惯的旧鞋子。

埃勒里（懊悔）：尼基，我不是那个意思——

尼基：噢，你不是那个意思吗？其他人跟上我们了吗？

埃勒里：尼基，抱歉我说错话了。我不想让你觉得——

尼基：是他们来了。大家都到了，除了蒙塔古先生。你认为他会在哪里呢？

埃勒里：噢，这有什么不对劲的吗？说不定他就在洞口等着我们呢，尼基——

尼基（语气坚定）：不是的，奎因先生。我不想再和你讨论任何关于我们两个的事。（大笑）噢，埃勒里，别看上去这么伤感。我只不过在逗你。

埃勒里（欢笑）：你说的是真的吗？（轻快）哇，真是一个很美好的早晨，棒极了！我们目送两个实验者进入山洞，然后吃早餐，再然后去湖里游泳——

尼基：嗯？谢谢你了，我可不想去……噢，那个就是科林斯教授昨晚提到的老樵夫吗——他叫什么名字？

埃勒里：加布里埃尔·邓恩。你好啊，盖布！你也一大早起来凑热闹啊？（脚步声停住。另一个男人的脚步声响起）

盖布（上场）：我刚刚去过山洞旁的那片空地。有人在山洞里！

（由远及近响起了一行人的脚步声和他们的喃喃细语声）

刘易斯（上场，语气急躁）：真搞不懂蒙塔古这个时候上哪里去了。除非他自己一个人一大早起来就——

科林斯：早上好啊，盖布。刚才你是不是说有人在那个山洞里？

（众人发出惊呼声）

盖布：咱们所有人一道去那片空地边看看。（脚步声再次响起）

苏珊：蒙塔古先生不会已经在那里了吧。

劳拉：科林斯太太，不可能是我爸爸。他不会——

警长：埃勒里，有什么不对劲的吗？

埃勒里：我不知道。盖布说有人在山洞里。

尼基：噢，很有可能是蒙塔古先生。

韦利：但是他之前说会和刘易斯一道过去——

盖布（稍稍走上前去）：知道我说的意思了吧？（脚步声停止。一片寂静）

埃勒里（慢悠悠）：一个身材瘦小的人光着脚的脚印——

尼基：这些脚印直直穿过空地通向山洞门口——

警长：而且只有两行往那边走的脚印……

刘易斯（愠怒）：他戏弄了我！这个口是心非的人！这个口是心非的人！他就是这样一个人！他口口声声说什么荣耀——什么我们一起去完成——现在看看他都做了些什么！

劳拉：刘易斯先生！你怎么能这么说我父亲！

科林斯：劳拉，现在看来你父亲是起了个大早，把可怜的刘易斯撇下，自己单独去了山洞——

刘易斯（愤怒）：那是他的脚印，不是吗？那不可能是其他人的脚印，他的脚印比较小——这个狡猾的黄鼠狼，邪恶的毒蛇！

劳拉：刘易斯先生，你是一个非常糟糕的人！

苏珊（大笑）：噢，好了，刘易斯先生。说不定蒙塔古先生只是在和你开玩笑。（冲着洞口大喊）蒙塔古先生！（野外的回声）

刘易斯：我要进去，然后结结实实给他——

埃勒里：刘易斯先生，这空地昨晚被雨冲刷过后非常整洁干净，像一块铁片一样，这么踩上去，乱七八糟的脚印看上去够乱的。

警长：除了蒙塔古本人的脚印，什么都没有。蒙塔古。（野外的回声）

刘易斯：他一个人扛着那些露营装备穿过树林……我没什么好说的了，让他自个去做吧。一个人怎么能做出这么卑劣的事情！

埃勒里（大喊）：蒙塔古！（回声）蒙塔古！（回声……而后是一片死寂）

尼基：埃勒里，我觉得很奇怪。他肯定在里面，那扇门还半开着呢……

警长（喊叫）：蒙塔古！（回声……又是一片死寂。随后众人低声地表示疑惑）

埃勒里（敏锐）：等等！（谈话声顿时停止）我总觉得那里非常不对劲——

劳拉：不对劲——我爸爸吗？奎因先生，您一定是在开玩笑吧！

尼基（迅速回应）：劳拉，可能没什么事。要不这样，亲爱的——我们一起往回走吧——

劳拉：不，尼基……爸爸！（回声——近乎歇斯底里）爸爸！（回声）

警长（低声）：尼基，看上去有点情况。盯紧点她。

尼基（低声）：我肯定会的，警长。（稍稍走上前去）劳拉，亲爱的，你别这么固执。要不……

埃勒里（敏锐）：我一个人穿过这片空地。我会绕开蒙塔古的脚印。如果你们要跟我一起过去，你们就顺着我的脚印踩，明白了吗？（几个男士低声地附和）女士们请不要跟着过去。

警长（低声）：埃勒里，赶快。

韦利（低声）：奎因先生，你一旦发现了什么——

埃勒里（走上前去）：我知道的，警佐。（踩在泥地里的脚步声由近及远渐渐消失。一片寂静。沉重的木门嘎吱一声被推开。又是一片寂静。而后埃勒里向空地的这一边喊话——声音急促紧张）爸爸，韦利，到这边来。（众人担忧的疑虑声）

科林斯（大喊）：奎因先生，那边怎么样了？

劳拉（失声尖叫）：我爸爸发生什么事了？

尼基：劳拉，看在上帝的份上——劳拉——

埃勒里（尖锐——稍稍走上前）：女士们请不要过来！尼基——科林斯教授——把她们都带回木屋去——马上！（喃喃声）按我说的做！

警长：韦利，走吧。我们去看看发生什么事了。

韦利：我来了。现在想想，我那些警犬每次执行任务的时候发出的叫声，可不是欢乐的叫声。（踩在泥地里的脚步声。低语

声消失。门稍稍被推开，发出嘎吱的声响）

埃勒里（严肃）：这就是你们的蒙塔古先生——躺在山洞的地面上。（警长和警佐倒吸了一口冷气）

警长：死了！他的那些设备供给就在身旁！

韦利（失控）：看他的——脖子……他是被……勒死的。被勒死的，奎因先生！

埃勒里（严肃）：是的，警佐。在我看来，能把他勒死的凶手只有一个人——这个闹鬼山洞里的鬼！

（音乐起……鬼魅主题。而后是埃勒里、警长和警佐的低语声，他们仍旧在山洞里。）

警佐（低声喃喃自语）：这不可能。这肯定是个阴谋，这是——

警长：别在那里叽叽喳喳的，像个大猩猩一样。帮我把他翻过身来。（两个男人用力把尸体翻过来）

韦利（喘气）：有鬼？真是太可笑了！（孱弱地笑，而后粗暴）我不相信有鬼！

警长：这次看来我们不得不信了。

埃勒里（困惑）：我不太明白。这里面有些东西非常蹊跷……

警长：埃勒里，那些勒痕——非常奇怪。

埃勒里：是的，爸爸，就是这些。

警长：勒痕主要是在脖颈上——在死者脖子的正面，凶手大拇指的痕迹在死者脖子的背面，而且是朝上的……

埃勒里（困惑）：是的……是的……爸爸，我也看到了。

韦利（松了口气）：我明白了！鬼……胡言乱语！我知道发生什么

事了。这个叫蒙塔古的家伙自己把自己勒死了！

警长：韦利，瞎说！首先，一个人是不可能用自己的双手掐死自己的——感觉到窒息的时候，你的双手会自动松开。其次，你现在已经神志不清了……

埃勒里：还有，警佐，即便一个人能把自己掐死，大拇指的位置会自然地放在脖子前方气管的位置上，而不是后面。所以蒙塔古不是自己掐死自己的……（门被推开的嘎吱声）

警长（警觉）：谁？

科林斯（上场——声音沙哑）：警长，是科林斯，还有老盖布。上帝啊，可怜的蒙塔古。这——我——

埃勒里：你没有把外面蒙塔古的脚印弄乱吧？

科林斯：没有。那真是他光脚踩上去的脚印吗？

警长：毫无疑问。我们量过了。

韦利：嘿，你。盖布·邓恩。你通知警局了吗？

盖布：科林斯教授已经从木屋打电话给警局了。你们是侦探，对吗？

警长（了无生趣）：盖布，算得上是吧。

盖布：好吧，我顺着丛林往回走发现了些情况。你们一大帮人今天一大早六点穿过丛林走来的足迹只是很窄的一段，要发现些什么不是不可能的。

埃勒里（警觉）：盖布，你发现了什么？

盖布：你们踩过以后，就没有其他的脚印。但是就在丛林的边上，就是你们离开科林斯教授小屋以后走过来的小道边上，大概离小木屋有几码的地方——小路上有很多碎石子。因为昨晚下了雨，小路上很滑。

警长（不耐烦）：然后呢？然后呢？

盖布：就在那些碎石子旁边，有一小片杜松灌木丛被压扁了。我想大概蒙塔古在去山洞的路上踩在碎石子上滑倒了，摔在了灌木丛上。

科林斯：我已经问过其他人了，他们中没有人在那里跌倒过。

韦利（讥讽）：你这些信息真是帮了大忙了。

盖布（平静）：我只不过告诉你们我知道的信息。

科林斯（声音嘶哑）：现在我们该做什么呢？可怜的劳拉——她现在非常歇斯底里。尼基·波特一直在安慰她——我太太被吓得精神不振——还有刘易斯，这件事情发生以后，他都不开口说话了。他被吓到了——整张脸煞白得如同——

警长（声音刺耳）：干吗不说出来？脸煞白得跟鬼一样！

埃勒里：科林斯教授，这个问题确实让人难以招架。看上去，似乎确实只有鬼才能将可怜的蒙塔古置于死地。

科林斯（惊讶）：奎因先生，你这是什么意思？

警长（声音刺耳）：教授，我儿子的意思是，我们查看了现场，所有的迹象都表明这一切不可能是人为的！杀死蒙塔古的凶手是怎么出入这个山洞的？埃勒里到这里来的时候没有一个人在，除了蒙塔古，但是他已经死了。

韦利：而且死了有一个小时了。

埃勒里：教授，您看，蒙塔古单独进了这个山洞——那片空地的泥泞里只有他一个人的光脚印。这样的话凶手是怎么进来的呢？凶手必须穿过那片空地，这是进入山洞唯一的必经之路。

科林斯：但是……但是这不可能啊。

警佐：教授，别在这里鹦鹉学舌，是我先这么说的。

科林斯：肯定有其他人来过这里！

埃勒里（冷静）：怎么进来呢，教授？这个山洞的另外一个入口就是洞壁上的那个天然凿洞，在那可以俯瞰整个湖泊——但是凿洞在湖面上五十英尺，几乎是在这个垂直悬崖的最顶端。

韦利：凶手不可能通过那里爬进来！

科林斯：山洞的顶端——顺着一根绳子往下爬——

警佐：那凶手是怎么上到山顶的呢？要爬上洞顶也必须经过洞外的那片空地。所以还是那个问题——没有留下任何脚印。

韦利：而且我们也上洞顶看过。上面布满了灰尘，没有足迹……没有人踩上去的足迹……哎，我现在也这么说了！

科林斯（疯狂）：这个洞的另外一头呢？——不，这不可能。那是几百英尺高的断崖……但如果用一头带铁抓钩的绳子！

埃勒里：教授，您的意思是说把它从湖面上扔上来？

科林斯：是的！站在湖面上的一艘船上，把铁钩往上扔，挂在那个凿洞上——

埃勒里：科林斯教授，这是不可能的。铁钩肯定会在光溜溜的石壁上留下痕迹，但是我们没有发现任何痕迹。

科林斯（抓狂）：但是奎因先生——你不会……你不会相信这些吧！照你这么说，就没有人能够进出这个山洞了——

埃勒里：教授，这是个事实——是个事实。

科林斯：那蒙塔古的死该怎么解释呢？

埃勒里：除非我们找到了证据——目前我们只能假定勒死可怜的蒙塔古的凶手是个鬼！

（音乐起……远处响起了阵阵雷声……门厅的门被推开……门廊上响起两个人的脚步声……）

埃勒里（神经紧张）：尼基，我们一起在走廊上坐一会儿。这房子让我有点精神不安。

尼基（颤抖）：今晚所有的一切都显得很——诡异。（坐下）这么暗的地方——没有星星，没有月亮——埃勒里，要让人相信有鬼的存在真是很容易。

埃勒里（生气）：这个阴谋肯定会有个答案！

尼基：那个警局局长没有帮上任何忙。要我说的话，我觉得他都吓得发抖。还有奎因警长——他一整天都和谁在通电话，那么神神秘秘的？

埃勒里：他不肯说。但是他和我一样困惑——也一样生气。

尼基（烦躁）：埃勒里，要是我们能够解开那些脚印的谜——

埃勒里：尼基，你是什么意思？

尼基：正是因为找不到凶手的脚印，整个案件看起来——看起来像是闹鬼。有没有可能这个凶手用一定的办法穿过那片泥泞的空地，但是没有留下任何脚印呢？

埃勒里（了无生趣）：那怎么做到呢？我非常仔细地查看了那一带。没有任何脚印被抹平的痕迹，也看不出哪里放过木板供人踏上去然后又被挪开的痕迹。只有两个有重量的东西踏过那片空地。尼基——那就是蒙塔古的两只脚。

尼基：埃勒里！会不会是凶手踩在蒙塔古的脚印上往前走？

埃勒里（平静）：尼基，非常好的猜测。但事实并不是这样。

尼基：你怎么这么肯定？

埃勒里：如果凶手的双脚比蒙塔古的双脚还要小，他就有可能确实是踩着蒙塔古的脚印走。但是这不可能。这些人中，蒙塔古的脚是最小的，即便是跟女人比——对一个男人来说，那双脚真是小得出奇。而且，即便凶手的脚比蒙塔古的还小，在蒙塔古的脚印里也能看得到凶手的脚印。所以这个猜测被排除。

尼基：那有没有可能凶手的脚和蒙塔古的脚一样大？

埃勒里：我说过，这些人当中蒙塔古的脚是最小的。我也看过其他人的脚。但是即便有这个可能，完完全全地照着别人的脚印踩，不让脚印落在其他地方，这也是不可能的，尼基。（打雷声）

尼基：这么说凶手的脚肯定是比蒙塔古的大了！

埃勒里：这很明显。就是因为这样，他肯定不是踏着蒙塔古的脚印穿过那片泥泞的空地，不然他会把蒙塔古的脚印弄乱掉。

尼基（绝望）：或许是蒙塔古在去山洞的路上踩着凶手的脚印过去的！

埃勒里：尼基，蒙塔古的双脚那么小，这也是不可能的。因为如果他这么做，凶手的脚印会在蒙塔古的脚印外围凸显出来。所以，尼基，这个凶手显然没有踏过那片空地！（又一声雷响，声音更近了）这真是——不可思议！

尼基：但是，埃勒里，这……（片刻沉默）这让我毛骨悚然。凶手没有穿过空地——他也没有办法用其他途径到那个山洞……埃勒里，我不相信有鬼！我不相信！

埃勒里（喃喃低语）：尼基，我知道你的感受，因为——（两人同

时屏住呼吸。鬼魅的哀嚎声再次响起，时起时落，回响在山谷间）

尼基（低语）：埃勒里——又是——又是那种可怕的鬼叫声！

埃勒里：没事的，尼基，没事的……（哀嚎声又起，交织着阵阵雷声。顷刻间，一场瓢泼大雨降落下来）

尼基（低语）：埃勒里，我——我怕……（此起彼伏的哀嚎声）

（鬼魅主题的音乐响起……倾盆大雨哗啦啦地落下……屋内低沉的谈话声……劳拉的哭声……）

尼基（断断续续）：劳拉——你哭了一整个晚上了——哭得眼珠子都快掉下来了——

劳拉（低语）：他们把我爸爸带走了——昨天晚上带走了——现在又过了一天了——我以后再也看不到他了……噢，尼基！

（在尼基的安慰声中轻柔地哭泣。众人你一言我一语地试图安慰她。门打开，又关上）

韦利（声色俱厉）：好了，大家都别说话了。（众人的说话声停止）

警长（生硬）：韦利，别吓唬人。把你的虎背熊腰转过去对着门，然后——面朝大家。

韦利（严肃）：这种事我最在行了。（吼叫）抓到我了吗？（低语）鬼，哼……再有人装鬼吓唬人，我就让他变成鬼！

尼基：警长，发生什么事了？你看上去——很严肃。

埃勒里（平静）：您想到什么好办法了吗，爸爸？

警长：你猜对了！过去二十四小时我不停地打电话搜集信息——现在，相信我，我得到了一些非常关键的信息！

科林斯（平静）：警长，如果您有什么重要的事情要告诉我们，那么——

刘易斯（尖声）：别搞得这么神秘兮兮的！

警长（平静）：好吧，刘易斯先生。你看上去有点儿紧张——我就从你开始说吧。在过去二十年，你和蒙塔古先生彼此视对方为敌人——

刘易斯：呃——你简直是疯了！我们是亲密无间的敌人，这是真的。等等——你不会是指控我谋杀了科林·蒙塔古吧？

警长（平静）：刘易斯先生，从亲密无间的敌人转变为怒目相对的敌人，这一点很有趣吧。而且，蒙塔古拥有的一些东西，是你一直渴望得到的——非常渴望。

刘易斯（惊愕）：嗯？蒙塔古一贫如洗——（生气）这简直太荒谬了！我不想讨论这个了！（喃喃低语）拥有一些东西……

警长（温和）：刘易斯，蒙塔古拥有一个你非常想占为己有的图书馆。据说是这个世界上关于心理研究收藏最丰富、最有价值的图书馆。

埃勒里：但是，爸爸，即便蒙塔古死了，刘易斯怎么能——

警长（严肃）：我派人去查了蒙塔古的遗嘱，遗嘱里写道，他要把他的图书馆留给他“亲密无间的敌人亚历山大·刘易斯”！

（众人的议论声）

科林斯：但是警长，这太荒唐了——为了将一些书占为己有把一个人给杀了。太不可思议了。

警长：科林斯教授，您是这么想的吗？那我得跟你好好谈谈了。

科林斯（倒吸一口冷气）：我？

苏珊（震惊）：亲爱的，这个人疯了——

警长：科林斯太太，您别搅和进来。是的，教授，就是您。蒙塔古向您借了一大笔钱——是不是？（片刻沉默）是不是？

科林斯（平静）：噢，我明白了。是的，警长，他的确向我借了钱。

劳拉（半天才缓过神来）：我原先不知道这事。我并不知道——

尼基：劳拉，要不你回房间去躺一会儿？

埃勒里（警示）：尼基。

警长（声色俱厉）：教授，蒙塔古无法还清那些债务，所以你们之间达成了一个协议。蒙塔古购买了一份人寿保险，意外赔偿金是两万一千五百美金——这正好和他欠你的钱一样多！

劳拉（呼吸急促）：你——你杀死了我父亲？

埃勒里：爸爸！您的意思是蒙塔古让科林斯教授成为受益人？

警长：是的！现在蒙塔古死了，科林斯就可以获得那笔保险金，这样债务自然也就一笔勾销了……而且，你最近手头有点紧，是吧教授？

苏珊（哭泣）：亲爱的，快否认——不要让他们觉得——你不会对任何人有杀心的——是不是……

科林斯（平静）：苏珊，亲爱的，不是我杀了科林·蒙塔古。我这么说，你可以放心了吧？

苏珊：噢，亲爱的，是的……是的。（生气）奎因警长，你竟敢指认我丈夫是凶手……

警长（平静）：那么你呢，科林斯太太？（片刻沉默）（声色俱厉）对，就是你！你丈夫是否知道，你跟科林·蒙塔古曾经是一对合法夫妻？你抛弃了他，留下了你们的孩子，然后嫁

给了科林斯?（众人一片惊愕声，而后陷入了一阵死寂）

苏珊（孱弱）：这么说，你知道了——这件事情还是泄露出去了——

科林斯（茫然）：苏珊，你和蒙塔古，你们曾经是——

警长（胜利的口吻）：这么说，科林斯，你之前并不知道?

劳拉（低声）：科林斯太太是我的——母亲?（虚弱）我——感到——（砰的一声轰然倒地）

尼基：劳拉晕过去了，劳拉！劳拉亲爱的！

科林斯（愤怒）：警长，即便这是真的——现在把这件事情拿出来说——也非常不合时宜！

苏珊（疯狂）：我不想让劳拉，不想让任何人知道这件事。劳拉！亲爱的！噢，劳拉……（啜泣声）（一片混乱）

刘易斯：拜托，拜托，不要这么大吵大闹了——

科林斯：警长，我真想——掐死你——

韦利（吼叫）：你，教授，我警告你，给我闭嘴！

警长（怒吼）：科林斯太太，我现在扣押着你本要从蒙塔古那里得到的离婚证！

苏珊（倒吸一口气）：你什么意思?

科林斯：你是说——

警长：我是说，我怎么会知道她曾经离过婚呢?这就是我要说的！科林斯太太，我敢说等一切水落石出，我们可以找到蒙塔古来这里勒索你的证据——威胁要揭发你这个大骗子——

尼基：埃勒里，快让他别说了！请不要……

埃勒里（尖锐）：爸爸！爸爸，看在上帝的份上，我们不要再在这里争吵了……（一段长时间疯狂的敲门声。众人纷纷停止

说话）

尼基（低声）：会……会是谁？

警长（像是被人掐住喉咙）：韦利，去开门。（门打开，响起哗啦啦的雨声）

科林斯（口齿不清）：是加布里埃尔·邓恩。盖布，你来做什么？我们现在没空——

盖布（严肃）：你们再没空也一定有时间听听这个！你们家的男仆——就是那个芬奇——我刚刚发现他在那个闹鬼的山洞里……被勒死了！

（远处传来幽灵般的哀嚎声）

（音乐起……继而是门外瓢泼大雨的声音……一行人踉踉跄跄地穿过树林的声音……喘气声……）

埃勒里（喘气）：芬奇……怎么会这样，我们基本上都看不到他。科林斯家的家佣、管家、司机……被勒死了——在那个山洞里——

盖布（喘气）：我告诉过你们，就是那个扼杀犯！我说了不要到处闲逛——

韦利（喘气）：你给我闭嘴——你就像《巴黎圣母院》里面那个驼背的钟楼怪人。

埃勒里（喘气）：我们到空地边了——大雨把所有脚印都冲刷掉了，真该死——（脚踩在泥泞中溅起泥浆的声音）

韦利（不安）：这里一个人都没有——一个人都没有，除了——

警长：除了一具尸体！好吧，韦利，这就是你歌颂的大山。你之前不是还陶醉于山上新鲜的空气吗？还吟诗作对！

埃勒里（若有所思）：被勒死了……

警长：但是这次手指的痕迹跟上次不同。大拇指的指印在脖子的前方，看上去像两条鲭鱼。

韦利：死者已经死了差不多十个小时了——大概是半夜一点左右被掐死的。

埃勒里（稍稍后退）：啊！（缓慢）看我发现了什么。（尖锐）盖布，几分钟前，你是在这里发现芬奇的尸体的吗？

盖布：是的，先生。就在你刚才捡起东西的那个地方，他就躺在那里。我没有动过这里的任何东西。

韦利：奎因先生，那个是什么？瞧，都碎了！

警长（没好气）：埃勒里，给我看看。

埃勒里（沉思）：给，爸爸。

韦利：是一台相机——已经摔坏了！

警长：被故意摔坏了。肯定被踩了无数脚。胶卷也被拿走了……

（泥泞中的脚步声再次响起）

科林斯（上气不接下气）：我尽可能快地赶了过来……（一片死寂。声音微弱）芬奇，真的是芬奇。可怜的芬奇。他看上去——他看上去好——

韦利（咆哮）：科林斯教授，我记得跟你说过叫你待在那所房子里别出来！

警长（平静）：警佐，没事，随他好了。科林斯教授，看看这台相机的碎片，你还认得出这台相机吗？

科林斯：什么？相机……噢，我认得。这是芬奇的……可怜的小芬奇。太难以置信了。他一直都沉默寡言，我对他几乎一无所知。他是一个好仆人。没想到居然就这么死了——一个人——在这个山洞里——

盖布（沉重）：教授，就是那个扼杀犯干的。那个讨人厌的恶魔——太可怕了。

警长（低语）：埃勒里、韦利，到这边来。科林斯——盖布！你们到外面去等我们！（两人退场）

埃勒里（若有所思）：爸爸，有什么要说的吗？

韦利（期望）：怎么了，警长？

警长（平静）：这个是芬奇的相机。这下可以给鬼洗白了。

埃勒里：给鬼洗白？噢，当然了。

韦利：当然什么？警长，我不明白你在说什么。

警长：芬奇昨天早上一定是目睹凶手杀死了蒙塔古！我猜他昨天一定是带上相机，为蒙塔古和刘易斯的实验之旅送行。蒙塔古先发制人，抢在了刘易斯的前面，正好被跟着他的芬奇拍到了被谋杀的一幕……

韦利：而且他是来勒索凶手的！

警长：是的，先生们。他一定是约好昨晚和凶手碰面，但是傻到家了，带着作为证据的相机同行——最后也被活活掐死了。凶手还把相机摔碎了。

韦利：但是是谁呢，是谁呢？

警长：我也不知道。但是有一件事可以肯定——凶手不是鬼！

埃勒里（平静）：当然不是了，爸爸，凶手不是个鬼。鬼才不在意是不是被人握着谋杀的证据。只有人才会毁灭证据。蒙塔古和芬奇是被同一个活生生的人谋杀的。

韦利（哼了一声）：奎因先生，这个连我都想得到！

警长（喃喃自语）：问题是——谁？谁在这个山洞里杀死了蒙塔古。应该就是他们中的一个——

埃勒里（平静）：爸爸，我可以回答您的问题。

韦利：你可以什么？

埃勒里：我们一路穿过树林走到这边的时候，我把所有的细枝末节都串联在了一起，让我得以还原这件不可思议的谋杀案的真相。我知道发生了什么！

警长：你知道谁害死了蒙塔古？但是——

埃勒里：是的，爸爸！您把他们每个人都叫到那个空地边去，我告诉您凶手是怎么行凶的！

（音乐起……继而是陪审团审案的一幕。）

挑战听众

我们没有埃勒里向陪审团陈述这个案子的手稿，但我们希望二〇〇五年的读者能够接受挑战，大胆提出自己对这个案子的猜测。

（雨停了……众人踩着落叶穿过树林……背景仍旧是哗哗的树叶声……众人谈话声……）

尼基（谨慎）：埃勒里，你到底想做什么？

埃勒里：还原一下犯罪过程，尼基——演示一下科林·蒙塔古是怎么被掐死的。

尼基：你以前一定当过剧场制作人！说说看是怎么回事？

埃勒里：尼基，眼见为实。大脑或许是比眼睛要快，但所想的不一定比亲眼看见的东西有说服力……好了，我们到了。

（二人停下脚步。身后一行人的脚步声也停住了。）

尼基：那么奎因先生，你有一个非常棒的大舞台来展示你的戏剧了。现在雨也停了，山洞前的泥地跟贵妇人家的平底锅一样，又平滑又干净。

警长（上场）：好了，大家！我们就在这里停下。

韦利（上场）：注意不要踩在泥地上！（挡在了人群前面，众人纷纷停下）

刘易斯（生气）：表现狂！

盖布：芬奇也死了，对我来说这——

劳拉（歇斯底里）：为什么大家不做点有实质意义的事情？

苏珊：劳拉，亲爱的——到妈妈这里来——

劳拉（歇斯底里）：不要让我叫你妈妈！这么多年了，你还指望我扑倒在你怀里让你拥抱吗？我永远都不会原谅你的——永远！

尼基：劳拉，不要这么说——

苏珊（啜泣）：这是老天对我的惩罚……（劳拉也哭了起来）

尼基：你们两个怎么跟孩子似的——你们两个都是！

科林斯：苏珊——劳拉……上帝啊，怎么会这么乱！

埃勒里：请静一静。（现场立即安静下来）我把大家都叫到这块空地的边上，在这个——这个闹鬼的山洞前，是因为现在是时候告诉大家这场闹剧的真相，把什么妖魔鬼怪抛到一边去，说人该说的话。

劳拉（歇斯底里）：我父亲再也回不来了！

埃勒里（温和）：蒙塔古小姐，你一定不想杀害你父亲的凶手逃之夭夭，对吗？

劳拉（激动）：不！我不在乎——我不在乎还有谁会受到伤害！我只想尖叫，只想哭，我想杀人——

警长（严厉）：别像个小孩一样说一些无稽之谈。这里这几天已经发生了两起命案，如果我们不揪出凶手，还会有其他的人遇害！

韦利：警长，你怎么知道？如果昨天芬奇没有……

埃勒里：韦利，昨晚杀害芬奇的凶手和杀害蒙塔古的凶手肯定是同一个人，这个我已经解释过了。作案动机非常明显。所以，如果我们能够找出杀害蒙塔古的真凶，我们就能同时侦破这两起案子。

韦利（了无生趣）：听起来像买一送一……抱歉，奎因先生。

埃勒里：破解蒙塔古遇害案最大的难题是——凶手是怎么到山洞里的？碰巧，早上我们遇到了和凶案发生当天一样的天气情况——一会儿下雨，一会儿又不下了，山洞前面这片空地的泥非常平滑，没有任何被踩踏过的痕迹。换句话说，大家现在看到的这片空地，和蒙塔古遇害那天踏上去的一模一样——他就这么走过去，走进山洞，在那里被一个非常狡猾的凶手结束了生命。（劳拉痛苦地哭泣起来）对不起，蒙塔古小姐，我不得不说这些。

尼基（声音稍远）：劳拉——靠在我身上。到这里来，亲爱的……

埃勒里：女士们、先生们，蒙塔古并不是被什么所谓的鬼怪掐死的。那双杀害他的手是人类的手——那双手在蒙塔古的咽喉和脖子上留下了指纹。抱歉，我并不想在此故弄玄虚——如果这个凶手有一双人类的手，那他肯定也有一双人类的脚，而且他的脚也应该在泥地里留下痕迹。

科林斯：有没有可能蒙塔古是在树林里被害得奄奄一息，然后被拖拽着穿过空地，最后死在山洞里？

埃勒里：没可能，科林斯教授。你记不记得蒙塔古的光脚在空地上留下的两行脚印非常直？

尼基（呻吟声稍远）：埃勒里，我记得我第一次看到那两行脚印的时候提起过这个！

埃勒里：尼基，你是提起过这个。一个垂死的人，不可能走得那么直。所以蒙塔古穿过这片空地走进山洞的时候，他还安然无恙，完全没有意识到会有怎样的噩运降临到自己头上。换言之，凶手是在山洞里行凶的。所以我们必须假定凶手的的确确穿过了空地，因为——我们之前也侦查过了——这是到达山洞唯一的途径。现在问题摆在我们面前了：凶手是怎么穿过这片泥地而不留下脚印的？我来演示一下给大家看。韦利警佐！

韦利（惊吓）：嗯？

埃勒里：韦利，我要你来扮演一下科林·蒙塔古。

韦利：我需不需要一动不动僵僵的，奎因先生？我的心跳可停止不了。

警长：韦利，别在那边唧唧歪歪的了。照埃勒里说的做。

韦利（嘀咕）：他一直以来就只想让我做一件事情——扮一个僵尸。“警佐，演一下僵尸。”他说。就是在这山里，我还得演一个僵尸……

埃勒里：而我——我就是杀害你的凶手，警佐。（嗡嗡低语）这就是凶案当天的早上——大概是凌晨五点钟。警佐，你原本计划六点，在刘易斯的协助下开始你的实验，但是你比计划早起了整整一个小时——

韦利：我有这么做吗？噢，你说的是蒙塔古。

刘易斯：蒙塔古欺骗了我！如果这个人没死的话——

埃勒里：刘易斯先生，但是他已经死了……而且我可以肯定，蒙塔古当时不是一个人。（众人议论声）是的，杀死他的凶手和他在一起。现在，蒙塔古和他的同伴一起走进了树林，穿过树林，来到这里——山洞前这片空地的边上。警长，跟我一起到树林里一下，我们来演示一下可怜的芬奇拿着他的相机拍到了什么——这也是给他招来杀身之祸的原因。我们给他们演示一下——（声音渐渐远去）蒙塔古和杀死他的那个人是怎么穿过那片泥地的。

韦利（退场）：好的。如果我必须，我必须……（众人发出疑虑的议论声）

埃勒里（声音较远）：对，就是这样，韦利！

韦利（声音较远，夹杂着惊讶）：好吧，我就跟一只被耍的猴子似的！

埃勒里（声音较远）：快，快点啊，韦利。（韦利喘气的声音）好吧，现在——从那片灌木丛后面走出树林，穿过那片泥地！（踏在树叶上嘎吱作响的脚步声。众人一片哗然的惊叹声）

尼基：警长！韦利警佐——他把埃勒里扛在自己背上！

警长：背驼式！在我有生以来，这真是……

科林斯（惊叹）：真是如此，他们这么穿过泥地——只会留下一个人的脚印——韦利警佐的脚印……

埃勒里（声音稍远）：够了，警佐，让我下来！

韦利（喘气）：完全同意！你还真是有点沉！（落在泥地里的声音。脚踏在泥地里泥水四溅的声音）

苏珊：这么说，凶手就是这么走进山洞的？

埃勒里（上场）：是的，科林斯太太，这就是事情的经过。蒙塔古把杀害他的凶手一路背到了山洞里。我怎么知道的呢？因为这是凶手到山洞前不留下脚印唯一的方法。

警长：现在我明白了！还有一个问题，就是凶手在蒙塔古脖子上留下指纹的方向有点奇怪……真他妈的！

埃勒里：是的，爸爸。大拇指在蒙塔古的脖子后面，朝上。这只有可能发生在凶手在蒙塔古身后的情况下。所以，这更证实了我的另一个推测。

尼基：但是，埃勒里，他怎么做到让蒙塔古背他进山洞？他有什么借口——

埃勒里：尼基，这个问题问得非常好。很自然的，我也马上想起了这个问题。两个成年人，又不是小孩子，在这种地方大清早五点钟玩这种背来背去的游戏。我们这么想想——会不会蒙塔古不得不背着那个人进洞。

科林斯：奎因先生，你这是什么意思，不得不背着进洞？

埃勒里：教授，因为他受伤了！这个假设又被一个事实肯定了。你的朋友盖布之前说过，他在树林旁的灌木丛边发现有人踩在松滑的石头上，倒在灌木丛上。盖布说是蒙塔古摔上去的，因为他认为蒙塔古当时是一个人。既然现在我们知道蒙塔古背上背着另外一个人，我们是不是可以推断，摔倒在灌木丛上的不是蒙塔古，而是他的同伴？

警长：是的！从那个痕迹上看，是臀部着地！蒙塔古的同伴假装跌倒，然后声称自己扭了脚踝还是什么的，走不动了——蒙塔古就只好一路背着他穿过树林，再走进山洞！

埃勒里：是的，爸爸。凶手这么做，就是为了只留下两道足迹——蒙塔古的足迹——在那泥地里，好让我们相信这起谋杀是一直在这个闹鬼的山洞里盘桓的鬼魂干的。

尼基：这就是为什么凶手要用勒的办法杀死蒙塔古！就是要迎合那些老妇人讲的关于鬼的故事！那个鬼故事里不是说这山洞里的鬼让那些受害者活活窒息死的吗？

苏珊：但是，奎因先生，你刚才说到——这个可怕的凶手怎么进入这个山洞里——

盖布：是的，他怎么出去的呢？飞出去的？

埃勒里（咯咯笑）：当然了，盖布——他肯定有办法。他要飞出去就简单多了——他往下飞。既然他的受害者已经死了——他逃出山洞又不留下任何足迹唯一的办法，就是通过那扇天然的窗户！

韦利（嘀咕）：肯定的，这很肯定。我怎么没有想到呢？

埃勒里：这我就不知道了，警佐。很明显，没有人能够通过那个洞口爬进山洞，因为那离湖面有五十英尺高。但是要想从那儿出山洞就容易多了——直接跳进湖里！你飞不上来，但是你可以潜下去。（一片寂静，只有鸟儿高歌的声音）

尼基（低沉）：埃勒里——那，那这个凶手是谁？（一片死寂）

科林斯（期待）：是的，奎因先生。你说过你——知道的。

埃勒里（严肃）：科林斯教授，我确实知道。那个凶手假装摔倒的地方在哪儿——我指的就是那个他假装摔倒扭伤脚踝的地方。

盖布：我亲口告诉过你。就在离科林斯教授的房子不远的树林边上。

埃勒里：是的，盖布，你确实是说过。事实上，你说的是“大概离小木屋有几码的地方”。

警长：但是埃勒里——我不明白你说这个做什么。

埃勒里：爸爸，您不明白吗？蒙塔古的同伴很显然就是在离科林斯教授房子只有几码地的地方假装摔倒了——但是蒙塔古仍旧把他背到背上，一路穿行过树林，一直到那个山洞。为什么？他为什么不直接走几码地把这个人背回科林斯教授的房子？如果这个凶手是科林斯教授，或者科林斯太太，再或者是他的亲生女儿，所有的人，除了一个人以外，蒙塔古为什么不选择往回走？（喃喃声）（尖锐）只有一个人，蒙塔古不会选择和他一起往回走。这正是因为——他和他的同伴本来就计划要往山洞走——因为他们计划在接下来的二十四小时内在山洞里度过！（惊叹声）是的！蒙塔古的同伴——这个人用一些伪造的临时改变计划的借口，让蒙塔古和他比原计划提前了一个小时出发——这个人杀死了蒙塔古，因为他恨蒙塔古，也因为蒙塔古在遗嘱中把价值连城，可以给他带来财富和荣誉的珍藏图书馆馈赠给了他——（扭打声）抓住他，韦利！

警长：不，不能让他跑了！

韦利：抓住你了！

尼基（尖叫）：是刘易斯先生！竟然是刘易斯先生！

（音乐起……）

在一九三九年十一月二十六日播出的《儿童失踪》中，埃勒里·奎因将传统的侦查手法融入到疑团重重和阴森恐怖的氛围之中，这是奎因系列广播剧中最扣人心弦的侦探故事。

儿童失踪

人　物

哈维·莫雷尔	《黑森纪事报》老板
埃尔西·莫雷尔	哈维妻子
爱丽丝·莫雷尔	莫雷尔夫妇的女儿
阿瑟·利文斯顿	政客
比尔·弗林	执行编辑
多莉小姐	莫雷尔秘书
格里沙·多鲁布尼	发明家
斯尔基·巴雷特	暴徒
埃勒里·奎因	侦探
尼基·波特	侦探秘书
奎因警长	纽约警署
韦利警佐	纽约警署
报纸记者等	

背景：黑森，纽约市，一九三九年

（印刷机的嘈杂声渐起……而后又渐渐减弱，最后消失……三部电话铃声同时响起……而后是接听电话的声音……）

第一个声音（渐强）：早上好——这里是《黑森纪事报》……

第二个声音：早上好——这里是《黑森纪事报》——您要找莫雷尔先生？请等一下——

第三个声音：早上好，这里是《黑森纪事报》——抱歉，莫雷尔先生现在在会议中……

第四个声音（渐弱）：早上好……这里是《黑森纪事报》……（电话挂断的声音）

（电传打字机滴滴答答的声音和打字机啄啄声……而后是众人谈话的嗡嗡声）

第一个声音（渐强）：这里是编辑室。什么？请大声点说话。

第二个声音（声音略远）：嘿，你，把这个复印一份。

第一个声音：我告诉过你，我没办法接到莫雷尔先生那儿。

第三个声音：嘿，约翰尼，第三版的版面怎么了？

第四个声音（声音较远）：复印。

第一个声音：好吧，把那个故事切换掉。莫雷尔要把整个头版都给利文斯顿。

第三个声音（渐强）：莫雷尔是铁了心要揭开那个利文斯顿的庐山真面目了，对吧。

（打字机的声音消失了，取而代之的是打印机的声音。后者又渐渐消失，随即充斥着电话铃的响声……听筒被拿起）

领班：您好，这里是印刷室。

莫雷尔（话筒过滤后的声音）：马上停止印刷。

领班：什么？

莫雷尔（话筒过滤后的声音）：我说马上停止印刷。

领班：你是谁啊你？

莫雷尔（话筒过滤后的声音）：哈维·莫雷尔。

领班：噢，抱歉，莫雷尔先生。好的，先生。嘿，伙计们，快停下来。

（咚的一声之后……印刷机渐渐停了下来）

领班：莫雷尔先生，要停多久呢？

莫雷尔（稍作迟疑）：五分钟。

领班（稍作迟疑）：我们也就只能等五分钟，如果还想赶上明天一大早出报的话。

（打印机完全停了下来）

莫雷尔（提高音量）：要插一个新的版面。你一拿到就立马给我开工。

领班（话筒过滤后的声音）：好的，莫雷尔先生……我会按照您说的做。

莫雷尔：这条新闻非常有价值，所以你们必须尽可能快地把报纸赶出来，中间不许有任何停顿。

领班（话筒过滤后的声音）：是的，先生。

莫雷尔（砰的一声挂断电话）：（电话铃声响起……拿起听筒）你好，哈维·莫雷尔……（停顿）……谢谢长官，不过这对你可没好处。我是打算干到底……（砰的一声挂断电话）马屁精的臭德性……（门打开……传来了打字机的声音）噢，你好啊，比尔……（门关上）……（电话铃再次响起）等一下，我接个电话。

弗林：你先接电话吧，莫雷尔先生……我等会儿……（接起电话）

莫雷尔：我很快就好，比尔……（对着话筒说话）……你好，哈维·莫雷尔……不，肯定不……（停顿）好吧，我不在意你在首都都听到了什么。长官，你干你的活，我做我的……是的，再见。（话筒轻轻地摇晃）接线员……接下来十分钟我在会议中，不要接进任何电话……（砰的一声挂断电话）好吧，比尔·弗林，你龇牙咧嘴地笑什么？

弗林（一边翻看报纸一边咯咯笑）：莫雷尔先生，这是新头版头条校对过的版本……（又一阵翻阅报纸的沙沙声）喜欢这个标题吗？

莫雷尔（咯咯笑）：非常棒，比尔……非常好……这就是我要的……继续做一些揭幕报道。下个星期选举开始之前都要抓住利文斯顿的小辫子不放。

弗林：好吧……嗯……莫雷尔先生？

莫雷尔：怎么了，比尔……

弗林（慢悠悠）：你知道我不是个胆小怕事的人……我好打抱不平，喜欢跟别人对着干——特别是为了一些我坚信不疑的事情……

莫雷尔（大笑）：好了，比尔，有什么话你就直说吧。

弗林（严肃）：自从你买下《黑森纪事报》以来，我就一直是你的执行编辑……我从来没有向什么权贵示弱妥协过，对吧，莫雷尔先生？

莫雷尔（慢悠悠）：比尔，你是在提醒我，要我小心点。

弗林：莫雷尔先生，我是在提醒你，你现在面对的是一个叫阿瑟·利文斯顿的人，一个你从来没有面对过的强劲对手。

莫雷尔：应该说是阿瑟·利文斯顿从来没有面对过一个像哈维·莫雷尔一样的人……或者应该说莫雷尔掌门的《纪事报》。

弗林：我还是那句话，利文斯顿是个危险的人物。他是条毒蛇。莫雷尔先生，有些事应该让你知道一下。我们这么声势浩大地攻击他，他的表现却非常有意思——他一直按捺不动……

莫雷尔（轻蔑）：他肯定是吓得要死……我们狠狠地挫败了他。比尔，他比谁都清楚这一点。

弗林（冷静）：如果你这么想的话，那你就是犯了你出版生涯最大的一个错误。我是在这个城市土生土长的人。莫雷尔先生，而你称得上是这个城市的新移民。自打他从天而降成为老马克政府的一个政客开始，我就一直关注着他。他无恶不作……对你，他只不过还没有行动。莫雷尔先生，他会奔着这份报纸来的……这份报纸（用一种怪异的声调强调）……

莫雷尔（一阵沉默后，用平静的语气）：比尔，你是说谋杀吗？

弗林（严肃）：比这个更糟。

莫雷尔（疑惑）：更糟？（停顿）你什么意思，比尔？

弗林：我本不想提起这些，但是我应该让你知道你的敌人是怎么样的人。现在整个城市谣言四起……我无法证实，但是我知道……是利文斯顿故意煽风点火……是关于你和你的家人的……

莫雷尔：我的家人……（平静）……我的妻子？我的女儿？

弗林：莫雷尔，是一些恶毒的流言蜚语……关于……嗯……

莫雷尔（平静）：比尔，谢谢你提醒我。这么说利文斯顿就是条狠毒的毒蛇，对吧？攻击我的家庭生活，要中伤埃尔西和小爱丽丝……（斩钉截铁）你出门的时候，帮我叫我的秘书让利文斯顿进来……

弗林（惊讶）：利文斯顿？让他来这里……见你？（唏嘘不已）

莫拉尔：我把他晾在外面一个小时了。（严肃）比尔，叫多莉小姐带那个浑蛋进来——还有，把那个头版送到印刷室，让他们赶紧印制……

（一阵简短的音乐……开门声……）

秘书（声音较远）：莫雷尔先生，利文斯顿先生来了……（关门声）

利文斯顿（柔和低沉的男声……上场）：莫雷尔，还是决定见我了，嗯？

莫雷尔（冷漠）：你有什么话可以说了。

利文斯顿：莫雷尔，你的《黑森纪事报》越来越让我感到不舒服了。

莫雷尔（冷漠）：这一点我们一开始都彼此心知肚明，利文斯顿。

利文斯顿：我不想浪费彼此的时间谈一些我通常和别人会谈的交易——比如——官场升迁，或者广告合同……你是别人嘴里所谓的……（嗤之以鼻）……正直的人；我知道你们这号人……

莫雷尔（斩钉截铁）：你什么意思，利文斯顿？明说吧，我很忙。

利文斯顿：莫雷尔，你也是个聪明人，我过来，是来给你一些友好的建议。

莫雷尔：请说。

利文斯顿：快点停止你们报纸上那些对我不利的言论，否则……（饱含威胁的沉默）

莫雷尔：否则怎样，利文斯顿？

利文斯顿（温和）：否则只要你活着，你在接下来的一生中都会后悔今天跟我过不去……（爽快）好了，这就是我来要跟你说的话。莫雷尔，我想我已经说得够明白了——我希望，我们的谈话没有让你感到不愉快。

莫雷尔（故意不动声色）：利文斯顿，你给我听着。你是我见过的最最卑劣的政坛蛀虫，一个十恶不赦的大坏蛋，掏空国库的暴徒。你跟你的那个组织从这个国家的人民身上掠走了上百万的资产。对那些期望建立一个廉洁政府的人来说，你就是横在他们面前的障碍。总要有人做点什么，利文斯顿——现在，我站出来承担这项任务。即便倾我所有，我也要做我所能做到的一切，阻止你当选议员，我不会屈从于你的任何威胁，换句话说，你没有办法阻止我。我说得很明白了吧？

利文斯顿（温和）：看来你还是没有意识到自己在和谁作对，正人君子！不过我想你会明白的——会明白的……不等你变成个小老头，你就会明白的，莫雷尔！

莫雷尔：利文斯顿，你可以走了。你应该感谢我和我的报纸，让你这号人淹没在人堆里。

利文斯顿：你很快就会转变立场的，在……在今天结束之前。（步出办公室）祝你好运，莫雷尔先生……

莫雷尔：等一下！那么麻烦你再腾出一分钟宝贵的时间来……（电话嘟的一声响起）

秘书（话筒过滤后的声音）：您好，莫雷尔先生，有何吩咐？

莫雷尔：带上你的笔记本进来。（电话嘟的一声挂断）利文斯顿，我想你很乐意听到下面你要听到的事情。（门打开，而后关上）噢，多莉小姐。做一下备忘，就叫“莫雷尔先生选举之夜备忘提醒”。

秘书：是的，莫雷尔先生，请说。

莫雷尔：“关于利文斯顿造谣煽动关于莫雷尔家庭生活的绯闻——提醒莫雷尔先生在大选临近之时——”到时你的政治生涯就将结束了，利文斯顿——我刚才说到哪里了，多莉小姐？

秘书：“提醒莫雷尔先生在大选临近之时——”

莫雷尔：“——到利文斯顿选举总部去，打倒阿瑟·利文斯顿。”

秘书：好的，莫雷尔先生。

莫雷尔：我又想了想，多莉小姐，把“打倒阿瑟·利文斯顿”改成“将阿瑟·利文斯顿打到半死”。祝你好运，利文斯顿先生。

利文斯顿（温和）：那么再见了……你这个白痴！（门打开，又关上）

秘书（咯咯笑）：噢，莫雷尔先生，您真是太有意思了！

莫雷尔（严肃）：多莉小姐，我是认真的。

秘书：噢！莫雷尔先生，您的意思是……对了，外面有一个个子矮小、怒气冲冲的外国人要见您——我猜他是个苏联人——

莫雷尔（叹气）：格里沙·多鲁布尼？天哪，看在上帝的份上！

秘书：是的，先生，听起来好像是这个名字。我是否要把他赶走？

莫雷尔（疲惫）：不，让他进来，多莉小姐。我最好是快点跟他了结清楚，他连续几天一直不停地打我电话。

秘书：好的，先生。（门关上。声音略远）请进，多——多鲁布尼先生？

多鲁布尼（声音从远处传来——语气激动——严肃）：我这就来！我马上就到——马上就到！（出场）哈——莫雷尔！我一直在打你电话——看看能不能跟你见上一面——

莫雷尔（疲惫）：多莉小姐，你可以先出去了。

秘书：是的，先生。（关门声）

莫雷尔：现在，多鲁布尼，有什么事情快点说。

多鲁布尼：什么事情？你还问我什么事情？是不是有人愿意出五十万美金购买我的发明专利，但是被你给拒绝了？

莫雷尔（耐住性子）：是的，多鲁布尼。

多鲁布尼（因愤怒而呼吸急促）：你竟敢……你竟敢拒了五十万美金的大买卖而问都不问一下我这个发明人！你也太目中无人了！

莫雷尔：听着，多鲁布尼。我一直对你非常耐心。你是个浑球，而我又恰巧是个喜欢浑球的人。但是现在我已经受够了。关于这个问题，我们已经谈了很多次了。你这个发明的所有权归我，你很清楚这一点。

多鲁布尼：但这是我的发明！你这是在窃取格里沙·多鲁布尼的血液——他生命的血液——

莫雷尔：拜托……我赞助了你八年，不是吗？别人都不愿意搭理你的时候，是我一直在赞助你做各项试验。这些可不止花费了我五十万美元。

多鲁布尼（语气激烈）：这花费了我整整八年时间！

莫雷尔：我赌了一把。如果你失败了，我所有的投资就当是打水漂了。如果你成功了——你现在是成功了，你却跑过来跟我讨价还价。我说的这些句句属实！

多鲁布尼：莫雷尔，你这是抢劫！你欺骗了可怜的多鲁布尼！

莫雷尔（渐渐失去耐性）：听着，多鲁布尼，你心甘情愿地签了那份合同——你当时拿到我的赞助高兴极了！那份合同现在还锁在我律师的保险箱里，明白吗？你现在跑过来对我大呼小叫对你一点好处都没有！

多鲁布尼：你得到了一切，而我一无所有！

莫雷尔：又是你们斯拉夫人惯用的夸张。我得到了百分之七十五的分红，而你也有百分之二十五。这还叫一无所有吗？

多鲁布尼：但是你——你剥夺了我出售那项专利的权利！

莫雷尔：多鲁布尼，是你签订了协议把这项权利转让给我。幸好我当时在合同里添加了这一项！（温和）现在，多鲁布尼，快回去吧。别担心了，一旦我收到了我满意的报价——你会从中获益匪浅的。

多鲁布尼（暴怒）：我当时太傻了！你以为你骗得过我吗？莫雷尔，我会让你为此付出代价的！我会报复你的——

莫雷尔（突然暴跳如雷）：你这也是在威胁我吗？上帝啊，我对你们这些下九流的威胁非常厌倦。现在给我滚出去！

多鲁布尼：你等着瞧——你等着瞧——我会让你付出代价的——

莫雷尔（盛怒）：如果你觉得那份合同不具有法律效力的话，那你就来告我吧，多鲁布尼！

多鲁布尼（退场）：我现在就走——我现在就走——但是你等着瞧——你等着——（门打开。多鲁布尼用俄语骂骂咧咧地

走远了。电话铃响起。门关上）

莫雷尔：咻！（拿起听筒）你好！

埃尔西（话筒过滤后的声音）：哈维？

莫雷尔：埃尔西！亲爱的，你今天过得好吗？爱丽丝好吗？

埃尔西（话筒过滤后的声音）：哈维，我就是为这个给你打电话的。亲爱的，我……有点担心。我本来不该打电话来吵你的——我知道你很忙——但是……

莫雷尔（警觉）：埃尔西！怎么了？别告诉我爱丽丝生病了！她早上有点流鼻涕——

埃尔西（话筒过滤后的声音）：哈维，她早上好好的。不是这件事……哈维，爱丽丝还没有从学校回来！

莫雷尔（一字一顿）：还没有从学校回来？

埃尔西（话筒过滤后的声音）：她半个小时之前就该回来了。

莫雷尔：噢。（停顿，突然想起什么似的）噢，爱丽丝或许到哪个同学家里玩去了，埃尔西……

埃尔西（话筒过滤后的声音）：但是哈维，她以前从来没有下了课也不回家，跑到同学家去玩！哈维，我——我好害怕。

莫雷尔（迅速回应）：埃尔西，不要慌张。一切都会好的（又仿佛是在自言自语）没什么……好慌慌张张的……

埃尔西（话筒过滤后的声音）：我知道的，哈维，但是——你现在会立刻回家来吗？

莫雷尔（强作镇定）：当然了，埃尔西。不就是一个小朋友晚回家半个小时嘛……如果你还不放心，你可以给学校打个电话问问看。

埃尔西（话筒过滤后的声音）：是的，是的，哈维。哈维……请你快回来——

莫雷尔（轻声）：好的，埃尔西。好的。我马上就回去。一会儿见。（电话挂断。沉默。而后沉闷地叹了口气）噢，上帝啊。（电话嘟的一声。语气急切）多莉小姐！帮我安排一辆车——马上！

（音乐起……随即是埃尔西轻轻的抽泣声……）

尼基（同情）：莫雷尔太太，我知道你现在的感受，但是你自己要挺住。你说是不是，埃勒里？

埃勒里：身体要紧，莫雷尔太太。小爱丽丝失踪了可能仅仅只是因为——

埃尔西（哭泣）：哈维在哪里？他怎么还不回来？

尼基：请不要哭了，莫雷尔太太，不然你会生病的。

埃尔西（试着止住哭声）：我……我知道我这样看上去很可笑，波特小姐。但是——噢，这真是糟糕的一天！我一个人在这个房子里。前几天，那三个仆人都离我们而去了，我连一个说话的人都没有。如果不是你们两个人正好过来，我都不知道该，该……（响起了一阵急促的门铃声）是哈维回来了！（退场）抱歉——我必须……

尼基（语速较快——低声）：埃勒里！你怎么看呢？

埃勒里（镇静）：尼基，不好说。这种事情总让人觉得……很不是滋味。

尼基（同情）：这种事情——简直太可怕了。一个八岁大的孩子。我——

埃勒里（镇静）：不要说了！他们来了。不要让他们看出我们也觉得事情不容乐观……

埃尔西（上场）：——还有，噢，哈维，我简直要疯了！

莫雷尔（悲伤——但在妻子面前仍强作欢颜）：听着，埃尔西。一个一直按时放学回家的小孩一回来晚了，大人们总是容易……你们好啊！埃尔西，我不知道你还有两个伴……等等，等等……尼基·波特，我的天哪！

尼基（大笑）：你好啊，哈维。

莫雷尔：尼基·波特……天哪，我差点认不出你了，尼基。我上一次见到你的时候——让我想一想——那还是在堪萨斯城——

尼基：埃勒里，莫雷尔一家人和我们家是老朋友。莫雷尔先生——埃勒里·奎因先生。（简短的互道问候声）

埃勒里：莫雷尔先生，尼基和我开车从波士顿回纽约——我们去那边处理一个案子——尼基说一定要来黑森看看你们——

莫雷尔（心不在焉）：是的，是的，非常高兴见到你们……埃尔西，关于爱丽丝——你有没有发现关于她的任何踪迹呢？

埃尔西（又哭了出来）：噢，哈维……我跟爱丽丝的老师也通了电话！爱丽丝今天一整天都不在学校！她所有的同学都没有看到她。我把所有的电话都打遍了……

莫雷尔（茫然）：一整天——一整天都不在——学校——

尼基（低声）：埃勒里——我们是不是能做点什么。如果——如果真有什么事情发生的话……

埃勒里（平静）：莫雷尔先生，如果我们能为你们做点什么的话……我这方面还是有点经验的……当然，我们现在下结论还太早——

莫雷尔（根本没有听进去）：是的……谢谢……不在学校……已经失踪一整天了。（停顿）让我好好理一下头绪。想想……埃尔西！你早上不是送爱丽丝去学校的吗，不是你一直送她去学校的吗？

埃尔西（抽泣）：是的，我开车送她去学校，但是在学校街角的地方她就下车了——你知道她一直都坚持自己走到学校去。她朝我挥挥手告别，然后……然后我就驾车去下村购物……噢，哈维——她自己跑走了——然后——然后——（抽泣声）

尼基（低声）：埃勒里，现在已经过四点了。这就意味着这个小女孩失踪七个多小时了……

埃勒里（低声）：我知道，尼基，我知道的。看上去——是不容乐观。

莫雷尔（兴奋）：等等！会不会是这样的……埃尔西！你有没有去后院她的玩具室看看？

埃尔西（茫然）：玩具室？后院……怎么了……没有，哈维，我没有往那儿想——你认为——你真的认为——

莫雷尔：她可能回来就径直到后院玩去了！她这会儿可能就要走出来了——

尼基（强迫自己说话）：很有可能！她可能睡着了，或者在做点其他什么事情——

埃尔西（疯狂）：我马上就出去看看！

莫雷尔：埃尔西，还是奎因先生和我一起去看看吧。奎因？

埃勒里（平静）：当然了，莫雷尔。尼基……

尼基（迅速回应）：莫雷尔太太，你和我——咱们一起待在屋子里。爱丽丝可能一会儿就大摇大摆地走出来了——

埃尔西（孱弱）：但是——我——爱丽丝——你们觉得——

埃勒里（低声）：莫雷尔，我们走吧！快！（尼基似乎在说些什么，声音减弱，继而是两个男人踩在木地板上的声音）

莫雷尔：奎因，从这个厅堂穿过去——我们打厨房那里过去——天哪，上帝啊！

埃勒里：这个门吗？（门打开）莫雷尔，冷静点。

（门关上——脚踏在油毯上的脚步声）

莫雷尔（呼吸急促）：冷静点……是的，是的，冷静点。

埃勒里：你妻子看上去非常憔悴，你可不能垮了。（后院的门打开）是这边吗？嗯？（沿着木制的楼梯往下走了三个台阶）

莫雷尔（步出门外）：是的。（叫喊）爱丽丝！（停顿）爱丽丝！

埃勒里：那是爱丽丝的玩具室吗——车库旁边的那个小木屋？

莫雷尔（快速地穿过草地）：是的。爱丽丝！

埃勒里：爱丽丝！你在那里吗？

莫雷尔（失望）：空无一人！她不在那里！我早就知道她不可能待在这里。我早就知道了……她根本就没来过！天哪，上帝啊——爱丽丝——

埃勒里（声音略远）：莫雷尔！这里……这里有一张纸条钉在玩具室的门后！

莫雷尔（虚弱）：一张纸条？一张……不——

埃勒里（声音略远）：是用铅笔写的，很粗糙的印刷体，写在一张小孩用的画纸上——看看写的是什么——

莫雷尔（低声）：一张纸条。有一张纸条。

埃勒里（上场——严肃）：莫雷尔。恐怕是个——坏消息。

莫雷尔（积聚的痛苦一下子迸发了出来）：奎因，看在上帝的份上！不要光站在那边为我感到难过！纸条上面写着什么？

埃勒里（严肃但声音异常清晰）：莫雷尔，我感到非常难过。你的女儿……被绑架了。

（音乐起……埃尔西奄奄一息的声音……）

尼基（怜悯）：再喝点水吧，莫雷尔太太——埃尔西……

莫雷尔（痛苦）：她现在还好吗？埃尔西，你还好吗？

埃勒里：莫雷尔，她现在还好。当然了，这种打击——

埃尔西（虚弱）：爱丽丝……爱丽丝……（开始哭泣）噢，我的小宝贝！

莫雷尔（声音沙哑）：埃尔西——噢，我都不知道该怎么办了。我们该怎么办呢？埃尔西，亲爱的！

尼基（抽鼻子）：哈维，让她哭，让她哭一会儿。

莫雷尔：奎因，再给我念念——那张纸条，再念一遍。这真是个噩梦。奎因，快点念给我听！

埃勒里（怜悯）：是的，莫雷尔。放松点。纸条上写着："我们绑架了你们的女儿。只要你们听从我的指挥，我们就保证她的安全——"

埃尔西（抽泣）：安全……噢，上帝，我希望她是安全的，我希望她是安全的。

埃勒里："不许通知警察。不许通知联邦调查局。你们的房子正被密切监视。你们的电话被窃听了。我们能清楚地听到你们在电话里说的每个字。电话响了也不许接。听到门铃也不许开门。所有人一律不许离开房子。如果让我们察觉到你们采取任何行动通知外面的人，我们就会杀了你们女儿。”

埃尔西（哭泣）：她会——他们会——天知道他们会对她做什么！她一定是饿了——受到惊吓——爱丽丝……（禁不住痛哭起来）

尼基（眼泪欲滴）：埃尔西——亲爱的——爱丽丝会没事的。纸条上说她安然无恙，不是吗？听我说，你要振作起来……

莫雷尔（颤抖的声音）：我不会便宜他们的！我会——我会……

埃尔西（尖叫）：不要，哈维！哈维，按他们说的做！哈维，我求求你了……（哭泣）……求求你了……我要我的爱丽丝平安回来……（哭泣）

莫雷尔（叹息）：我的小宝贝——我的小宝贝——

埃勒里：纸条上还写着其他一些话：“明天中午，小女孩的母亲——只能是她——去接电话。电话铃声不会响，但是还是接起来。我们的电话线和你们的连着，到时候可以跟孩子的母亲通话。记住——明天中午，接听电话，孩子的母亲。我们会指示你们怎么交赎金。按我们的指示做，你们的孩子就可以回去。否则，她必死无疑。”（片刻沉默）就这些。绑匪没有留下任何签名——什么都没有。

埃尔西（低声）：明天中午——还要熬整整一个晚上——整整一个早上……我会，我会——疯的。噢，上帝啊。（又失声痛哭起来）

尼基（低声）：埃勒里，我们就不能做点什么吗？

埃勒里（低声，声音温和）：尼基，我们现在也是束手无策。像这样的情况——只能由父母来决定。其他人没有办法横加干涉。

莫雷尔（愤怒地吼叫）：绞刑——坐电椅——五马分尸——这些刑罚对他们都太仁慈了！把一个无辜的孩子——一个婴儿——一个八岁大的孩子——虐待她——恐吓她——（低声）……用这种下流的方法来报复我……

埃尔西：哈维！求你不要——求你不要——

莫雷尔（疯狂）：和他们对着干？是的，埃尔西！我要去和他们摊牌——通知当局——我看过对付这种情况的一些例子——通知华盛顿的联邦调查局——他们知道该怎么对付这种事——

埃尔西（恐慌）：哈维——不要！（上气不接下气）不！

莫雷尔：但是埃尔西，我们不能屈服于这些——这些匪徒！我们要还击！我们有这么做的义务！

埃尔西：但是爱丽丝怎么办？噢，哈维……我知道，我知道这样做不对。我知道！但是如果爱丽丝……如果爱丽丝有什么三长两短……我们只能按照这些畜生说的做！随便他们要什么，随便他们想怎么样，哈维！（又开始哭泣）

莫雷尔（崩溃）：埃尔西……你认为我现在好受吗？我自己的孩子……你以为我想让爱丽丝，想让她去——（哽咽）

埃尔西：我不在乎我们是不是要因此倾家荡产——即便我们要变卖房子，变卖车子——

莫雷尔：你以为我在乎的是钱吗？

埃尔西：噢，哈维，我知道你不是在乎钱。但是——求求你按我说的做。哈维，求求你了……（哭泣）

尼基（情不自禁哭了出来）：噢，埃尔西……这真是太可怕了……埃勒里，拜托快想想办法！

莫雷尔（呆滞）：你说你有处理这方面事情的经验，奎因……我现在一点办法都没有！请你帮帮我们！

埃勒里（沉着、缓慢）：莫雷尔，我非常想帮你们……但是事关你们亲人的安危，我不能代你们做决定，该怎么做只能由你们自己说了算，也只有你们才能担得起这个责任。当然了，不管你们做什么样的决定——我和尼基都会尽我们的全力去帮助你们。

莫雷尔：尼基——你怎么想呢？

尼基（哽咽）：我们别无其他选择，是不是？

莫雷尔（沉重）：是的。一旦决定了就得去做……（停顿）而且不能回头。（温和）埃尔西，亲爱的——不管你说什么，我都按你说的做——到我这里来，埃尔西——

埃尔西：哦，哈维！（她把头埋在他的胸膛里，哭泣声顿时小了很多）

莫雷尔（温柔）：听我说——会没事的。

埃勒里（缓慢）：莫雷尔，你决定了？你会按照绑匪说的做？

莫雷尔（不带丝毫犹豫）：是的，奎因。

埃勒里：他们既然要跟我们玩，那我们就该玩得像样一点——

埃尔西："我们"，奎因先生？但是，你——你和尼基没有必要——

埃勒里（严肃）：莫雷尔太太，我们此刻也没办法做局外人。我们在这所房子里，而那张纸条上写得很清楚："所有人一律不许离开房子。"既然有人监视这所房子，我和尼基进来的时候肯定有人看到。所以我们不能离开。

尼基：我们也不想这个时候离开！

埃勒里：所以我们现在算是被包围了。（电话铃声响起，久久不绝。没有一个人说话）

埃尔西（歇斯底里）：（对着铃声）哈维！不要接电话！他们也说了不许接电话！（电话铃声仍不断响着）

莫雷尔（上场）：埃尔西，我不会接的。我不会的。（一片寂静。电话铃声停止了）

尼基：囚犯——我们简直就是囚犯！被监视——被封锁了——

埃勒里（沉重）：是的，跟外界一点联系都没有了。但是我们必须小心点。不要给那些绑匪任何机会，任何借口去……（没有继续说下去）

埃尔西：说啊，说出来呀，不给他们任何借口杀害我的女儿！（停止言语。电话铃声再次响起）噢，爱丽丝，爱丽丝亲爱的……（电话铃声不绝于耳）

（伴随着电话铃声，音乐响起——电话铃声和门铃声交替响起——给人一种近乎疯狂的感觉——门铃声响起，又渐出……）

尼基（声音沙哑——接近歇斯底里）：如果电话铃和门铃还这样继续响个不停，埃勒里，我——我会崩溃的！整整一个下午，整整一个晚上……噢，拜托，就不能消停一会儿吗？

埃勒里（温和）：好了，尼基，镇定点。你这个样子，对莫雷尔一家现在的情况是火上加油。（门铃声停止）听，门铃不响了。尼基，不要去拉窗帘！

尼基：埃勒里，我很抱歉，但是就这么——就这么干巴巴地坐着等吗……

埃勒里（沉闷）：哈维·莫雷尔去哪里了？

尼基：他在楼上，劝埃尔西冲一些安眠药粉喝了睡觉……这跟生活在人间地狱有什么区别！电话就在一步之遥——我们周围全部都是大活人——我们却只能直愣愣坐在这儿，你看我，我看你。真叫人要发狂了！

埃勒里：我很理解，尼基……你觉得我会好受吗？困在一把椅子上，什么事都做不了——就怕稍微有什么动静，那个小女孩的生命就危在旦夕——

尼基（再次发狂）：你可以想想办法，不是吗？奎因先生，你不是一直很擅长处理这种事情吗？快点——你赶紧给想想办法！

埃勒里（温和）：尼基……（尼基开始轻声地哭泣）我脑袋一刻都没有停下来，尼基。但是这一次想破头脑都没有用。我这辈子从来没有做过这种事，坐着空谈，什么实际的事情都做不了……我都不确定我们是不是跟联邦调查局联系会更好。

尼基（哭泣）：可怜的埃尔西——她哭得眼珠子都要掉出来了——她的蓝眼睛那么美——现在哭得红通通的——眼睛里全是无可奈何的痛苦——

埃勒里：尼基，别说了！莫雷尔来了——（尼基止住哭声，但仍止不住抽泣）

莫雷尔（上场，神情压抑）：奎因……我再也受不了了。从现在开始到明天中午这段时间，我们总有什么可以做的吧，不能就这么干等着！

尼基：哈维，快坐下——你这样会把自己累垮的——

埃勒里：如果我们可以向外面寻求帮助又不被那些绑匪发现的话——

莫雷尔（痛苦）：这个“如果”太不切实际了。电话被窃听了，房子被监视了……

埃勒里：只要我们能跟外界联系上，我们有可以值得信任的人——

尼基：埃勒里！警长！

莫雷尔（呆滞）：警长？哪个警长？

埃勒里：莫雷尔，是我父亲——纽约警署的警长。如果我能偷偷跟我父亲联系上的话就好了。但是要怎么联系，有什么办法呢？不能打电话，不能发电报，不能冒风险让我们其中的一个偷跑出去——（莫雷尔突然兴奋地干笑了一声）

尼基（敏锐）：哈维，别这样！埃勒里，他又开始抓狂了——

埃勒里：别这样，老兄——快别这样！

莫雷尔（哽咽）：噢，上帝啊，我都忘记了。傻坐在这里跟一个白痴一样……我竟然没有想到这个。（兴奋）（低声）奎因，我们有办法了。（尼基兴奋地发出赞叹声）

埃勒里：莫雷尔！什么办法？快说出来听听。

莫雷尔：跟我来！（椅子被推开，飞快的脚步声响起）楼上，去我的书房。这边——往这边走——

尼基：不要发出任何声音。让埃尔西好好睡一觉……噢，哈维，有办法跟外面联系就好！

莫雷尔：我书房里有一根私人电话线！

埃勒里（迅速回应）：私人电话线？通到哪里的？你报社的办公室？

莫雷尔：是的！直接通到我报社编辑的办公桌——比尔·弗林！快，穿过这个厅堂……这根电话线的两端都被上了锁，只有弗林有他那头的钥匙……快进来！（门打开，又关上）事实上，弗林是除了埃尔西和我以外，唯一知道有这条电话线存在的人。（用钥匙打开抽屉）

尼基：等等！哈维，你确定那些绑匪不会窃听这部电话吗？

莫雷尔：我非常肯定！这是私人电话线，我跟你说过了！（拿起听筒）

埃勒里：莫雷尔，等一下。弗林可以信得过吗？

莫雷尔：他就跟我的左膀右臂一样。

尼基：哈维……恐怕……

莫雷尔（不耐烦）：我告诉过你不会有被窃听的危险！你以为我不知道如果这部电话也被窃听，我孩子的性命就难保了吗？（嘟的一声，又嘟的一声）比尔·弗林！

弗林（话筒过滤后的声音）：莫雷尔先生！感谢上帝，你终于来电话了。发生什么事了？我找你一整天了。我还用了这部私人电话——但也没有人接听——

莫雷尔：比尔！我现在没有时间解释。听我说，什么都不要问，听清楚了！

弗林（平静）：我听着，莫雷尔先生，请说。

莫雷尔：给纽约警署的奎因警长打个电话。让他尽快赶到我的办公室里去，明白了吗？

埃勒里：告诉弗林提一下我的名字，莫雷尔。

莫雷尔：比尔，告诉奎因警长这是一个紧急电话，是他儿子埃勒里打来的，明白了吗？

弗林：儿子，埃勒里……是的，莫雷尔先生。还有其他要吩咐的吗？

莫雷尔：叫他不要告诉任何人这个电话的内容。他去了以后，把房门关好。让他在你的办公室里用你的私人电话打这里的电话，他儿子会在这里接听电话。

埃勒里：莫雷尔，把电话给我一下。

尼基：埃勒里，小心点，噢，轻点声。

埃勒里：弗林，你好，我是埃勒里·奎因。如果我父亲要带上韦利警佐，让他带上他好了，其他人一律不可参与进来。告诉他们来黑森的路上不要暴露身份，用假名字——明白了吗？就这些，弗林，快点去办吧。

弗林（严肃）：明白了，奎因先生。（电话嘟一声挂断了）

（音乐起……隐隐约约听到通电话的声音。）

警长（话筒过滤后的声音）：我明白你的意思了，我明白了儿子。非常恶毒的阴谋。

埃勒里：爸爸，现在就全靠您了。您很清楚我们的处境。

警长：非常明白。弗林现在跟我在一起，还有韦利，就我们三个人，不用担心。你们确定这条私人电话线没有被窃听？

埃勒里：莫雷尔说不会。爸爸——我们现在跟困在囚笼里一样——您和韦利现在就是我们的左右臂，我们的眼睛、耳朵。您接下来要做的任何事情都必须严格保密。不要让任何人发现您的真实身份和您来黑森的目的！

警长：埃勒里，这个你不要担心。但是要完成你说的每一样事情是有点困难。跟我描述一下那个孩子的外貌。

埃勒里：莫雷尔告诉我，他的私人办公桌上有一张爱丽丝的照片。

警长：弗林早就给我看过了。有没有什么需要我们关注的细节，照片上没有体现出来的？

埃勒里：身高和体重跟她的同龄人都差不多——她今年八岁了。棕色的头发、棕色的眼睛。她被绑架的时候穿着棕色的格子上衣，还有苏格兰式外套。她右手臂手肘上有一块胎记。听到了吗？

警长：是的，听到了。我们会查一下阿瑟·利文斯顿，你说的那个政客，还有格里沙·多鲁布尼，那个跟莫雷尔过不去的疯疯癫癫的苏联人——

埃勒里：是的，查查他们近期的活动，看看有没有什么线索。爸爸，让我随时知道事情的进展——任何您得到的线索！我现在能做的就是待在这房子里——给这里的所有人鼓劲——还要挨到明天中午埃尔西·莫雷尔接那个电话，跟绑匪通电话为止！

（音乐起……随即是在饭店里两人低沉的说话声……翻阅报纸发出的沙沙声。）

韦利（兴奋，上场）：猜猜我刚才在这饭店碰到了谁，警长——

警长（迅速低声制止他）：韦利，小点声。还有别叫我警长，你这个笨蛋。你看到谁啦？

韦利（轻声，但仍抑制不住兴奋）：斯尔基·巴雷特！

警长：斯尔基·巴雷特？那个芝加哥匪徒？

韦利：是的！我看到他在饭店的大堂里一个人坐着看乒乓球比赛。耳朵下垂，嘴唇上有疤，我看一眼就立马认出是他。

警长：嗯……斯尔基·巴雷特。这个人是爱玛街区的地痞流氓，跑到黑森这种小地方来干什么，很让人怀疑。

韦利（意味深长）：正好在这里发生了一起绑架案的时候出现……是很令人怀疑！

警长（悠缓）：韦利，我们得跟这个斯尔基·巴雷特先生打个照面。

韦利：但是警长——不是，我是说迪克，他会起疑心的！

警长：我们行事谨慎点，他就不会怀疑什么了。瞧，我们在这个饭店是用假名入住的。在此之前，他也从来没有见过我们。你明白我们该怎么做了吗，汤姆·韦利？我们也假扮成流氓！（咯咯笑）

韦利（若有所思）：我说，要不我们试试这样做……

警长：好了好了，不要再出什么馊主意了。快点走吧！（脚步声）不要紧张，汤姆。看我的眼色行事——跟我配合好。我们过会儿还要这样跟多鲁布尼玩一玩，那个发明家。你等着瞧……肯定能把他骗到！

韦利（嘀咕）：看在那个孩子的份上，但愿如此！（脚步声停止）

警长：看，他在那儿。（讲话吊儿郎当，装出一副地痞流氓的腔调）巴雷特！

巴雷特（惊吓）：嗯？我说——

警长（机警）：嘿，斯尔基……不不，不要往上看。我们可不想被人发现我们在这里。（高声）有火吗兄弟？

巴雷特（轻声）：嘿，你们两个，干什么呢？

韦利（高声）：给我们点个火呀哥们！（低声）快快，斯尔基……快点配合一下！这样看上去好像我们只是碰巧相遇的几个陌生人。这里的条子正盯着我们看呢。

巴雷特：噢……明白你的意思了。（高声）当然可以了，给，老兄！（划火柴的声音）（低声）阁下是？

警长（高声）：谢啦朋友。我说，汤姆，咱们跟这位先生坐会儿，你说怎么样？在这该死的小地方住饭店真他妈无聊！（高声大笑）

韦利（高声）：好啊，迪克。哥们，能往那边挪点吗？

警长（低声）：太好了！听着斯尔基，你不认识我们两个。但是我们一眼就认出你了。我说："那不是斯尔基·巴雷特吗？"然后汤姆说："斯尔基这种见过大世面的人来这种鸟不拉屎的地方做什么？"

韦利：然后迪克就说："汤姆，这个问题我们也应该问问我们自己！"（警长和韦利心领神会地笑了）

巴雷特（怀疑）：等等，等等，你们两个无赖，你们到底是谁？想干什么？

警长（低声）：我叫迪克·斯加洛皮诺，这个是我的好哥们汤姆。我们是从西海岸过来的。跑到东边来是因为——有一桩买卖要做。

巴雷特（怀疑）：你们两个怎么知道我的？

韦利：他问我们怎么知道他的？（狂笑）你怎么知道我的——斯尔基·巴雷特！（韦利自顾大声笑了起来，就好像听了一个非

常好笑的笑话似的）

警长：小点声，汤姆！做成多鲁布尼的生意之前，我可不想让别人发现我们的行踪——

韦利（威胁）：你还说出来！你这个白痴！就知道你这个糟老头子做事不靠谱。

巴雷特（警惕）：做什么生意？你们来黑森是来做买卖的？说来听听。

韦利（威胁）：迪克，我们可不能把其他人也卷进来。

警长（低声）：不要这么急着下结论，汤姆。我想大概斯尔基知道一些我们需要的信息。或许我们可以做笔交易——我们需要一个适合的人——在前方帮我们做事——

韦利：我不同意！我以为这个事情就只有我们两个知道，好不容易摆平了那么多麻烦事，你现在还要把巴雷特拉进来——我反对！

警长：汤姆，斯尔基绝对能胜任，这个你也是清楚的。再说，事后我们的分成还是很丰厚的。你觉得呢，汤姆？

韦利（愠怒）：我不知道，我不喜欢你这个主意。

巴雷特（上钩）：嘿，我说伙计们。如果你们在这个地方真有什么好买卖的话……这么说吧，我也是为了一些事情过来的，知道了吧……但是像我们这样的聪明人没有理由不凑在一起做点什么吧……

警长：斯尔基，你可终于开口说话了。

巴雷特：这里可不是谈生意的地方。五分钟之后，我们在街角的汉堡店碰头。

警长：好嘞，一会儿见！

巴雷特（退场）：再见，朋友们。很高兴认识你们。

韦利：再见！（低声）你说我演得怎么样——迪克？

警长：很好……很好……（突然暴怒）你也没必要叫我糟老头子吧。

韦利：噢，警长。

（一阵短促的音乐……继而是电话里的一段对话。）

埃勒里：斯尔基·巴雷特，嗯？听起来有戏唱，爸爸。他上钩了，那后来呢？

警长（话筒过滤后的声音）：后来也没什么了。我们很肯定他来黑森是在帮利文斯顿做一些肮脏的勾当，但他很狡猾，什么都没透露。

埃勒里：嗯。你说韦利现在和巴雷特在一起？

警长：是的……（咯咯笑）他假装很讨厌巴雷特，反而赢得了巴雷特的信任。这家伙做得不错！对了，我略施小计，见到利文斯顿本人了。但是没有骗到他，他很狡猾。

埃勒里：我明白了。您见到那个苏联人多鲁布尼了吗？

警长：我们一直盯着他。现在还没有获得什么信息。

埃勒里（叹气）：爸爸，那继续盯着他吧。说不定会有什么消息。尼基和我一直忙着安慰莫雷尔夫妇，就怕他们要翻墙出去。

警长：要是让我抓到了绑架小女孩的那个畜生，我绝对不会客气……（干脆利落）我明天再通过这部私人电话线和你通话，埃勒里——十二点半，按原计划，跟那些绑匪通电话！

埃勒里：好的，爸爸。（严肃）但愿到那个时候，我们的大脑都还清醒着！

（音乐起……房子里闹钟敲了十二下。）

埃尔西（低声数着闹钟的响声）：二、三、四……

莫雷尔（沙哑）：埃尔西——看在上帝的份上——镇定点。闹钟响声一过，你就该把电话接起来——

尼基（紧张）：埃尔西——现在一切都靠你了……

埃勒里（敏锐）：十二点整！莫雷尔太太，快把听筒拿起来！

埃尔西（低声）：是的，奎因先生……（拿起听筒——片刻沉默——话语中充满着恐惧）你——你好。（停顿）是的——我是……莫雷尔太太……（停顿）（哭喊）但是我女儿呢？她还好吗？她在吗？让我跟爱丽丝说说话——求求你了！求求你了！（停顿。呆滞）好的。我不会的……我是说——噢，求求你了！（长时间的沉默。惊恐）好的……好的……好的，我明白。（停顿）好的……（停顿）好的……（停顿）我明白了。（停顿）好的，我们会——会按照你说的做。但是求求你——我的女儿——求求你们不要伤害她——不要……（停顿。低声）他挂了。（放下话筒，开始哭泣）

莫雷尔（疯狂）：埃尔西！他们都说些什么了？爱丽丝怎么样了？她是不是——你有没有——埃尔西，看在上帝的份上，快说话啊！

尼基：哈维，不要冲着她吼！埃尔西，亲爱的——

埃勒里（敏锐）：莫雷尔太太，镇定点。告诉我——刚才跟你说话的是男的还是女的?

埃尔西(哭泣):是个……是个男的。

莫雷尔:是谁?你听得出他是谁吗?

埃尔西(抽泣——茫然):我不知道。我也想试着辨别一下对方的声音……但是后来……哈维,我不知道。听起来——很怪异……

尼基:声音经过处理了!(失望)真该死!

莫雷尔:埃尔西,他跟你说什么了?

埃勒里:把他说的都告诉我们——全部说出来,莫雷尔太太!

埃尔西(呆滞):他问我是不是莫雷尔太太。他说爱丽丝……爱丽丝安然无恙。

莫雷尔(肃静):谢天谢地!

埃尔西:他……他不让我跟爱丽丝说话。然后他就提了他的条件,要我们按他的指示做。哈维,你得立刻去一趟银行。你一个人去。

莫雷尔(沙哑):然后呢?然后呢,埃尔西?

埃尔西:你去取十万美金的现金……必须是小面额的——五元的、十元的、二十元的……银行问也不要说是为什么……必须是那些没有做标记的纸币,这是他要求的,否则他就会——他就会——(哀悯)哈维,你要按他说的做!

尼基:埃尔西,哈维肯定会做的,他肯定会的。

莫雷尔(沙哑):然后呢,埃尔西,还有什么吗?

埃尔西:然后你就回来……把那些钱带回来……路上不能和任何人交谈——一路上都会有人监视你——接着就在这里等到午夜,然后……

埃勒里：莫雷尔太太，我们知道了，你丈夫午夜做什么？

埃尔西：哈维得把钱放在一个行李箱里，独自驾车沿着老北街去三棵树纪念广场，把车子停在那里，然后走进那所空荡荡的老房子——麦考利老屋，他说门牌是六十二号。他们会在那里等你——爱丽丝也在那里——

莫雷尔：麦考利老屋——那里已经废弃多年了——前不着村后不着店的——离三棵树纪念广场不远……好吧，我会去的。现在得去银行跑一趟。（退场）现在，我立马就去银行……

埃尔西（失声痛哭）：哈维！噢，哈维，小心点！按他说的去做！

埃勒里（温和）：莫雷尔太太，不要担心，他会小心的。（低声）尼基，看着她。她看上去马上就要垮了的样子。我上楼去等爸爸的电话！

（一阵短促的音乐……而后是电话里的一段对话。）

警长（话筒过滤后的声音）：那么埃勒里，现在我们能做的就是挨到今晚。她竟然没有认出那个声音，太糟糕了！

埃勒里（阴郁）：幕后的策划者肯定早就谋划好了一切。

警长：顺便说一句，我们这边有点背。韦利——这该死的家伙——他让斯尔基·巴雷特跑掉了。

埃勒里（惊讶）：不，爸爸！如果巴雷特起疑心的话——

警长：我不这么认为——至少他没认为我们和绑架案有关。我不知道应该怎么判断，但是巴雷特的的确确是把韦利给甩了。韦利现在正到处找他。

埃勒里：太糟糕了……太糟糕了！

警长：那我们今晚怎么做？我都想联系FBI，让他们把麦考利的老屋子给包抄了，把他们一网打尽！

埃勒里（嘀咕）：爸爸，我们不能这么做，不然他们会杀了那孩子。

警长（发狂）：我想他们真有可能会这么做，一群畜生。埃勒里，如果不是你让我保证不惊动警察——我早就去警局找人了。就我们两个单独行事，人手太少了——

埃勒里：我非常理解，爸爸。但是莫雷尔夫妇做了决定，毕竟这事关他们孩子的性命。（语速加快）这样吧，我有一个计划，我晚上和莫雷尔一起过去！

警长：你？但是莫雷尔会暴露你的行踪——他现在那个状况，怎么可能装作就一个人前往地点交钱——

埃勒里：我不会让莫雷尔知道我跟他同行。他的车子有一排后座。到时候我先假装不舒服，跑到房间里去，然后在他离开之前偷偷溜出去，躲在他后座的座椅底下——他不会察觉到我也在车上。尼基也不会告诉莫雷尔太太。等到莫雷尔到了三棵树纪念广场，往麦考利走的时候，我就溜出车子在外面等着。爸爸，到时候你们也要一起出现在那里！

警长：好吧，儿子。我和韦利到时候都到那附近什么地方藏起来。但是记得装不舒服要装得像一点！

埃勒里：我知道了，爸爸。咱们午夜见！

（音乐起……渐出。）

埃尔西（非常紧张）：尼基，现在几点了？你觉得哈维到纪念广场了吗？噢，我希望事情不要出什么差池！要是奎因先生身体没有欠佳就好了！他肯定会知道应该怎么做！我一直都对他非常有信心——

尼基：埃尔西，你应该安静一点。你这么急躁，会把自己的身体拖垮的。埃勒里倒下得真不是时候，我已经把他扶回房间休息去了。但是你放心，不会出什么差池的。再过一会儿，哈维把一整箱满满的赎金带到麦考利——他们就会把爱丽丝还给他——然后——

埃尔西（疯狂）：他出门太晚了！我早告诉他要早点出门！万一他在路上轮胎爆了，或者遇到其他一些什么状况！那些绑匪不会坐着干等着他，他们会以为——他们会以为——

尼基：亲爱的——不会的。你不要胡思乱想。过来，埃尔西——过来和我挨着坐——

埃尔西（更加疯狂）：那些绑匪不会信守诺言的！他们会杀了爱丽丝——他们会杀了她！（片刻沉默）（低声）尼基，我得去那里。我现在就必须去那里，现在就去，你听到了吗？

尼基（警惕）：埃尔西——你不能这么做！你会把一切都搞砸了——你疯了埃尔西——

埃尔西（失声尖叫）：但是我必须过去！他们会听我的！如果我去了，他们不会杀害一个小孩子……

尼基（高声——害怕）：埃尔西——你不能这么做！就再等一会儿——你要相信哈维——要相信埃勒里——

埃尔西（尖叫）：尼基，我再也忍受不了了！我开奎因先生的车子去……我要过去！我现在就……

尼基（尖叫）：埃尔西！快回来！埃尔西——（摔门声。低沉的音乐声，尼基开始发疯似的自言自语）噢，我的天哪，噢，我的天哪。我现在该怎么办，我现在该怎么办？（退场——叫喊）埃尔西！噢，埃尔西——快回来——快回来——

（音乐起……随即是蟋蟀等小虫子的叫声，来到了夜晚的乡下……）

韦利（尖声）：蟋蟀！听起来跟用砂纸磨东西一样！造物主竟然造了蟋蟀这种东西！叫得让我想骂娘！

埃勒里（低声）：警佐，别让这点叫声干扰到你。我们现在能做的就是等莫雷尔的车子到纪念广场——给他时间让他去赎回他的小女儿。

警长（焦躁）：埃勒里，莫雷尔半个小时之前就进去了，到现在都还没有出来。我敢说肯定是遇到什么麻烦了。

韦利：我也是这么认为的。还有，我敢肯定二十分钟前驶过来的那辆车是你的，奎因先生。我觉得事情不对劲。

埃勒里（喃喃低语）：我是觉得那辆车像是我的，但是……真该死，就干坐在这里什么都做不了……我长这么大从来没有觉得这么无助！（汽车的马达声从远处传来）

警佐（敏锐）：快看——又有一辆车开过来了——（汽车的声音更加响亮）

韦利：是从镇上开过来的——（车子猛地刹车停下）

埃勒里：是尼基！（车门打开，一阵奔跑的脚步声）尼基，看在老天的份上，你在这里做什么？

警长（迅速）：莫雷尔先生在哪里，尼基？

尼基（上场——喘气——叫喊）：噢，埃勒里，警长……埃尔西疯了——疑神疑鬼一直在胡思乱想——然后就跑出房子——跳上你的车开车走了，埃勒里——她一直觉得事情会出差错——

埃勒里（叹气）：这么说刚才开过的那辆车确实是我的！

韦利：奎因先生，听听我刚才都说什么了。

尼基（喘气）：我都不知道该怎么办才好！我试着用私人电话线接线弗林先生，但是也没有回音。最后我只能租了一辆车过来——

埃勒里：莫雷尔太太这样做会把事情搞砸的！快上车！（奔跑的脚步声……上车……关门声……车子迅速开走）

警长：现在阻止她已经太晚了。韦利，快踩油门加速赶过去！

韦利（紧张）：警长，我已经开到最快了。

埃勒里：应该不远——是一所维多利亚风格的大房子，莫雷尔说过——大概离这里只有几英里——

尼基：警佐，再开快点！噢，你就不能再开快点吗？

韦利：油门都踩到底了，波特小姐。（从牙缝中挤出字眼）这车子——都快要散架了！

警长（叫喊）：就是这所房子！就是这里，韦利！

埃勒里（叫喊）：韦利，直接开到门口那条脏兮兮的停车道上！我们现在只能把能想到的办法都试一试！（汽车猛地一转弯停住了）

尼基：埃勒里，你车子就在那房子门口——埃尔西开过来的那辆！车子还在这里——这么说她人也在这里了！（混乱地把车门推开，跳下车）

警长：安静点！（众人停止说话……蟋蟀的吱吱声）没有灯光，房子黑漆漆的。韦利，带上手电筒了吗？给——埃勒里，拿着这个——

埃勒里：尼基，你待在这里，就待在这里别进去！

尼基（喘气）：不，我要跟你们一起进去。埃尔西需要我。我不会一个人留在这里的，埃勒里！（所有人在木制的门廊上奔跑）

警长：快点——别浪费时间瞎唠叨！（又是一阵奔跑的声音）

韦利（声音稍远）：大门敞开着——嘘！（跌倒的声音）

埃勒里：韦利，怎么了？

韦利（声音稍远）：真该死……不知道什么东西。我刚才——踩到什么东西上去了，就在门里面进去一点——

警长（敏锐）：埃勒里，把灯光打过去！（按响按钮……一片寂静……尼基撕心裂肺的尖叫声——）韦利，搜查这所房子！你小心点！

韦利（上场）：我去找找那个孩子——还有莫雷尔太太——

埃勒里（缓慢）：尼基……别这样。

尼基（抽泣）：噢，埃勒里……

埃勒里：哈维·莫雷尔……哈维·莫雷尔脑袋受到重创，死了……爸爸，我们来得太迟了，太迟了！

尼基（抽泣）：死了，哈维死了……埃勒里，埃尔西在哪里？还有那个小女孩呢？噢，埃勒里……

警长：他死了。是被——尼基，你先出去吧。回车上去。（敏锐）快去！（尼基的哭声渐渐消失）被一把锤子砸死的，埃勒里。他的后脑勺受到重创——显然凶手是从他后面袭击了他——

埃勒里（声音稍远）：是的，地上是他的眼镜，爸爸。（走上前去）摔碎了。应该是他倒地的时候掉在地上的。

警长：莫雷尔一直戴这种深色镜片的眼镜吗？

埃勒里：是的。他眼睛不太好……他告诉我，他受不了强光……（片刻沉默）是他告诉我的。现在——他死了。

警长（忽然大声疾呼）：韦利！韦利，找到另外两个了吗？

韦利（声音从远处传来）：警长，还没有！这里好像没人——

埃勒里（阴郁）：看看莫雷尔直愣愣的蓝眼睛，爸爸。您见过这种充满恐惧的眼神吗？

警长：可怜的人……身体还是热乎的。他也就是没多久前遇害的……

韦利（声音从远处传来）：我找到她们了！她们在这里！

埃勒里：爸爸，快点！（木头台阶上响起了沉重的脚步声）

警长（叫喊）：韦利！你在哪里？她们呢？

韦利（声音稍远）：在这里——这个房间里——看我的手电筒照出来的光——（又是一阵奔跑的脚步声……停住……肃静哀沉）看到她们了。

（埃尔西用一种接近神经质的歇斯底里的声音，发出一阵阵怪笑："爱丽丝……爱丽丝……爱丽丝……"）

埃勒里（一阵晕厥）：她把那孩子紧紧抱着——

韦利（从牙缝挤出字）：那孩子……死了，浑身都僵硬了。

警长（温和）：莫雷尔太太。（埃尔西不为所动，仍旧尖声哭喊着）莫雷尔太太，不要这样！（她开始一阵阵呜咽）她精神有点不大对劲，可怜的女人。韦利，把那个孩子的尸体从她身上抱开。把莫雷尔太太送到黑森医院去——你和尼基一起去——尼基也需要去看看医生——

韦利（喃喃低语）：是的，警长。（温和）莫雷尔太太——把你的女儿——快，给我——让我把她抱开——拜托了——

埃勒里：警佐，我来把这个小女孩抱出去。（温和）这边。你把莫雷尔太太送到医院去吧。

韦利（温和）：走吧，莫雷尔太太——我想我得背她出去。跟在你后面……（韦利温和的劝慰声交织着埃尔西的怪笑声，声音渐出……）

（音乐起……随即是搜索房子的声音……）

埃勒里：爸爸，有没有发现什么线索？

警长（声音稍远）：什么都没发现。我们去大厅里说话。

埃勒里：好的。（脚步声）一想到那个孩子……这么小就被害死……我就会唏嘘不已！

警长（脚步声）：埃勒里，我们发现她的时候，她死了已经至少三十六个小时了。整整一天半！也就是说孩子被绑架后不久就立即被杀死了……埃勒里，我这辈子见过很多起犯罪，但是这次是我见过的最惨无人道的。我们一定要把凶手揪出来。（脚步声停止）就在这里吧，我去弄一下壁炉。（弄炉渣的声音）

埃勒里：那些绑匪根本就没打算让爱丽丝活着回去……所以莫雷尔死的时候那种眼神充满了绝望！他来交赎金——却发现自己的孩子早就已经死了。他肯定是刚从楼上下来，要回去告诉我们他看到的一切——但是那些绑匪偷偷地埋伏起来，从他背后袭击了他……

警长（一边弄炉渣一边说话）：而且这房子里里外外没有一点该死的线索。只有我们那两辆车子的轮胎印——没有其他的车轮印，我到处看，看得眼珠子都快掉出来了。（一只手提箱从烟囱孔掉进了壁炉里）埃勒里！

埃勒里（敏锐）：爸爸！那是什么？

警长（走上前去）：一只手提箱——我弄炉渣的时候掉了下来——可能是被卡在烟囱里了……（费力）好沉啊。

埃勒里：这个是今晚哈维·莫雷尔用来装赎金的手提箱！（打开手提箱）

警长：是的……看，这些钱还原封不动地放着。

埃勒里（专注）：原来如此。

警长：我猜大概是绑匪杀死了莫雷尔以后，听到莫雷尔太太从你的车子里跳出来朝这边狂奔，被吓到了，以为是警察过来了，所以他就把手提箱藏在这里。看上去这起案子是一个人干的。这箱子里满满十万美金的小面额钞票，绑匪一个人没办法拉走，所以就先把手提箱放下，打算等风平浪静以后再回来取。

埃勒里（若有所思）：是的——然后——

警长（严肃）：现在我们能做的就是把这个手提箱塞回烟囱里，静候绑匪。等这个畜生回来取这沾满鲜血的钱的时候，我们就把他逮个正着！

埃勒里（低声）：爸爸，我们不需要等那么久。

警长：嗯？埃勒里，又怎么了？不要告诉我你已经——

埃勒里（干练）：我简直就是个白痴。在那个房子里等了足足两天，思来想去也没有想出个所以然——哈维·莫雷尔是对的！

警长（激动得快说不出话来）：你的意思是说……快告诉我，快告诉我！你知道绑匪是谁？你怎么知道的？你确定吗，埃勒里？

埃勒里：是的，爸爸——绑匪还有凶手，是同一个人！——我知道是谁！

（音乐起……而后是陪审团场景。）

挑战听众

在描述了令人毛骨悚然的犯罪现场后，埃勒里转向陪审团——“是的，女士们先生们，我知道绑匪是谁——你们呢，想出来了吗？”

（音乐起……继而是拼接的新闻播报。）

第一个声音（渐强）：早上好，晨版《纪事报》……本镇发生了一起谋杀案，两人遇害。

第二个声音（叠加）：哈维·莫雷尔在一起绑架案中被谋杀……更多新闻请听稍后播报。

第三个声音：报社老板和其女双双遇害。

第一个声音：警方在一所废弃的房子里发现父女双双遇害……（声音渐出）快看《黑森纪事报》……

第四个声音（叠加）：截至目前，本台没有收到关于杀害哈维·莫雷尔——《黑森纪事报》老板以及其女爱丽丝·莫雷尔恶毒凶手的任何消息。据悉，警方承诺在二十四小时之内……有来自黑森医院的消息称（救护车的声音响起，播报员的声音渐渐减弱）莫雷尔太太的状况令人担忧……

第一个声音（话筒过滤后的声音，渐强）：黑森医院……对不起，我们不能提供任何关于哈维·莫雷尔太太的消息……

第二个声音（话筒过滤后的声音）：黑森医院……对不起，你不能采访莫雷尔太太。

第三个女声（话筒过滤后的声音）：黑森医院。（渐弱）奎因警长？……请等一下。

（莫雷尔太太病房的接待室里。）

七嘴八舌的声音（渐强）：噢，别这样，警佐，让我们喘口气……是的，让我们看看莫雷尔太太，可以吗？……你以为你是谁——你不可能封锁住所有消息，你自己也很清楚……让我问莫雷尔太太一个问题……

韦利：呜！我都快招架不住了。奎因先生，警长人呢？

埃勒里：在莫雷尔太太的病房里，医生和护士也在里面。爸爸在给她录口供。

尼基（疲惫）：我觉得……非常累。

埃勒里（温和）：尼基，过来坐这边。

尼基（疲惫）：可怜的埃尔西，可怜的埃尔西……

韦利（低语）：昨晚她那样抱着那个死去的孩子在自己的怀里——

那种怪笑声……（战栗）我到死都会记得她那种笑声。

尼基（疲惫）：可恶的畜生——不管他是谁——任何刑罚都不足以惩罚这个恶棍……用那种残忍的手段杀死一个年仅八岁的孩子——冷血动物、冷漠无情、怪物……变态！

埃勒里（温和）：是的，尼基。安静会儿——休息会儿——

韦利：就坐在这儿等啊等……我们就不能做点什么吗？我向你们发誓——一旦让我抓住这个恶魔……

埃勒里：警佐，这可不是一个警官应该说的话。

韦利（嘀咕）：我想起来就怒不可遏。奎因先生，凶手是谁？警长告诉我说你知道。那我们还等什么呢？我们应该把他抓了。

尼基（稍稍为之一震）：埃勒里！你知道？

埃勒里（温和）：我知道。趁现在我们在等我爸爸录口供的这点时间，我告诉你们我知道的一切以及我是怎么知道的。假设你是绑匪——

韦利（咆哮）：不要用我来假设，谢谢。

尼基（战栗）：假设自己是——是条疯狗？

埃勒里：听我说。我们都知道昨晚绑匪出现在那所房子里，因为莫雷尔在那里被杀了。但是如果绑匪在那里，那他一定预先谋划好事情结束后怎么开溜。

韦利：肯定的。傻瓜都会谋划好一切。何况这个人并不傻。

埃勒里：是的，警佐。但是他怎么开溜呢？

韦利（茫然）：怎么开溜？

埃勒里：是的，怎么开溜！绑匪拿到赎金以后会怎么开溜呢？

尼基（迟钝）：他可以走着开溜——也可以跑着开溜——

埃勒里：尼基，你觉得他会计划拉着那么沉重的箱子走着离开，或者跑着离开？整整十万美金的零钞——记不记得是绑匪自己要求换成零钞的——非常沉。所以尼基，谋划这种犯罪的人肯定会想好安全拿着赎金离开的办法。

韦利：当然了！奎因先生，这有什么不对劲吗？他有车子，他可以开车离开。

埃勒里：啊！是的，警佐，非常正确。但是他没有这样做，因为他没有车。

尼基（虚弱）：我的头晕乎乎的……他没有车子吗，埃勒里？

埃勒里：没有车子。我们怎么知道的呢？有两个原因。第一，我们发现那个手提箱之前，爸爸告诉我他把房子里里外外都认真搜了个遍——事实上，他特别强调："只有我们那两辆车子的轮胎印——没有其他的轮胎印。"所以我敢断定，没有第三辆车，绑匪不可能驾着车离开。

韦利：奎因先生，第二个原因呢？

埃勒里：是的，警佐。如果绑匪有车子离开，他为什么还要把装有赎金的手提箱留在那所房子里呢？

韦利（喃喃自语）：这么说他确实是没有车子——没有计划要开车离开——也没有走着离开，当然了——（叫喊）我都想叫出来了，什么样的绑匪会不考虑开车离开，还把赎金留在作案现场？

埃勒里（平静）：警佐，说得好！什么样的绑匪？很明显，绑匪本人并没有打算离开那所房子！

尼基（呆滞）：没有——没有打算……离开……那所房子……

埃勒里：是的，尼基，没有打算离开那所房子——因为也没有离开的必要！

韦利（糊涂）：但是……我们赶过去的时候那房子里还有谁？莫雷尔——莫雷尔太太——那个小女孩——就他们。奎因先生，你一定是推测错了，肯定是错了。

尼基（缓慢）：还有哈维——爱丽丝——他们都死了……（紧张急促）埃勒里，你到底想说什么？（片刻停顿——恐惧）埃勒里，你到底想告诉我们什么？

埃勒里：尼基，安静点，拜托了。我知道这很不能让人接受——

尼基（接近歇斯底里）：但是埃勒里——你肯定说错了。你肯定是错了。你有什么理由说服我？我不会相信的，不会的。（痛哭）我不会……

埃勒里（急切）：韦利，快给我倒杯水，快点。

韦利（茫然）：我自己——我自己也觉得不大舒服。（渐弱）等等……倒水……

埃勒里（温和）：尼基，冷静点。尼基，亲爱的——这是真的。不管你相信不相信，这都是事实。莫雷尔和他的女儿死了，谁是真正的受益人？只有一个人，尼基——只有那个人……

尼基（啜泣）：不……不可能是真的……我不相信。叫我怎么能够相信。

韦利（上场）：奎因先生，给，水……上帝啊！

埃勒里：来，尼基，喝点水——

尼基（虚弱）：等等，埃勒里。你的意思是说——你真的是指——所有的这一切——绑匪留下的纸条——那天中午绑匪的电话——杀死哈维的凶手——杀死爱丽丝的凶手——所有的一切——都是那个人干的……

埃勒里（温和）：是的，尼基，所有的一切。从开始到结束，所有的一切！

（尼基发出一声虚弱的哭声，又立即消停下来）

韦利（警惕）：小心点！她快晕倒了——快扶住她！

埃勒里（烦乱）：尼基！我真不该告诉你这些残酷的事实——我试图减轻这件事对你的打击程度——尼基——（门打开——又关上）

警长（上场）：好了，她什么都说了。真是不可思议啊——（机警）尼基怎么了？

韦利：奎因先生把知道的告诉了她以后，她就倒了。我自己——我自己都觉得胃里一阵翻滚。她果真什么都说了吗？

警长（不可思议）：我自己都不敢相信，直到我亲耳听到她承认。所有的一切，所有所有的一切，都是埃尔西·莫雷尔干的！

（音乐起……而后是开门声和关门声……）

警长（呼叫）：埃勒里？尼基怎么样了？

韦利（呼叫）：奎因先生呢？她现在好多了。

埃勒里（上场——疲惫）：我刚刚送她回她的住所，请了一个医生和一个护士照顾她……她很快就会没事的。他们给她吃了一些镇定药，让她快点入睡……我自己也累坏了。

警长：儿子，坐下来。这两天我们所有的人都累得不行。

埃勒里（几人同时落座）：啊啊，坐在这椅子上真舒服。（片刻沉默）这房间感觉真好。就连这里的空气闻起来都很清新。

（沉默）

韦利（突然）：你们知道我想说什么吗？如果我是莫雷尔，我宁愿去死。跟这样一个变态结婚——

警长（阴郁）：那个女人确实够变态，让人恐惧害怕的那种变态，狡猾，不择手段，没有一点道德责任感。竟然做出那么残忍的事情来！计划怎么杀死自己的丈夫、自己的孩子——而且是用最野蛮的方式——为的就是完全掌控丈夫的财产，摆脱掉所有的家庭责任——

韦利：而且还非常会伪装！满嘴谎言——从头到尾骗取了所有人的同情——

警长：她要是没有成为杀人犯，说不定是个很好的演员。

埃勒里（疲惫）：是啊，她最厉害的地方就是她的心理素质非常好。我们很自然会想到她可能失去了什么，但是没有人想到她会从她丈夫和孩子的死亡中获得什么。

警长：她真是太狡猾了——太狡猾了。她承认她并没有送爱丽丝去学校，而是直接把她送到麦考利那所废弃的房子里，在那里把爱丽丝杀了……她摆脱尼基就是为了在那所房子里埋伏并杀死自己的丈夫。她假装关心自己丈夫和孩子的安危，使她做的一切看上去都情有可原。要一大笔赎金，让别人觉得这就是一起绑架案——但是她没有料到我们会搜索那所房子并找到那个手提箱。她本来打算等事情风平浪静的时候再去取回那箱子。

韦利：那天中午的电话是怎么回事——她怎么在电话上做了手脚？奎因先生，那天她是和谁通了那个电话？谁给了她那些指示？

埃勒里：警佐，电话另外一端根本就没有人。那就是她一个人的独角戏。她假装和别人在交谈！电话没有被窃听，房子也没有被监视。别忘了，关于那个电话还有所谓绑匪的指示，我们都是从埃尔西·莫雷尔一个人那里听到的——她很聪明，在那张纸条上写着只有孩子的母亲能接听电话。

韦利（烦躁）：好吧，我明白了。虽然知道凶手是莫雷尔太太本人，她自己也承认了，但是——但即使是现在，我都不敢相信。我真不敢相信。不管她是不是真的疯了——做出那种事，亲手杀了自己的孩子——

埃勒里（平静）：警佐，那个女人是疯了，但是事实并不像你和爸爸想的那样。她作案的动机或许可以帮我们擦亮眼睛——还有，重塑你对人性的信心——母爱。

警长（迅速回应）：埃勒里，你什么意思？还有什么情况我们没有了解到？我不明白你在说些什么！

埃勒里：爸爸，您还记不记得，弗林把您从纽约叫过来的时候，我用莫雷尔的私人电话和您第一次通电话时的对话？

警长：记得啊，怎么了？

埃勒里：记不记得当时您让我描述一下爱丽丝的外表？还记不记得我说爱丽丝的眼睛是什么颜色的？

警长：棕色的。

埃勒里：是的，是棕色的。埃尔西·莫雷尔眼睛的颜色我肯定是知道的。即便我没有留意到，尼基有一次跟我说话的时候也提起她的眼睛，她说："她哭得眼珠子都要掉出来了——她的蓝眼睛那么美。"

韦利：也就是说孩子的眼睛是棕色的，母亲的眼睛是蓝色的。这说明什么问题，奎因先生？

埃勒里：当我们发现哈维·莫雷尔倒在那所空房子里死去的时候，他的眼镜掉落在地上——爸爸，我当时说他的眼睛是什么颜色的？

警长：蓝色。埃勒里，你以前破案的时候也从你的“魔术帽”里变出了很多戏法。不管你变的是什么，我总是很期待。可是这一次，你做了这么多铺垫说了这么多话——我还是不知道你想告诉我们什么。

韦利（阴郁）：汤姆·韦利同意警长的说法。

埃勒里（疲惫）：好吧，爸爸，父母双方都是蓝色的眼睛，孩子是棕色的眼睛。我提醒你一下，莫雷尔死之前，我不知道他也有一双蓝眼睛——他总是戴着一副黑色镜片的眼镜。所以我刚开始一直都没有怀疑到凶手本人头上，到最后知道真相的时候也已经太晚了——他们父女都遇害了。

警长：什么真相？看在上帝的份上，你就快点说出来吧。

埃勒里：警佐，能否帮我去书架拿一本书——第二层倒数第五本——

韦利（声音稍远）：是这本吗，奎因先生？

埃勒里：是的，警佐。（片刻寂静）谢谢。这本书的名字叫《法医学和毒理学》，作者是四位这一领域著名的专家——摩根、万斯、米尔顿·赫尔彭，还有托马斯·冈萨雷斯。

警长：冈萨雷斯医生？你是说纽约现任首席法医？

韦利：我认识冈萨雷斯医生！

埃勒里：我就念书中的一句话。（翻书声）就在这几页……（停顿）就在这里，第三百一十四页。（放慢语速）上面有一句话是："父母双方都是蓝色的眼睛，生下来的孩子不可能是棕色的眼睛，只可能是蓝色的眼睛。"（平静）就这些。

警长（诧异）：你的意思是说——

埃勒里（尖锐）：当我推断埃尔西·莫雷尔很有可能是绑匪兼凶手的时候，我本身也不能接受一个母亲会亲手杀害自己亲骨肉这种事情。所以我对自己说：有没有可能她不是爱丽丝的亲生母亲？后来我基于这个医学理论，从他们眼睛颜色的差异中得到证据，证实了我之前的推断。我想爱丽丝既然不是埃尔西的亲生女儿——那么埃尔西很有可能就是莫雷尔的第二任妻子，爱丽丝就很有可能是莫雷尔第一次婚姻中和其他女人所生的孩子——也就是说埃尔西就是爱丽丝的继母——（片刻沉默）她的继母！

韦利（恐惧）：那个孩子的继母！

警长：埃勒里，如果是这样的话，那事情就不一样了。（平静）完全不一样了。但这仍然是我所处理的最残酷、最令人胆战心惊的案子。

埃勒里：是的，爸爸，我很理解您的说法……我这辈子都不会忘记莫雷尔家的这起绑架案。

（音乐起……渐出，本剧结束。）

曼弗雷德·B. 李和弗雷德里克·丹奈都酷爱阅读——在《布莱克的秘密》中，他们写道："旧藏书有沁人心脾的芳香。"因此当埃勒里·奎因卷入一起在书店发生的凶案时，听众也自然不会感到意外——在这起凶案中，奎因不但抓获了杀人凶手，还和另一名侦探一较高低——迈克·卡拉汉，一个在早期埃勒里·奎因系列广播侦探节目中常出现的角色。《布莱克的秘密》播于一九三九年十二月十日。

布莱克的秘密

人　物

奎因警长	纽约警署
韦利警佐	纽约警署
迈克·卡拉汉	环球保险公司调查员
埃勒里·奎因	侦探
尼基·波特	侦探秘书
埃德蒙·布莱克	C.D. 布莱克公司老板
阿布纳·沃森	布莱克合伙人
伯比奇先生	图书管理员
卡斯珀·吕德尔	布莱克公司雇员
弗兰德斯小姐	布莱克公司雇员

警察、书店客户、胡须男

背景：纽约，一九三九年

（在欢快的笑声中，这一剧开始了。）

警长（咯咯笑）：迈克，你记不记得你和韦利还只是二级探员的时候，我也还只是那个鸟不生蛋的西辖区的长官。

韦利：还有，迈克，你记不记得那个案子——一个金发女郎怀疑她丈夫带一些乱七八糟的人回家过夜——

卡拉汉（大笑）：后来查出来，那些人都是她丈夫的亲戚——那女人晚上睡觉的时候还拿着一把指甲锉刀，把她可怜的老公吓得半死，不敢跟她独处。（所有的人一阵欢笑）

埃勒里（咯咯笑）：你们接下来要翻那些老照片了吧。

尼基：卡拉汉先生，你现在还做警察这一行当吗？

卡拉汉（了无生趣）：既是又不是。

韦利：迈克现在是环球保险公司的王牌探员。再看看我的现状——

警长：你的现状怎么了？埃勒里，你肯定对迈克·卡拉汉的工作有兴趣。他也做一些探案的工作，就像你那样——

韦利：是的，先生。而且迈克每次也总是能够抓住真凶！

尼基：我真是不知道该怎么表达我的崇敬之情了！

埃勒里（大笑）：尼基……对了，卡拉汉，此次来有何贵干？你来不会只是想叙叙旧情吧？

卡拉汉：不是的，奎因。我现在在悄悄为环球公司查一个案子，这次涉及的是 C.D. 布莱克公司——

尼基（吃惊）：埃勒里！是不是就是那个公司，卖——

埃勒里：别插话，尼基。

警长：布莱克？纽约历史最悠久的珍藏本书籍贸易公司。这家公司怎么了?

卡拉汉:还能有什么事,老是发生财产失窃事件,而且窃贼做得非常巧妙,不留一丝痕迹。奎因先生,你能帮我一个忙吗?

埃勒里:非常乐意,卡拉汉。但是我不知道能做点什么——

卡拉汉:我今天早上在布莱克书店踩点,无意听到有一个雇员在打电话,说跟你约了下午见面。

尼基:这么说你也是一个侦探喽!到处查案——跟你一样,奎因先生。

埃勒里(咯咯笑):是有这么回事,卡拉汉——跟我约谈的是一个叫伯比奇的老人。他说他是布莱克公司的图书管理员。但是我能帮你做点什么呢?

卡拉汉:布莱克公司没有一个人认得出我是谁。我想听听这个叫伯比奇的老人会跟你说些什么。但我不想让他知道我的身份。能否让我以你助理的身份旁听?(门铃声响起)应该是伯比奇来了。奎因,你觉得可以吗?

韦利:奎因先生,你就帮帮他。迈克·卡拉汉是我们的老朋友。(门铃又响了一声)

警长:埃勒里,不会有什么问题的。你可以相信迈克。尼基,去开门吧。

尼基(步行到门边):又在给自己找麻烦了——我就知道……

埃勒里:当然可以了,卡拉汉!(门打开,喃喃谈话声)

警长(低声):韦利,我们两个到另外一个房间去。我们这么多人,会把老家伙给吓到的。

韦利(起身离开):会吓到别人的人是你才对……(另一扇门的开

门声和关门声。尼基和伯比奇边低声说话边上场。伯比奇的声音苍老而温和，听起来平易近人）

尼基（上场）：这边请，伯比奇先生。

伯比奇（上场——紧张）：谢谢，谢谢小姐。您是奎因先生？

埃勒里：我是奎因。您就是跟我通电话的那位先生？（对方表示认同）这位是我的助手，卡拉汉先生。（互相问候声）请坐。伯比奇先生，您看上去很心烦。

伯比奇：谢谢，先生。噢，是的。最近境遇非常糟糕……奎因先生，我在电话里跟您说过，我在库珀广场的 C.D. 布莱克公司工作。我们公司是全国历史最悠久的珍藏本书籍贸易公司……

埃勒里：尼基，做笔记。

尼基（叹气）：是的，奎因先生。

卡拉汉：伯比奇先生，您是那里的图书管理员？

伯比奇：是的，卡拉汉先生。（自豪）不但如此，我还是目前还在世的，为布莱克公司效力最长的雇员。我今年六十九岁了，先生们。从一八八六年老赛鲁斯·布莱克先生创办这个公司的时候开始，我就在那里工作。

尼基：在一个公司做了五十三年？太令人敬佩了！

伯比奇：是的，小姐。我当年加入这个公司的时候才十五岁。我服务了布莱克家族三代人——赛鲁斯、达里恩——他们都已经不在了——现在的老板是达里恩的儿子，年轻的埃德蒙·布莱克。（叹气）现在跟以前不一样了……

埃勒里：是大不一样了，伯比奇先生。我想问问有什么事情困扰着您。

伯比奇：是这样的，先生……年轻的布莱克先生对珍藏本书籍的业务并不熟悉，所以——公司的经营每况愈下，然后——不久前，布莱克先生不得不引进一个合作伙伴，沃森先生，阿布纳·沃森先生——

卡拉汉：奎因，阿布纳·沃森是国内珍藏本书籍领域数一数二的专家，你应该听说过他。

埃勒里：是的，我知道他。伯比奇先生，我猜年轻的埃德蒙·布莱克是想通过沃森的加入，弥补他本人在专业知识这一块的不足？

伯比奇：是的，奎因先生。不但是专业知识，还有资金。他加入后有那么一段时间，公司的生意确实蒸蒸日上，主要是因为沃森先生开发了一项新的业务——他开始很有限地复印一些仅存一本的古籍，当然那是提供给一些富裕的收藏家——

尼基：仅存一本的古籍复印本！听起来真是不可思议！

伯比奇：小姐，那些书非常精美。沃森先生是全手工复印——他是这方面工艺的专家。他本人在韦斯特切斯特的家里有一套私人的复印和装订设备。

埃勒里：那应该说邀请到沃森先生入伙对布莱克先生来说是行大运了！

伯比奇：噢，先生，可是好景不长。后来赶上了全国经济大萧条——这些珍藏本的市场需求一落千丈——到现在……

卡拉汉（敏锐）：到现在怎么了，伯比奇先生？

伯比奇：嗯……到后来大家开始察觉到了一些非常糟糕的情况，经调查，事情也被证实了。那些珍藏本开始一本一本地消失——都是从库存里挑选出来的首版珍藏本。布莱克先生尝试了所有的方法阻止此类事情再发生——但是小偷总是有办法得逞。这快要把他急疯了。

埃勒里：布莱克公司没有购买盗窃险吗？

伯比奇：噢，有的，奎因先生——我们在环球保险公司投了保。他们是这个行业最大的保险公司。他们声称已经着手调查，但是至今还没有结果出来。

卡拉汉（平静）：伯比奇先生，现任的保险调查员是哪个，您知道吗？

伯比奇：卡拉汉先生，这我还真不知道。上一个被派遣过来的调查员已经被召回去了，布莱克先生还在等他们再派来一个……奎因先生，我已经老了——我这一辈子都贡献给了布莱克公司——公司的声誉对我个人而言至关重要……所以请您帮忙找出这个窃贼！

埃勒里：嗯。你们知道窃贼是怎么行窃的吗？

伯比奇：不知道，先生。但是……（紧张）我发现了一些情况……

卡拉汉（敏锐）：您知道一些情况？什么情况，伯比奇？

伯比奇（不安）：我不能告诉您——不，我不应该告诉任何人！现在还不是时候……还不是时候……这是个秘密。（缓慢）我无意中发现了一个非常骇人的惊天大秘密。

尼基：一个秘密？埃勒里，听起来很刺激！

埃勒里（了无生趣）：大部分的秘密听起来都很刺激——但是一旦被人看穿就不是那么回事了。伯比奇先生，这么说您觉得不应该让我们知道那个秘密？

伯比奇（不安）：噢，我不能说！我说出来的话，不仅会毁了布莱克公司的名誉，而且——而且可能会毁了整个行业的声誉！噢，我知道我的话听起来有点故弄玄虚，先生们，但是——

卡拉汉（严肃）：伯比奇，如果这个秘密这么骇人，您守着这个秘密对布莱克公司也不是一件好事！

伯比奇：卡拉汉先生，您或许不明白——您怎么会明白呢？噢，这种事情真是让人始料不及！但是我不能告诉您——而且是不应该——至少现在不能说！奎因先生，请您找出这个窃贼——我会尽全力配合你们，给你们提供有用的信息——拜托了！

埃勒里：伯比奇先生，您的两个老板——布莱克和沃森——他们中有没有人知道您今天到我这里来要我帮这个忙？

伯比奇：没有，先生。沃森先生——他不是那种遇到困难喜欢找别人帮忙的人；年轻的布莱克先生——我爱他就像爱我的亲生儿子一样，但是他还年轻，总是犯糊涂——喜欢给自己找点乐子——搞搞聚会啊，玩玩魔术什么的——

尼基：玩魔术！（咯咯笑）抱歉，伯比奇先生。

伯比奇（痛苦）：我以前也觉得很好笑。但是他像个孩子一样玩世不恭——总是变戏法、玩魔术——

埃勒里（迅速回应）：伯比奇先生，我会帮助您查这个案子。

伯比奇（感激）：噢，太感谢您了，奎因先生！请相信我——我把我能提供给您的信息都说了——

埃勒里：尼基，送一下伯比奇先生。再见，先生。我们会跟您联系的。

尼基（起身）：伯比奇先生，这边请。（互相道别的声音——开门

和关门声）

埃勒里：好了，卡拉汉，除了老伯比奇告诉我们的信息，你还知道其他一些什么吗？（另外一个门的开门声）

卡拉汉（咯咯笑）：我要是跟你说了，那就毫无保留了。

警长（上场）：韦利和我都听到了。那个老家伙怎么了——疯了吗？秘密！魔术！

韦利（上场）：他该去养老院待着了！奎因先生，你知不知道那老家伙说的是什么？

埃勒里：我当然不知道了，警佐。非常神秘的提示——天大的秘密……啊，尼基，你喜欢我们的访客吗？

尼基（上场）：他看上去非常和蔼可亲。

卡拉汉（干练）：你那非常和蔼可亲的老人家让我产生了一个非常棒的想法，波特小姐。非常感谢，奎因先生——我得去做事情了。（退场）再见啦，你们两个老浑蛋——我现在有任务要去执行！

警长（伴随着开门声——咯咯笑）：迈克还是老样子！

韦利（伴随着关门声）：奎因先生，看上去迈克领先你一步。（大笑）

埃勒里（严肃）：你是这么认为的吗，警佐？尼基，我新一期的文稿是不是已经发给出版商了？

尼基：埃勒里，我早上已经打印出来了。

埃勒里：把那些文件放在我的黑色公文包里，然后跟我走。

尼基：走？去哪里？

埃勒里：当然是去出版商那里了。

韦利（咯咯笑）：奎因先生，您半路上不会去C.D.布莱克公司吧？

警长（咯咯笑）：儿子，看来迈克·卡拉汉要让你发飙了。

埃勒里：如果你们的迈克·卡拉汉想一较高低的话，那我不会示弱的！走吧，尼基！

（音乐起……然后是众人的嗡嗡低语声……）

吕德尔（上场）：我说，办公室里面是怎么了？我刚才在盘点库存——

一个女声：吕德尔先生，我也不知道。不过我确实听到沃森先生在和布莱克先生说些什么。有没有谁知道发生什么事了？

一个男声：我只知道老沃森在小布莱克的私人办公室里待了一个小时了。是不是，弗兰德斯小姐？

弗兰德斯小姐：他们确实待在里面一个小时了！但是他们为什么把我们都召集到书店后面来？

（众人纷纷表示疑虑）

吕德尔：嘘，小点声。那个老怪物来了。（开门声）

沃森（上场——怪异、刺耳而苍老的声音）：布莱克！你是要跟我一起到这外面来，还是不跟我一起过来了？

布莱克（上场——年轻的声音，听上去很冷漠）：我来了，沃森。

沃森：好，那就快点过来！（一片沉寂……众人喃喃低语声）安静，请大家安静！

布莱克（平静）：各位，让沃森先生说话。（谈话声平息下来）

沃森：布莱克先生要去费城出差——

布莱克（不耐烦）：沃森，该说的话快点说，然后快点结束。

沃森：非常好！如大家所知的那样，过去的六个月里，C.D. 布莱克公司一直深受多起盗窃之苦。（几句简短的低声议论，而后又恢复了安静）大部分被偷的书从未对外打过广告，都是各种珍藏本的首印版本，存放在我们的私人仓库里。而这些书籍本可以让我们在一块迅速壮大的市场上大有作为。（敌意）所以，我很肯定，窃贼就出自内部！（众人愤怒地低声议论）肯定是你们中的一个！（愤怒声高涨）

布莱克：等等——请等一下！（众人的愤怒声减弱）我想让大家知道的是，我不认同沃森先生在这方面的看法。我相信你们中没有一个人会做出这种事！

沃森（冷漠）：这只是你个人的看法。不管怎样，保险公司的调查也没有任何进展，所以我决定采取一些果断的措施！（议论声再次响起）

弗兰德斯小姐（低声）：上帝……我不喜欢那个人的声音。

吕德尔（低声）：那个老——巫师！他脸都涨红了！我诅咒他中风！

弗兰德斯小姐（低声）：可怜的布莱克先生看上去垂头丧气的……

沃森：安静！（议论声减弱）因为保险金额不足，这些隔三差五的偷盗已经严重影响我们的资金状况。如果偷盗仍然得不到制止，我们就要面临破产。好吧，所有的雇员——你们每一个人——今天结束以后，就和公司结束雇佣关系！

（一片死寂。后是众人的哗然声）

布莱克（疲惫）：我很抱歉，大家。但是我无能为力。沃森先生拥有公司百分之五十一的股权，可以全权决定公司的任何政策。

（议论声再次响起）

吕德尔（吼叫）：即便我们中的一个人是小偷，为什么让我们其他所有人一起跟着遭罪？（叫喊声："这不公平！"）

布莱克（低声）：吕德尔，我束手无策。沃森先生已经安排两个新人明天来报道，还有一个新来的秘书兼速记员。我们在裁减雇员。老伯比奇哪里去了？

弗兰德斯小姐：他出去有一会儿了，布莱克先生，是去做一些差事。

布莱克：我……我很高兴他不在这里。（哽咽——严肃）总之，接下来一段时间，我要亲自接过伯比奇的工作来管理图书。你们中的一个——弗兰德斯小姐——你能告诉伯比奇今天的决定吗？我……我说不出口。

弗兰德斯小姐（泪眼汪汪）：好，好的，布莱克先生。他一回来，我就……

沃森（厉声）：我还想告诉大家一件事情。布莱克先生说服我，让我给大家做一个承诺——虽然都是一些假惺惺的废话，但是我这么做也是为了不让大家觉得我阿布纳·沃森是个不公正的人。（众人纷纷愤怒回应："你就是。""真是仁慈啊……"）如果窃贼抓住了，所有的老雇员都可以重新回到公司来上班。就是这些！你们快回到工作岗位上去吧！（愤怒的讨伐声此起彼伏）布莱克！你这是要到哪里去？

布莱克（大喊）：费城。（退场）我现在真心希望能到南极去，远离这个是非之地！

（音乐起……而后是街道上的嘈杂声……）

尼基："C.D. 布莱克公司，古本和珍藏本……"

埃勒里：就是这里。尼基，记着，我们进去是买书。（开门声。叮当的门铃声）跟其他地方一样，有门铃，什么都有……

尼基：这里像是个古董店！（关门声……街道上的嘈杂声被挡在了外面）

埃勒里：比一般的古董店还要大上好几十倍。旧藏书有沁人心脾的芳香，是吧，尼基？（低声）看到伯比奇了吗？

尼基（低声）：他在那里——看到他了吗，在书店的后部？

埃勒里（低声）：嗯。应该是刚刚从我们那里回来……

尼基（低声）：注意点！有个店员走过来了。

吕德尔（上场）：您好，先生。您想买点什么？

埃勒里：是这样的——呃——是的。我的——呃——未婚妻和我过来看看能不能找到一些有特别意义的英文诗歌的首印版本。（迟疑）你知道的——是订婚礼物——

尼基（咯咯笑——低声）：如果我们两个真的订婚，我猜你肯定会送本书什么的当订婚礼物！

吕德尔：英文诗歌……有特别意义的。嗯……先生，我想我还是请沃森先生给您做一些推荐。

埃勒里（迅速回应）：布莱克先生不在吗？

吕德尔：他不在，先生。布莱克先生去费城了。麻烦您在这里等候片刻……

埃勒里：当然了。请问你叫什么名字？

吕德尔：我叫吕德尔，先生，卡斯珀·吕德尔。（渐弱）我马上请沃森先生过来……

埃勒里（低声）：尼基……现在，你要格外注意。瞄一眼那边那个柜台的男的……在看那些书的那个——

尼基（稍作停顿）：看上去很怪的那个？浑身裹得严严实实的——胡须很长，戴着黑色镜片眼镜的那个？

埃勒里（低声）：是的……尼基，不要做得太明显。那个人的装扮让我觉得很不舒服。

尼基：我不能说喜欢那个人的样子。看他做什么？

埃勒里：尼基，他那胡子不是真的。他乔装打扮过。

尼基：噢，我知道你。你总是盯着那些看上去……呃。那个人应该是沃森先生，看上去很刻薄的老家伙。

沃森（上场）：吕德尔，你说的就是这位先生吗？

吕德尔：是的，沃森先生。

沃森：您好，先生。吕德尔告诉我您在找一些有特别意义的英文出版物的首版。有没有什么特别喜欢的诗人？

埃勒里：嗯……我觉得约翰·济慈的诗集不错。是不是，亲爱的？

尼基（狡黠）：济慈是挺不错的，亲爱的……

沃森：济慈？先生，您真幸运！吕德尔！那边那本济慈的诗集——对，对，就是那本。拿给我，吕德尔。

吕德尔（上场）：给，沃森先生。

沃森：先生，这本很有收藏价值。济慈原版作品，还附赠标签。

埃勒里：嗯……亲爱的，你觉得怎么样？（轻轻翻阅书本）

尼基（故意调侃）：这本书真是让人爱不释手！

埃勒里（迅速回应）：嗯——非常好。非常好。这书多少钱？

沃森：一本品相比较次的在最近的一次拍卖中，价格是九百元。您也看到了，我们这本书保存得非常完好，就售给您一千一百元。

尼基（迅速回应）：噢，亲爱的……这太贵了……你不觉得——我们还要买家具，你知道的——给……（害羞）给婴儿房添置用品……我是说等我们结婚了以后。

埃勒里（迅速回应）：当然了，亲爱的！这样子，先生，我还没拿定主意要不要买。您给的价格有点太……我们考虑考虑。（退场）走吧，亲爱的——我们还要去——

沃森（敌意）：这就是珍藏本图书市场的现状！所有不识货的白痴都想要一本首版——怎么了，怎么了，吕德尔，你干吗皱着眉头？

吕德尔（紧张）：沃森先生，拿着黑色提包的那个人……我不知道为什么……但是我觉得他很可疑。

沃森：可疑？胡说八道，吕德尔。快回你的工作岗位上去……（稍作停顿……吼叫，声音有点远）等等！不见了。

吕德尔（结巴）：什——什么不见了，沃森先生？

沃森（吼叫）：济慈的诗集！济慈的首印版诗集！快点追上那个拿黑色提包的男人，抓住他！

吕德尔（奔跑）：是——是的，先生！（奔跑的脚步声……猛地把门拉开，响起了风铃声……街道上的嘈杂声）你！嘿，你！快停下来！（人行道上奔跑的声音）

埃勒里（声音稍远）：吕德尔，你是在叫我们吗？

吕德尔（声音由远及近……喘气）：请你们跟我回店里一趟！马上！

尼基（上场）：看在上帝的份上！发生什么事了？

吕德尔：请——跟我来——（人行道上的脚步声）沃森先生会跟

您解释——（石头地面上的脚步声，伴随着风铃声的关门声）他来了，沃森先生——就是这位先生，还有女士——

沃森（生气）：吕德尔！你这个白痴！我叫你追的不是这个人！

吕德尔（喘气）：不是这个？沃森先生，不是这位先生刚才拿着济慈的诗集吗——他不是拿着个黑色手提包吗——您说拿着黑色提包的那个人——

沃森（生气）：我说的是另外一个人，那个留胡子戴着黑色眼镜的男人——他也拿着一个黑色的提包！

吕德尔（哀呼）：噢，天哪——

埃勒里：沃森先生，遇到什么麻烦了吗？

沃森：济慈那本诗集不见了！就是我给您看的那本。先生，还记不记得我拿给您以后发生的事情？

埃勒里：怎么了，我把它放在那边的架子上了——

尼基：然后我们就都走开了……（突然一个激灵）我说！你不会认为我们是小偷吧？

埃勒里（心平气和）：亲爱的，我们应该理解他们，不要怪沃森先生……沃森先生，我恳请你们搜一搜。

尼基（生气）：埃勒里！你怎么会提出这种要求！

沃森（暴躁）：吕德尔，搜身……很好！继续搜！

吕德尔（尴尬）：但是，沃森先生……先生，麻烦您——

尼基（严肃）：你要来搜我的身？卡斯珀·吕德尔先生，你这个胆小鬼。要不要试一试被一个女人一拳打在鼻子上是什么滋味。

埃勒里（兴高采烈）：卡斯珀先生，你做得很好。我建议你们检查检查我的包。

沃森：他那个黑包！当然要搜一搜！（打开包）

埃勒里：我想你会看到一卷我刚刚完成的侦探小说的稿件——很不起眼的东西，先生们，但那是属于我自己的……

吕德尔（惊奇）：您是侦探小说家？（咯咯笑）

沃森（喘气）：我在这个包里面只能找到几页可怜兮兮的侦探小说文稿，嗯？哈，你被逮了个正着，你——你们这两个窃贼。看看这包里是什么——塞得满满的都是偷来的书。

尼基（惊讶）：埃勒里……确实是那本书。你不会——我的意思是说——

埃勒里（缓慢）：这下子我是百口莫辩了……

吕德尔（倒吸了一口气）：奥佩盖特的《拿破仑战争》——完整的六卷！这也是我们的，先生！

沃森：这个就是那本济慈的诗集。吕德尔，快叫警察。

吕德尔（声音由近及远）：是的，先生。先生，您小心点——他们可都是狠角色……

沃森（吼叫）：马库斯！琼斯！博拉米！快过来——我们抓到两个窃贼……（喃喃的议论声响起）

埃勒里：噢哇，先生们……沃森先生，我想问问您打算做什么？

沃森：你害怕啦！我打算做什么？当然是打算把你们抓起来。

埃勒里（倒吸一口气）：抓我？（众人的议论声和尼基的大笑声）

（音乐起……随即是尼基的笑声……）

埃勒里（烦躁）：你想笑就笑吧——我想离开这里。嘿，长官——我父亲还没来吗？还有韦利警佐，他来了吗？我一个小时之前联系让他们过来。

警官（不耐烦）：别急，老兄。（声音由近及远）如果你真是你自己声称的那个人，你很快就会从这里出去的……

尼基（咯咯笑）：奎因先生，怎么了，待在这里受不了？你在这里已经骂骂咧咧很长时间了。

埃勒里：被关在警局的看守室里。迈克·卡拉汉是不会让我知道怎么破案的。（开门声——笑声）

尼基：我有预感，我们获救了。（脚步声响起）

埃勒里：爸爸！韦利！让我和尼基从这里出去！（韦利和警长笑着上场）

韦利：嘿，囚犯！哇，哇，警长，他们这样看上去很棒对吧？奎因先生，真为你感到害臊——偷东西！

警长（咯咯笑）：儿子，你也尝到被拘留的滋味了。好了，不闹了。（干练）警官，这两个人我认识。

警官（上场）：（脚步由远及近）是的，先生。

尼基：看看还有谁来了，那个把埃勒里·奎因先生抓到警察局的坏老头。你好啊，沃森先生。

沃森：奎因先生——非常非常抱歉——我犯了一个很愚蠢的错误。

埃勒里：沃森先生，下次你叫警察的时候，先搞搞清楚该抓的人是谁。

尼基：埃勒里，你不得不承认我们当时可是有赃物在手上。

沃森（紧张）：非常抱歉，请原谅我。当时看上去，你们确实……

警长：沃森先生又回顾了一下当时的情景，他现在可以肯定小偷就是那个留着胡子、戴着黑镜片的可疑男子。

韦利：是的，就是那个人偷了拿破仑全集，还有济慈的诗集——

我说，济慈是谁啊？——然后把偷来的书放在自己的黑色手提包里……

沃森：奎因先生，记不记得你把你的手提包放了下来……

警长：然后那个乔装打扮的家伙误以为那个是自己的包，就拿走了，埃勒里，然后那个装着赃物的包就被留在原处。

尼基：埃勒里，我想情况应该就是这样！

埃勒里（闷闷不乐）：应该是这样。不管这个盗书贼是谁，他现在包里装着我最新的稿件——管他济慈不济慈的，我想要回我的文稿！

尼基：沃森先生，那些文稿可不会成为珍藏本。但是你知道这些写书的人——他们可不想自己的手稿随便给弄丢了。

韦利：就像少了颗眼珠子一样。（咯咯笑）

警长：埃勒里，你干吗不自己去找找那个胡须男？他很有可能会再次到布莱克书店作案……

沃森（紧张）：好主意！奎因先生，我知道您是个侦探。因为盗窃的事情，我们最近刚刚解雇了所有雇员——这会儿正需要人手……

尼基：你的意思是说让我们去你店里工作？噢，埃勒里——我们一起去吧！

埃勒里（毫不迟疑）：荒唐。

韦利：奎因先生，你就换种生活，做点有意思的事情——

埃勒里（毫不迟疑）：幼稚。

警长：埃勒里，到时候如果窃贼真的回来了，你就有机会把他当场逮个正着！

埃勒里：爸爸，这真是荒谬。（众人七嘴八舌的劝说声）别说了，

别说了，没用的，我告诉你们——我不会听你们的……

（音乐起……然后是餐盘的碰撞声……和上一幕一样，响起众人七嘴八舌的谈话声……）

警长：尼基，再喝点咖啡吧。儿子，别这样固执了。

尼基：你就接受沃森先生的提议嘛！（倒咖啡的声音）别这么执拗了，埃勒里。去那里工作肯定很好玩！

韦利：而且，这样你就可以比迈克·卡拉汉抢先一步。你不是一直想胜过他吗？

埃勒里（愤怒）：你们这群人一直这么喋喋不休，一整个下午说个不停，晚饭的时候还说！我告诉过你们我不会去做那种事，非常傻！（门铃声）

尼基（声音由近及远）：上帝啊，又是谁啊？

警长（咯咯笑）：说不定是有人拿着拘捕令来逮捕我的！

（开门声，众人停止说话，关门声）

韦利：你这儿子总是卷进一些荒唐的事情里……

埃勒里：是谁？卡斯珀·吕德尔先生，天哪，怎么会是你！

尼基（上场）：埃勒里，吕德尔先生过来见你。他还带了布莱克书店另外一个雇员，弗兰德斯小姐。

吕德尔（尴尬）：奎因先生，我们听说了您的身份。我们是过来给您道歉的——很抱歉，今天搜了……

埃勒里：胡说些什么，吕德尔！我们当时是人赃俱获。这位是韦利警佐，这位是奎因警长……（互相问候声）

警长：我听说你们从今天起算是失业了。

韦利：是啊，沃森说了要解雇所有的雇员。

尼基：我很抱歉，这对你们很不公平！

弗兰德斯小姐：我们也是这么觉得的。卡斯珀和我——我们——（开始痛哭）噢，这真是太糟糕了！

吕德尔：亲爱的——别这样——（生气）我都想一把掐断那个老浑蛋瘦巴巴的脖子！

弗兰德斯小姐（抽鼻子）：对不起。卡斯珀和我——我们本来打算这个圣诞节结婚——

韦利：我觉得沃森那点伎俩太不仁道了。

尼基（愤慨）：他以为他是谁！

埃勒里：吕德尔，对你们来说他做得确实太过分。你们来找我有什么事？

吕德尔（无助）：我们不知道该怎么办才好。知道您是一位侦探……

弗兰德斯小姐：所有的雇员今天下班以后开了一个会议，奎因先生——今天是我们在那里的最后一天……

吕德尔：圣诞节就要来了，我们却遇到这种事……我们的境况很窘迫。

警长：沃森把那个老图书管理员伯比奇也开除了？

弗兰德斯小姐：是啊，他是不是很不讲情面？伯比奇在布莱克书店工作了五十三年！他现在那把年纪，到哪里去找一份新工作？

吕德尔：还有马库斯先生，他之前是埃德蒙先生的秘书——他的孩子现在在住院，而且他债台高筑！

弗兰德斯小姐：还有彼得斯小姐，她还要赡养她的老母亲——

韦利：那个埃德蒙·布莱克就这样袖手旁观？他就不能做点什么？那个书店不是他的吗？

吕德尔：布莱克先生是位真正的绅士，但是沃森有控股权。所以布莱克先生能怎么办呢？

弗兰德斯小姐：奎因先生，拜托您，帮帮我们！布莱克先生迫使沃森答应，如果小偷抓住了，我们就都可以回去上班了……我们需要那份工作，奎因先生，拜托了……

吕德尔：如果您能帮我们重新回到工作岗位，那将会是我们收到的最棒的圣诞礼物……

尼基（平静）：你怎么说呢，奎因先生？我们要不要去 C.D. 布莱克公司当一回书店店员？

埃勒里（严肃）：波特小姐，我们要去。警佐，麻烦打个电话告诉沃森，他明天会有两个新店员前去报道！

（音乐起……渐出。）

埃勒里（扮演店员）：是的，先生，谢谢。如果我们还有什么能帮到您的，请您随时和我们联系——

顾客（厌恶）：别以为这样就可以忽悠我买那些我不需要的东西！把我要的那本书给我，我要走了！

埃勒里（谦卑）：是的，先生……您拿好，先生……这是您的找零……

顾客（声音由近及远……厌恶）：这些白痴……蠢驴……不停地推荐这个推荐那个，我耳朵听得都要起茧了……

埃勒里（恼怒）：你才是蠢驴，脾气暴躁、固执己见、缺胳膊少腿的蠢驴……

尼基（上场）：呃，呃，奎因先生……你不可以讲这些粗话噢……记住，顾客是上帝。

埃勒里：尼基，你来了……谢天谢地……我现在有点后悔来这里，真不该摊上这种活……（更加低声）小布莱克从费城回来了吗？

尼基（低声）：没有……你早上看到沃森先生了吗？

埃勒里（低声）：沃森打电话来说他人不太舒服……晚点再过来。（风铃声）尼基……瞧。

尼基：迈克·卡拉汉……他知不知道我们……

埃勒里：卡拉汉先生，早上好……你是来买哪本书籍的首印版吗？

卡拉汉（上场……嬉笑）：哇哇……你父亲告诉我你决定来这边讨生活，奎因……起先我还不信呢……早上好，波特小姐。（尼基跟他打招呼）知道我是谁吗？

尼基：这问题问的。你这么说话听起来像埃勒里。

埃勒里：卡拉汉，不要告诉我你也在布莱克这里找了份工作？

卡拉汉（低声）：奎因，小声点。我是埃德蒙·布莱克新的秘书兼速记员。你没听说吗？所以你要假装不认识我……我的新老板都还没见过我呢……（大笑）

尼基：你太有才了……你会打字，会做速记吗？

卡拉汉：噢，会的……为了工作，我已经假扮秘书兼速记员好几十次了。

埃勒里：卡拉汉，布莱克不知道你是保险公司最新派遣来的调查员吗？

卡拉汉：他绝对不会知道……昨晚我设计通过一个和布莱克有业务往来的人弄到这份工作，那个人对我的身份深信不疑……到现在我都还没有给自己取个新名字……这些都是你父亲安排的。

埃勒里：这个叛徒……这么说沃森也不知道你的真实身份？

卡拉汉：他当然不知道……我都还没跟沃森碰过面……（咯咯笑）

尼基：卡拉汉先生……你笑得很诡异……你肯定知道了一些什么我们不知道的情况。

卡拉汉（咯咯笑）：我知道老伯比奇说的秘密是什么。

埃勒里：你说的是伯比奇声称他发现的惊天大秘密……那个足以毁掉布莱克企业的秘密？

卡拉汉：是的，先生——但相信我，那只不过是伯比奇个人的看法罢了。

埃勒里：卡拉汉，你什么时候发现那个秘密的？怎么发现的？

卡拉汉：昨天晚上……我到这里来，想办法到店里面，然后到处走走看看。怎么发现的？观察……根据事实推论。

尼基：你就在这里一个人走走看看……在这店里面？

卡拉汉（大笑）：是的，波特小姐。

埃勒里（失望）：我不相信。

尼基：埃勒里·奎因……你脸都红了。你今天早上也在这里到处晃悠了一个小时……结果呢，什么都没有发现……除非是卡拉汉先生把什么重要的东西拿走了。

卡拉汉：我没有……那东西还在这里。（咯咯笑）

埃勒里（严肃）：卡拉汉……你要么是嘲弄我，要么确实比我强……如果是后者，我非常不情愿承认。

卡拉汉：好吧，奎因。我告诉你那个秘密是什么——

埃勒里（迅速）：等等……如果这里真有什么线索的话，我想自己挖出来……说不定这个案子结束以前，我能赶上你，卡拉汉……

卡拉汉：你没机会了……珍藏本这一门买卖不适合你。

埃勒里（咯咯笑）：那我们就等着瞧。

尼基（戏谑）：迈克·卡拉汉先生得一分。

（音乐起……开门声……伴随着风铃声的关门声……）

尼基（低声）：埃勒里，他来了……卡拉汉先生……那个小偷在那儿……他刚走进店里来。

埃勒里（低声，兴奋）：还是那个人，拿着黑色手提包，留着胡子，戴有色镜片眼镜……尼基，假装没注意到他；卡拉汉，走到他旁边——假装你是个店员。

卡拉汉（低声）：好的，奎因……（脚步声）……呃——下午好，先生……您想要找什么书呢？需要看看我们首印版的藏书吗？

胡须男（故作镇定……沙哑）：我就随便看看。

卡拉汉：噢，您请随便看，先生……（脚步声……低声）他说他随便看看……看看什么时候可以下手……（随即他们都放低了声音谈话）

埃勒里：尼基，继续假装在整理这些书。卡拉汉，认得那个人吗？

卡拉汉：不认识……武装到了眼睛，还贴着假胡子，戴着黑色眼镜……如果他中了我们的埋伏动手行窃，咱们就立刻抓住他。

尼基：卡拉汉先生，他声音怎么了？

卡拉汉：装的，跟他的胡子一样……都是假的……这样，我背对着他——你们两个面对着他……告诉我他的一举一动——我们假装在这儿闲聊——

埃勒里：他正步入我们设的埋伏，走到放着济慈诗集的书柜前——

尼基：看……他把他的黑色手提包放在书柜上。

卡拉汉：眼睛一眨不眨紧盯着他的手。

埃勒里：他正在脱掉他的手套……用右手把手套塞到了大衣口袋里——

尼基：他左手一直放在手提包上……位置很显眼——

卡拉汉：他碰那本书了吗？碰了吗？

埃勒里：没有……他现在走到了那本书的前面，挡住了我们的视线……但是他的左手还放在他的包上——他走开了……这究竟是在干吗？

卡拉汉：我们放在那里的济慈诗集还在吗？

尼基：是的，还在……他碰都没碰一下。

埃勒里：我想他可能是被吓住了……店里面没什么人……看，他朝门口走去了。（开门声……关门声……声音渐行渐远……门铃声）

卡拉汉：他没有上钩……（快速的脚步声……停住）没有动手偷书……他估计看着这书非常想拿又不好下手……（警醒）……我们都被糊弄过去了……（快速奔跑的脚步声）

你——快回来。

尼基：埃勒里，发生什么事了？

埃勒里：尼基，他把我们都骗过去了。（伴随着风铃声的开门声）用一本大小和封面颜色一样的书换了济慈的诗集。（奔跑的脚步声……街道上的嘈杂声……卡拉汉的喊叫声）卡拉汉，看到他了吗？

卡拉汉（上场）：跑掉了……有一辆出租车在外面等着他……（三人奔走在人行道上）差点抓到他了，奎因，他干得非常干净利落。（关门声）

埃勒里：太他妈干净利落了，我都没反应过来。

尼基：两个非常了不起的侦探。

埃勒里：尼基，别哪壶不开提哪壶了……我在想……他是怎么做到的……我敢肯定他两手碰都没碰那本书。

尼基：还有，他的包就没有打开过。

卡拉汉（大笑）：没打开过吗？我的上帝啊，我真是够蠢的了……（开怀大笑）我怎么之前没有想到呢？

尼基：卡拉汉先生，想到什么？

卡拉汉：这个伎俩在旧金山的巴布尔书店也有人用过……应该是六月二十九日。

埃勒里（好奇）：卡拉汉，你是说你知道他是怎么得手的？

卡拉汉：是的，那贴着胡子的狐狸有一个——

埃勒里（迅速）：卡拉汉，等等……我会自己解开这个谜团的，就算一辈子想不通也要自己想。

尼基（大笑）：卡拉汉先生得两分。

（音乐起……继而是开门声和摔门声……）

埃勒里（上场……兴奋）：我知道了……我知道了。

警长：知道什么了，儿子？

尼基：警长，他看上去……估计是脑子又烧起来了。

埃勒里（愉悦）：迈克·卡拉汉赢过我了吗？我们走着瞧……走着瞧……

尼基：埃勒里·奎因，别在那里自言自语了。告诉我书店打烊以后，你干吗先把我撵回来，却自己一个人待在那里。

埃勒里：我只不过想起自己忽略了一件很重要的事情，尼基，我真是蠢到家了……我还没有仔细看过那个胡须男那天无意留下来的黑色手提包……（把黑色手提包拿出来）就是这个……那天沃森误抓了我们以后，这个手提包一直放在他办公室里。

警长：嗯。我也没有仔细研究过这个包。那个窃贼就是把这个包和你的包混淆错拿了？这个包之前装着偷来的书？

埃勒里：是的……我甚至还把那些书都带来了……（打开包，把书一股脑儿倒在桌上）

尼基：就是这个……六卷奥佩盖特《拿破仑战争》，还有——埃勒里，你干吗把今天那个窃贼留下的济慈诗集赝品也拿了回来？

埃勒里：原因很简单。他拿了济慈诗集真品，我就把这本假的拿过来给你们做示范。我把这本书放在手提包的最底层……像这样……（轻轻地把书丢到包里）看到了吗？

警长：我看到了，但是不知道这有什么特别的。

埃勒里：你们马上就会明白的……现在我拿起奥佩盖特的六本书……像这样（又把书丢到包里）……把这六卷放在了济慈诗集的上面……你们看到了什么？

尼基：包里有七本书……你想让我们看什么？

埃勒里：过来，这边看，尼基。昨天我让沃森开包检查的时候，里面也是装了这七本书——七本一模一样的书，那个时候这个黑色手提包是什么样子的？

尼基（缓慢）：黑色手提包是什么样子的……为什么问这个……埃勒里……包里装得满满的，都是书。

埃勒里：是的，塞到顶部了……满满都是书。

警长：但是现在这个包里面还挺空的……还可以放进不少东西。

埃勒里：非常正确，爸爸……结论……这个不是窃贼留下的包……而是一个替代品……也就是说，窃贼从昨天到今天晚上这段时间里，设法进入了沃森的办公室，把这个普通的黑包留下，把他误留下的那个包拿走了。

警长（缓慢）：如果他真的这么做，那这个普通的包……那个他留下来的包肯定有什么特殊之处，能够帮助他行窃。

埃勒里：是的，我知道这个特殊之处是什么。这个包和窃贼的包大小一样，但是这个包里面可以存放更多的东西。这就意味着窃贼手上的那个包空间要大一些……所以——也就是说那个包里面有一个暗口。

尼基：暗口？有什么用？

埃勒里（严肃）：可以帮他行窃，这就是那个包的作用。

警长（若有所思）：带暗口的包，嗯……那种包就是舞台上表演魔术用的道具，是不是？

埃勒里：是的，用于魔术表演。我们那个蓄着胡须的窃贼用它来偷书。这个包的底层有一个叫“弹簧握柄”的装置。你把包方方正正地放在目标物的上方，这个弹簧握柄装置就像一张嘴一样，把在它底部的东西吞噬进包里。

尼基：他今天就是这样把济慈的诗集偷走的。

埃勒里：是的……我猜他把他的手套塞进口袋的那会儿，通过他大衣的长缝口袋，偷偷地把那本赝品放在了书架上。

警长：这种伎俩真是让人过目难忘。好了，我现在得去一趟总部。（门铃声）尼基，我去开门，反正我也要出去。（退场）晚安。

尼基：晚安，警长。（开门声——打了个招呼）天哪，这是谁？

埃勒里：听起来像韦利警佐，还有——伯比奇！

韦利（上场——叫喊）：嘿，警长，迈克伊那个案子的报告放你桌上了！（警长打了个招呼，关门声）啊，晚安！我刚巧在来的路上碰到了这位先生。他也是朝这里过来。

尼基：你好，伯比奇先生。请坐。你看上去很疲惫。

伯比奇（上场）：谢谢，小姐，谢谢。（埃勒里上前打招呼）奎因先生，我……我不得不来一趟——我们昨天被解雇了以后，我就一直感到很不安——您有没有发现什么情况？那件事情有进展了吗？

埃勒里：大有斩获，伯比奇先生。事实上，我刚才还在给他们演示窃贼是怎么在布莱克书店行窃的。

伯比奇：是真的吗？那些书是怎么被偷的？您真是太了不起了，先生！

韦利：我想我得补补落下的功课了。

埃勒里：而且，我知道窃贼是谁——那个胡须男的真实身份！

尼基：埃勒里，你刚才一个字都没有透露！那个人是谁？

埃勒里：不要现在问我。我等着卡拉汉先生迎头赶上来。

伯比奇：太好了！我非常高兴。但是——毕竟——我的意思是说，这种盗窃的事情也只不过是偶有发生——

韦利：伯比奇，你要是到我们总部去，你就知道这可不是偶有发生！

伯比奇（慌张）：我的意思是——你有没有发现那个秘密？这一点至关重要！

埃勒里：你那天提到的秘密？还没有，伯比奇先生。关于那个秘密，你一直守口如瓶，我都不知道从哪里下手开始调查。

尼基：伯比奇先生，你为什么不告诉我们你说的那个秘密是什么？

韦利：是啊，你是个良好公民，遵纪守法，对吧？就是良好公民也有不为人知的一面。你最好说出来，伯比奇。

伯比奇（紧张）：是的……我很快就会说出来的……但是，我总觉得我应该先让公司的老板知道这件事情，然后再告诉其他人——布莱克先生现在还在费城——

埃勒里：但是沃森现在就在店里。他告诉我他一整晚都会待在那里工作，伯比奇先生。

伯比奇：他在店里？……那样的话……奎因先生，如果您能和我一起去店里，我会当着您和沃森先生的面，把那个秘密说出来！

（音乐起……继而是车辆急转弯的声音……）

韦利：到了。（急刹车，关闭发动机）

尼基：伯比奇先生，我来给您开门。（车门打开，伯比奇向尼基道谢）

埃勒里（敏锐）：店门口有个人！

伯比奇：现在都夜里几点了？我真不能想象这个时候还有谁——

韦利：他在那里搞什么鬼？嘿，你！

伯比奇：是埃德蒙·布莱克先生！（叫喊）布莱克先生！（关门声，人行道上响起脚步声）

布莱克（上场）：伯比奇！（尴尬）你好，伯比奇。你在这里做什么？这些人是谁？

伯比奇：先生，您回来我真是太高兴了！噢，这位是波特小姐，奎因先生，还有这位好心的先生——我不知道他叫什么——

韦利：韦利警佐，谢谢你的赞扬。（互相问候声）

埃勒里：布莱克先生，我们和伯比奇先生一道来这里是为了一件至关重要的事情。一个秘密……

布莱克：秘密？什么秘密？好了，我们一起到店里面去吧。总不能在外面讲。（打开门锁——开门声——风铃声——关门声）

尼基：这里面好黑啊——（绊了一跤）噢！（脚步声）

埃勒里：尼基，让我扶着你的手。当然了，布莱克先生，我们以为你还在费城没有回来。我们是来找沃森先生的。

布莱克：来找他做什么？伯比奇，这一切都是关于那个什么秘密？

伯比奇（紧张）：是的，这个秘密说出来非常骇人，布莱克先生……

布莱克：是什么麻烦事吗？沃森是在这里。他办公室的门顶窗透着光。（叫喊）沃森！（片刻沉寂）沃森！

尼基：他是不是上了年纪耳背啊！这么叫都听不到——（脚步声停止）

布莱克：沃森！（停顿。拧开门把手的声响）大概是睡着了吧。（开门声）沃森——（众人惊诧地屏住呼吸。尼基发出一声惊讶声。众人一片惊呼）

埃勒里（敏锐——上场）：警佐，带尼基出去！

韦利：是的，奎因先生。波特小姐，咱们从这里出去吧，波特小姐——快点——

尼基（出场）：我这就走——我也不想待在这个地方。

伯比奇（低声）：快看，快看——沃森先生——

布莱克（沙哑）：奎因！他是不是——僵在那里了——沃森是不是——

埃勒里（声音稍远）：被谋杀了！

（音乐起……众人纷纷议论声……）

埃勒里：确定是一起谋杀案——沃森胸部中枪——在靠近心脏的地方。作案的枪支没有找到——凶手应该是带走了。警佐，现场能看出点什么吗？

韦利：我们发现沃森尸体的时候，他是坐在办公桌后面，但是他不是在那里遇害的。他应该是在房间的另外一头，靠近茶几的地方中的枪——这条血迹歪歪斜斜一直延伸到办公桌——应该是从他的伤口流出来的血。

埃勒里：血迹从茶几一直滴到办公桌，我们在办公桌边发现他的尸体……

韦利：他坐的位置前有一张纸，上面写的东西是很重要的线索。

埃勒里（若有所思）：可以肯定他中枪后从茶几一路踉踉跄跄走到办公桌前，然后在纸上写东西。那张纸上还滴着血，他手上还握着那支笔。

韦利：他都写了什么？看上去歪歪扭扭的，都分辨不出来了。（缓慢）B-L-A-C-K，引号，S，后面那个字是——S-E-C-R-E-T——“秘密”。“布莱克的秘密”！我说，老沃森知道伯比奇一直在说的那个秘密！

埃勒里：这倒是提醒了我。（叫喊）布莱克先生！

布莱克（上场——声音沙哑，低沉）：奎因先生——您就不能——至少用什么盖住尸体吗——

埃勒里：警佐，盖上尸体。（韦利的应和声）布莱克先生，你的合作伙伴在死之前留下了一些信息——“布莱克的秘密”。伯比奇先生也一直不断地暗示他知道一个跟你们公司相关的大秘密。是什么秘密，你知道吗？

布莱克：“布莱克的秘密”……是的，伯比奇确实在几分钟前说起过这个……奎因先生，我也不知道是什么秘密。事实上，我不知道任何什么秘密，我只知道——我们库存里那些最精美最有收藏价值的书正在不断失窃。（叫喊）伯比奇！

伯比奇（上场——身心疲惫）：是，是的，布莱克先生。真是太不幸了！又是偷盗，又是谋杀……

布莱克：伯比奇，你一直在说的秘密指的是什么？

埃勒里：伯比奇，快点说出来吧！

伯比奇（悲叹）：布莱克先生，我都不知道该怎么办才好——那件事情……太可怕了，非常耸人听闻……

布莱克：看在上帝的份上，伯比奇——快说！

伯比奇（低语）：是的……请跟我来。（脚步声）

韦利（上场）：我得跟一具死尸一起待在这里！警长去哪里了？

伯比奇（伴着脚步声）：先生们，我花了五十年的时间研究旧版藏书——你们知道的，这是个人爱好。而且我在这里工作，有这种条件……布莱克先生，您的父亲，还有您的祖父也曾经教过我如何鉴赏……他们喜欢我。

布莱克（温和）：是的，伯比奇，我知道。我记得这些。

伯比奇：请停下来。（脚步声停止）这里是旧版藏书的一个部分，奎因先生。（喘气声）我给——你们看看……我指的是这四本珍贵的藏书……

埃勒里：嗯。先让我看看——丁尼生——乔叟——莎士比亚第四版，一六八五年，伦敦……非常精美！

伯比奇（痛苦）：这只是您个人的看法罢了！

布莱克（警惕）：伯比奇！伯比奇！你到底要说什么？

伯比奇：这些都是赝品！（众人惊呼声）是的，赝品！就连最有经验的收藏家也被糊弄过去了！全美包括我在内，也只有六个人能分辨出来——但是我肯定，这些的的确确是赝品，而且是我见过的最高仿的赝品！

埃勒里（缓慢）：令人难以置信！这些版本有真品吗？

布莱克（茫然）：但是伯比奇，即便这四本是赝品——

伯比奇（哀叹）：布莱克先生，您还不明白吗？不单单是这四本——您公司仓库里几乎所有的库存都是赝品！您书架上根本就没剩几本真品！

埃勒里（惊呼）：伯比奇，这种事情真不能随便说出去！如果传出去，大家都知道所谓的珍藏版公司让假货充斥整个市场……

布莱克（困惑）：但是这——我简直不能相信……伯比奇，你的意思是我们一直在购入假货但是浑然不知？

伯比奇：不，先生。就在不久前，我们采购的书中还有一些是真品。但是现在买入的都是赝品。我非常肯定，这些绝对是赝品！我们一直在出售赝品！

埃勒里：这么说有人慢慢地用高仿的赝品替换真品……同时还有人在偷盗这些赝品，以为那些是真货！（其他人的声音由远及近）爸爸！您终于来了。啊，卡拉汉先生，你好啊！（互道问候声）

警长：迈克和我一起从总部开车过来。弗林特——哈格斯托姆——皮戈特！你们去那间办公室替换韦利！埃勒里，尼基呢？

埃勒里：那个可怜的孩子被吓坏了！她来了。过来，尼基——

布莱克（上场）：伯比奇，到我的办公室来。我要——我要完完整整地知道这些赝品书的事情。

伯比奇（退场）：好的，布莱克先生——好的，先生。

尼基（上场——疲惫）：大家好，我一直在外面坐着——想让自己冷静下来。

卡拉汉：一个年轻的小姑娘不该看到这种场面。你最好还是先离开吧。好了，奎因，我猜你一整个晚上都没闲下来。

埃勒里（嘲讽）：呵呵……你既说对了，也没说对，卡拉汉。当然了，我已经破了案……（众人惊呼声）

尼基：埃勒里！你已经破案啦？真是越来越快了！

警长（咯咯笑）：迈克·卡拉汉，你对此是怎么想的呢？

卡拉汉（咯咯笑）：有意思……如果是真的的话。

埃勒里：噢，卡拉汉，绝对是真的。（大笑）抱歉，我有点洋洋得意了。你领先了我两分，我感到很不舒服。

尼基：看到了吧？他是最后一个笑的人！

埃勒里（大笑）：这个案子可以被称为是三角犯罪——造假、偷盗和谋杀。我猜你肯定知道，布莱克公司仓库里堆着的大部分书都是赝品。

卡拉汉：是的，奎因。我之前就想跟你说这个，但是你不让说。

埃勒里：这件案子最有意思的地方是，一个人造假，另一个人偷假，然后第三个人杀死了沃森。三种不同的犯罪——三个不同的罪犯！（警长咯咯笑）

尼基（屏住呼吸）：哇，听起来非常精彩！

埃勒里：一点也不精彩，尼基。卡拉汉，你比我早知道造假的事情——还有那个黑色手提包的玄机……比我领先两分。但是这桩谋杀呢？你知道今晚谁杀害了沃森吗？

卡拉汉：我当然知道了。半个小时之前，我就去了警署总部你父亲的办公室，告诉他谁杀害了沃森。是吧，警长？

警长：是的，迈克。

埃勒里：如果是的话，我觉得……或许你说错了呢，卡拉汉！这样，我来决定接下来我们该干什么！你在一张纸上写下凶手的名字，然后交给尼基。我在另外一张纸上也写下凶手的名字，然后也交给尼基。然后由她来公布，如何？

卡拉汉：好主意，小伙子。（片刻沉寂——书写的声音）给，波特小姐，这是我的答案。

埃勒里：这是我的，尼基。

警长（咯咯笑）：尼基，我们一起公布那两个答案。

尼基（片刻停顿——惊叹声）：哇，我——你们两个写了同一个答案！但是——

警长（大笑）：儿子，我看你们是打成平手了。

埃勒里（惊讶）：爸爸，卡拉汉跟我写了同一个名字？尼基，是这样的吗？你确定？（两人的应和声）真不敢相信！

卡拉汉（咯咯笑）：你是个自以为是的家伙，不是吗，奎因？现在你知道遇到对手了吧？（住口不语）

埃勒里（大笑）：卡拉汉，对你表示致敬！我们真是志同道合。好了，我们打成平手了。握个手吧！

（音乐起……陪审团场景。）

挑战听众

在陪审团和观众的盘问下，埃勒里回答了三个问题：谁制作了盗版书？谁偷盗了珍藏本？谁杀害了沃森？

（音乐起……继而是大饭店用餐的背景音乐，管弦交响乐合奏曲……众人说话的声音，餐盘和酒杯的碰撞声等等。）

韦利（大喊）：再来些酒！

服务员（上场）：好的，先生。（倒酒声）

韦利：酒足饭饱——这地方、这里所有的一切，都让人感觉很好。

尼基：好像我们在庆祝什么似的。

埃勒里：我们是在庆祝啊。

韦利：但是我们是在庆祝什么呢?

警长（咯咯笑）：庆祝我儿子遇到对手了。迈克，我得好好谢谢你。你完成了我一直想做的事情——而且是这些年一直没有做到的事情!

卡拉汉（大笑）：警长，你大概是不懂怎么去跟儿子较劲。话说回来，奎因，我应该向你致敬。这个案件的破解需要一些专业知识，而我又恰巧懂得那些东西。

埃勒里：噢，卡拉汉，这个我倒还真不知道。方法怎么样并不重要。重要的是，我们打成了平手。

尼基：你们两个看上去好和谐啊，呵呵!

韦利：他们接下来就要把手握在一起了。

埃勒里：卡拉汉，你不觉得我们欠在座的人一个解释吗?

卡拉汉（咯咯笑）：我可是把我知道的都和盘托出了。倒是你，应该由你好好跟他们解释解释。

警长：韦利，麻烦把门关上。我们接下来要谈的事不能随便被别人听到。

韦利（声音由近及远）：所以你定了一个私人包间。（门关上，把外面的嘈杂声和交响乐的声音都关在了门外。韦利上场）请说吧，奎因，我洗耳恭听。

尼基：警佐，这不是很明显的事吗。埃勒里，我很疑惑。有人专门制作盗版的珍藏本——又有人去偷盗这些书——然后再有第三人把这些书的拥有者之一给害死了……

韦利：不仅如此，知道这些事情来龙去脉的两个人还跑出来开怀畅饮庆祝了一番！

警长（咯咯笑）：对帮助他们的一个警署警长只字不提！

尼基：想得我都晕乎乎的了。埃勒里，快告诉我们你知道的一切。

埃勒里：尼基，我晚上早些时候告诉过你，这个案子有三个答案，对应三个疑问。

卡拉汉：第一个问题是：谁制作了珍藏本赝品？这个问题很容易回答。

埃勒里：确实很简单。记不记得老伯比奇说，那些赝品是高仿品——全美包括他在内只有六个人能辨别出来。

警长：而且迈克也是这六个中的一个。他能辨别得出来很正常，他在保险公司待了那么久，天天跟这些东西打交道。

埃勒里：问题是，谁造的假？很显然，一个能骗过那么多专家的造假者也必须是这个行业的行家。这个案子里有没有这样的人？有一个。这个人具备必要的专业知识——事实上，卡拉汉，你还说这个人是国内珍藏本图书领域的顶级专家之一。

卡拉汉：是的，我确实这么说过。

埃勒里：所以他有这方面的能力。当然，要制造这些赝品，他还必须懂这方面的工艺。而这个人也具备了这个条件。伯比奇告诉过我们，那些稀有藏书的手工版是他自己亲手印刷出来的！

韦利：我记得这些，但他当时说的是谁，我忘记了。

埃勒里：第三，他还必须有这方面的设备，造假的设备。这个人也具备了这方面的条件！因为伯比奇告诉我们，他在韦斯特切斯特有一个自己的复印和装订工作室！

尼基：阿布纳·沃森！

警长：是的，尼基，沃森就是那个造假者，这个没有什么疑问……

韦利：但是……那些书是归沃森自己所有的。他为什么要造假呢，难道他神经错乱？

卡拉汉：韦利，那些书不全归他。他只不过有股份。记不记得，他拥有布莱克公司百分之五十一的股份。

埃勒里：确实是这样。很显然，一方面，老沃森偷走了真品，取而代之一些制作精美但一文不值的赝品。他这么做双重讹诈了他年轻的合作伙伴，埃德蒙·布莱克。

警长：公司的经营已经每况愈下，我想沃森预测到不久公司即将面临破产，所以在给自己屯粮。

埃勒里：那么第一个问题我们已经给出答案了。下面一个问题是，谁偷走了赝品？（停顿）好吧，这个窃贼必须具备什么条件？

尼基：他肯定跟店里面的什么人很熟悉，不然他也用不着那样全副武装——大衣遮到耳朵，黑色眼镜，假胡须……

卡拉汉：波特小姐，你说得很对。

埃勒里：非常好，尼基。但是还有两点非常重要。第一，这个人必须熟悉魔术表演……

韦利：当然了——他用了魔术师常用的那种道具包来行窃！

埃勒里：是的——第二点，也是最重要的一点，当那本济慈的诗集遭偷盗的时候，这个窃贼是唯一跟这个店有关联，但当天又不在店里的人——他第一次作案的时候，尼基，就是沃森误把我们当窃贼抓住的那一天……

尼基：我们当天见到了所有的店员，伯比奇先生、沃森先生……是布莱克先生……布莱克！

警长：是的，年轻的布莱克本人，当时他声称去了费城。

卡拉汉：而且伯比奇告诉我们，埃德蒙·布莱克是业余魔术师。

韦利：布莱克？那个公司的另外一个合伙人？沃森造假，布莱克行窃？这是为什么？

埃勒里：警佐，很显然，他们作案的目的一样——破产前夕给自己留一条后路。当然了，年轻的布莱克当时没有意识到自己偷窃的是赝品。伯比奇告诉我们布莱克在珍藏书这一领域没有多少经验。我想布莱克本人知道真相以后肯定会大吃一惊，非常不愉快。

警长（严肃）：这是肯定的。

尼基：埃勒里，那杀害沃森先生的凶手呢？你是怎么知道凶手是哪个？我还是不敢相信发生的一切。

韦利：我也觉得不可思议。警长，你肯定你没有——

警长（挖苦）：韦利，我确定我没有弄错。现在，给我闭嘴，好好听，说不定你可以学到点什么。

卡拉汉：是的，奎因，我们都想听听你的解释。当然了，我本人知道事情的真相，我就是想不明白你是怎么知道的。

埃勒里：卡拉汉，说起来简单得可笑。我是从沃森死前留下的字得出结论的。我们重现一下凶案现场。沃森是在办公室的一端靠近茶几的地方中枪。凶手以为沃森已经毙命，随即离开。但是沃森那时还没死，从中枪的地方走到了办公桌前，在地上留下了一长串的血迹。然后他坐在办公桌前的椅子上，写下了“布莱克的秘密”这几个字。一个垂死的人使出最后一点力气做这种事情，只有两个理由说得通。第一：坦承自己所犯下的罪——这样做也是为了在临死前求得良心安慰……

尼基：埃勒里，沃森写的那几个字不正是为了告诉别人他犯下的罪吗？

韦利：是呀，他不是写了“布莱克的秘密”——

警长：我不太明白，埃勒里。“布莱克的秘密”指的不正是沃森本人造假，致使布莱克仓库的库存都是假货这一事实吗？所以沃森死前留下的信息，正是他对这一事实的供认和忏悔。

埃勒里：啊！但是沃森造假这个事情应该是谁的秘密？

卡拉汉（缓慢）：奎因，你这话什么意思？

埃勒里：这不是沃森的秘密吗？

韦利：当然是了，但是……

埃勒里：如果是这样的话，沃森为什么要强调是“布莱克”的秘密？这根本就说不通！假设沃森是为了让自己的良心好过一些，他可以写得简洁明了。一个垂死的人是不会费大力气写一些迂回、优美的东西。是不是当时沃森已经很虚弱，只能写下了那十二个字母，然后就断气了？显然不是。他当时那种状况，如果真是要为自己的行为做出忏悔，他大可以写“伪造书——阿布纳·沃森”，或者类似的简单的几个字。他大可以不用“布莱克的秘密”这样的开头，然后后面还有啰哩啰嗦一大堆，什么“布莱克的秘密是，我，阿布纳·沃森，伪造了……”等等。所以我看到他留下那几个字的第一眼就知道，说他忏悔自己伪造是行不通的。他这里指的不可能是布莱克的秘密。

警长（专注）：埃勒里，要是沃森不是要对自己的行为忏悔，那他写那几个字是什么意思？

卡拉汉：奎因，说实话，关于这一点，我跟你爸爸一样感到困惑。

尼基：听听，奎因先生！卡拉汉这么说是不是重新树立你的自尊了？

埃勒里（咯咯笑）：是有这个作用，尼基。

韦利：第二个原因是什么，埃勒里？一个垂死的人临死之前费那么大劲写下只字片语还有什么原因？

埃勒里：第二个原因是，警佐——跟第一个原因相反——留下凶手的名字。沃森是晚上在一个密闭的空间被谋杀的，他没有力气呼喊救命……是的，沃森留下的字就是想让别人知道杀死他的凶手的身份。

警长：看在上帝的份上，埃勒里，这也说不通！如果他是想告诉别人谁杀害了他——他大可以完完整整把名字写下来。但是他都写了什么——“布莱克的秘密”！

卡拉汉：说得很对。奎因，如果你的推断没有错的话，他为什么不直接写下凶手的名字？

埃勒里：卡拉汉，问得好。答案是：他不知道凶手的名字！

尼基：他会不知道凶手的名字？但是——

警长：噢，我明白了。当然——他说得对，迈克！

卡拉汉（敬佩）：当然是了。我之前没有想到这一点。

韦利（吼叫）：拜托，我都快急疯了，当然什么了？

埃勒里：警佐，在卷进这件事情的所有人中，只有一个人的名字沃森不知道。这个人就是……（稍作停顿）迈克·卡拉汉先生。（尼基和韦利发出诧异声）迈克·卡拉汉本人也告诉过我们他从来没有跟沃森打过照面——他的原话是“到现在我都还没有给自己取个新名字”。

韦利：你——迈克？你把那老家伙给干掉了？但是——

埃勒里：噢，警佐，你不明白当时的情况——我差点忘记了。请让我把话说完。沃森被卡拉汉杀死。沃森不知道卡拉汉的名字。但是他肯定知道卡拉汉在布莱克书店的职位——埃德蒙·布莱克的新秘书！卡拉汉跟我们说过，这个是他的计谋——作为布莱克的秘书，成为书店的一员。（停顿）布莱克……的……秘书……秘书：s-e-c-r-e-t-a-r-y。

尼基：布莱克的秘书？你的意思是说，沃森本来想写的是“布莱克的秘书”，但是没有写完就咽气了。少了三个字母，就被人误读为“布莱克的秘密”？

埃勒里：确实是这样。他没有力气写完另外三个字母就断气了。我也和卡拉汉确认过了，他确实就是我们所说的凶手。沃森不可能指的是“布莱克的前秘书”，一个叫马库斯的人，这点我很肯定——因为沃森显然知道老员工的名字。所以他一定指的是这位新的雇员——我们的朋友卡拉汉。

韦利：这个……但是……警长，你怎么干坐在这儿像什么事都没发生过似的呢！警长，你不能让迈克——我的意思是……

警长（严肃）：韦利，你不了解情况。迈克，告诉他。

卡拉汉（严肃）：韦利，说起来当时的场景很危险。我当了二十年的警察和私家侦探，从来没有遇到过这样的情况。今晚早些时候，我在店里面到处查探，很惊讶地发现那个老家伙也在他的办公室里。我告诉他我是布莱克的新秘书，但是他就指控我，说我窥探布莱克公司的情况——我就直接告诉他，我是来找他造假的证据。他发了疯似的开始冲着我大吼大叫，并叫我滚蛋。我告诉他这样吓不到我——并且说我很确定造假的就是他，并会尽我的全力找到证据。然后他就开始失去理智，从抽屉里拿出了一把枪——我就上去抢夺。这老家伙身体也很结实，我们便疯狂地扭打在了一起。我可是拼了命去保护自己。最后我把那支枪夺走了，他就朝我扑过来，随后我就听到枪响。接下来发生的事情，就是我拿着枪站在那里，而他躺在地上死了，或者说我以为他死了。

警长：典型的自卫。事发后迈克就径直到市中心警署总部找我自首。他交代了事情发生的经过，也把沃森的那支枪上交了。当然，从技术层面上说，他现在已经被逮捕了。但是我想，我们不会有什么麻烦的，嗯，迈克？

卡拉汉（咯咯笑）：我希望没有。我还想和家人一起过圣诞节呢。

韦利：哇，我真是完完全全被折服了！

埃勒里：警佐，我也是。当迈克在纸上写下自己的名字然后交给尼基的时候，我相当惊愕。想一下一个凶手就那样自首了！当然，我很高兴事情的真相是这样。那个老家伙阿布纳·沃森，一个造假贩，一个无耻的浑蛋，一个差点成为凶手的人，这样的人有那样的下场也不是什么坏事。

尼基：嗯……奎因先生。

埃勒里：怎么了，尼基。

尼基：大家聚在一起这么开心，我本不该说一些扫兴的话，但是——别只顾着高兴，想想你是不是忘了什么东西？

埃勒里：我想我已经把整件事情经过都完完整整地拼凑出来了。

我忘记什么东西了，尼基？

尼基（大笑）：你忘记从埃德蒙·布莱克那里拿回你的侦探小说手稿！你忘记了吗？他错把你装手稿的手提包拿走了？

埃勒里：我的手稿！对哈……那个窃贼！（声音由近及远）再见！

（所有人的大笑声）

（音乐起……）

《垂死的稻草人》首播于一九四〇年一月七日。该剧是埃勒里·奎因系列广播作品中最负盛名的剧目之一，特别是基于该剧创作的三十分钟剧目《稻草人和雪人历险记》，更是受到观众的欢迎。该剧最扣人心弦的情节莫过于骇人的滴血稻草人场景。不同于埃勒里·奎因其他作品，该剧所呈现的主线如此简明，演播室的陪审团成员都可将其一一罗列清楚。

垂死的稻草人

人　物

埃勒里·奎因	侦探
尼基·波特	侦探秘书
奎因警长	纽约警署
韦利警佐	纽约警署
马修爸爸	老农夫
马修妈妈	马修妻子
乔纳森·马修	马修夫妇之子（未上场）
杰德·比格洛	农场雇工
霍默·克莱	农夫
朱莉·克莱	克莱妻子
哈克尼斯	医生
护士、女服务生	

背景：美国中部，一九三九年

埃勒里：这是一个关于生活在美国中部一户姓马修的美国人家的故事。

马修一家居住的农场孤零零地伫立在一片广袤的大地上。入夜，草原的风吹拂过沉睡的大地，在漆黑天空的映衬下，映入眼帘的是马修一家的牛舍、堆房、围栏和农房，一派祥和安宁的景象。

我们第一次看到他们农庄的时候，大家兴致都很高。那是一个七月初夏日的清晨，我们一行人驾车从加利福尼亚回纽约，同行的有尼基、我父亲奎因警长、韦利警佐和我本人。

我愉快地想起当日清新的早晨，我们驾车穿行在中西部那片静谧的乡间道路上。阳光笼罩着大地，把远处马修家的牛舍染成了红色。老榆树树叶斑斑点点的影子倒映在农房屋顶上的隔板和瓦片上，泛着柔和的绿白相间的美。一群群牲畜突兀在平坦的大地上，红色的、棕色的、黑色的，悠然自得地咀嚼着绿草。绿色和黄色相间的农田，还有附近成片的果树上挂着影影绰绰的水果，这一切美不胜收，让我心旷神怡。（由远及近响起了汽车马达的轰鸣声）

于是，望着这片宁静、祥和的农场，我对正在驾车的韦利警佐大喊……（响亮）警佐！快停下！

韦利：停下来干吗，奎因先生？我们现在前不着村后不着店的。

尼基：哇，我们这是身在天堂啊！

（汽车降速行驶，牛群低沉的哞哞声、鸟鸣声等等）

警长（咯咯笑）：他这是想去扑蝴蝶。

（车子停下，马达熄灭）

埃勒里：继续冷嘲热讽吧。尼基最了解我了，是不是，尼基？（牛群哞哞声）

尼基：当然了。先生们，我们的奎因先生被这片壮丽的农田迷住了，要用彩色胶卷拍下来。我说对了吗，奎因先生？

埃勒里：非常正确，波特小姐。（胶卷运转的飕飕声）爸爸，别晃，我要拍环绕全景像——得慢慢来。

警长：肯定是在加州受那些搞电影的人的影响。

韦利（梦幻般）：警长，你没有一点诗情画意。拿我来说吧，我每次来到这种只有上帝才能够拥有的地方，看到这些小鸟啊，农舍啊，牛群啊什么的，我就有一种感觉——

警长：——感觉你想回到中心大道查理酒吧去喝几杯。

尼基：埃勒里！拍一下那边那个稻草人——在那儿——那片玉米地里。

韦利：我说，这里有稻草人？我从来没有见到过稻草人。

警长（咯咯笑）：他又要开始作诗了。

埃勒里（伴着胶卷的飕飕声）：孤零零地伫立着，是不是？

韦利：谁——是说我吗？

埃勒里：不是，警佐，我说那个稻草人……看上去非常非常美。

警长（不耐烦）：噢，快点，儿子。你盯着那稻草人看想干吗——让它活过来吗？

尼基：埃勒里，拍一下那个农夫，或者雇工，哎呀，管他是什么人——把他也拍下来，看到他了吗？

韦利：看到了……正穿过玉米地朝稻草人走去。

埃勒里：是的……是的，看上去棒极了。

警长（敏锐）：棒个头。有点不对劲。

埃勒里（陶醉）：他被稻草人吓到了。（停止拍照）

尼基：那个人正朝着我们喊叫——你能听到他在说什么吗？

（一片沉寂。远处微弱的叫喊声）

韦利：听起来他好像在喊救命。

警长：他正朝着我们这边跑过来。

埃勒里：走，我们下车去看看。

（一行人打开车门，跳到路面上，朝玉米地奔跑）

尼基（喘气）：发生什么事了——他看上去脸色很苍白。

韦利（喘气）：看上去是个很不错的年轻人。

警长（大喊）：年轻人，发生什么事情了？

（奔跑在玉米地中，踩倒了玉米）

埃勒里（大喊）：遇到什么麻烦了吗？

比格洛（上场……惊吓）：它在流血！它在流血！

（脚步声停住……比格洛的喘气声。他是个年轻的小伙子，讲话不带方言，但可以听出中西部地区的口音）

埃勒里：什么东西在流血？

警长：你在说什么？

比格洛（惊吓）：那个稻草人。

尼基：那个——稻草人？

韦利：在流血？

埃勒里：走，去看看。

（穿行在玉米地里的奔跑声）

比格洛（喘气）：我刚才——是想穿过这块玉米地——到果园那里去——然后我——看了一眼——那个稻草人……

警长：我知道，我们刚才看到你了。（脚步声停止）

尼基（惊吓）：它——是在流血！

韦利：但是一个稻草人怎么会流血——

警长：因为这不是一个稻草人，你这个笨蛋——这是一个被伪装成稻草人的活生生的人。你——你到底是什么人——

比格洛（紧张）：比格洛。杰德·比格洛。我是马修家的雇工。这片农场是马修家的——

埃勒里：我们一起把这个人从桩上弄下来。（众人照着埃勒里说的做）

尼基（感到恶心）：他是被系在那个桩上的——用他的皮带系住的——

埃勒里（喘气）：穿着这些碎布——戴着这顶草帽——

警长（喘气）：所以我们刚才乍一看——还真的以为是个稻草人立在这里。轻一点，他还活着。

韦利：比格洛，你们这里的人总做这些事情闹着玩吗？

比格洛：我说了我什么都不知道。这里的玉米地总会立着一个稻草人，这并不稀奇——

埃勒里：天哪，这个人伤得很重，是不是，爸爸？

警长：昏迷过去了……还有脉搏——但是很弱……

（远处传来了一阵奔跑声）

尼基：有个人朝我们这里跑过来了。

比格洛（大喊）：霍默！快来看看我们发现了什么。

克莱（上场……喘气）：杰德，真要命，这些人在这里干什么？（克莱是个中年男子——讲话带着中西部口音）他们是什么人，窜到我的玉米地里来做什么？天哪——（突然停住说话。倒吸了一口冷气）这是谁——

埃勒里：你是谁？

克莱（困惑）：我叫霍默·克莱——我为老马修经营这个农场——杰德，这——是个人，不是吗？

警长：别在这里浪费时间了。最近的医院在哪里？

比格洛：在镇上。

尼基：霍格斯伯格镇吗？警长，那里离这里有六英里远。

埃勒里：最近的医生呢——克莱，你是叫克莱吧？克莱先生？

比格洛：我们可以回农房给医生打电话……

警长：等不及了——我们必须马上把这个人送到医院去！韦利！哎，你——还有你——比格洛！快，一起把他抬上车！

埃勒里（严肃）：我们要跟死神赛跑了。快，先生们！

（音乐起……众人喃喃的讨论声……）

警长：这种小镇还会有一家看上去很不错的小医院。

尼基：医生还在里面抢救伤员！噢，警佐，你觉得那个可怜的人会死吗？

韦利（严肃）：如果他这样还能活下来，那他就是用钢铁做的……你看他的伤口多吓人！

埃勒里：告诉我，克莱先生——那个受伤的人是谁？

克莱：奎因先生，我不知道。从来没有见过这个人。你呢，杰德？

比格洛：霍默，你把我给问倒了。

克莱：杰德和我在农庄里干了很长一段时间了。

警长：那个人身上没有一点明显的标记让人一看就认得出来！

尼基：这怎么可能？克莱先生，你不是说他还穿着你们给稻草人穿的碎布衣服吗？

克莱：是啊，但是我们真不知道他是谁。

韦利：还有他是怎么到那块玉米地的——又是谁把他绑在那个桩上……奎因先生，又有谜团等你解了！

埃勒里（若有所思）：是的，警佐……确实很值得探究。克莱先生，马修农庄里还住着谁——我的意思是说，除了你和杰德·比格洛以外？

克莱：让我数数看。我——还有我的太太朱莉，她是老马修的女儿——我们已经结婚七年了，对吧，杰德？

比格洛（低声）：我想是有七年了吧，霍默。你自己比我清楚。

克莱：也就是说，除了我，还有我太太朱莉，当然还有朱莉的父亲老马修——他是这个农庄的实际所有人，不过现在是由我来经营。还有我的岳母，马修太太，也就是老马修的妻子——

比格洛：奎因先生，家庭内部大大小小的事情都是马修妈妈负责的——做饭、打扫家务、做罐头、喂牲畜，她有时候还下地一起帮忙。她是个很了不起的农妇。

警长：家里的一把手，嗯？

比格洛：是的，警长。和耕地的母马一样壮。马修妈妈对我就像对亲生儿子一样……我——我是个孤儿。

尼基：听起来她是个身强力壮的老妈妈。

克莱：是的，她身体很硬朗。小杰德住在我们家，就像我们家的一员。（咯咯笑）他也好和朱莉做做伴。每天太阳下山，我们一家人就一起围坐着听广播。杰德上过大学！

埃勒里：是吗，比格洛先生？那怎么会——

比格洛（低声）：噢，我在州立农学院念过几年书，奎因先生。我真不该去那里念书。（痛苦）这年头，穷人还是不念书好些。还是安分守己，该待在什么地方就待在什么地方比较好！

警长：孩子，我不这么认为。你学的东西，总有一天会有用的。

克莱（衷心）：肯定会的！我太太朱莉也一直这么说。（悲伤）朱莉她——她身体一直不太好，非常不好，简直是糟透了。

韦利：你太太？噢，我们为此感到很难过。

克莱（叹气）：是的，我们的孩子生下来后不久便死了，从那以后朱莉一直就病恹恹的——大部分时间都躺在床上——就是下楼都没有力气。一个星期可能也就下来走动一两次……

尼基：克莱先生，太糟糕……（开门声）医生来了！（关门声）

韦利：医生，病人怎么样了？

警长：他挺得过来吗？

埃勒里：哈克尼斯医生，他还有救吗？

哈克尼斯（上场）：奎因先生，我想他应该没事了。这个人意志很坚强，换一个人胸部伤成那样，早就一命呜呼了。

埃勒里（急切）：我们能和他说说话吗？

哈克尼斯：他还在昏迷中。可能还要等一会儿。顺便问一下，霍默——这个人是谁，你们认识吗？

克莱：我不认识他，医生。我们刚才还在说——

哈克尼斯：奇怪……我以为这个乡下每个人我都认识。

韦利：好吧，大伙，我们得继续赶路了。很高兴得知那可怜的家伙没事了。怎么样，走吗？

埃勒里：等等，警佐。我倒是——对这个案子很有兴趣。

尼基：我就知道！我早就猜到了。

埃勒里：哈克尼斯医生，鉴于你们对这个陌生人一无所知……我是否可以得到您的允许，给他拍几张照片。（众人议论声）

哈克尼斯：嗯……拍几张照片伤不到他丝毫——但是当地的警察会……

韦利：对啦，当地警察都做什么了？没有人通知他们这里发生了一起袭击案吗？

克莱：我说杰德，我们是不是应该到警局去向惠特克警官通报一声……

警长（叹气）：我就知道……哈克尼斯医生，我是纽约警署的奎因警长。（众人惊呼声）我想你们当地的警方应该不会介意我介入调查这件事情……

哈克尼斯：当然不会了，奎因警长。您是警察，当然有权力进行调查——

警长（尖锐）：埃勒里，去拍照吧。医生，在我们给他做笔录之前，任何人不能探望他，也不能和他说话。他醒了以后请通知我们一声。（退场）韦利，去找那个惠特克警官——我猜他是个警局局长——然后告诉他……

（音乐起……而后是车子行驶在乡间大道上的声音……）

克莱：非常感谢你们送杰德和我回来……这小汽车马力十足，对吧，杰德？

比格洛（平静）：什么？噢，是的，霍默，确实非常棒。

尼基：这就是农舍。

韦利：天哪，太阳越晒越热了。（传来众人的谈话声）

警长（低声）：埃勒里，我们现在做什么？你还要继续调查这件事情？

埃勒里（低声）：是的，我已经拍了那个人的照片——

警长：霍格斯伯格镇上的那家杂货店肯定能快速冲洗那些照片。他们肯定把你当傻瓜狠狠地宰一顿。（索然无味）估计都已经洗好了。

埃勒里：爸爸，我对马修农庄里的这些人很有兴趣。仔细留意一下，咱们到处听听看看。（汽车慢慢停下）

尼基：我们到了。看上去这里是不是很安静？（远处有一群鸡咯咯的叫声）

韦利：要是能来杯冰饮就好了……（车子停下）

克莱：你们一起下车吧，我给你们来一些冰苹果汁，我敢打包票，你们肯定没有喝过这么好喝的苹果汁……（车子停住，门打开）杰德，快跑进去跟马修妈妈说一声。

比格洛：好的，霍默……嗯，是老先生。

马修（年迈——声音嘶哑——声音稍远）：（叫喊）你们就在那个地方停下！

尼基（惊吓）：噢！那个刚从房子里走出来的是谁？他看上去——

韦利：他手上还拿着一把看上去让人很不舒服的猎枪……波特小姐，快过来！

克莱：别害怕。这是我的岳父，老马修。（声音稍远）嘿，爸爸……

埃勒里：他怎么回事？

警长：看上去很疯狂的老家伙。

马修（声音稍远——吼叫）：你们敢再上前一步试试看！

尼基（倒吸一口冷气）：他这是——拿着一把猎枪在恐吓我们！

克莱（镇静）：爸爸，听我说，没事的——我认识这些人……现在，回到房子里去。

埃勒里：马修先生！请把那支枪放下……

马修（暴怒——吼叫）：果然是你，乔纳森——我第一眼看到你就认出你来了！

比格洛：霍默！最好把他弄进屋里去。他看上去情绪很激动。

克莱：爸爸，听我说，冷静一点。

马修（尖叫）：霍默，离我远点。你——乔纳森。我警告过你不要回来。快点给我滚，不然我一枪把你打死。

韦利（警惕）：嘿，我可不喜欢……那支枪……

警长（敏锐）：克莱，把那支枪从老先生手上拿走。（克莱和马修的争论声）

埃勒里：比格洛先生，到底是怎么回事？那个老先生把我当成他认识的什么人了吗？

比格洛：我应该早点告诉你们。乔纳森是老马修的儿子。他离家很长一段时间了——

马修：我告诉过你。现在你又回来了，乔纳森。我告诉你，叫你不要回来了！

尼基（尖叫）：小心……他要开枪了。

警长（喊叫）：快躲到车子后面去。

（枪响声）

韦利：波特小姐，快到后面来。

（又是一声枪响）

埃勒里：尼基——趴着别动。比格洛，看在上帝的份上。

比格洛（镇静）：没事的，奎因先生。霍默·克莱知道怎么应付老先生。

韦利：是的，他当然知道了。那个老疯子又在装子弹了。

克莱（哄骗，声音稍远）：爸爸，现在，把那支枪交给我。

（又是一声枪响）

马修（声音稍远）：快给我闪开，霍默。你——乔纳森——从车子后面给我滚出来。

（又是一声枪响）

尼基（叫喊）：克莱先生，你会伤到自己的。噢，看，他正朝着那个老疯子走去。

克莱（声音稍远）：够了，爸爸。现在，把枪给我……好，非常好……（声音由近及远）我们现在一起回到屋里去，你很快就会……（门廊的门砰的一声关上了）

韦利：咻！这一吓会让我折寿十年！

比格洛（疲惫）：没事的。那支枪里装的是空子弹。

警长：非常感谢。现在才告诉我们！

埃勒里（咯咯笑）：难怪老家伙没有被人打得鼻青脸肿的……老马修到底在发什么疯？

比格洛：发什么疯？十二年前，老马修的儿子乔纳森离家出走——去干了一些见不得人的勾当。老马修当时发誓，如果乔纳森再踏进农庄半步，他就杀了他。

尼基：噢，他神智还算清楚？

比格洛：是的，波特小姐。按他这个年纪，他称得上是力壮如牛，但是……说实话，他大部分时间是很平和的一个人。但是一旦看到有陌生人来，他就开始变得很烦躁，然后就端出他那把猎枪乱开枪……霍格斯伯格镇上的每个人都知道这个，所以没有人卖他真子弹。

警长：没有把这个老家伙赶出镇子已经算是仁慈的了。

比格洛：嗯……马修妈妈可不爱听这些。霍默和我——我们一直盯着老先生的一举一动。他总是随身带着他那把猎枪……吃饭睡觉都不离身……（门廊的摔门声）看，霍默来了。

埃勒里（叫喊）：克莱先生，你岳父现在怎么样了？

克莱（声音稍远）：好了，好了。大伙都进来吧。（门廊上的脚步声）我把他带到阁楼上他自己的房间去了。他平时一个人睡在楼上……（纱门打开）进来吧。（门关上）

尼基：这里面好凉快啊。

韦利（紧张）：你确定那个老疯子——在他自己的窝里吗？

克莱：啊，别跟他生气……（叫喊）……妈妈。嘿，妈妈。（声音低沉）大家一起到客厅来坐坐。（叫喊）妈妈，我们有客人来了。

马修太太（年迈——但看上去强壮有力……声音低沉）：（上场）看在上帝的份上，霍默，你在瞎嚷嚷些什么啊？噢……有客人来了！我刚才一直忙着准备晚饭。快进来坐。我给你们倒些冰苹果汁……（众人的道谢声）

克莱：妈妈，等一下，我给你们介绍一下。这位是波特小姐，这位是奎因先生，还有奎因警长、韦利警佐。（众人互道问候声）

马修太太：非常高兴认识你们。你们大伙都坐会儿歇歇脚……（沙发和椅子的嘎吱嘎吱声）……这么热的天气来杯冰苹果汁可爽快极了……（声音由近及远）……杰德，你介绍朱莉认识一下大伙……

比格洛：朱莉！（语速放缓）我都没看到你坐在这里，朱莉——

克莱（由衷高兴）：朱莉，你下楼来了。干吗坐在门厅的角落里？我介绍大家认识一下，这位是我太太，朱莉·马修·克莱……（众人互相问候声）……杰德，你把那些新窗帘拉起来。坐在阴影里像只老鼠……（众人大笑声，较远处传来拉窗帘的声音）

朱莉（虚弱呆板的声音……中年人……身形看上去单薄不匀称……说话不带地方口音）：我真高兴。我真是太高兴了。看到你们真是太好了……你们来这里一起坐坐真是太好了……（众人的说话声）

比格洛：给，朱莉，拿个枕头垫在你脖子后面。

朱莉（迷离）：谢谢，杰德。你真是太好了——

克莱：她说话文绉绉的，是不是？我的朱莉可是上过两年大学。

朱莉（迷离）：波特小姐，你可真漂亮啊。你结婚了吗？

尼基（惊讶）：啊……谢谢……还没有，克莱太太——

朱莉（迷离）：我有过一个孩子。但是死了。她是个非常可爱的小宝宝。他们让我看了她一眼。眼睛是蓝色的，金色的头发像丝一样柔软。

尼基（痛苦）：噢，埃勒里！她——

克莱（迅速接话）：朱莉，咱们现在不提宝宝的事情。妈妈，苹果汁呢？

马修太太（上场）：来喽……（放下盘子和杯子）大家干吗都僵着不说话？朱莉，你是不是又提孩子的事情了？（温和）朱莉，咱们不提那件事了……

朱莉（迷离）：是个女孩……非常可爱的一个小女孩……

韦利（低声）：我说，这房子让我感觉很不自在。阁楼上有一个老疯子……这女人又这样……（倒苹果汁）

警长（低声）：埃勒里，给他们看看你拍的照片，然后我们就离开这里。我开始觉得待在这里很滑稽。

马修太太（高兴）：大家痛痛快快喝一杯。

（众人道谢声）

埃勒里：马修太太，谢谢……呃，顺便问一下，你认得照片上的这个男人吗？

克莱：是啊，妈妈，我们遇到了件非常可怕的事情。你知道立在南边玉米地上那个破旧的稻草人吗？

警长：克莱，别提那个了。马修太太，认不认得这个人？

马修太太：他怎么是在睡觉的时候拍的？看上去很奇怪。不认识，先生。波特小姐，再来点苹果汁？

尼基（紧张）：不——不了，谢谢，马修太太。

朱莉（迷离）：我本来都给那个孩子起好名字了，叫玛丽安——

韦利（低声）：我都快发疯了，我们快点离开这里。

克莱（上场）：说起照片，这里有乔纳森的照片……朱莉的弟弟……在这本家庭相册里……

马修太太：霍默，客人们怎么会想看那些照片——霍默，把相册拿开。

埃勒里：没事的。克莱先生，我能看看乔纳森的照片吗？（片刻沉默，低声）爸爸，不是同一个人。

警长（低声）：没有一个地方长得像的。不过有一点是肯定的，埃勒里。有人想谋杀这个稻草人先生。我在想，我们是不是应该去霍格斯伯格转转，顺便等他醒了跟他谈话。嗯，非常感谢，马修太太。这是我喝过的最好喝的苹果汁。

马修太太：谢谢！我不是个自卖自夸的人，不过我敢说，在这个镇上，我做的苹果汁是最棒的。跟你们说，从我们父母辈开始，他们就守着这个农场——我说的是马修的父母和我父母那一辈……（声音由近及远）……（诡异的音乐响起）……算是地地道道土生土长……这里的一草一木我都很熟悉。

（音乐起……继而是车子急转弯刹车的声音……）

哈克尼斯：这里就是霍格斯伯格医院……（车门打开，过道上的脚步声等等……低声谈话）波特小姐，小心点。

尼基：谢谢，哈克尼斯医生。

警长：哈克尼斯医生，你还亲自跑到旅馆来接我们，真是太感谢了。

哈克尼斯：你们让我通知你们一声的不是。（打开大门……关上……谈话声伴随着脚步声）

韦利：在这个屁大点的小镇足足待了三天，住的地方还能称得上是旅馆？噢，天哪，医生，我都忘记了你是当地人啊。

哈克尼斯（大笑）：随便你说，警佐。远道而来的客人大多都对在霍格斯伯格驻足逗留没什么兴趣。

埃勒里：哈克尼斯医生，你说那个人昨天醒了？

哈克尼斯：是的，他今天早上气色看上去更好了，所以我觉得让你们跟他谈谈话应该没什么问题……请跟我往这个走廊走……早上好，护士小姐。

护士（步行路过）：早上好，哈克尼斯医生。

尼基：他有开口说话吗？他姓什么，叫什么名字，谁对他下毒手的？

哈克尼斯：没有，他不肯开口说话，我也就没有勉强他。希望你们能让他说出实情。那人看上去有点古怪……就是这里……（脚步声停止）

埃勒里（期待）：我非常想跟他聊一聊……

哈克尼斯：我得事先跟你们提个醒——此人非常顽固，跟老马修以前养的一头密苏里驴一样倔……好了，扯远了。别担心他的身体状况——他恢复得非常好。

警长（严肃）：医生，请开门。

哈克尼斯：是的，警长。

（门打开，片刻沉寂——众人惊叹声）

尼基：床铺是——空的。

韦利：窗户是开着的。

警长：真该死……他跑了。

埃勒里（嘀咕）：不——这也太让人气恼了……我们足足等了三天，他却——

哈克尼斯（声音由近及远，喊叫）：护士，护士！……你们是怎么搞的，怎么能让一个病人随便走掉——让他一个人独自离开——

（音乐起……和开篇一样的主题……伴随着柔和音乐声的是警长的独白。）

警长（伴随着主题音乐）：这件奇怪的案子就是这么发生的。这是我遇到过的最奇怪的案子。

我们通知了当地政府，一起把每个角落都找遍了，但是就是找不到失踪了的稻草人先生。我们把埃勒里在医院拍摄的照片给镇上的每一个人看，但霍格斯伯格镇上没有一个人认得他。

最后我们不得不放弃搜索，驾车回到了纽约——每个人都因为这件事情郁郁寡欢。我们都觉得，稻草人先生的案子就这么不了了之了……永远都会是一个谜。不过怎么说和我们的关系都不大。

但是这件事情发生五个月后——也就是一个月前，大约十二月初的时候——埃勒里收到了一封来自霍格斯伯格的信。寄信的是一个叫斯莫尔的男人——山姆·斯莫尔。斯莫尔是霍格斯伯格当地的治安法官——五个月前，稻草人先生从医院逃离后，我们到处找他的时候曾和斯莫尔交谈过。

这个山姆·斯莫尔写信告诉我们，五个月前，当我们在霍格斯伯格向他询问关于稻草人先生的情况时，他向我们撒了个谎。信上说，他的的确确知道这个人是谁——而且对他颇为了解。我记得他在信上是这么写的——“镇上只有我和牧师是知情的局外人。而这位牧师三年前已经离世。”他说，如果我们能过去找他，他会告诉我们他所知道的一切。从他信中写的情况看，他似乎身体已经很虚弱，无法到处走动。

好吧，先生们，我们立马就往西行——就是最高法院也阻止不了我们前行。猜猜后来发生了什么事？我们到了霍格斯伯格山姆·斯莫尔的住宅，被告知他在数天前已经过世！是的，先生，他就这样带着我们想知道的答案走了，而他的遗孀对丈夫在信中提到的事情一无所知。

所以，既然都到了当地，我们决定驾车去一趟马修农庄。因为我们每个人都深深地觉得，那个陌生人是在马修家的玉米地里被捅伤被捆绑在稻草人木桩上，那么这件事情肯定跟马修家有关系。

马修的农场在冬天看上去可不那么美。事实上，当我们驱车前往的时候，农场正遭遇一场暴雪的肆虐……农场没那么漂亮了——光秃秃的土地、单薄的农舍、呼啸的大风……我们每个人都冷得瑟瑟发抖。（声音由近及远）然后，我们就伴着咆哮的大风和随大风飘落的雪花驶入了马修农舍的前院……（车子停住了。狂风大作——令人窒息的暴风雪）

尼基：这么大的雪把车子停在这里！停到哪里都比停在这里强！

（车门打开，风声呼啸）

韦利：波特小姐，小心！那个老疯子又来了！（房门砰的一下打开了）

马修（尖叫）：乔纳森，我看到你了！我要杀了你！（两声枪响）

警长：可能又是空子弹，但是——趴下，埃勒里！

尼基：埃勒里，他又把你认成他儿子了！

克莱（上场）：爸爸，马修爸爸！把那支该死的枪放下！

马修太太（上场）：老家伙，你竟然对着陌生人开枪！丢不丢人……啊，是奎因先生，还有——我的天哪！这么大的雪怎么跑到这里来了？

马修（退场——尖叫）：我要杀了那个狗杂种！霍默·克莱，你走开，把我的枪……

（门廊上的奔跑声）

埃勒里：你好，马修太太！我们能不能进去躲躲暴风雪？

马修太太：能不能——你这话说得太客气了。我这辈子都没见过你这么客气的人！快进来，你们大伙都进来！（门打开，关上，暴风雪的声音被挡在了门外）把你们的外套都脱了吧。杰德！噢，杰德！是上次从纽约来的那帮好心人！

比格洛（上场）：哇，是奎因父子！还有波特小姐——警佐——

（众人一边脱去外套，一边互相寒暄）

韦利：嗯，什么东西闻着这么香？

马修太太：是我在烤玉米面包！霍默！你爸爸怎么样了？

克莱（上场）：他现在静下来了，妈妈。我把他带到阁楼上去了。抱歉，大伙儿。哇，哇！你们给了我们一个大大的惊喜噢！是不是，杰德？到客厅坐坐……

警长：克莱先生，你太太最近怎么样？

克莱：不太好，警长。朱莉在楼上的房间里——

马修太太：跟刚出生的牛犊一样瘦弱。来——快坐下！我给你们弄些热乎东西吃——

埃勒里：谢谢，马修太太。我们不会待太久。我们经过霍格斯伯格镇，正好顺便来这里——

比格洛：奎因先生，不管你们今天计划去哪里，估计都不能成行。路都被积雪淹没了。

尼基：噢，天哪！那我们该怎么办？

马修太太：就在这里待着好了！楼上有好几间房——我一直都不

知道我家老先生当初建了这么多房间做什么用……（众人推诿婉拒）

克莱：马修妈妈说得对！我们楼上有很多个房间，妈妈、朱莉、杰德，还有我，当然还有在阁楼上的爸爸，我们每个人都有一间单独的卧室……

马修太太：霍默，你把波特小姐安顿在东北面的卧室，然后——我想想看……

克莱：妈妈，楼上的客厅我们改成了一间大卧室——有一张大床，还有一张小床——

警长：克莱先生，我们三个男的就住那里好了。

韦利：太感谢你们这样招待我们了。

尼基：是啊，总感觉占了个大便宜——

马修太太：好了，我可不想再听到其他反对意见！你们都给我留下。（诡异的音乐。声音由近及远）你们都聚在炉火旁暖暖身子，我去给你们准备一桌热乎乎的午餐……

（音乐起……而后是开门声——户外……）

尼基：埃勒里，还在下雪。噢，看上去是不是很壮观？

埃勒里：嗯！雪下得都有两尺深了，还不算上吹雪的厚度。不过杰德·比格洛说晚上晚些时候雪就会停，他们明天一早会清扫积雪，从这边一直到主干道，开一条路过去……

（门廊上响起脚步声）

尼基：管他呢。噢，是克莱先生！他在干吗？噢，克莱先生！

克莱（声音稍远）：你们好啊。快过来看这个。

尼基：埃勒里，我们一起去！（踩踏着雪地前行。不远处传来打桩的声音）

埃勒里：尼基，小心那边的积雪，会滑倒的！克莱先生，你打一根桩在那儿做什么？（脚步声停止）

克莱（上场——咯咯笑）：打在这里堆雪人啊。（打桩声音又起）就这么着！（片刻停顿）非常扎实。

尼基：雪人！太棒了。我上一次堆雪人还是在很小的时候呢。

克莱（咯咯笑）：波特小姐，你看看怎么样。快过来帮帮我。（扑打雪球的声音）

埃勒里：天哪，这种天气让我徒手去抓那么冰冷的雪。（大笑声。众人一边说话，一边堆雪人）我说，克莱先生，这么把桩打在这里，让我想起了——

克莱：我们夏天在玉米地发现的那个人，是不是？

尼基：他从霍格斯伯格医院跑出来以后，你们有没有听到他的下落？噢，让我来做雪人的头！

克莱（高兴）：没有……给！从此杳无音讯。

埃勒里：克莱，你堆个雪人就权当自己消遣吗？

克莱（咯咯笑）：上帝啊，不是这样的。朝上看看窗户。

尼基：是朱莉。她正站在房间的窗口看着我们呢！

克莱：是的。朱莉喜欢雪人。但是她身体很弱，没有办法到户外来，所以我就帮她在院前堆一个，这样她站在窗口就看得到了……大伙们，我们马上就好了。

埃勒里：还可以这样玩雪——（大笑。飞过一团雪球）快躲开，你这个小傻瓜！

尼基（气急败坏，大笑）：埃勒里·奎因。你把那个雪球正好扔到我嘴里了！好啊，奎因先生——

埃勒里（大笑）：我只是跟你闹着玩的，尼基！（扔雪球）呜呼呼！

尼基：还想玩吗，奎因先生？

埃勒里（气急败坏）：不玩了——我——我投降！太——冷了！

克莱：哇，好了！看上去是不是非常棒？嗨，朱莉！喜欢吗？朱莉！（窗户打开）喜欢吗，朱莉？

朱莉（声音稍远）：噢，霍默，非常非常漂亮！

尼基：嗨，看这边，朱莉！（埃勒里附和声）

克莱：等一下，朱莉，还没好呢！……好了，这下可以了！

尼基：噢，是的哈，戴上一顶草帽！

克莱：还有眼睛、鼻子、嘴，还有纽扣……

埃勒里（咯咯笑）：克莱先生，太浪费煤球了！

朱莉（拍手）：烟斗，霍默！给它嘴里塞个烟斗！噢，要是我们的孩子在，她肯定会喜欢的！

克莱（低声——迅速）：大伙，动作快——马上弄个烟斗，朱莉！

尼基：当然了，有谁见过不叼烟斗的雪人！

埃勒里（高兴）：再来根玉米芯烟斗，克莱先生。

克莱：是的，是该来根玉米芯烟斗……真该死！我出来的时候把玉米芯烟斗忘在房间里了，我们也最好别去打搅马修爸爸——他把玉米芯烟斗放在他的阁楼上了，他现在就在那里——不想去吵他，省得又端出那把枪……（远处开门声）嗨，杰德！快过来。

韦利（声音稍远）：你们在干吗？

尼基：警佐！警长！看我们送给朱莉什么！

警长（上场——咯咯笑）：哇，是个雪人！

比格洛（上场）：嘿，朱莉！

朱莉（声音稍远）：噢，杰德，这个雪人是不是很漂亮？如果我们的宝宝还在的话，她一定会——

克莱（迅速回应）：杰德，你房间里的两根玉米芯烟斗随便给我一根。我们拿来装点雪人，让它“抽”上几口。

比格洛：给，霍默。反正这根都快发霉了。

克莱：谢谢，杰德……好了！朱莉，现在怎么样？

朱莉（远处传来鼓掌声）：太漂亮了，霍默！

韦利（大笑）：这雪人堆得真棒！

警长：埃勒里！快来看看啊——我说，埃勒里去哪里了？

尼基：这个人！他刚才还在的呢……埃勒里！（开门声）

埃勒里（声音稍远）：我在这里！

韦利（嘀咕）：又把他的摄像机拿出来了！

埃勒里（上场）：我们堆了这么漂亮的一个雪人，是该拍个照留念一下！（众人欢快的笑声伴随着胶卷转动的声音。声音渐出……）

（音乐起……深冬的夜晚，犬吠声等等……继而是不远处韦利的打鼾声……此起彼伏……在床上翻来覆去的声音……）

埃勒里（低声）：爸爸，我把您吵醒了吗？

警长（低声）：埃勒里，你也没有睡？上帝啊，我一个晚上都冷得发抖，眼睛都没合上。

埃勒里：睡在这里感觉像到了亚寒带，让我想起了最早来美洲的开拓者是怎么过日子的。天快亮了。

警长：不但冷，主人也太吝啬了吧，就不能加床被子？听听韦利的鼾声，把他拉到坟墓里他都睡得着。（片刻沉默）

埃勒里：爸爸，不单单是寒冷。还有……这栋房子。

警长（平静）：是的……感觉像是被什么阴影笼罩着……

埃勒里：玉米地里那个稻草人的阴影……（片刻沉默）现在几点了？

警长：等等，我把手伸出来看一下……哇哦，好冷啊！真是见鬼了！呜呜……（蜷缩在被窝里）

埃勒里：我在想尼基怎么样了……好了爸爸，我们得抓紧时间睡一会儿。（翻身）

警长：好吧，是该睡会了，没人不让你睡啊。埃勒里，别卷被子！（翻身，迷迷糊糊）把火山搬到这里来都喷发不了了……（鼾声……一片寂静）

埃勒里（尖声低语）：爸爸！（迅速翻身——床垫的弹簧嘎吱嘎吱地响）

警长：嗯。怎么了——埃勒里，看在上帝的份上！

埃勒里（尖声低语）：爸爸，有个人在门外面！

警长（警惕）：是吗？（一片寂静，随即是一阵小心翼翼的敲门声）（缓慢）这个时候了，谁还在敲门？（又是一阵小心翼翼的敲门声。一声鼻息声后，鼾声戛然停止）

韦利（声音稍远——迷迷糊糊）：嘿，是谁在敲门？还在敲——快住手——还让不让人睡啊！（敲门声更加急促）

埃勒里：什么人这么难缠。这么冷的天气，半夜跳出被窝去开门，爸爸？

警长：你问我愿意吗？答案是不愿意……韦利！

韦利（惊吓）：嗯？嘿，又怎么了！警长，你还让不让人睡？我眼睛都没合上……

警长：你这个蠢货，你还没合上眼睛，你先把你打鼾的大嘴合上，那就真谢天谢地了！去开门。（又是一阵敲门声。非常响亮）

韦利：不要叫我去，哥们。（生气地喊叫）快滚开！（喃喃低语）去开门？还让不让人睡觉……

埃勒里：好吧，我去开门！（跳下床）呜哇！地板像冰山一样冷！爸爸，把我的睡袍给我！

警长：给，儿子。把拖鞋穿上。（又是一阵敲门声）

埃勒里：真不让人省心！（瑟瑟发抖地走过地板。门打开）谁？

尼基（疯狂）：埃勒里！我以为你不会开门！

埃勒里（警觉）：尼基！快进来。（关门）尼基，你穿这么单薄会冻坏的——

尼基（抽泣）：噢，埃勒里——我刚刚看到了——

埃勒里：看到了什么，尼基？你干吗哭？

警长（上场）：尼基，亲爱的！发生什么事了？

尼基（抽泣）：我……一直睡不着。然后我就起床——朝窗外看那个雪人，然后……（众人的询问声）

韦利（上场）：波特小姐！发生什么事了？（尼基大哭）

警长：尼基，别紧张，慢慢说。别哭了！

埃勒里：你起床朝窗外看那个雪人，然后呢，尼基？

尼基（抽泣）：那个雪人……在流血！

（诡异的戏剧音乐响起……继而是蹑手蹑脚的脚步声……大门打开……风声四起……）

警长：韦利，小声点！你想把其他人吵醒吗？

韦利：好啦，好啦……那个雪人在流血！（关门声）

尼基（大哭）：我跟你们说——那个雪人的胸膛被染了一片棕红色的血渍……（摄像机胶卷转动的声音）

警长（语速缓慢）：就像夏天我们在那个稻草人身上发现的血渍一样……埃勒里！你到底在做什么？

埃勒里（专注）：在拍摄这个雪人！好了，我已经采集了足够多的图片……（胶卷运转声停止）好了，我们看看那片血渍。

（众人踏出门廊走进了雪地）

警长：韦利，把那个雪人推倒。（拆除雪人）

韦利（低声）：如果这不是血——不是真的血——我就不干警察这一行了。

尼基（抽泣）：我从来没有被这样吓到过……我不会随便开这种玩笑……

埃勒里（温和）：尼基，快回屋里去。

尼基：但是，埃勒里——

警长（尖锐）：尼基——快回去。（尼基一边恐惧地喃喃低语，一边退场）（脚步声渐行渐远）玩笑，嗯？是个玩笑。

韦利（缓慢）：奎因先生，雪人里有一个——死人。

埃勒里（严肃）：是的，警佐……被人用皮带绑在了桩上！这也太巧了！他死了吗，警佐——你确定？

警长（严肃）：死了，而且已经冻僵了。胸口有两道被刀捅破的伤痕。看——这里——

韦利：我把他脑袋周围的雪扫开……（扫雪声。众人倒吸了一口冷气）我……

警长：是同一个人！就是那个——

埃勒里（目瞪口呆）：就是从霍格斯伯格医院逃走的那个人！那个稻草人！

（一阵短促的音乐……随即是……）

警长：在这种冰天雪地里待着会得肺炎的！（踩在雪地上的脚步声）

埃勒里：上帝啊，韦利哪里去了？来——爸爸，我们把这个可怜的家伙从桩上放下来……

警长（伴随着咕哝声）：我让韦利在附近搜搜，看有没有发现什么——这么等着会冻僵的！

埃勒里：把死尸掩埋在雪人里……真想让他开口告诉我们个究竟！

警长：儿子，他再也不会开口了。

埃勒里（无助）：就这么成一具尸体了，我们还不知道他的身份。爸爸，看得出来他死了多久了吗？

警长：埋在雪堆里，不好推算。不过我猜是昨天夜里晚些时候，雪停了以后。

埃勒里：我们一直在房间里，都不知道外面的动静！

警长：我在想凶手是在哪里作案的。我们来的时候，雪人周围的雪已经都被踏平了，但是从这里到屋里那一道脚印应该可以说明——

埃勒里：我希望韦利回来的时候，我们可以得到一些线索——不管凶手是在哪里作案的，可以肯定的是，作案后，他把受害者一路拖到这里，把昨天霍默·克莱堆的雪人推平，用受害者自己的皮带把他绑在了桩上，然后又堆了一个一人高的雪人，把尸体掩埋在中间。

警长：凶手为什么要重新堆一个雪人？

埃勒里（严肃）：理由很明显，爸爸。如果这个人胸口流出的血没有渗透出来，我们就不会发现这个雪人里掩埋着一具尸体，对吧？

警长：嗯……埃勒里，但是凶手也知道总有一天尸体会被发现的。这个雪人迟早会被人推倒或者融化掉……

埃勒里：但是那个时候我们已经离开了。凶手这么做就是不想让我们发现这一起命案！（雪地里由远及近响起了脚步声）啊，警佐来了！

警长：你走的时间也真够久的了！我的双脚被冻得都失去知觉了！有发现什么吗，韦利？

韦利（上场）：你以为我的双脚是用什么做的？木头做的？我敢说我有两个脚趾头肯定是冻坏了。

埃勒里：警佐，那条印记是通往哪儿的？

韦利：牛棚。牛棚里有血，也有一些打斗过的痕迹。所以这家伙应该是在牛棚里遇害的。

警长：没有其他的线索了吗？

韦利：什么也没发现。

埃勒里：这条印记说明不了什么问题。凶手肯定是穿着橡胶套鞋——屋里的任何一个人都有嫌疑。

警长：韦利，有没有发现这个遇害者的任何线索？——我指的是，他是从哪里来的？怎么走进马修家的私宅的？

韦利：警长，没有发现任何线索。里里外外我都看了，房子周围、牛棚，没有发现从这里出去或者是从外面的道路过来的足迹。

埃勒里：这么说遇害者肯定是昨天夜里还在下雪的时候就到这里来，然后一直躲在牛棚里。嗯……

警长：没有其他足迹也可以说明凶手就是这屋子里的某个人！凶手的足迹被暴风雪抹平了，但是死者在牛棚遇害的那会儿，雪停了，所以尸体从牛棚中被拖到这里的痕迹还留着……

埃勒里（缓慢）：是的爸爸……看上去是这么回事……

警长（敏锐）：我们去把里面的人都叫醒，然后一个一个问话！（严肃）把尸体盖上，韦利。埃勒里，我们有事情做了！

（音乐起……继而是柔和的音乐声伴随着尼基的独白……）

尼基（伴随着音乐叙述）：那所房子、那个农庄、住在那里的人，总有一种——我不知道该怎么描述——一种让你感到恐惧的东西。这在你踏入马修家农房的那一刻起就可以感受得到——你可以从马修妈妈发自内心的热情中感受到，从她送上来的可口的玉米面面包中感受到。那所散发着浓浓乡土气息的房子里的每个角落，房子里每一件家具，都透着那种感觉。或许是因为那个可怜的叫朱莉的女人，总是安静地坐在房子里的角落，用一种甜美柔和又飘忽迷离的声音诉说她死去的孩子。又或者是因为那个满头白发、肩膀厚实的老马修先生，总是在他的阁楼房间里喋喋不休咒骂他离家出走的儿子乔纳森，发誓赌咒那个浑蛋一出现在农场，他就立马一枪把他毙了。

不管是什么原因，那种感觉真真切切地存在着。在我们那天惊恐地发现雪人里掩藏着一具尸体后，那种感觉就更加强烈了……马修一家人都选择对此事缄默不语，不论警长和埃勒里怎样问话，甚至他们两人问得声音沙哑，都没有从他们口中得到半点信息——他们一致声称夜里他们一觉未醒，也没有听到任何动静。和上一次一样，马修农场附近的人都表示不认识死者。

最后我们只好提着行李离开，把案子交给当地警方处理。我也从来没有见过埃勒里如此急躁过。他甚至觉得命案的发生有他的责任，虽然我们都告诉他这种想法很荒唐。但是我们仍然不能平息他烦躁的心情。好几个星期过去了，埃勒里仍然对这起悬而未决的案子念念不忘。他把我们两次行程中拍下的片段反反复复地播放，不知道是要从中看出点什么。我甚至觉得他自己也不知道自己试图看出点什么。

直到不久前的一个晚上……那天埃勒里又在播放那些片段。先是他拍摄的霍默·克莱堆砌的雪人……（片段中录下的声音和胶卷运转的声音）……然后是他次日清晨拍下的沾染着鲜血的雪人片段……

埃勒里（兴奋）：等等！（停顿）噢，我竟然一直没有发现！（关掉放映机）尼基，把灯打开！

尼基：怎么了，埃勒里……

警长：儿子，怎么回事？

韦利：奎因先生，为什么一下子这么兴奋？

埃勒里（喃喃自语）：为何我之前一直没有发现呢？

尼基：埃勒里，你在说什么呢？

埃勒里：我说的是那起谋杀案——用稻草人伪装，后又用雪人伪装！我知道是谁杀了他！（众人惊呼声）

警长：现在知道了？事情都过去好几个星期了。

韦利：你是说你知道那个遇害者是谁？

埃勒里：他是谁？噢，关于这个，警佐，我从来就没有疑惑过。我不知道他的名字——可能永远不会知道了。但是我知道他的身份有一段时间了……（众人惊呼声）当然了，他的身份没有把我难住……而是凶手的身份让我绞尽脑汁！

尼基：但是你是怎么——

埃勒里：你们是说你们从录影带里没有看到我刚才看到的？

警长：你是什么意思——刚才看到的？两个雪人，然后没有其他的了！

埃勒里：是的，但是你们没有发现两个雪人明显的差别吗？一个是克莱前一天下午为朱莉堆的雪人，后一个是第二天凌晨我们发现埋着一具尸体的雪人。

尼基：差别？两个雪人的大小和形状还是不太一样的，当然了……你说的差别是什么，埃勒里？

埃勒里：差别不在雪人本身，而是雪人周围的雪——它们脚下！（众人不解的疑问声）如果你们不相信我说的话，你们可以把录影带再播放一遍……

韦利（迅速回应）：我们相信你，我们相信你！

警长：两个雪人脚下的雪有什么不一样的地方？

埃勒里：在第一个雪人的录影带中——就是克莱堆的那个地地道道的雪人——雪人周围的雪都被踏平了。

尼基：是的，当然了！我们当时都在那里绕着雪人踩来踩去。

埃勒里：但是第二个流血的雪人呢，它周围的雪明显有被铲开的痕迹！我刚刚才发现这一条线索，看了十几次以后，我竟然才发现！

韦利：雪被铲开了，奎因先生？我不明白你在说什么。

埃勒里：你不理解吗？把尸体埋在雪人里面以后，凶手铲开周围地面上的雪，似乎是在找什么东西！

警长：凶手肯定是把什么东西丢在了地上，然后想重新找回来！

尼基：凶手丢了东西要重新找回？

埃勒里：是的，尼基，凶手会丢了什么东西？就是我们看到的第二个雪人没有的东西！你没有注意到吗？在画面上，霍默·克莱堆砌的那个雪人有，而第二个雪人没有的东西。

韦利：缺少什么呢？我没有看出少了些什么。奎因先生。

埃勒里：玉米芯烟斗，警佐！

警长（语速缓慢）：确实是。第一个雪人嘴里插着一根杰德·比格洛的玉米芯烟斗。我想起来了，第二个藏着尸体的雪人，确实是少了一根玉米芯烟斗。

尼基：埃勒里，你的意思是说，凶手在堆第二个雪人的时候，把玉米芯烟斗落在了深雪里，所以凶手铲雪试图找回那根玉米芯烟斗？

埃勒里：是的！凶手在雪人的周围用铲子到处翻找那根玉米芯烟

斗，但都没有找到。如果凶手找到了，我们敢肯定他一定会把玉米芯烟斗插回雪人的嘴里！

韦利：但是凶手费那么大的劲找一根玉米芯烟斗做什么？

警长：为了插回雪人的嘴里，韦利——这样我们就不会注意到克莱堆的雪人和藏尸雪人的区别！我们也就不会那么快发现凶案！

尼基：但是埃勒里，你说你知道了是谁杀了那个可怜的人。一根丢失的玉米芯烟斗跟凶手是谁有什么关系？

埃勒里（咯咯笑）：亲爱的，那根丢失的玉米芯烟斗让我知道了凶手的身份！大伙们，打包行李——我们现在马上就去一趟马修农庄！

（音乐起……继而是陪审团场景。）

挑战听众

埃勒里：那么女士们先生们，我已经顺藤摸瓜知道了杀害稻草人先生的凶手身份——或者如果你们喜欢的话，也可以叫他雪人先生……还有，这个受害人是谁？谁两次企图杀害他？各位是否能解答在马修农场发生的悲剧？

（音乐起……继而是汽车奔跑在雪地里的声音……）

警长：到了。

尼基：这里怎么看上去一副很荒凉破败的样子。地面都被雪覆盖了——树木枯得像一只只骷髅手——还有那些房子，屋顶屋檐都是冰雪……

韦利：我开始感觉我们像是在这里和纽约之间通勤。这已经是我们第三次来这里了，是不是？

埃勒里（严肃）：警佐，这也是我们最后一次来这里了。走吧。

（车子停下，车门打开——一行人走出车子，在雪地里行走）

尼基（语速缓慢）：埃勒里……我觉得有点不对劲。

埃勒里（语速缓慢）：是的，尼基，很明显这里有点不对……（雪地里的脚步声）

警长：房子已经被封住了！（门廊上的脚步声）

韦利：看上去连条死狗都没有。

尼基：牛棚的门也松松垮垮地垂挂着……连一只牲畜都没有。

警长：马修一家都离开了。

韦利：嘿，这里有一块木牌，上面写着“农场出售”！

埃勒里（小声嘀咕）：我们这么大老远赶来——他们却都走了！

尼基：这么说你没有预料马修一家会离开？

埃勒里：当然没有！我真不敢想象——除非——（停顿）

尼基（打了个寒战）：我……好冷。埃勒里，不单是因为天气的缘故……我们一起离开这里吧。

警长：上帝保佑。这个地方老让人觉得心神不定。（穿过门廊的脚步声）

埃勒里：我想知道都发生什么事了！（穿过雪地的脚步声）问题是——我们是在找谁呢？马修一家人都搬走了——

韦利：要不要问一下斯莫尔太太——你知道的，就是那个已经去世的治安法官的遗孀，他还来不及告诉我们那个稻草人的情况就过世了。

埃勒里（喃喃自语）：是的，斯莫尔太太——（脚步声停止）快上车，尼基。（车门关上）

尼基：或者找霍格斯伯格的哈克尼斯医生更好些！他应该知道马修一家人的去向。

警长：尼基说得对。（启动马达）

埃勒里：霍格斯伯格医院，警佐！（车子启动，声音渐行渐远）

（音乐起……继而是众人的谈话声……）

哈克尼斯：我当然知道马修一家人都发生什么事了。我很惊奇你们竟然不知道。报纸上都报道了。

警长：哈克尼斯医生，应该是登在当地的报纸上吧。

尼基（急切）：医生，发生什么事了？

哈克尼斯（叹气）：非常不幸，非常不幸。马修家的房子像被诅咒了一般。（大笑）一个从医的人说这种话是不是很滑稽？

韦利：医生，在我们在那边待了两个晚上以后——我已经不知道什么是滑稽什么不是滑稽！

埃勒里（急切）：哈克尼斯医生，把你知道的都告诉我们吧。

哈克尼斯：好吧，你们记不记得那个老家伙——老马修……（众人一致应和声）当然了，他有点儿神经不正常。我之前警告过他们上百次。有一天，老马修弄到了一些真的子弹，然后——

尼基：噢！

埃勒里（语速缓慢）：然后老马修给他的猎枪上了那些真子

弹？……他是想杀什么人吗？

哈克尼斯：他确实是杀了人。（众人惊叹声。一片寂静）有一天他疯疯癫癫，觉得杰德·比格洛，就是那个他们农场的雇工，是他离家多年的儿子乔纳森。于是他就端着他那把枪冲向杰德。

韦利：他把那个年轻的好小伙子杀了？

哈克尼斯：不是的，警佐。杰德很幸运，幸免于难。那个老妇人，马修太太当时看到发生的一切，于是她就扑过去要把那支枪夺走，以阻止她的丈夫开枪误杀杰德，结果枪响了——马修太太中枪了——她死了。

尼基：太——可怕了。（众人低语议论声）

警佐：那老马修呢，哈克尼斯？

哈克尼斯（严肃）：当老马修意识到自己都做了些什么的时候，他自己跑向牛棚。杰德还有霍默·克莱还来不及阻止他，他就开枪结束了自己的生命。（叹气）非常不幸，十足的悲剧。那一家子很不幸。

埃勒里：是的，哈克尼斯先生。“不幸”是描述这一家子最恰当的词。（片刻沉默）

警长：真惊心动魄。那后来克莱和他的太太朱莉怎么样了呢，还有那个年轻人杰德·比格洛？

哈克尼斯：朱莉站在她房间的窗户边，看到了发生的一切……（严肃）我很坦率地告诉霍默，如果他不立刻带着他的妻子远离这个是非之地，换个环境生活，朱莉的身体状况，我概不负责……杰德从那以后也消失了。

尼基：这么说他们都走了……我们看到了那个“农场出售”的

牌子。

哈克尼斯：是的，现在农场交给一个中介挂牌出售。先生们，你们想和那个中介聊聊吗？或许我可以帮你们找到马修一家人……

埃勒里（语速缓慢）：不了，哈克尼斯医生，让他们平静地生活吧。他们已经遭了很多罪。走吧，你们三个。我们回纽约去。

哈克尼斯：奎因先生，那你们大老远跑来见马修一家是做什么？

埃勒里（平静）：现在已经不重要了。

（音乐起……继而是餐盘的声音……）

尼基：上帝啊，走进一个暖和的房子里感觉真好！

警长：烤烤火感觉真舒服。

韦利：这地方不错。要不我们干脆在这里过夜算了……美女，再来杯咖啡。

女服务生：是的，先生。（倒咖啡的声响）

尼基：那么，埃勒里？

警长：儿子，你答应说在我们停靠的第一站你会把事情的原委告诉我们……

韦利：是啊，奎因先生，满足一下我们的好奇心吧。

埃勒里（叹气）：我想我是该跟你们说了。这个案子着实让我感到很压抑……（更加快速）稻草人先生身份的秘密就在治安法官山姆·斯莫尔的那封信里。

韦利：你说的那封信，就是他写给我们，通知我们去霍格斯伯格——并承诺他会告诉我们陌生人是谁的那封？

埃勒里：是的，警佐。记不记得在信里，斯莫尔提到在霍格斯伯格，只有两个局外人知道那个陌生人是谁——他本人，还有霍格斯伯格镇上的牧师。

尼基：是的，但是知道这些有什么用吗？这能提供什么线索吗，埃勒里？

埃勒里：是的，尼基——这是获知那个陌生人身份的一个重要线索！为什么斯莫尔会说镇上只有他和牧师两个局外人知道那个陌生人的身份？如果他要这么说的话，那么肯定就是有局内人了——所谓的局内人，除了马修一家人以外还能有谁？两起案件都是在他们的产业上发生的。那么现在大家想想，给我们写信的斯莫尔是什么人？

警长：斯莫尔是霍格斯伯格镇的治安法官。

埃勒里：是的，另外一个局外人呢，据斯莫尔所说，是镇上的牧师。那么在一个乡下社区，一个牧师加一个治安法官能知道什么别人不知道的事情？（片刻沉默）说到治安法官，我们能联想到什么？

韦利：结婚！

埃勒里：是的，警佐——说到结婚，这个和牧师有关系吗？在像霍格斯伯格那样的乡下小镇，答案是肯定的。很有可能是由牧师来颁发结婚证——也很有可能是由牧师登记镇上个人的婚姻信息。

警长：这么说，你认为这两个人知道陌生人的身份，是因为一个给他颁发了结婚证或者是登记了他的婚姻状况，而另一个主持了他的婚礼？

埃勒里：完全正确。那么这个陌生人和谁结婚了？想想，马修家里有哪个女人是适婚年龄？只有一个，朱莉。

尼基：但是埃勒里，朱莉嫁给了那个霍默·克莱！

埃勒里：那么很有可能朱莉在嫁给霍默·克莱之前和那个陌生人曾有过一段婚姻。

韦利：继续说，我们想听听下面的故事，奎因先生！

埃勒里：我们已经很肯定，我们住在农舍的当晚，是马修家族成员中的一人谋杀了那个陌生人。从案发现场到马路、房子周围，都没有罪犯逃跑留下的脚印，这一点足以证实我们的推测。那么为什么马修家族里有人想要杀害这个陌生人呢？我们现在知道了关于这个人的哪些信息？一个是他曾秘密地和朱莉结为夫妇——为何说是秘密地结婚，因为如果他们的婚姻是公开的，那么镇上就不会只有治安法官从照片上认出他本人。所以作案动机很明显：马修家族中的某个人除掉这个陌生人，以掩饰他曾经和马修家族联姻的事实。

警长：嗯，一环扣一环。朱莉和这个陌生人秘密地结了婚，后者被朱莉的父亲知道了。她父母要么是把这个人赶走了，要么就是收买了他让他自己走。我猜测很有可能是这个人非常让人不满意，或者就是他们的婚姻有什么地方非常不如意。然后，马修家族也不用费劲去给朱莉办理离婚——因为觉得这个陌生人从此不会再露脸了——

尼基：然后朱莉再嫁霍默·克莱，那么她犯了重婚罪！

埃勒里：我猜事情应该是这样的。去年七月的某个时候，这个人确实又出现了。这次他再回来，他就没有那么容易被吓跑，或者说随便用小毛小利就能被收买。朱莉是个重婚罪犯，那么朱莉的立场——就对他非常有利。他极有可能狮子大开口，做了一些非常过分的要求……不管他提出了什么条件，马修家族中的一员认为朱莉已经饱受苦难，不能再让她受到任何伤害，于是最简单利落的方法就是除之而后快。所以凶手在去年夏天的某个清早捅伤了他。但是因为大白天无法大摇大摆地把遇害者掩埋，所以在天黑之前，凶手选择先将遇害者伪装成稻草人，给他穿上了稻草人的衣服，打算等到夜幕降临后再处理掉。但是杰德·比格洛经过稻草人的时候，发现了稻草人胸口的一摊血渍，于是计划泡汤。

警长：然后这个人没死成，还从霍格斯伯格医院逃走了。但是他十二月份的时候为什么要回来？

埃勒里：回来报仇——提出更多的要求——这个我们已经永远无法知道了。不管怎样，他大概是藏身在牛棚，但又被上次作案的凶手发现了，并且在此遭到袭击，然后被掩埋在了雪人里。凶手原先的打算是在我们离开之前不让尸体被发现——但是这次同样的，雪人胸口上渗出的血渍又一次使凶手的计划破产了。

尼基：埃勒里，那到底是谁杀了那个人？我现在就想知道这个！

韦利：我也是！

埃勒里：那根失踪的玉米芯烟斗让我知道了凶手的身份。

警长：你怎么从这一点推断出凶手的，埃勒里？

埃勒里：服务员，再来一杯咖啡，谢谢！

服务员：马上就来。（倒咖啡的声音）

埃勒里（严肃）：我很肯定凶手本打算在重新堆砌的雪人嘴里插上一根玉米芯烟斗，但是没有找到埋在雪里的那根，因为第二个雪人比第一个雪人少了一根玉米芯烟斗。假设凶手是霍默·克莱，或者是杰德·比格洛，又或者是老马修？（稍作停顿）

警长：假设？就我看来最有可能的就是他们三个。也许比格洛的嫌疑最小。

埃勒里：噢，不是的，爸爸！这三个人想再弄根玉米芯烟斗插在雪人嘴里实在是太简单了！

韦利：我非常想知道，你是怎么知道这个的？

埃勒里：因为就在案发的前一天下午，霍默·克莱在堆雪人的时候告诉我们，他的玉米芯烟斗放在自己的卧室里。他是不是还说，他的岳父老马修把玉米芯烟斗放在他阁楼的房间里？后来克莱是不是叫比格洛拿出他仅有的两根玉米芯烟斗中的一根——也就是说杰德还剩下一根玉米芯烟斗？所以凶手不可能是他们三个中的任何一个，因为他们这三个人中的任何一个，都至少还有一根存货，回到房间里取出来，短短几分钟，易如反掌，无须大费周折在雪地里又刨又挖。当然，不要忘记了——他们每个人都有一间独立的卧室——这也是克莱告诉我们的——所以回到房里去拿玉米芯烟斗也不用怕吵醒其他人……那么如果不是他们三个中的任何一个，那还有谁有可能是凶手呢？

尼基（语速缓慢）：埃勒里·奎因，如果你是要说……那房子里只剩下两个女人……

埃勒里（平静）：是的，尼基，两个女人。有没有可能是霍默的妻子朱莉？当然不可能。把尸体一路拖到屋前，推平原先在那里的雪人，把尸体固定在桩上，然后在那上面再堆砌一个雪人，做这些事需要男人的体力。朱莉无法胜任——她“跟刚出生的牛犊一样瘦弱”——一副病态，气若游丝。所以，肯定不是朱莉干的。

（一片寂静）

韦利（震惊）：那个老妇人！

尼基：马修太太！

警长：马修太太？

埃勒里（平静）：是的，是朱莉的母亲，她是剩下的唯一一个可能的凶手——马修妈妈。你们可能要问，她有没有那么大的力气两次行凶杀人，还做了一大堆的善后工作？有。杰德·比格洛跟我们说过，“和耕地的母马一样壮”。她一手打点家务、煮饭、喂牲口，甚至还去地里帮忙干农活！一个农夫的妻子……她完全有体力进行两次犯罪——不单如此，她也有很明确的作案动机。

尼基（低语）：马修妈妈杀了那个人来保护自己女儿的名誉，挽救她女儿一息尚存的性命？

埃勒里（平静）：是的，尼基。让我们为这个老妇人母性的一面表示敬意并且和她告别吧……服务员！埋单！

（音乐起……）

一个家族诅咒、一个出没在避暑别墅里幽灵般的女子——埃勒里·奎因热衷于描述似乎只有超自然的方法才能解决的神秘的事件——在一九四〇年一月十四日播出的广播剧《黑衣女子》中，埃勒里·奎因娴熟地运用了这一技巧，虚构出了令人毛骨悚然的氛围。该剧也是奎因系列作品中最能展示这一技巧的代表作之一。

黑衣女子

人　物

菲利普·乔尼	英国小说家
诺玛·乔尼	乔尼妻子
兰辛医生	乔尼医生
奥格尔维	乔尼家的朋友
特贝茨	一个伦敦人
约翰·基思	乔尼同母异父的兄弟
克莱门丝·赫尔	乔尼妹妹
埃勒里·奎因	侦探
尼基·波特	侦探秘书
奎因警长	纽约警署
法医普劳蒂	纽约警署
韦利警佐	纽约警署

背景：一所靠近纽约市的乡村住宅，一九四〇年

（音乐起……汽车缓慢地行驶在碎石路上的声音……）

乔尼（中年人，英国口音）：（紧张不安）医生，非常谢谢你送我回家。

兰辛（中年人，美国口音）：（咯咯笑）我可不是那么有幸每个晚上都有机会给一个著名的英国小说家当车夫，乔尼。

乔尼（痛苦）：兰辛医生，恐怕你的英国小说家就要不久于人世了。

兰辛：胡说八道！（停车）乔尼，你进屋子之前，收起你那张“死神你在哪儿”的脸孔。你这样会把你妻子吓坏的。

乔尼：是啊，诺玛已经够为我担惊受怕了。那么，谢谢你了，兰辛医生……（打开车门）

兰辛：乔尼，走之前……我要再次警告你，放慢自己的工作。

乔尼：现在？我的小说很快就要完稿了。

兰辛：听着，乔尼，我觉得你今晚有点不对劲。你好好休息休息，呼吸一下新鲜空气，放轻松，没有什么病治愈不了。你的症结是精神紧张引起的疲劳，工作负荷大。这样下去，你身体会垮的，除非你……

乔尼（非常疲倦）：我连续几个月每天写作十六个小时，你总不会以为这样的生活会让我身强力壮吧——

兰辛：我亲爱的朋友，你长期让自己的神经系统处于高负荷运作状态，现在它罢工不干了。当然，如果你认为你的小说比你的——（犹豫）——你的健康还重要的话……

乔尼（大笑）：你刚才差点想说“神志健全”，是不是？

兰辛（犹豫）：不，不，我没有那个意思，乔尼！

乔尼（紧张）：这可是我花费了很多心血的巨作，兰辛医生，我不能这个时候停下来。（怪异）也许我连续好几个月一直赶着要完稿，是因为我有一种预感……（停止说话。步出汽车）好吧，再次谢谢你，兰辛医生。今晚的月光很明亮，是不是？

兰辛：什么？噢，是的，乔尼。或许我最好陪你一起穿过花园回屋子里——

乔尼（声音稍远）：医生，我今晚觉得精神特足。

兰辛：嗯！那就好。晚上好好睡一觉，明天早上给我电话。

乔尼（声音稍远）：你真是太周到了。（关上车门——声音从更远处传来）晚安，兰辛医生。

兰辛（语速缓慢）：晚安，乔尼……（踩在碎石道上的脚步声越走越远。医生叹了口气，发动车子，开始调头）

乔尼（声音从远处传来——充满惊恐）：医生！兰辛医生！（车子停住）

兰辛（叫喊）：怎么了？发生什么事了，乔尼！

乔尼（声音由远及近——充满惊恐）：等一下！快停下！（打开车门）

兰辛：看在上帝的份上，乔尼！发生什么事了？你整个人都在发抖！

乔尼（上场——喘气）：兰辛医生，你车上是不是带着一把左轮手枪？你告诉过我的——

兰辛：是的，怎么了？晚上在这么偏僻的道路上行驶……问这个做什么？

乔尼：快给我！

兰辛：乔尼，你听我说，你看上去有点心烦意乱——

乔尼（歇斯底里）：我说了，快给我！马上！

兰辛（宽慰）：当然了，老朋友。马上给你。（打开车上的锁）现在告诉我——

乔尼：兰辛医生，快给我那把手枪！

兰辛（宽慰）：马上，马上，乔尼。但是你要先告诉我，是什么让你这么惴惴不安？

乔尼（喘气）：跟我来！（碎石道上响起快速奔走的脚步声）跟你道别之后——我就一个人沿着碎石道走——就在我靠近那个凉亭的时候——你知道，就是那个小小的白色凉亭，在花园里——

兰辛：我知道的，然后呢，兰辛？

乔尼：我看见了……就在这里！快停下！（脚步声停止）你看到了吗？那个凉亭？你肯定看得到——月光直接照在里面——跟白天一样明亮——

兰辛：我是可以把房子里面看得一清二楚，乔尼。但是你要我看什么呢？

乔尼（绝望）：你没有看到——一个女人吗？

兰辛（诧异）：女人？（语速缓慢）什么女人，乔尼？在哪里？

乔尼：就是那个女人——在那个凉亭里——披着黑色的面纱……上帝啊，医生，你没有看到一个女人一身黑色的打扮，坐在那张白色的桌子后面吗？

兰辛（宽慰）：呃……乔尼，我送你回房里吧。

乔尼：不！兰辛医生，你看到房子里有一个穿着黑色衣服的女人了吗？还是你什么都没看到？

兰辛：乔尼，让我挽着你的手——

乔尼：但是——我能看到她，非常……非常……兰辛！看在上帝的份上！你没有看到她在做什么吗？她从桌子边站了起来——她把桌子推开——她现在正绕开桌子走到凉亭的入口处，看着我们……她浑身都是黑色的，浑身都是黑色的衣服！

兰辛（温和）：乔尼，听我说。你太疲倦了。你的神经系统已经不堪重负。那所房子的门口没有任何一个人站在那里。我们现在回屋子里吧，我给你注射一支镇静剂——

乔尼（歇斯底里）：如果你什么都看不到——那就是怪物，她来了！那个黑衣女子——她来了！

兰辛：乔尼，不要对自己这么苛刻，听着——

乔尼（怒吼）：那个黑衣女子！她纠缠过我的父亲，纠缠过我父亲的父亲……现在她从英国一路尾随我到这里来了！奥格尔维知道关于她的一切。奥格尔维知道——

兰辛：你说的是你们家的那位苏格兰朋友吗？乔尼，你太相信他那些鬼故事了……现在我们一起离开这里——

乔尼：不——等等！如果就是那个黑衣女子，那她就是个鬼魂——如果她是个鬼魂……（声音镇定了许多）医生，把你那支枪给我。

兰辛：乔尼，你要我的枪做什么？

乔尼：我说快把枪给我！（一番小小的争夺）

兰辛（警惕）：乔尼先生！请你——

乔尼（紧张）：不要害怕，兰辛医生。我知道自己在做什么。你说没有人站在房子门口？你说你看不到她？

兰辛：乔尼，这个花园里除了你和我，没有其他人。拜托请小心点——把那支枪还给我——那支枪子弹上膛了——

乔尼（严肃）：医生，等我让她吃一颗子弹，我再把枪还给你。这个黑衣女子是我们家族的鬼魂，鬼魂是不会惧怕子弹的，是不是？现在我们看看——（扣响扳机，但是枪膛仿佛是空的）没响，再来一次！（从枪膛射出了一发子弹）这下射出去了！（片刻沉默，而后发疯似的）她仍旧站在那里！我朝着她的胸口发射了子弹——但是她安然无恙地站在那里！（抽泣）

拉喜（温和）：乔尼，我告诉你没有人站在那里。快把手枪给我……很好。现在我们回屋子里吧……（碎石道上响起脚步声）

乔尼（崩溃）：她来了……那个黑衣女子她来了……

兰辛：这只是你的幻觉，乔尼。你不会相信那些什么家族鬼魂之类的无稽之谈吧，是不是？像你这样有智慧的人……（脚步声停止）乔尼，你停下来做什么？不要回头看！

乔尼（语气激烈）：我必须看看……兰辛医生，她不见了！她不在那个地方了！（脚步声再次响起）

兰辛（自言自语）：感谢上帝！（欢喜）看到了吧？乔尼，我送你回房里休息，给你注射点药剂让你好好睡一觉……（脚步声停止）

乔尼（喃喃低语）：是的……睡一觉……（门铃声响起）

兰辛：明天早上一觉醒来，你会觉得整个世界更加清晰明朗。（门打开）啊，是特贝茨。

特贝茨（苍老的伦敦音）：晚上好，兰辛医生。晚上好，先生。（警觉）医生，发生什么事了——

兰辛（伴随着关门声）：乔尼，在门厅这里坐一会儿……（低声）

乔尼先生有点不太舒服，特贝茨。乔尼太太在家吗？

特贝茨：是的，先生！乔尼先生，先生——您着实吓了我一跳，您的脸色——苍白得我以为撞鬼了——

兰辛：好了，好了，特贝茨！快点去叫乔尼太太！马上就去！

特贝茨（退场）：是的，先生！我这就去！

兰辛（温和）：乔尼，为了你太太，你要振作起来——我帮你把外套脱了吧——（乔尼开始歇斯底里地大笑……退场）

（音乐起……众人的谈话声……）

埃勒里（沉思）：非常不寻常的经历，乔尼先生。很不寻常。

尼基：听得我毛骨悚然！

警长：乔尼先生，像你从事这种职业更应该照顾好自己的身体。他是超负荷工作，是不是，兰辛医生？

兰辛：是的，警长，他们这个职业的人常有的毛病。乔尼出现的幻觉——

奥格尔维（苍老——苏格兰口音）：这不是幻觉，兰辛医生。就是那个黑衣女子……

埃勒里：噢，是奥格尔维先生。顺便问一下，您就是乔尼先生提到的那个朋友？我读过您写的一些关于超自然的书。

奥格尔维（冷漠）：非常好，奎因先生。看得出来，你并不相信我写的东西。菲利普·乔尼之前也不相信。那么你现在相信了吗，乔尼？

乔尼（绝望）：我不知道该相信什么不该相信什么，奥格尔维。我的的确确亲眼看到那个穿着黑色衣服的……东西。我看到她在动——然后漂浮，在月光里看得一清二楚……

埃勒里：嗯。乔尼先生，我了解到的情况是，您刚来美国几个月？

乔尼（疲惫）：是的，我是英国人。我同母异父的兄弟约翰·基思一家，还有我们家族的其他成员在这里已经好些年了。

警长：你兄弟在这里有生意？

乔尼：他在这里投资了一些影院——在那个住宅里就有他自己的放映室。我……我父亲去世以后，我就一直……一直闲着。我之前想来美国完成我的新小说。我太太和我就住在约翰家里。

尼基：然后你们就撞到了之前的那一幕？

兰辛：是的，事情是昨天晚上发生的，波特小姐，就在约翰·基思家的花园里。我驾车把乔尼从我的办公室送回来。

埃勒里：乔尼先生，您太太也是英国人吗？

乔尼：不是的，奎因先生。她是美国一名外交官的女儿。我们在伦敦认识。

警长：还有其他人和你一起住在基思家吗？

乔尼：还有我们的妹妹克莱门丝——克莱门丝·乔尼·赫尔。

奥格尔维：赫尔太太寡居——她先生在几周前死于车祸。非常不幸。

尼基：太可怕了！奥格尔维先生，您也住在乔尼先生兄弟的家里吗？

奥格尔维：是的，我是菲利普·乔尼的客人。

埃勒里：那么乔尼先生，您找我来是做什么呢？

乔尼：因为——要么是我发疯，要么……

兰辛（疲惫）：乔尼，你不会发疯。发疯和因为精神紧张引起的幻觉是不同的，而且……

奥格尔维（尖锐）：兰辛先生，就是那个黑衣女子！

乔尼（绝望）：奎因先生，如果奥格尔维是正确的——那么，我的死期就不远了！（众人的低语声）奥格尔维知道关于这个黑衣女子的一切。老朋友，告诉他们吧。

奥格尔维（不慌不忙）：先生们，这个黑衣女子是乔尼家族的鬼魂。（众人的议论声）很好——讥笑！我是乔尼父亲的朋友，也是他祖父的朋友，他们相信这个鬼魂的存在！

警长：或许他们相信，奥格尔维先生。但是为什么要说你的死期将至这一类的话呢，乔尼先生？

乔尼（疲惫）：我父亲死于坠机，飞机在横渡海峡时出事了。我的祖父在我父亲去世之前，死于一次捕猎。

奥格尔维（激动）：每个要离世的乔尼家族成员在去世不久前，都会看到那个黑衣女子！（众人停止了议论声）

兰辛：抱歉，但是我必须说——这些都是胡言乱语！

埃勒里：不，不，兰辛医生，我们一起把眼界放宽一些。那个黑衣女子——那个所谓的鬼魂——是不是只有乔尼家族的成员能看得到？

乔尼：是的，奎因先生。一共三次。我们家族一直流传着这样的说法，看到这个鬼魂三次——（痛苦地大笑）——这个乔尼家的人就会死去。

奥格尔维（严肃）：而且这种情况已经在好几代人身上延续了。

尼基（迅速回应）：昨晚是您第一次见到那个——鬼魂吗，乔尼先生？

乔尼（虚弱）：是的……第一次……（强笑一声）还有两次，是不是，奥格尔维？然后——

埃勒里：乔尼先生，您左轮手枪使得好吗？

乔尼（疲惫）：噢，非常好。

警长：你说你射中了那个幽灵？

乔尼：是的，她就站在那个凉亭的入口处，我扣响了扳机，子弹直射进她心脏的位置。我非常肯定我射中的位置。昨晚月光非常明亮，我开枪的时候，兰辛医生和我离那所凉亭不到十码。

奥格尔维（悲伤）：你是射不中一个鬼魂的。

埃勒里：先生，能让我看看那支左轮手枪吗？您是否把它带在身上了？

兰辛：在我的出诊包里。（打开包）给，奎因先生。

埃勒里：谢谢，医生。（打开手枪，转动枪膛）嗯，上满枪膛的话一共有六颗子弹。兰辛医生，乔尼先生昨晚开枪射击以后，这支枪是否就一直由您保管着？

兰辛：是的。乔尼开枪还给我以后，这支枪就一直没有被动过。（合上手枪）

埃勒里：那么我想我们接下来就要探究一下这个鬼魂的存在性。尼基——离开那沙发！

尼基：埃勒里！不要把那——那玩意对着我！

警长：你在干吗，儿子？

埃勒里（兴高采烈）：迈出第一步，证实一下乔尼先生家族的鬼魂是否存在。请让开。（射击。众人惊呼声）

奥格尔维：上帝啊，这太疯狂了！

警长：埃勒里，你朝我们的沙发开枪！

尼基：噢吼，警长，你早该买张新沙发了！

埃勒里：我们看看能不能找到那发子弹……（沙发垫被挪开）啊！小家伙在这里。非常好。爸爸，帮我拿着这颗子弹。

警长：你要拿着这玩意做什么？

埃勒里：做一下比较——弹道检测。我有一个主意……（打开手枪，转动枪膛）啊，还有四发子弹。（啪的一声合上手枪）如果您不介意的话，我想暂时保管这支手枪……（乔尼的呻吟声）怎么了，乔尼先生？

尼基：他看上去不太好！

警长：埃勒里，你表演的把戏把他吓到了——（乔尼再次发出了呻吟声）

兰辛（敏锐）：乔尼！快，把他扶到沙发上去。（在众人的闲杂声中，乔尼被扶到了沙发上）乔尼！你怎么了？

奥格尔维（焦虑）：他的脸色好苍白！——乔尼，快说说话！

乔尼（喘气）：我的——心脏……好难受……

兰辛（尖锐）：白兰地！快！

尼基（声音稍远）：噢，白兰地在哪里？

埃勒里：那边，尼基——桌上的玻璃瓶里！

尼基（声音稍远）：噢，是的……（瓶子和玻璃酒杯的碰撞声，酒倒入杯中的声音。上场）给，医生……

兰辛：谢谢。乔尼——把这个喝了。这边！

乔尼（喘气）：我感觉非常——怪异……（喝下白兰地）

兰辛：乔尼，好好躺着。麻烦把我的诊包给我……我要听诊器……

警长：给你，医生！（把包打开。现场一片寂静）

兰辛：嗯……嗯……没事的，乔尼，你好好地躺着……

乔尼（低语）：好的……兰辛医生……

埃勒里（低声）：医生，他怎么样了？

奥格尔维（焦虑）：他是不是——他现在怎么样了——

兰辛（低声）：心脏病突发。我们得马上把他送回他弟弟的家里。昨晚在我的办公室给他做身体检查的时候，我就检查出他有心脏病的症状，但是那时候还没有这么严重。可能受到了刺激——

尼基（低声）：他自己不知道吗？

兰辛（低声）：我没告诉他，我现在也不能跟他说这个。他的精神状况不佳……（退场）奥格尔维，帮我拿一下他的外套。

奥格尔维（退场）：好的，医生。

埃勒里（严肃）：尼基，你也穿上你的外套。

尼基：做什么——埃勒里，我们这是要去哪里？

埃勒里：我们要和菲利普·乔尼、奥格尔维先生，还有兰辛医生一起返回基思家里！

警长（低声）：埃勒里，你不会是真的相信那些鬼故事了吧？

埃勒里（严肃）：我是真的要试图挽救乔尼的生命！

（音乐起……渐出……）

兰辛（兴奋）：现在感觉好点了吗，乔尼？

乔尼（虚弱）：好多了，兰辛医生。诺玛，亲爱的……

诺玛（年轻的美国女子——努力控制自己的情绪）：噢，菲利普！

不要说话——不要动——好好躺着，试着睡一会儿，亲爱的……

乔尼（昏昏欲睡）：好的，诺玛……不要担心，亲爱的。（渐渐入睡）我会……没事的……（一片寂静）

诺玛（轻轻地哭泣）：他脸色怎么这么苍白，一副气若游丝的样子！兰辛医生，他是不是病得不轻？

兰辛（低声）：不，乔尼太太。只要照顾好自己，他很快就会恢复的。

埃勒里：医生，他会一觉睡到天亮吗？

兰辛：噢，是的。我给他注射了一支镇静剂。乔尼太太，治愈你先生，我们也需要你的配合。如果你还是像现在这样——

诺玛（抽泣）：我很抱歉。都是菲利普的小说害的，没日没夜，连个喘息的机会都没有——

埃勒里：乔尼太太，很显然您丈夫的精神状况不佳。超负荷工作可以把任何一个人拖垮。

兰辛：他得放慢自己的速度，必须这么做。如果他能好好休息一段时间，他就能恢复得很好。

诺玛：但是他不愿意，兰辛医生。菲利普非常固执——特别是在他写作期间。我们都不知道该拿他怎么办才好。他不会轻易丢下他的小说不管——我很肯定他不会。

兰辛（严肃）：乔尼太太，如果是这样的话，我没办法对他的身体负责。这个你自己决定。今晚就到此为止吧，我明天早上会再来一趟。一起走吗，奎因？

埃勒里：是的，医生。（门打开）

诺玛：我留在这里陪菲利普。如果他醒来……晚安，医生。奎因先生，谢谢您的帮助——

埃勒里：请别这么说，乔尼太太。我们很乐意帮助您先生。晚安。（众人互道晚安。门关上。楼梯上响起了脚步声）兰辛医生，请告诉我，你确定当晚那个凉亭里没有任何人吗？

兰辛（疲惫）：奎因，我跟你说，我和乔尼的距离就跟我和你现在这么近。当时那里一个人也没有。

埃勒里：你对所谓的家族鬼魂的故事怎么看？

兰辛（嗤之以鼻）：那种老妇人闲来无事讲的鬼故事？你认为一个像菲利普·乔尼那样聪明的人会——当然了，他现在精神状态不好。（门打开。众人你一言我一语）

尼基：埃勒里，乔尼先生怎么样了？（门关上）

奥格尔维：都不成人形了，是吧？

基思（略带英国口音）：好了，先生们，我哥哥到底怎么样了？

兰辛：基思，他这会儿正在睡觉。如果你们能确保他减轻工作负荷，他很快就会恢复。

基思：可怜的菲利普。那不过是份工作罢了——

尼基：埃勒里，这位是约翰·基思先生，乔尼先生同母异父的弟弟。（双方互道问候声）

兰辛（疲惫）：好了诸位，我该走了。

特贝茨（上场）：先生，您的包和外套。

兰辛：谢谢，特贝茨。

特贝茨（焦虑）：乔尼先生还好吗，先生？

兰辛：至少现在看来——他还好，特贝茨。（退场）晚安各位。（众人互相道别）

特贝茨（退场）：这边请，医生……

奥格尔维：那个特贝茨！上帝保佑他！一辈子都在乔尼家当仆人。好了，我想我也该走了。（众人互道晚安。奥格尔维退场）

埃勒里：基思先生，我走之前能看看那个凉亭吗？

基思：当然了，奎因先生。（脚步声。两人边走边谈话。前门打开，碎石道上响起脚步声）非常奇怪的事情，不是吗？

埃勒里：这么说您知道昨晚发生的事情了？

基思：是的。我昨晚整晚都无法入睡，非常担心菲利普。

尼基：基思先生，对那个所谓的黑衣女子，您是怎么看的？

基思（疲惫）：胡言乱语。兰辛是对的。可怜的菲利普只是产生了幻觉。这是这个家族的通病。我们有一个在军队服役的舅舅有一次还声称看到一个婆罗洲杀手。

埃勒里：这么说的话，也难怪你哥哥会这般憔悴。

基思：都是他的那些小说把他自己给整垮了。他一直这样。

尼基：你们的妹妹赫尔太太也是个作家吗？

基思：克莱门丝？上帝啊，当然不是了。就算她是，可怜的克莱门丝刚刚经历了一场大悲剧，她也无心从事任何写作。你们没见过克莱门丝本人吧？（众人应和声）她整天穿着丧服走来走去，看上去一副失魂落魄的样子……就是这里，奎因先生。

埃勒里：嗯。今晚月光也很明亮。我猜乔尼开枪的时候，他和兰辛医生应该就站在差不多这个位置。

尼基：隔这么近，就是我也能射中！

基思：可怜的菲利普。朝着空荡荡的门槛射击！

埃勒里：我们看看他打中了哪里。（草地上响起脚步声）

尼基：那颗子弹！埃勒里，你是要找那颗子弹吗？

埃勒里：波特小姐，你说对了。（木地板上响起脚步声）基思先生，这里有灯可以照明吗？

基思：有的，我去开灯。（打开开关的咔哒声）

埃勒里：这样看清楚多了！我们看看……这么直直地射到门口的位置……那颗子弹应该嵌在另外一面墙壁上，大概是这个位置！

尼基：埃勒里！这里有子弹穿过的痕迹！

埃勒里：还有那颗子弹，除非我搞错了——啊哈！是的，乔尼先生射出去的那颗子弹直穿过那个鬼。门口没有看到任何血迹，你们看到了吗？

基思：当然没有了。

尼基：如果那个黑衣女子是血肉之躯，她就那么站在门口被乔尼先生射中的话，那她一定会被直接击中心脏！

埃勒里：是的，尼基。子弹击穿了差不多人体心脏位置的地方。好了，我要把这颗子弹带走做个留念。（木地板上响起脚步声）谢谢您，基思先生。

基思：我猜这对您来说称不上什么像样的案子。（草地上响起脚步声）

埃勒里：恰恰相反，基思先生。这是个非常有意思的案子。顺便问一下，是否可以告诉我对着这个凉亭的房子二楼每个窗户都是谁的房间？

基思：楼上的那排窗户？从那边看，分别是我妹妹克莱门丝的卧室、我的放映室、菲利普的图书室、菲利普的卧室——就是现在开着灯的那个房间——旁边是诺玛的卧室。

埃勒里：非常感谢，基思先生。（碎石路上响起脚步声）好了，这是我的车。

尼基：基思先生，那么晚安了。

埃勒里：我要跟基思先生道声“晚安”，尼基。但是我要派一个任务给你，如果基思先生同意的话。

基思：我？当然了，我非常愿意效劳——

尼基：给我派任务，埃勒里？

埃勒里：是的，尼基。基思先生，我知道叫菲利普·乔尼停笔是不可能的事情。既然这样的话，波特小姐是一位训练有素的文字秘书——

尼基：噢，我明白了。（低声）你可真好啊，奎因先生！

基思：我说，这真是个好主意！波特小姐可以大大帮忙减轻菲利普的工作量，是不是？做做笔记、打印文稿什么的，这太好了！

埃勒里：我想是的。尼基，你的意思呢？

尼基：但是埃勒里，我没有带换洗的衣服——

埃勒里：我明天把你一整个衣橱的衣物都带过来——

尼基（低声）：想得还真周到！（提高音量）非常好，奎因先生。或许到时候我喜欢上跟着乔尼先生做事情，然后就不想回到你那里了。怎么说你也只是个侦探小说家，而他——他可是个主流小说家！

埃勒里（咯咯笑）：我都可以，到时候随你决定了……好了，那咱们就这么定了——（尼基尖叫声）

尼基（尖叫）：看！噢——快看！（鬼魅的音乐声）

基思（警觉）：发生什么事了，波特小姐？

埃勒里：朝哪里看，尼基？

尼基：那个凉亭——那个女人……全身穿着黑色的衣服！（一片寂静）

埃勒里：门口是有个女人——浑身穿着黑色的衣服！嘿，你——

基思（迅速插话）：等等，奎因先生。不要吓到她。她是我妹妹克莱门丝——她在服孝期间，你知道的……她最近一直一副郁郁寡欢的样子……

尼基（松了一口气）：噢……吓得我心跳都快停了！

埃勒里：她是赫尔太太，嗯？现在走开了。她应该是我们站在车子这里讲话的时候溜到那个凉亭里的。

基思：如果您想和她聊聊的话……克莱——

埃勒里（迅速插话）：不用了，基思先生。我们不要去打扰那个可怜的女人。

基思：我最好送她回房间。波特小姐，你准备好了以后——我会让特贝茨给你安排个房间……（退场）晚安，奎因先生……

埃勒里：晚安，基思！（一片寂静）

尼基（低声）：埃勒里，我……不喜欢……你给我安排的工作。你还真是够大方的！

埃勒里（低声）：拜托了，尼基。给你的任务非常重要。

尼基：为什么重要？

埃勒里：因为我需要在这里安插一个所见所闻我信得过的人！

尼基：你指的是……关于……那个鬼魂吗？

埃勒里（严肃）：是的，尼基。睁大你的眼睛看。下次你看到一个全身黑衣服的女鬼——不是赫尔太太——找最近的电话通知我！

（音乐起……渐出……）

尼基（话筒过滤后的声音）：谢谢你把提箱送过来！

埃勒里：这是我应该做的，尼基。昨晚睡得好吗？

尼基：你还提“睡觉”？我一整晚都在到处找鬼！

埃勒里（咯咯笑）：菲利普·乔尼今天怎么样了？

尼基：好多了。他又强行开始写他的小说。兰辛医生、乔尼太太，还有其他人——他们都很抓狂。

埃勒里：那个久负盛名的小说家是不是欣然接受我给他安排的新秘书？

尼基：我非常喜欢给他当助手！他还亲了我呢。（远处传来开门声）我一点也不介意——他很帅……

埃勒里：这是显而易见的，波特小姐。（电话那头传来说话声）噢，爸爸，韦利警佐……尼基，睁大眼睛把那个鬼给揪出来！

尼基（严肃）：别担心，我会加强警惕的。如果让我看到她——我会给她点颜色看看！

埃勒里（大笑）：再见。

尼基：再见！（挂断电话）

埃勒里（急切）：好了。爸爸，有什么发现没？

警长（上场）：发现了不少线索。坐吧，韦利。

韦利：非常多。奎因先生，你的那个鬼魂调查得怎么样了？

埃勒里：躲起来了，警佐。那么，爸爸？

警长：韦利和我已经把所有的资料都翻了一遍。

韦利：没有什么有价值的发现。那所房子里所有人的资料都没什么疑点，他们的身份和他们自己交代的完全吻合。

警长：关于乔尼的遗嘱——

埃勒里：啊！您还查了他的遗嘱，嗯？非常有效率，爸爸！乔尼准备死后把遗产都留给谁？

韦利：你觉得呢？不要总把问题想得很复杂！

警长：诺玛·乔尼——乔尼的太太。

韦利：而且她是唯一受益人。

埃勒里：他的遗产很丰厚吗？

韦利：非——非常。我说，你怎么不像乔尼那样写一本类似《王室的小混混》之类的书——

警长：是《王室的流氓》，你个笨蛋！

韦利：管他什么呢。乔尼的作品被改编成了电影、电视剧等，他也从中获益颇丰……

埃勒里：警佐，恐怕这个世界上只有一个菲利普·乔尼。没有其他人是乔尼遗嘱的受益人吗？

警长：没有。连他亲妹妹都被排除在外。

埃勒里：嗯。警佐，那份弹道检测报告出来了吗？

韦利：你说关于那两颗子弹的检测报告？一发子弹是你在那个凉亭的墙上挖出来的，还有一发子弹是你射进沙发的。检测报告显示这两颗子弹确实都出自兰辛医生的手枪。这一点已经被确认了。

警长（沉思）：这么说，这中间确实没有人在作祟。乔尼的的确确朝着那个凉亭的大门开了一枪，觉得他在射击一个鬼魂。

韦利：要我说的话——那家伙就是写作写得走火入魔了。这个案子的事实就是这么简单。奎因先生，记住我的话，如果你也像他那样沉湎于自己的写作，你早晚也会像他那样！埋头写东西，那根本不是人应该过的生活。（埃勒里和警长大笑）我一直说——到户外去，呼吸新鲜空气，锻炼锻炼身体。我一直说——

警长：韦利，你一直就是废话太多！（退场）我希望尼基在那里安然无恙。埃勒里，我不太同意让那孩子待在那种鬼地方……

（音乐起……继而是打字机的啄啄声……）

乔尼（伴随着打字机的啄啄声在做口述——声音疲惫而沙哑）：“……在黑暗的沉寂中。”另起一段，波特小姐。（稍作停顿。语速缓慢）“弗朗顿把柔嫩的金雀花踩在他的猎靴下，当着宿敌的面磨着脚后跟……”（稍作停顿）“宿敌……”（打字机的声音停止）等等——等等——

尼基：乔尼先生，您累了。您不觉得您今晚已经口述得够多了吗？

乔尼（紧张）：不！我必须完成！“宿敌……”

尼基：但是我们还有足够的时间——您以后还有很多时间——

乔尼（沙哑）：时间？不，波特小姐。我没有多少时间了……（踱步）如果我死了——

尼基（迅速插话）：乔尼先生，您必须停下来！乔尼太太会对我发火的。我答应她可以让您工作，只要……乔尼先生！我告诉过您，不要在图书室的窗边踱步。您知道兰辛医生说过不要站在风口——

乔尼（紧张）：拜托，拜托了。我必须继续写下去。（停止踱步）刚才说到哪儿了？噢，对了。“宿敌……”（倒抽了一口气）

尼基（警觉）：乔尼先生！发生什么事了？

乔尼（尖叫）：看！快看！

尼基：看什么——在哪里——

乔尼（尖叫）：那个黑衣女子！她又出现了！就站在楼下那个凉亭的门口！——在月光里……月光里……（喘气。倒下）

尼基（叫喊）：乔尼先生！噢，他——他晕过去了！救命啊！有人吗——救命啊，救命啊！（房门迅速打开）谢天谢地——特贝茨——瞧——

特贝茨：小姐，什么事情这么大呼小叫的？啊，是乔尼先生！（尼基叫喊）乔尼先生，先生——是我，特贝茨——

尼基：他是不是——他是不是——

特贝茨（哀伤）：晕过去了，小姐！我马上打电话给兰辛医生——

（音乐起……众人的闲杂声……）

诺玛（疯狂）：我们必须马上把菲利普带离这里。噢，为什么兰辛医生还待在菲利普的房间里不出来？

尼基：乔尼太太——拜托。你要镇定点。

基思：是的，诺玛。如果让菲利普听到你说什么，他会更加发愁——

奥格尔维：基思，你那个寡妇妹妹在哪里？这种情况她都不露个脸让人觉得非常奇怪。

基思：奥格尔维，克莱门丝是不会出现在这种场合的。这不能怪她，她自己已经经历得够多了——

诺玛：让可怜的克莱门丝待在自己的房间里吧。是这个房子！约翰·基思，我知道我这样说非常不对——是你的房子有问题——我们必须马上把菲利普带到一个安静太平的地方去——或许我们可以到南方去——或者回英国去……

尼基：乔尼太太，冷静点。你决定要带你丈夫离开是对的，但至少要等到他恢复一定的体力才能出门——

诺玛：我要把他的小说撕了！我要放把火把它烧了！

奥格尔维（忧郁）：就是那个鬼魂——那个黑衣女鬼——

基思（尖酸）：奥格尔维，把你那张苏格兰大嘴闭上！黑衣女鬼！你是不是要让我们每个人撞了鬼才高兴！

奥格尔维（顽固）：约翰·基思，如果奥格尔维在这所房子里不受欢迎的话……

基思：抱歉，老朋友。我自己的神经都已经——（远处传来开门声）是兰辛来了！医生——

诺玛：兰辛医生，我丈夫怎么样了？

奥格尔维：医生，那个可怜的人怎么样了？

尼基：他怎么了，兰辛医生？他这是怎么了？

兰辛（上场——沉重）：又是心脏病突发。（众人的惊叹声。诺玛开始哭泣）波特小姐，你说乔尼惊呼了一句，好像是在说什么有鬼之类的，然后就倒下了？

尼基：是的。说的是那个黑衣女子——站在那个凉亭里——

奥格尔维（喃喃自语）：这是第二次了……一次，两次……如果她再出现一次的话……

基思（尖声）：噢，够了，奥格尔维！

兰辛：你们都别这样了。乔尼现在最需要的是一个轻松的环境。我现在严格禁止他下床。

诺玛：医生，我不能带着菲利普离开这里吗？

兰辛：乔尼太太，除非我允许这样做。但是——是的——我同意。这个地方不适合他再待下去了……

特贝茨（上场）：奎因先生和奎因警长来了，还有一个大块头的男人……

尼基：噢，他们总算是来了！

基思：带他们进来，特贝茨！

特贝茨：好的，先生。（声音从较远处传来）这边请，先生们……（一行人的说话声传来）

埃勒里（上场）：尼基，接到你的电话以后我们就第一时间赶过来了。各位好！（众人互道问候声）

韦利：那个一身黑的女鬼在哪里？

警长：兰辛医生，乔尼先生怎么样了？

兰辛医生（上场）：警长，又是心脏病发作……（众人闲杂议论声）

埃勒里：尼基，我能跟你说几句话吗？（伴随着众人的闲杂声）

尼基：噢，埃勒里，非常诡异！他的脸一下子变绿了。我敢说他的眼睛——他的眼珠子都快掉出来了——

埃勒里（低声）：尼基，乔尼大叫一声倒下后——你有没有跑过去朝窗户外面看？

尼基：有——我一边往外看一边呼救——

埃勒里：那你有没有看到那个凉亭里有个浑身黑色打扮的女子？

尼基：没有，埃勒里。花园里一个人都没有。可怜的乔尼先生！

我觉得他确信自己时日不多了。他一直都郁郁寡欢。如果他真的再一次“撞见”那个女鬼——

埃勒里（阴郁）：是的，他可能会被吓死。不可思议，真是让人不可思议……

乔尼（不远处传来虚弱的声音）：诺玛……兰辛医生……

诺玛：等等！是菲利普！噢，医生……（退场）我来了，菲利普——我来了，亲爱的……

兰辛（退场）：你得让他保持安静……

埃勒里（低声）：爸爸，韦利，你们过来一下。

警长（上场——低声）：埃勒里，这个案子有一些非常怪异的地方。但是……总之我感觉非常不舒服。

韦利：一个从英国来的鬼魂！她干吗不从哪儿来滚回哪里去？你们觉不觉得，这个案子让人感到浑身不舒服！

尼基：埃勒里……我感到害怕。

埃勒里：尼基，我不应该把你安插在这里。我之前没有意识到这种危险——

尼基：危险？你认为——（诺玛·乔尼和医生上场）

警长：看！他们出来了。

诺玛（上场）：菲利普想看看书——他坚持要看他最喜欢的一些短篇小说——

兰辛（上场）：乔尼太太，我认为他这个时候最好还是好好休息——

基思：兰辛医生，还是让菲利普按他自己的想法来吧。

奥格尔维：是的，不然那个家伙会非常暴躁——

埃勒里：乔尼太太，乔尼先生最喜欢看的短篇小说是什么？

诺玛：《奥斯卡·王尔德短篇小说集》。波特小姐，麻烦你一下——书在那边书架的第四层——

尼基（声音从稍远的地方传来）：第四层吗，乔尼太太？《奥斯卡·王尔德短篇小说集》……噢，在这里。（停顿）给，乔尼太太。

诺玛：谢谢。兰辛医生，让他看看这个可以吗？

兰辛：我想可以。但是看着他，不要让他阅读太长时间。

基思：诺玛，把那本书给我。（退场）我去拿给菲利普……

奥格尔维（退场）：等等，基思！我和你一起进去。或许我们进去跟他说说话能让他放松点……（诺玛和医生一边说话一边退场）

警长：现在可以说了。

韦利：什么危险，奎因先生？

尼基：你刚才说我待在这里不安全……

埃勒里（严肃）：没有任何保护。这么说吧，尼基，我得加强防范意识。警佐，不知是否能帮个忙——

警长：儿子，你要韦利做些什么？

埃勒里（严肃）：我要他晚上在这所房子周围巡逻。还有，警佐——睁大眼睛到处看看！

韦利：保护波特小姐，嗯？这个工作我肯定会全心全意投入！（严肃）如果让我撞到那个鬼——不管是女鬼还是男鬼——我都会把它结结实实揍一顿！

（音乐起……继而是开门声和关门声……）

警长：好了，今晚就先到此为止。这一整天我真是累坏了。

埃勒里（焦虑）：希望乔尼晚上能结结实实睡个好觉。万一有什么情况发生的话——

警长（打呵欠）：噢，你跟他一样神经过敏。那个可怜的家伙是产生了幻觉。我不认为这是什么刑事案件。好了，我得去睡会儿了——（电话铃声响起）我来接。（拿起听筒）你好。

乔尼（话筒过滤后的声音——低沉、激动）：奎因先生吗？我想和埃勒里·奎因说话！

警长：请问是哪位？

乔尼：菲利普·乔尼！请快让他接电话！

警长：请等一下……埃勒里，是乔尼！

埃勒里：乔尼！（片刻停顿）您好！您好！乔尼？我是奎因。您现在在哪里？

乔尼：在家，在我的卧室里。奎因，最最让我恐惧、对我影响最最深的事情发生了——

埃勒里：乔尼先生，您现在情绪很不稳定，您知道这样对您不好——

乔尼：不要管这个！奎因，这完完全全是一个要谋害我的阴谋！

警长（低声）：疯了。跟瞎了眼的蝙蝠一样发疯了。他现在又有被害妄想症了！

埃勒里：别说话，爸爸……怎么了，乔尼先生？您说这些话是什么意思？

乔尼：奎因，根本就不是什么家族鬼魂缠着我不放——根本就不是那么回事！我在花园撞见两次的也根本就不是什么鬼魂！

埃勒里：当然不是了，乔尼先生。那只不过是你的幻觉罢了——

乔尼：你是这么认为的吗？你是这么认为的吗？告诉你，奎因，我已经把整个阴谋都看透了！（歇斯底里地狂笑）谢谢你，老奥斯卡——是你救了我！

埃勒里：你什么意思？

警长：疯了，彻底疯了。

乔尼：奥斯卡·王尔德！我一直在阅读《奥斯卡·王尔德短篇小说集》，然后我读到了一些东西——简直是醍醐灌顶啊——奎因。整个事件都是一个阴谋，利用我现在超负荷工作和精神状况，想借此把我吓死——想让我发疯——

埃勒里：乔尼先生，拜托，请镇定一点。

乔尼（喃喃自语）：是的，是的，这是个阴谋——

埃勒里：是谁在实施这个阴谋？有没有怀疑的对象？

乔尼（紧张）：奎因，关于这一点，我非常肯定——（尖叫声。电话那头传来隐隐约约的撞击声和电话按键声）

警长：埃勒里，怎么了？发生什么事了？

埃勒里：我不知道，爸爸！他尖叫了一声，然后我就听到了一声撞击声……（话筒轻轻摇摆的声音）乔尼！乔尼！那头没声音了，真该死！

警长（急切）：如果他是从他的卧室打过来的，那他的电话是个分机。试着拨打一下基思的电话！

埃勒里：是的！（挂断电话。迅速拨号）

特贝茨（话筒过滤后的声音）：有人吗？我是说——你好！

埃勒里：特贝茨吗？我是埃勒里·奎因！

特贝茨：什么——您是哪位？先生，我听不清楚！

埃勒里：不要问了！乔尼先生还好吗？

特贝茨：乔尼先生？他很好，先生！

埃勒里：噢，真耽误事！让韦利警佐听电话。

特贝茨：韦利警佐？先生，他和兰辛一起到外面的花园散步去了——

埃勒里：那叫波特小姐接电话！快，特贝茨！

特贝茨：好的，先生。请等一下，先生。我马上叫波特小姐用楼上的分机接电话。先生，她在自己的房间里……

埃勒里：是的，是的，快点，特贝茨……该死的伦敦佬！

警长：怎么了？

埃勒里：很明显那个房子里没有人发现有什么异常。韦利和兰辛医生在房子外散步，尼基在她房间里……你好！尼基？

尼基（话筒过滤后的声音）：埃勒里？发生什么事了？

埃勒里：你什么都不知道吗？

尼基：埃勒里·奎因，你大脑没有问题吧？

埃勒里：尼基，听我说，基思房子里有没有发生什么异常？

尼基：异常？当然没有了。

埃勒里：现在谁和菲利普·乔尼在一起？

尼基：没有人陪着他。他情绪非常稳定，兰辛医生说他可以再多看会儿书。他在自己的房间里——估计不是看书就是睡觉。乔尼太太已经去睡觉了。

埃勒里：尼基，我要你马上去乔尼的卧室看看他怎么样了。噢——不，我要你马上找到韦利，然后让韦利按我刚才说的做。

尼基：为什么呢，埃勒里？我不明白——

埃勒里：尼基，按我说的做！马上去！我电话不挂。

尼基（惊恐）：好好，埃勒里……

警长：怎么样了，怎么样了，埃勒里？

埃勒里：爸爸，我们马上就会知道情况。我实在搞不明白，乔尼太太就在她丈夫隔壁的卧室里睡觉。除非——（一阵沉默）

警长（意味深长）：除非乔尼太太——

埃勒里：我们很快就会知道答案了。希望他们正在迅速行动！

警长：或许乔尼又看到那个鬼，然后心脏病再次发作——

埃勒里：爸爸，我不这么认为。他说他读了一篇奥斯卡·王尔德的小说，然后确信他看到的鬼魂都只是幻想。他说他知道整件事情就是一起要谋害他的阴谋——

警长：如果真是一起刑事案件——

尼基（话筒过滤后的声音——惊恐、紧张）：埃勒里！埃勒里！

埃勒里：是尼基！……怎么样了，尼基？他怎么样了？乔尼怎么样了？

尼基（话筒过滤后的声音——惊恐、紧张）：韦利警佐说——（抽泣）

埃勒里：怎么了，尼基？噢，尼基，看在上帝的份上！

尼基（话筒过滤后的声音——惊恐、紧张、抽泣）：噢，埃勒里……菲利普·乔尼他——死了！

（音乐起……继而是众人的说话声……）

警长：韦利，你应该……哎呀！

韦利（非常委屈）：上帝啊，警长，我怎么会知道？那家伙一直好好的，在他自己的卧室里——兰辛医生给他做最后一次检查的时候，我也在。当时他状态很好——然后医生就和我下楼到外面抽了支烟——

埃勒里：警佐，你这么做非常不明智！我想我告诉过你——

韦利：你们这么说让我非常难受！你也指责我，奎因先生？我怎么知道会发生什么事情！这家伙一直说自己见鬼了，是不是？所以我觉得——这大概是个什么阴谋。假设真的有鬼——我是说有人在玩鬼把戏，而不是乔尼自己声称撞见的鬼魂，于是我就跟自己说：我要去那个凉亭看看。这就是为什么我要和医生一起到屋外去。我想乔尼再从窗户往外面看的时候，绝不能再让他看到那个东西神出鬼没吓到他。我怎么知道竟然会有人窜到他房间里，用他床边床头柜上的铜制水瓶砸他的脑袋。

警长：好了，好了，韦利。我想这就是命吧。埃勒里，尼基呢？

埃勒里：她在帮医生一起看护着乔尼太太。

韦利：要说我犯了愚蠢的错误——乔尼太太呢？她当时在睡觉——她自己是这么说的——而且她的卧室就在乔尼的旁边。但是为什么她没有听到她丈夫的尖叫声，嗯？你们知道我在想什么吗？我在想乔尼太太她——

警长：韦利，别弄得自己神经兮兮的。凶案发生的时候，乔尼太太一直在酣睡中。她实际上是吞了安眠药睡觉——

韦利（阴郁）：那是她自己说的。

警长：是的，她是这么说的！（退场）弗林特，看在上帝的份上，你们这些人完成现场拍照了吗？

埃勒里（平静）：警佐，那个东西在哪里？

韦利（茫然）：什么在哪里，奎因先生？

埃勒里：乔尼当时跟我说他在阅读的奥斯卡·王尔德的短篇小说集。就在他被谋杀之前还在阅读的那本书。我没有在房间里看到。

韦利：我说，还真是。（叫喊）伙计们！有没有人看到过一本书？——奥斯卡·王尔德写的。（众人回复说没有看到）

警长（上场）：这个案子跟奥斯卡·王尔德有什么关系？

韦利：警长，你没听到吗？奥斯卡·王尔德那本小说集不见了。

埃勒里（若有所思）：是的，爸爸，那本小说不见了……我想我已经知道这起命案的来龙去脉了。

韦利：嗯？

警长：我们已经——我的天哪！

埃勒里：我想我已经知道菲利普·乔尼当时在看的是哪篇小说——那篇小说擦亮了他的眼睛，帮他看清了事情的真相。这个案子的谜底就在王尔德的小说里！这就是为什么凶手要在行凶后把那本小说拿走。

警长：听得我头疼。

韦利：他现在破案的速度是越来越快了！一群人被搞得没有半点头绪——他过来转了一圈——嘣！立刻有了答案！单单靠那个奥斯卡·王尔德就揭开了事情的真相！

埃勒里：警佐，我破了这个案子，可不是因为奥斯卡·王尔德！还有，记住我说的这句话——这是我遇到的最诡计多端的杀人犯之一！

（音乐起……继而是陪审团场景。）

挑战听众

埃勒里的挑战并不成功，所以出版方在此承认，他以为自己破案了，其实并没有。

韦利：大伙快点，快点啊。他们都在等着了。

尼基：乔尼太太，坚强一点。请——

诺玛（枯槁一般的声音）：菲利普死了。他死了。菲利普，他死了……

兰辛（严肃）：乔尼太太，不要太难过。这边，波特小姐。你来看着她……

尼基：她看上去，脸上——没有一点表情……

奥格尔维：听我说，约翰·基思，菲利普·乔尼肯定是第三次撞见了那个鬼魂，然后才有人下了毒手，用那个水瓶砸他的脑袋。

基思（尖声）：奥格尔维，我发誓——如果你继续这样喋喋不休的话，我会——（埃勒里和警长边交谈边走上前）

警长（上场）：埃勒里，他们都来了。好了，大伙儿，咱们就停在这里吧！（脚步声顿时停住）

埃勒里：大家都来齐了吗？

韦利：每个人都来了，奎因先生。

尼基：除了赫尔太太——乔尼先生的妹妹。

警长：那个英国佬特贝茨哪里去了？

特贝茨（上场——上气不接下气）：我在这里，先生……

警长：大家请安静！我之所以把大家召集到这里，面朝那个凉亭，

是因为我儿子说这里是案发地点……（众人议论声）

埃勒里：确实如此！虽然今晚菲利普·乔尼是在自己的卧室被谋杀——但是凶手在策划谋杀他的时候，原本是打算在这里将他杀害，就在这里——数天前的晚上，乔尼第一次“看到”那个浑身穿着黑色衣服的女鬼。（诺玛大哭，兰辛和尼基不停地劝慰她）

奥格尔维：听到了吗？我是不是说确实有这么个女鬼！

基思：鬼！噢，奥格尔维——

韦利：安静点，你个罗圈腿的老财迷！

警长：安静！（众人的议论声瞬间压低）

埃勒里：是谁杀害了菲利普·乔尼？（片刻沉寂）我非常坦诚地承认，我们现在没有足够的证据得到这个问题的答案。凶案现场也没有留下任何线索让我们揪出这个凶手。理论上说，今天晚上，这所房子里的任何人都有可能溜进乔尼的房间将他杀害——任何人，除了兰辛医生。因为从乔尼最后一次会诊到他被证实死亡，韦利警佐都一直跟在兰辛医生的身旁。

兰辛（激动）：谢天谢地！要是被指认成凶手，我的事业就完了。

尼基：但是埃勒里，如果没有任何线索，你怎么知道杀害乔尼先生的凶手是谁？

埃勒里：我是从其他事实推断出凶手身份的。

基思：奎因先生，什么其他事实？

埃勒里：就是围绕乔尼家族的鬼魂存在与否展开的事实——就是那个所谓的黑衣女子。大家想想看，问问自己一个问题：这个黑子女子到底是谁，或者到底是什么？随便动动脑筋，可能就会得到四个不同的答案。第一：那就是奥格尔维坚称的，这个黑衣女子就是个鬼魂。

奥格尔维：奎因先生，那就是个鬼魂。以前是，现在还是。

韦利：噢，看在上帝的份上！

警长：埃勒里！你不会是相信——

埃勒里：爸爸，不管我相不相信鬼的存在，不管是不是真的有鬼，现在摆在我们面前的事实是，这个黑衣女子根本就不是个鬼，而且我能够证明给大家看！

奥格尔维：奎因先生，你要证明得出来，那你就比我们大部分人都要活得成功！

埃勒里（温和）：奥格尔维先生，这个是可以被证实的。我和乔尼还有兰辛医生第一次谈话的时候，他们告诉我当晚在花园里发生的情况，他们是怎么描述的？乔尼告诉我，那个黑衣女子坐在凉亭里一张桌子后，然后她起身站起来，把桌子推开，绕过桌子走到了凉亭门口。现在我问问你：奥格尔维先生，你有听说过一个鬼魂会把桌子推开，或者绕过什么障碍物前行？鬼魂可以直接穿过任何障碍物——这个世界上任何三维立体的物体都阻止不了他们前进！如果那个黑衣女子是个鬼的话，奥格尔维先生，她可以直接忽视那张桌子的存在，横穿过去。

奥格尔维（喃喃低语）：我之前不知道这个情况。乔尼没有告诉我……

埃勒里：现在，如果那个黑衣女子不是个鬼魂，那她到底是什么？

兰辛：噢，奎因先生，拜托，她根本就是个不存在的东西，是可怜的乔尼精神衰退产生的幻觉。

埃勒里：是的，兰辛医生，幻觉是第二种可能。那么，她真的只是乔尼先生的一个幻觉吗？我们想想。在第一次见到她之后，不到一天内，他心脏病发作了。第二次见到她，他心脏病又发作了……

警长：但是，埃勒里，从这两次的事情，我们只能相信这确实是他的幻觉——

埃勒里：是的，爸爸，但后来发生了什么呢？乔尼今天晚上早些时候在读奥斯卡·王尔德的小说。突然他灵光一闪，然后就打电话告诉我所有的一切都是阴谋，目的就是要吓死他。他还来不及指证陷害他的人，就被袭击并不治身亡。这种情况下，乔尼遇害只能说明一个事实，那就是有人要利用他神经衰弱这一情况加害于他。如果从一开始就有人想要吓死他的话，那么设计让他看到那个黑衣女子——所谓家族的鬼魂——就明显是这个阴谋的一个基石。因此，这个黑衣女子不可能是幻觉，而是蓄意谋害下的一步棋。

韦利：这么说乔尼根本就没有见到鬼，也不是他本人神经兮兮？那到底是怎么回事呢，奎因先生？

埃勒里：还有一种情况是，乔尼看到的是一个女人的影像——不是一个真人，只不过是她的影像。

尼基：噢！电影投影仪——楼上那个放映室正对着这个花园！（众人议论声）

警佐（怀疑）：一个影像，埃勒里？

埃勒里：是的爸爸，可以想见，有人把那个白色的凉亭当成了幕布——透过基思先生放映室的窗户，把一个黑衣女子的影像投放到了凉亭里。

基思：但是，奎因先生，我没有——

埃勒里：这个理论站不住脚。要想在户外投放非常清晰的影像，需要光线很暗，或者说完全没有光线。记得乔尼怎么说的，他说他看那个女人看得非常清晰……但是我们都知道当晚月亮非常明亮——乔尼说月光很清晰，直射进凉亭！在这种情况下，影像投放到凉亭会非常模糊……根本看不清楚。（众人议论声）还有另外一个原因，跟鬼魂一样，一个影像是不可能把一张桌子推开的。

尼基：埃勒里，那还剩下哪种可能呢？

埃勒里：唯一的一种可能，尼基——就是这个黑衣女子根本就是个大活人，一个血肉之躯！（众人议论声）

警长：埃勒里，她不可能是个大活人！乔尼冲着她开了一枪，子弹穿过她但她毫发无伤！

埃勒里（平静）：这个问题的答案是，乔尼自己认为射中了她。事实上，根本就没有子弹被打出来。

韦利：但是奎因先生，我们确实是在凉亭的墙壁上挖出了一颗子弹！

埃勒里：我们挖出的子弹是其他人的枪支射出的子弹，不是乔尼的。我们已经推断出这个女人是个真人，因此不可能有子弹射穿她。因此，嵌在墙上的那发子弹不是出自兰辛给我的那把手枪——也就是乔尼当晚使用的那把手枪。我是怎么知道的？因为乔尼扣动了两次扳机！

警长：埃勒里，这个又能说明什么问题呢？

埃勒里：想想看。按乔尼所讲的情况，他第一次扣动扳机的时候，手枪没有响，因此他推断那个弹膛是空的。他第二次扣动扳机的时候，的的确确响了一声。按这样计算的话，那支左轮手枪的枪膛里应该有两处弹膛是空的——一处是本来就没有子弹，另外一处被乔尼射出去了。我问一下，兰辛给我的那支手枪，一共可以装几发子弹？

尼基：六发。这是你自己说的。

埃勒里：是的，那支左轮手枪有六个弹膛。枪就在这里。（转动手枪的枪膛）还有，在我们的公寓里，我朝着沙发开了一枪，是为了获取一发子弹做比较测试。如果我用的那支手枪和乔尼当晚用的是同一支，这个时候枪膛里还有几发子弹？

韦利：一发是空的弹膛，一发被乔尼射出去，一发是你射出去的……六减去三——最多应该只剩下三发子弹，奎因先生。

埃勒里：啊，是的，警佐！但是我开枪之后，我说兰辛医生给我的那支手枪里还剩下几发子弹？四发。剩下四发子弹而不是三发。所以兰辛递给我的那支枪不可能是当晚乔尼使用的那支。兰辛说谎！（众人一片哗然声、嘈杂声）谁有可能将手枪调包？只有一个人——这个人告诉我乔尼使用过那支枪以后，手枪一直没有离开过他本人，也没有被调换过——这个故意撒谎的人就是所有这一切阴谋背后的策划人——这个人不动声色地想要将可怜的乔尼活活吓死——（几个人扭打成一片）爸爸，韦利，把兰辛医生拦住！

（音乐起……继而是众人的说话声，餐盘的声音……）

警长：啊，真不错。好了，儿子，这个案子的疑点跟我们再解释解释。

韦利：是啊，还有好多细节我想不明白。

尼基：警佐，不明白的不止你一个人。

埃勒里（咯咯笑）：好吧，我是基于三点推断出兰辛医生是这个案子的背后主谋。他是唯一一个保管那把手枪的人，所以也是唯一一个将手枪调包的人。同样的，他也是唯一一个能在那所别墅的墙上射入一发真子弹的人，这跟我打出去的那发子弹是出自同一把手枪。最后，乔尼第一次看到那个黑衣女子的时候，兰辛是唯一一个和他在一起的人——一个真实存在的女人，兰辛却声称没有看到。这就直接导致了乔尼后来的歇斯底里，还有第二天心脏病发作。

尼基：埃勒里，如果乔尼当初用的不是你用的那支枪，那到底当时是什么情况？

埃勒里：他用的应该是另外一支同型号的枪，只不过没有上子弹。

韦利：没有上子弹？果真如此？

埃勒里：是的，警佐。兰辛医生早就准备好一支没有上子弹的手枪，以防乔尼到时候想给那个“鬼魂”来上那么一枪——他一定深谙乔尼是个神枪手，而且有着典型英国人不屈的性格。很显然，这个医生想保护有着血肉之躯的黑衣女子免受伤害或者被乔尼活活一枪毙命。而且医生也知道，如果乔尼眼睁睁地看着一发子弹穿过了那个女人但后者又安然无恙的话，肯定会让他想出来的鬼魂现身看上去像真的一样。

警长：但是埃勒里，在乔尼卧室里将他杀害的不太可能是兰辛本人。

韦利：是的，那个医生在罪犯行凶的时候和我寸步不离。

埃勒里：所以，这起谋杀案由两个人共谋——医生，还有另外一个人。而且必须由两个人一起实施犯罪，因为兰辛要玩真假射击的游戏，需要一个女人扮演鬼。

尼基：所以这就是你让人把那个女人也逮捕的原因——

埃勒里：是的，尼基。如果乔尼是非死不可，那肯定是因为他碍着了医生和那个女人什么事。想想看，乔尼一死，最大的受益人会是谁？乔尼的存在只会妨碍到一个人，而这个人又是遗嘱唯一受益人——他的妻子诺玛·乔尼！

警长：所以你以此推断乔尼太太就是那个黑衣女子！

韦利：有奸情，是不是？医生和乔尼的老婆……兰辛指望着乔尼死后，他能和诺玛·乔尼结合，还可以挥霍乔尼留下来的巨额财产……为什么有些人不能好好履行婚姻的承诺，一起白头到老呢？

尼基：然后乔尼太太就亲手杀死了自己的丈夫？

埃勒里：是的，尼基，因为兰辛当时不可能在场，而且诺玛·乔尼本身嫌疑最重。她的房间就在乔尼卧室的隔壁，当时她很有可能听到了乔尼和我打电话……我不觉得兰辛会支持她用那么残忍的手段把乔尼杀死，他还是有些许怜悯之心的。

警长：据她自己供述，她觉得自己已经没有选择，所以才下此毒手。她认为乔尼很有可能在电话里说出自己的名字，或者说出兰辛的名字。所以她径直挥起那个水瓶砸向了自己的丈夫。

尼基：上帝啊！埃勒里……乔尼说的让他看完之后识破那个阴谋的小说是哪篇？

埃勒里：噢，那个啊。（咯咯笑）爸爸，帮我把我那本《奥斯卡·王尔德小说集》递给我一下……是，就在书架最顶层。对，就是那本。

警长：给，儿子。（翻阅书本）

埃勒里：被鬼怪搅得心神不宁的乔尼，当时看的肯定是这一篇。我给你念一段《坎特维尔家的鬼魂》里坎特维尔勋爵和那个美国牧师海拉姆·B. 奥蒂斯之间的对话。坎特维尔勋爵说："从一五八四年开始，坎特维尔家的鬼魂就一直困扰着这个家族长达三个世纪之久了。每次家族里有人要离世，这个鬼魂总会出现。"奥蒂斯先生只回答了他一句话："同样的，家庭医生也总会出现！"（停止阅读）

韦利：好家伙，我真希望我也能这样把案子给破了！

尼基：警佐，你有机会的——你肯定有机会的。（众人大笑）

（音乐起……）

曼弗雷德·B.李和弗雷德里克·丹奈同情那些生活在社会边缘、无家可归的人们。对埃勒里·奎因来说，一个人，不论多么穷困潦倒，都不应该被社会所“遗忘”。《被遗忘的人》播于一九四〇年四月七日。

被遗忘的人

人　物

曼哈顿	流浪汉
堪萨斯	流浪汉
加利福尼亚	流浪汉
迪克西	流浪汉
北方佬	流浪汉
埃勒里·奎因	侦探
尼基·波特	侦探秘书
奎因警长	纽约警署
韦利警佐	纽约警署
萨迪厄斯·泰特斯	暴戾的富豪
马克	写字楼门卫

背景：纽约市，一九四〇年

（音乐起……木材燃烧发出阵阵噼啪声……城市道路交通主题的音乐……户外……）

曼哈顿（纽约口音，受过教育，有教养的年轻人）：堪萨斯，火要灭了，怎么办？

堪萨斯（中西部乡下口音）：得加点木料了，曼哈顿。

曼哈顿：迪克西和加利福尼亚在哪里？我让他们再去找点木头来！

堪萨斯：加利福尼亚来了。他那么吃力地抱着什么？

（脚步声响起）

加利福尼亚（上场——年迈的男子）：瞧我找到了什么！（把一个木桶放在地上）我说，在这里烤火真舒服。（搓着双手）这个四月可真冷啊。是啊，先生们，真是好冷啊。

堪萨斯：是个木头糖桶！加利福尼亚，快递过来——我们晚上可以好好地烤一次火喽！

曼哈顿（迅速回应）：等等，堪萨斯。这个木桶看上去很结实。（锤击了两下木桶）是很不错。加利福尼亚，你的木棚里缺一张像样的桌子！

加利福尼亚（咯咯笑）：是啊，先生。我一直用的那个装水果的板条箱是该换下来了，快要散架了。

曼哈顿：用这个糖桶做桌子吧。把那个旧板条箱拿来添火做晚饭。

加利福尼亚（伴随着脚步声退场）：你说怎么办就怎么办，曼哈顿！

堪萨斯：这个加利福尼亚，真是个好家伙……这家伙最需要的是几片热乎乎的玉米面包，配上几片烤火腿。以前我妈妈就用这些把我塞得满满的。（温和）在我老家的农场里……（嘶哑的声音）曼哈顿，晚上吃什么？

曼哈顿：五个青花鱼头、绿叶菜汤、四个土豆，还有一条放了一个多星期的面包。已经不错了，堪萨斯。

堪萨斯（情绪激昂）：你说，要是我们死了会怎么样？曼哈顿，要是你死了，他们会把你埋了。你的所有烦恼都没了。看我们现在住在这片空地上，睡得比狗还差，棚子是用纸板箱和泥土搭建起来的，吃的是那些体面人扔掉的食物——

曼哈顿（低声）：别说了，堪萨斯。

堪萨斯：而且我们还不能干脆地一死了之！还得在这个世界上挖苦嘲讽自己直到有一天真的死去。

曼哈顿（低声）：堪萨斯，你知道我们给自己定的规矩——不要往回看。堪萨斯，我们要向前看。要是你总是动不动就想起以前的生活，会很容易感到崩溃……

康萨斯（沉重）：是啊，是啊，曼哈顿。（脚步声响起）好小子，加利福尼亚。把那个板条箱拿过来。（箱子砰的一声落地。几个人把脆薄的箱子拆成一块一块的）

加利福尼亚：看着跟了自己这么久的老箱子被拆了，还真有点伤感。可能我很喜欢这个水果箱。好吧，先生们。（轻快）曼哈顿，晚上吃什么？有肉吃吗？我真想来点多汁美味的鲜肉。（火越烧越旺）

曼哈顿：晚上吃鱼汤，加利福尼亚。

加利福尼亚：鱼汤？哇，今天吗？太棒了。鱼呢？（失望地搅着汤锅）噢……听你那么一说，我还以为……是一整条鱼呢……（放下汤锅）

堪萨斯：真该死，我们还得再添点柴火。这个板条箱的木头很不经烧。迪克西在哪里？（搅动汤锅的声音）

加利福尼亚：他来了。（叫喊）迪克西！赶紧把那堆柴火抱过来！

曼哈顿（敏锐）：跟着迪克西一起的是那个好心肠的警察吗？噢，不是，是个陌生人。大家小心点。（众人停止说话，只有一堆柴火燃烧时发出的噼啪声）

迪克西（响起两个人的脚步声——浓重的南方口音）：伙计们，大家好啊！我在第二大街找到了一个大金矿。一群白人在那里施工，有很多木头。我们想要多少就可以拿多少。（把木头往地上扔）大家觉得怎么样？

曼哈顿（平静）：迪克西，还没介绍一下你的朋友。

迪克西：他是个无家可归的流浪汉，现在急需一个可以睡觉的地方。

堪萨斯：伙计，过来烤烤火吧。（两人凑近了火堆）

北方佬（新英格兰口音）：非常感谢！（干咳）

曼哈顿（敏锐）：你晚上要住在我们的棚子里吗？

北方佬：如果可以的话，那真要感谢你们大伙。我的名字叫——

曼哈顿：你叫什么名字无所谓。有个体面的地方住，有体面的东西吃，有体面的工作，那样的人才配有一个名字！以后我们就叫你北方佬。明白吗，北方佬？

北方佬：是的，先生。我就是个北方佬。（干咳）还有什么规矩吗？

曼哈顿：是的，北方佬，这里不是乞丐的驻扎营。我们是四个有尊严的美国公民，只不过时运不济，现在身处困境。但是我们从不行乞，也不接受别人的施舍。我们想自食其力，也一直在找工作。我们现在虽然住在这个又脏又破的地方，但我们不依赖任何人。等时来运转的时候，我们会过上正常人的日子。你明白了吗？

北方佬：是的。我是说——我明白了。当然了。我只是想要一个睡觉的地方。

曼哈顿：在这里我们形成了一个自己的小团体，有自己的法律。每个加入的人都应该遵守我们的法律。加利福尼亚，我们的格言是什么？

加利福尼亚：人人为我，我为人人。

曼哈顿：堪萨斯，我们的生存准则是什么？

堪萨斯：我们共享食物，共用钱财，共担责任——我们分享、分担所有的一切！

曼哈顿：迪克西，我们要求每个成员做到什么？

迪克西：以诚相待，互相信任。

曼哈顿：明白了吗，北方佬？

北方佬：如果能让我成为你们的一员，我会深感荣幸。（一阵厉害的咳嗽声）

曼哈顿：非常好！介绍你认识一下大家。这位是堪萨斯——（互道问候声）这位是加利福尼亚——（互道问候声）你已经认识迪克西了。我是曼哈顿……（苦笑）这里原本要建一座摩天大厦，现在只剩下这片废墟了。北方佬，有什么可以贡献给我们的财库？

北方佬：我所有的家当就是这一身衣服，还有三十七美分。（硬币的叮当声）

曼哈顿：把这三十七美分给堪萨斯。他是我们这里管钱的。（咳嗽声）怎么了北方佬，不舒服？

北方佬（干咳）：被冻着了，一直不见好。

曼哈顿：那你就睡在我的棚屋里——我有“两间房”——你先把

病养好。我那棚屋比他们住的通风效果要好。

北方佬：我都不知道该怎么感谢你们了……

曼哈顿：别这么说。堪萨斯，拿十美分去买点蔬菜加进汤里。（众人兴奋地低声欢呼）加利福尼亚，往汤里加点水——水都快烧干了。（众人的应和声）迪克西，不要随便浪费柴火！（众人的应和声）北方佬，跟我来。我看看有没有办法让你快点病愈。这里不是纽约的公园大道，但这里的人都有血有肉有感情，所以我们总是满怀对生活的希望。

（音乐起……渐出……）

迪克西（低语）：曼哈顿！

曼哈顿（低声）：迪克西，你在念叨些什么？

迪克西：曼哈顿，我犯了一个很严重的错误。我昨晚不该把那个北方佬带到咱们这里。他是个骗子！

曼哈顿（敏锐）：迪克西，你这是什么意思？

迪克西：昨天夜里我起夜，然后经过你让给北方佬睡的棚屋。曼哈顿，我看到那个北方佬在数一沓钞票。（停止不语）

曼哈顿（严肃，叫喊）：堪萨斯！加利福尼亚！

堪萨斯（声音稍远）：怎么了，伙计们？

迪克西：那个北方佬，他是个狗杂种！

加利福尼亚（上场）：他赖在那个棚屋里？

堪萨斯（上场）：那个肮脏的小杂种怎么了？

曼哈顿（严肃）：我们走！（一众人迈着稳健的步伐，步行到了棚屋前）北方佬！从我的棚屋滚出来！（咳嗽声伴随着踩在木

地板上的脚步声）

北方佬：早上好，伙计们。（警惕）怎么回事？（众人一拥而上）你们怎么了，怎么都不说话？

曼哈顿：走，到开会的火堆旁。我们要做一次审判！

北方佬：审判？你是说你们这里还有个法庭？谁……是要审判谁？（火苗燃烧的噼啪声）

曼哈顿：你。（脚步声停止）北方佬，坐在石块上。

北方佬（惊恐）：但是……我什么都没有做。我……

堪萨斯（咆哮）：坐下，你这个骗子！可以开始了，曼哈顿。

曼哈顿（冷漠）：北方佬，我昨晚都跟你说了我们这里的规矩了。我告诉你，这里的一条法律就是——我们分享自己拥有的哪怕一丁点的财产。我们问你，你有多少资产，你说你除了一身衣服，就只有三十七美分，是不是？

北方佬：是啊，你告诉我把那三十七美分给堪萨斯，我照办了啊，曼哈顿！

迪克西：你个狗杂种。我昨晚亲眼看到你在曼哈顿的棚屋里数着一沓钞票！

北方佬（叫喊）：胡说！迪克西在说谎！

曼哈顿（温和）：北方佬，你现在身上有钱吗？

北方佬：没有！我把我有的都给了你！

曼哈顿：伙计们，搜他身。（一群人推推攘攘，略有喘气声）

加利福尼亚：没有钱，这是什么？曼哈顿，我们在他裤子口袋里搜出了四美金。（众人议论声："四美金！""够我们吃一个星期了！"）

北方佬（呜咽）：你们没有权力对我这么粗暴！

曼哈顿：伙计们，你们说应该怎么裁决他？堪萨斯，你说！（堪萨斯：“判他有罪！”）加利福尼亚？（加利福尼亚：“有罪！”）迪克西？（迪克西：“有罪。”）北方佬，审讯完毕，我们现在宣判你有罪。

堪萨斯（严肃）：曼哈顿，请宣布处罚措施！

曼哈顿：作为这个法庭的法官，现在我宣布，北方佬，驱逐你离开我们的营地。（北方佬呜咽）堪萨斯，把那四美金还给他，还有他的三十七美分，也一道还给他！

堪萨斯：拿走你的臭钱。现在给我滚。

北方佬（开始慢步走出众人的包围）：好！在我离开之前……我得拿——

迪克西（迅速上前挡在北方佬面前）：站住！你这是要去哪里？

北方佬：去棚屋里！去那个棚屋里！（两人开始推推搡搡）让我过去！（脚步声停止）

加利福尼亚：你听到对你的判决了吗？滚出我们的营地，你这个骗子！

北方佬：我求求你们了——我必须回到那个棚屋——几分钟就可以了——

曼哈顿：棚屋里没有一样东西跟你有关系。你来的时候穿着这么一身衣服，现在你还是穿着这身衣服离开。

堪萨斯（威胁）：快滚开！

北方佬（伴随着离开的脚步声吼叫）：我会让你们后悔的！我会把你们这些肮脏的老鼠都赶出去！我要去报警！我要……

迪克西：滚开，你这个下流的狗杂种。

加利福尼亚：下流胚！

堪萨斯：你这种人不配和体面人在一起。

曼哈顿（平静）：我想知道——他为什么想回到我住的棚屋去？伙计们，直觉告诉我，这个北方骗子会给我们带来麻烦！

（音乐起……继而是汽车停在空地边的声音……）

埃勒里：给，司机。（硬币的叮当声。关门声。车子扬长而去）快点，尼基。

尼基：快点去哪里？这里就是一片空地，上面孤零零地立着一些看上去破烂不堪的棚屋！

埃勒里（严肃）：不管你信不信，四个很体面的美国公民在这些棚屋里住了有一阵了！

尼基：难怪这里有杀人犯！埃勒里，他们中的哪个遇害了？

埃勒里：爸爸在电话里跟我说，遇害者的外号叫北方佬。一个星期前在这里住过一宿，后来他们发现他违反了这里的一条规矩，就把他撵出去了。然后一个星期过去了，他竟然被发现死在他睡过的棚屋里！（远处隐隐约约传来谈话声）

尼基：看那群人！那个朝我们挥手的警察是谁？噢，是韦利警佐——他穿着巡警的制服！嗨，警佐！

韦利（上场）：嘘——波特小姐，不要叫我警佐！我在执行一项特殊的任务，假扮在这里巡视的巡警！

埃勒里：真的吗，警佐？是不是跟谋杀案有关？

韦利：我们一开始不知道这里还有谋杀案。大约一个星期前，对面那栋写字楼的大老板泰特斯，在这里被人从口袋里摸走了一串价值连城的钻石项链。泰特斯当时刚把项链拿去保养，还是拿去做什么了，总之是要拿回去送给他太太，然后在这里就被偷了。这一带之前也有几起小偷行窃的报案，所以警长让我穿上这警服假扮巡警到这附近来走走。

埃勒里：我要见爸爸。

韦利：好吧，这边。（脚步声响起）

韦利（众人的谈话声渐渐清晰）：好了，伙计们——大家都让让！这里不卖彩票！（众人的谈话声越来越小）

警长（声音稍远）：你等等，曼哈顿！我还有话跟你说！（曼哈顿停住了脚步。另一边有脚步声响起）啊，是埃勒里和尼基。（互相问候声）韦利！你为什么不向我汇报这片空地上有四个人在这里扎营！他们这是侵占私人领地！

韦利（尴尬）：呃，警长……他们都是好人……只不过一时时运不济。他们一不行乞二不行窃。他们只不过想体面地过日子，我也只不过给他们行方便。

尼基（大笑）：警佐！你真是有一颗善良的心啊！（严肃）不过你能这样做真了不起。

警长（低声）：你这个大笨蛋……换我，我也会这样做的。好了，儿子，既然你来了，去检查一下尸体吧。（脚步声响起）在那个棚屋的里间——一个小窝——家徒四壁！进来吧。（打开棚屋的门。把门关上——嘈杂声和车辆的喧嚣声顿时被挡在外面）北方佬就躺在那肮脏的地板上——已经断气了，尸体保存完好。

尼基（晕眩）：噢！他的头……

埃勒里：头部被利器袭击。（声音渐远）我来瞧瞧可怜的北方佬……（门打开——众人的说话声隐隐约约地传来）

警长：曼哈顿，你和你的伙计们进来一下。（门外响起脚步声——门关上）

曼哈顿：奎因警长，昨晚我没有睡在这里。我谋了一份差事，夜晚开卡车去新泽西。我不知道这个北方佬怎么会被发现死在我住的棚屋里。一个星期前，我们把他赶了出去，从那以后就再没见到他。（其他几个人纷纷表示赞同）

警长：我知道，我知道。你们谁先发现了他的尸体？

加利福尼亚：我发现的。他们叫我加利福尼亚。是这样的，先生，我早上经过这里，往里一瞧，就看到这个狗杂种横躺在地上……

警长：你们昨天夜里听到从这里传出什么异常的声音没？（众人纷纷表示："没有。""什么都没有听到。"）

埃勒里（声音稍远）：爸爸！

尼基：我猜埃勒里肯定发现了什么！

警长：怎么了，埃勒里？

埃勒里（上场）：看看死者的手！（片刻沉寂）

韦利：嗯……我们来看看。

尼基：那双手看上去非常干净。

警长：儿子，这有什么不对劲吗？

埃勒里：食指和中指一样长！

韦利：扒手！

警长（平静）：是的，先生。这是一双扒手的手！（低声）韦利，或者你可以去辨认一下尸体。这些人都不知道他是谁。

尼基（低声——激动）：警佐，我敢打赌这个人就是你要找的小偷！

韦利：如果是他的话，那个把老婆的钻石项链给弄丢了的大富豪泰特斯要高兴疯了！他为了这件事，这几天一直在生气。

警长：韦利，查一查盗窃罪图片资料库。这个人应该在档案里！

韦利（退场，踩在木地板上的脚步声）：我马上就去。（稍远处响起开门声和几个人谈话的声音）是泰特斯先生和马克来了。马克是街对面写字楼的门卫。嗨，马克。进去吧，泰特斯先生，警长在里面……（退场）我先走了！

泰特斯（财大气粗的商人风范）：我现在就进去，小心我踩断某人的脖子！（关门声）至于你，马克——你被解雇了！明白吗？被解雇了！

马克（浓重的爱尔兰口音）：啊，泰特斯先生——这些伙计并没有干什么坏事——他们不过住在这片空地上——

警长：等等！我是奎因警长。泰特斯先生，你知不知道有个人躺在这里死了——是被谋杀的！

泰特斯：我只知道这片空地是我的，还有我的门卫竟然允许一群一文不值的流浪汉在这里搭建肮脏的帐篷，损坏我这块土地的美观……

堪萨斯（咆哮）：流浪汉，我们是流浪汉？怎么啦，你——

迪克西（平静）：住嘴，堪萨斯。

曼哈顿：马克，我们很抱歉。没想到把你卷进麻烦里来了。泰特斯先生，您不应该解雇马克。他需要这份工作——

马克（低声）：这不是你的错，曼哈顿。这就是我们这些爱尔兰佬的下场……

加利福尼亚：马克，这都是我们的错！听我说，先生，我们马上离开您的地盘，不过希望您能让马克留下。

迪克西：泰特斯先生，您这样做不公平。马克一直很努力工作。

泰特斯（粗暴）：你们都是非法入侵者！一群肮脏、衣衫褴褛、无所是处、一文不值的人……（所有的人都朝着泰特斯咆哮）

尼基（愤怒）：你竟然敢这么对这帮可怜的人说话！你没看到他们只不过没赶上好运气？像你这样的人如果能给他们一份谋生的差事，他们也会穿着打扮，体体面面地生活！

埃勒里（平静）：尼基，别说了……泰特斯先生，先消消气。我们这些幸运儿应该去帮助这些值得我们鼓励和帮助的人。他们要的只是一个谋生的机会，而且他们一直很努力地在找工作。您就不能——

泰特斯（生气）：他们现在侵占我的产业，我要他们马上滚！我是个生意人，我这里不是就业机构。你——还有你，警官——快点以流浪、私闯他人领地、破坏财产罪逮捕他们！

尼基：警长，你不能那么做。

警长（平静）：尼基！抱歉，泰特斯先生。这里发生了一起命案，这些人是活生生的证人。在案子解决之前，他们不能离开。

埃勒里：泰特斯先生，如果您愿意接受我的建议的话，我劝您还是不要因为您的门卫帮助了几个无家可归的人就把他解雇了。要是报纸刊登了这起事件，对您影响可不太好，是不是？

泰特斯（干咳了几声）：呃……是，那倒是。我之前没有想到这一点。我的意思是说——或许我太草率了点……（粗暴）马克，回到你的工作岗位上去！

马克（急切）：是的，先生！（脚步声响起）还有您，先生，也谢

谢您……（稍远处，门被打开又关上）

泰特斯（声音稍远）：还有——啊——警长。我太太的钻石项链。看看你能否把它找回来。再见！（稍远处，门被打开又被合上）

尼基：他终于走了，真是谢天谢地！

迪克西：上帝啊，我真是非常不喜欢这个人。

堪萨斯：我对这个人不讨厌也不喜欢。不过要是我丢失了一串钻石项链，我一定也会非常恼火。

加利福尼亚：如果要我们离开这里，我们还能去哪里？

曼哈顿：我也不知道我们到底要去哪里安身。

警长：埃勒里，出来一下。

埃勒里：是的，爸爸。（响起两个人的脚步声）

尼基（退场）：你是曼哈顿，是不是？（开门声）或许奎因先生和我能帮你还有你的伙伴们找份工作。

（关门声）

警长（低声）：埃勒里，这个案子有一个地方很可疑。那个叫曼哈顿的人告诉我，他们把那个北方佬赶出去之后的整整一个星期里，一直有个人在曼哈顿住的棚屋附近徘徊。

埃勒里：有人在这附近徘徊？在这个棚屋附近？一整个晚上吗？

警长：是的。曼哈顿睡在那个棚屋里比较大的那一间——也就是我们发现北方佬尸体的隔壁那间——他说上个星期整整一个星期，每天晚上都有一个人从棚屋的窗户溜进屋来。曼哈顿睡眠很浅，他说——

埃勒里：他就醒了，把那个人吓跑了——

警长：是的，次次如此。曼哈顿说上周他们在驱赶北方佬的时候，那家伙想回曼哈顿的棚屋里待几分钟，但是他们不让。埃勒里，知道我在想什么吗？北方佬在那个棚屋里藏了什么东西！

埃勒里：很有可能是他从泰特斯那里偷来的钻石项链。我非常肯定北方佬就是在这一带作案的扒手。

警长：这么说每晚在这里徘徊找机会的就是北方佬本人了——试图把他留下的那串钻石项链拿走！

埃勒里：不是他，爸爸。像北方佬那样鬼鬼祟祟作案的窃贼不会冒这么大的险——何况还有曼哈顿在棚屋里。我想过去的一周，北方佬一定是派了探子到这里来——一个通风报信的！

警长：通风报信的？你是什么意思——通风报信？

埃勒里：我有个主意……不过听起来有点不实际。爸爸，如果我没有推断错的话，那个在这里鬼鬼祟祟出没的人，不管他是不是凶手，他还会回来。我们晚上就埋伏在这里，把他抓个正着！

（音乐起……而后是众人的低语声……）

尼基（低声）：几个人这样憋在这种棚屋里……埃勒里，是个大脑正常的人都会想尽快离开！

警长（低声）：儿子，尼基说得对。这样做太不靠谱了。

埃勒里（低声）：可能吧。但是我不这么认为——（远处响起了低沉的口哨声）

尼基：这是韦利警佐在外面给我们发信号！

埃勒里：有人来了！安静！（一片沉寂。鬼鬼祟祟的行动声，仿佛有小动物慢慢地从窗户爬进来）听着！爸爸！尼基！打开那些手电筒照着他！

警长：韦利！从外面把那扇窗户锁住！你——别动！（枪支上膛的咔哒声，而后屋内陷入一片沉寂。只有一条警犬凶猛地咆哮着）

尼基（尖叫）：是条狗——一条警犬！

警长：埃勒里！小心！（警犬疯狂地咆哮着）

埃勒里：我猜对了！安静点，老朋友……这里没有人想伤害你……（警犬嗡嗡地发出愤怒的呻吟声，并时不时发出几声咆哮）

韦利（声音稍远）：没人想伤害它？这只狗凶成这样！等我爬进了窗户……（双脚落地跳到地板上）乖狗狗……（凶猛的咆哮声）呜呜……（众人都试图平息那只疯狂的警犬。门打开。四个流浪汉和马克上场："这只警犬是哪里来的？""小心点——它可能随时咬上你一口！"）

警长：你们——快点闪开！

埃勒里：尼基——往后退！

尼基：奎因先生，我已经尽量往后退，都贴着墙壁了！

曼哈顿：快出去，伙计们。马克，你应该回街对面的公司上班去。如果被那个泰特斯看到你出现在这里……

马克：噢，我听到这里有狗叫声……这只狗是从哪里来的？（咆哮声停止了。但警犬仍时不时发出低沉的呜咽声）

警长：它只不过想让我们不要靠近它。曼哈顿，这就是每天晚上鬼鬼祟祟跑到你这里晃悠的畜生！（咯咯笑）见过这条狗吗？

曼哈顿：没见过，警长。（其他几位流浪汉一致表示没有见过）

埃勒里：安静点，老朋友，安静点。从我这里看，可以看到套在它脖子上的项圈上的首字母缩写。S……J……B……

韦利：S.J.B.？我说，这完全吻合……我们今晚在图片资料库搜出了北方佬的资料……他的真名叫塞缪尔·J. 布拉克！S.J.B.！

警长：这么说这条狗是北方佬的？我明白了。北方佬觉得外面风头紧，所以他就想在这个营地里待上一段时间。他逮着个机会混进这个营地里来了，但为了不让自己被别人认出来，他把他的狗抛弃了！

埃勒里：是的。但是这条狗对他很忠诚。北方佬被这里的人赶出去了以后，这只狗重新回到主人的身边。整整一周，北方佬都不敢再回来，所以他就派这只狗来取他留在棚屋里的东西——这只狗是警犬，机灵、训练有素，被它的主人派来取回赃物……这边，伙计。我们没有任何恶意……（咆哮声，猛咬一口）

尼基：埃勒里！它差点在你手上撕下一块肉！小心！

埃勒里：安静点，伙计……（又是一阵咆哮声，警犬又猛咬了一口）

韦利：奎因先生，小心点！不要再去抚弄它！

尼基：埃勒里，这条狗想咬你的手！

埃勒里：尼基，我必须取得这条狗的信任！北方佬派它回来这么多次，这说明它知道项链藏在哪里！

警长：埃勒里，你好歹也戴一副手套——它那一口牙那么锋利！

曼哈顿：马克，把你戴的那副手套给奎因先生！

（响起一阵脚步声——警犬警惕地咆哮着）

马克：安静点，好家伙。给，先生。

埃勒里：谢谢，马克。（戴上手套）这边！老伙计……我们两个靠近点怎么样？

尼基：埃勒里——不要靠得太近了！

埃勒里：尼基，我总得试试……我们不能做朋友吗？我一向很喜欢狗，老伙计。（呜咽声）

韦利（敬畏）：它肯让奎因先生抚摸它的头！

埃勒里：乖！你叫什么名字，嗯？（几声低沉、友好的犬吠声）是不是写在你的项圈上了……我看看……啊！巴克，好，巴克，使出你看家的本领！那串钻石项链在哪里？快把它找出来，巴克。快找出来。（低声）你们其他人，往后退……巴克，找出来！

警长：我真不敢相信——它竟然听从你的命令！

埃勒里：巴克，项链在哪里？在这里——埋在地里？这一点我们早该想到！快挖出来，巴克！（警犬开始刨土）

尼基：它挖的那个地方土很松！

警长：看上去最近被挖过！

尼基：它要把那串项链带出棚屋！

埃勒里：不，别这样，巴克。把它给我。（呜咽声）好了，好了，给我——它……好家伙！让我们看看泰特斯先生的钻石项链。（打开盒子）

尼基：空的！那串项链不在盒子里！

警长：啊哈。早就应该知道。那个地方明显被动过。韦利，立即把那个印钞机泰特斯带到这里来！

韦利：我很乐意告诉他这个坏消息！

（音乐起……继而是摔门声……）

泰特斯（上场）：（伴随着脚步声）怎样？怎样？现在又有什么新情况？

警长：泰特斯先生，您可认得出装钻石项链的盒子？是这个吗？

泰特斯：就是这个！（打开盒子）盒子是空的！我的项链呢？那串钻石项链价值五千美金！你们这些警察都是干什么的？找到一个盒子！这个盒子有什么用？快把项链找回来！

埃勒里（平静）：泰特斯先生，您想让我们把那条项链找回来吗？

泰特斯：把项链找回来！你是什么人，白痴吗？我当然要你们把项链找回来了！那可是我们家的传家宝——花钱也买不回来！我会给你们丰厚的奖赏——

埃勒里（平静）：啊，您愿意给一笔丰厚的奖赏。好吧，泰特斯先生。我可以帮您把项链找回来，我要的奖赏是帮助那四个人——还有其他像他们一样的人——重新找回自己的生活！

泰特斯：重新找回自己的生活？你什么意思，先生？

尼基：我知道他是什么意思！泰特斯先生，你有一大片空地——这对你和他人没有什么用处——你为什么不能利用起来？

埃勒里（咯咯笑）：尼基，你说的正是我想的。

泰特斯：荒唐！我倒是要听听你觉得我可以怎么利用起来。

埃勒里：泰特斯先生，如果您允许的话，我倒是有主意。那片空地可以建一个供穷人们游玩的公园，或者是给孩子们建一个游乐场。那个自称曼哈顿的先生，据我所知，是个建筑师。您可以让他帮您设计这项惠民工程。其他几个人也非常乐意参与工作，他们可以帮助曼哈顿。还有很多像他们一样不幸的人都急于谋一份体面的工作。就这个条件，我们可以成交了吗？

泰特斯（傲慢地清了清嗓子）：嗯！这倒是个主意……非常有建设性的意见。游乐场，嗯？萨迪厄斯·V. 泰特斯游乐场。不错……主意不错。（不远处响起了脚步声——门打开）你们！你们想找个地方打工吗，嗯？（不远处所有人都渴望地应和着）你们都想工作，是不是？

堪萨斯（声音稍远）：先生，您要给我们工作的机会？

加利福尼亚：叫我去拾草莓我也愿意！

迪克西：草莓、棉花，或者其他什么东西，先生。

曼哈顿（平静）：看看您能给我们什么机会，先生。

泰特斯：嗯，我有一个想法。（退场）听着，我在想筹建一个游乐场……（关门声）

尼基：他在认真考虑这件事呢！

韦利：小声点，波特小姐！他现在这样才称得上是个良好公民。但是他毕竟还没有付诸行动！

警长：等等！埃勒里，你答应泰特斯，如果他答应给这些人一个工作的机会，你就会帮他把那串钻石项链找回来！怎么找呢？

韦利：我说……要是你知道项链在谁手上，奎因先生，那你一定知道是谁从北方佬手上夺走它的吧——

尼基：如果你知道是谁夺走了那串项链，那你肯定知道谁杀死了北方佬！

埃勒里（咯咯笑）：是的，朋友们。我知道是谁杀死了北方佬！

（音乐起……）

挑战听众

“我就这样，”埃勒里·奎因告诉陪审团和广播听众，“把谜团解开了。你们有其他不同的看法吗？”

（音乐起……）

埃勒里：爸爸，我们重现一下当晚北方佬在曼哈顿的棚屋里被谋杀的场景。

警长：那条警犬刨出来的空盒子，还有近期被松动过的泥土地面，让我们知道了这个案子的来龙去脉。北方佬每晚都派那条受过训练的警犬巴克回到曼哈顿的棚屋，命令它刨出之前被他埋在土里的首饰盒。但是巴克连续好几晚都没有顺利地带回盒子——因为曼哈顿每次都把它给吓跑了。所以昨晚，当曼哈顿出去工作的时候，北方佬就自己跑过来，挖出了那个盒子，把项链拿走了，又急急忙忙把空盒子埋回地底下。我们现在可以肯定，北方佬就是那个窃贼。因为只有窃贼知道赃物藏在哪里。

埃勒里：完全正确。但是北方佬又在那个屋子里被谋杀了，而且钻石项链也不翼而飞。我们可以推断：当北方佬在挖那条钻石项链的时候，有人一直在窗外窥探他的一举一动！这个人又进了棚屋，杀害了北方佬，夺走了项链！

韦利：奎因先生，这些我们都知道。问题是谁干的？

埃勒里：尼基，记不记得我在查看北方佬尸体的时候，你说过一句话：“那双手看上去非常干净！”

尼基：确实如此。这和案件有什么关系呢？

埃勒里：这个棚屋是泥土地面。我们已经推断出，北方佬从地里挖出了他藏在那里的项链。但是他是怎么挖的呢？徒手挖吗？肯定不是。否则我们尸检的时候看到的就是一双脏兮兮的手。还是说他用了什么工具？很有可能。但是爸爸当时说过，藏钻石的那间屋子空无一物。有一个可能是，北方佬是借助了某种工具刨土，但随后凶手在行凶作案后，把这个工具拿走了。还有一种可能是，北方佬戴着手套刨土，但是凶手把手套拿走了。不管是哪种情况，我们现在都可以得出结论：北方佬刨开地面某个位置的土，那个凶手把原本属于他的一件刨土工具或者是一双手套拿走了。

韦利：手套！我说——

警长：先别打断，韦利！儿子，继续说。

埃勒里：现在，大家想想我第一次靠近那只警犬时的情景。巴克连续两次试图咬我的手。但是我第三次靠近它的时候——那次我戴上了一副手套——那只警犬的态度立马变得友善起来！是什么让我突然赢得了它的信任？我仅仅戴上了一双手套。那就是那双手套起了作用，让巴克不再敌视我。为什么呢？很明显，那条警犬闻到手套的气味觉得熟悉，觉得在它面前的是熟人。所以我们可以得出结论：巴克，一条警犬，一条被一个人单独饲养的警犬，嗅出了那双手套有他主人的气味！那双手套原先就是属于巴克的主人！

尼基：巴克的主人就是北方佬！

埃勒里：是的，是北方佬。所以我们现在可以推断出北方佬有一双手套。因此，我们现在可以知道，凶手在作案之后，除了带走钻石项链还带走了什么——不是北方佬刨土的什么工具，而是北方佬的一双手套！

尼基：但是他拿一个死人的手套做什么？

警长：原因很简单，尼基。如果死者被发现的时候，手上是戴着手套的，而且脏脏的都是泥土，那么警察就能很快推断出北方佬在被谋害之前在地里挖什么东西。凶手肯定是担心警察认出北方佬就是偷走泰特斯钻石项链的人，于是我们就可以推断出凶手的作案动机。

埃勒里：完全正确。拿走手套，凶手是为了掩饰他的动机——就是他作案的动机和他现在拥有泰特斯钻石项链这一事实。所以这下子就简单了，谁有北方佬的手套谁就是凶手。那个人犯了一个愚蠢的错误，把北方佬的手套占为己有——巴克嗅出带有自己主人味道的那双手套——我是从谁手上接过这双手套并戴上用来安抚巴克的？

韦利：就是对街泰特斯写字楼的门卫！

尼基：就是大家管他叫马克的人！你从马克那里借了那双手套！

埃勒里：是的，亲爱的。所以爸爸，如果您去搜查马克和他的住所，您就可以找到北方佬赔上了性命的那串钻石项链。我们把它还给泰特斯先生，这样泰特斯先生就得遵守他对我们做出的承诺——给这四个被社会遗忘的人重新回到生活轨道的机会，重塑他们对未来的信心！

（音乐起……）

于一九四〇年五月五日播出的广播剧《钻石魔法师》，又是一桩看似不可能实施的犯罪。播音员伯特·帕克斯告诉听众“在独自侦破这个案件之后，埃勒里·奎因再次给听众们提供了一个机会，让听众和他一较高下，破解案件的真相”。

钻石魔法师

人　物

拉扎勒斯教授	神秘事物专家
肯尼恩先生	美国投资商
冯·胡滕先生	荷兰投资商
布赖斯先生	英国投资商
马塞先生	法国投资商
沃尔夫	肯尼恩家仆人
埃勒里·奎因	侦探
尼基·波特	侦探秘书
奎因警长	纽约警署
韦利警佐	纽约警署
库克医生	医师

背景：纽约市，一九四〇年

（音乐起……渐出……）

拉扎勒斯：或许您听了会觉得不可思议，我能够人为放大钻石的

体积。（一片寂静）

肯尼恩：（放声大笑）

拉扎勒斯：肯尼恩先生，您笑什么？

肯尼恩（停住笑声……干咳）：哼！拉扎勒斯教授，你说你是个发明家？

拉扎勒斯：发明家、化学家、物理学家、自然神秘现象专家。肯尼恩先生，我听说您是梅登大街数一数二的钻石专家。

肯尼恩（严肃）：谢谢夸奖，教授。那么你——嗯——听说你能人工制造钻石？（强压住笑）

拉扎勒斯（激动）：是的，肯尼恩先生。我最新的研究将会掀起钻石行业的大变革——能改变整个世界的金融结构！

肯尼恩：整个世界的金融结构？（笑得眼泪都出来了。仿佛在擦拭眼泪）抱歉，拉扎勒斯教授……我……我嗓子眼有点痒……

拉扎勒斯（感觉受到了侮辱）：世人也曾经嘲笑列文虎克①，嘲笑巴斯德②，嘲笑伽利略。好吧，您就笑吧！你们都嘲笑我好了！（喃喃低语）世人总是接纳不了天才……

肯尼恩（话语锋利）：听着。你要我们相信你发现了可以廉价制造钻石的办法。天方夜谭！

拉扎勒斯：肯尼恩先生，给我一颗上等钻石。七天之后，我会归还您一颗有原来一倍体积大的钻石！

肯尼恩：可以把钻石放大一倍的人！（大笑）

---

① 列文虎克（1632—1723），荷兰显微镜学家。

② 路易斯·巴斯德（1822—1895），法国微生物学家和化学家。

拉扎勒斯（激扬）：不要嘲笑我！我已经试验成功了！

肯尼恩（厉声嘲讽）：又是所谓的科学奇迹吗？

拉扎勒斯：是科学事实！我可以将任何一颗自然界产生的钻石放大一倍，并且使它变重。我找到了一种可以让钻石生长的方法！

肯尼恩（诧异）：我猜你是很认真负责地说这些话的？

拉扎勒斯：百分百负责！我这辈子一直致力于这项研究！（急切）肯尼恩先生，我所有的积蓄都用在完善这一理论的公式，用来改进这一项生产的机器。现在我需要资金支持，还有上等的钻石供我实际操作。

肯尼恩（沉思）：教授，或许我刚才下结论下得有点操之过急了，但是——不，这不可能。这太荒谬了。

拉扎勒斯：肯尼恩先生，您对此表示怀疑，我一点也不怪您。您是一位商人，所以我不指望您能信赖我。

肯尼恩（惊讶）：教授，你的意思是说你已经准备好要向我们展示你的这一项发明成果？

拉扎勒斯：当然，肯尼恩先生！

肯尼恩：我凭什么要相信你？

拉扎勒斯：您可以充分信任我！

肯尼恩（非常严肃——果断）：拉扎勒斯教授，请你明天再来一次！

（音乐起……继而是众人低声的争论声……）

冯·胡滕（荷兰口音）：我说这简直就是一派胡言！

肯尼恩：但是看看也无妨，你说呢，冯·胡滕？

布赖斯（英国口音）：肯尼恩说得对，冯·胡滕。你这么多年一直按着老思维在阿姆斯特丹从事钻石交易，完全故步自封。抓住这个机会试一试，老先生！

冯·胡滕：好吧，布赖斯先生，那我就试一试。把钻石体积放大一倍！（干巴巴地笑了几声）我真不知道是该笑还是该哭。

肯尼恩：非常好！布赖斯，这么说你也愿意加入我们？

布赖斯（咯咯笑）：我可没那么容易相信这是真的，不过他可以用事实说服我。这是我们地地道道的大不列颠精神。肯尼恩，我加入你和冯·胡滕。你呢，马塞先生？

马塞（法国口音）：我在考虑当中。

冯·胡滕（嗤之以鼻）：马塞在考虑当中！大家安静，屏住呼吸。

肯尼恩：马塞，我们非常需要你加入我们这个小团体当中。你是无可比拟的宝石鉴赏专家，比我们任何人都有经验判断这是不是一个骗局。

马塞：肯尼恩先生，这个计划的确非常诱人！先生们，我，马塞，加入到你们当中！（所有人都笑了）

冯·胡滕：说能把钻石放大一倍！这个教授一定是个骗子。他肯定是。

布赖斯：我知道这听起来非常荒唐……

马塞（沉思）：谁知道？十八世纪的时候，圣日耳曼伯爵向路易十五证明了，不但珍珠里的杂质能够人工消除，而且还能够人为地放大珍珠的体积！

冯·胡滕（嘲笑）：马塞，这是个传说！街头巷尾的传说！

布赖斯：好吧，我们很快就能验证。不过肯尼恩，我个人认为这个人是个骗子。

肯尼恩：这话先别说得太早。先生们，现在我们达成协议了，是不是？（众人的应和声被不远处的开门声打断）什么事，沃尔夫？他来了？

沃尔夫（声音稍远）：是的，肯尼恩先生。拉扎勒斯教授来了。

肯尼恩：带他进来。沃尔夫，记住——其他任何人都不许进来！

沃尔夫（声音稍远）：知道了，肯尼恩先生。这边请，拉扎勒斯教授。

拉扎勒斯（声音稍远）：谢谢，谢谢！（关门声）

肯尼恩：教授，请进！我介绍你认识几个我的朋友。我们已经商讨组成一个联盟……以防万一。这位是冯·胡滕先生，来自阿姆斯特丹的钻石商人。这位是布赖斯先生，来自伦敦的钻石商人。这位是马塞先生，著名的珠宝鉴定专家。

拉扎勒斯：联盟，嗯？太好了，太好了。真是太棒了！

冯·胡滕：拉扎勒斯教授，不要高兴得太早了。我们的联盟仅仅是为了起到监督作用——没有其他目的！

布赖斯：教授，坦率说，我们现在尚不能断定你是个像自己所声称的那样的天才还是疯子。

马塞：拉扎勒斯教授，你会发现我们这些人是不会轻易上当的。我们并不相信你。但是为了百万分之一的可能，或许你真的探索出了一条新的科学原理，我们打算试一试……

肯尼恩：总之，我们很愿意看看你的新发现。

冯·胡滕：当然，我们有个条件。实验进行的过程中，我们必须保护联盟中的所有成员不受到任何损失！

拉扎勒斯：冯·胡滕先生，我非常非常理解。如果你们不保护自己的利益，我还会觉得你们是傻瓜！

肯尼恩：那么好吧，教授，你看到我办公室墙壁上的那道外围用钢铁衬起来的保险门了吗？

拉扎勒斯：看到了，怎么了，肯尼恩先生？

布赖斯：那道保险门通向肯尼恩先生的密室。密室是用钢铁建起来的。只有一个进出口——就是你看到的那道防盗贼的安全门。

马塞：你要进行的实验——催生钻石，就在那个密室里进行。

拉扎勒斯：我明白了。但是空气不流通——我需要呼吸——

肯尼恩：我的密室里装有空调。顺便提一下，我们刚换了新的密码锁。只有冯·胡滕先生、布赖斯先生、马塞先生和我知道怎么开那道锁！

冯·胡滕：你明白了吗，教授？不是你自己自由进出那个密室！每天早上，我们中的一个人会把你带进去，然后在晚上的时候再把你带出来！

拉扎勒斯：非常公道，先生们。但是我可以提出一个要求吗？在我工作的时候，任何人不许打扰我。接下来一整周，在我进行实验的时候，我不允许任何人进入那个密室——不论是我白天工作的时候，还是晚上我离开之后！

冯·胡滕（怀疑）：啊！这是为什么呢，教授？

拉扎勒斯：理由很简单，我必须保护我自己。如果我的工作秘密被窃取，我负担不起这给自己带来的损失！（众人纷纷应和："这很公平。""当然。"）

马塞：那么我们达成一致意见了。但是我们必须警告你，教授先生！那个密室会像法国银行一样被严格把守起来！

布赖斯：我们必须找一些有经验的搜查员看守这里——（干咳）——以防教授夜晚离开时带走钻石。

肯尼恩：我们去警署总部雇四个探员，怎么样？其中两个在白天的时候守在密室外，另外两个值夜班。

冯·胡滕：还有，拉扎勒斯，每晚你离开密室的时候，我们会对你进行一次彻底的搜身！

布赖斯（平静）：先生们，为了确保万无一失——我建议我们找一个信得过的医生——啊——完成晚上的搜身。（众人热烈的支持声）

肯尼恩（冷漠）：听着，教授，我们可不想冒风险。既然我们每个人都决定借给你一颗珍贵的钻石供你做实验用，我有必要送你一句话——你半点起盗窃的心都不要有，我们不会让你得逞的！

拉扎勒斯：盗窃？我是个科学家，不是个窃贼！很好，明天我把我的实验仪器搬过来，我们就开始。但是，记住：这件事情必须绝对保密！如果让外面的人知道我们在做什么，钻石就会贬得一文不值！（众人的议论声）明天，你们每个人带一颗上等的钻石到肯尼恩的办公室，我向你们承诺——一个星期后，这四颗钻石的体积会翻倍！（大笑）你们会像基督山伯爵一样——只要一个星期，你们到时候就会惊呼：这个世界是我的！

（音乐起……肯尼恩将事情的来龙去脉娓娓道来……）

肯尼恩：……奎因先生，后来拉扎勒斯教授就进入我办公室的密室里开始工作。

埃勒里（若有所思）：有意思，非常有意思的事情，肯尼恩先生。

警长：肯尼恩先生，这就是一个星期前您向我们雇佣四名探员的原因？（咯咯笑）像您这样见过世面的人，就这样被拉扎勒斯的夸夸其谈忽悠住了，会不会有点儿冲昏了头脑？

尼基：怎么能这么说呢，我觉得这很神奇！像天方夜谭一样！

埃勒里：肯尼恩先生，为什么您把您的朋友库克医生也带过来了？医生，没有别的意思，请不要误会，只是有点好奇！

肯尼恩：拉扎勒斯每晚离开密室的时候，就是库克医生给他做全面身体检查。

库克先生（说话直截了当——简明、话音清晰）：奎因先生，换一个人，我早就拒绝了。但是肯尼恩先生是我的老朋友。但是这个事情本身就荒诞不经！你们听听后来发生的事情！

肯尼恩：奎因先生，从那天教授在我的密室进行秘密工作开始，到接下来的一周时间，我们就小心翼翼地采取一些防范措施。很快一周时间就过去了——他承诺的期限也到了。“那么怎么样呢？”我们要他给我们一个答复。“给我们看看我们的钻石，比原来大一倍的钻石！”但是教授看上去非常紧张不安……

警长：把钻石的体积翻了一番！（咯咯笑）

尼基：他肯定没成功，是不是，肯尼恩先生？

埃勒里：然后要你们再给他几天时间，是吗？事情肯定是这样的。

肯尼恩：确实如此！几个侦探和我们五个人都仔仔细细地把他搜了个遍——库克医生还对他进行了更加严密的搜身——当我们确定钻石不在他身上后，我们才让他离开。

库克医生：然后他们的组织又开始聚在一起谋划。（咯咯笑）

肯尼恩：经过一番争论以后，我们决定再给教授几天时间。其他几个人都离开了，然后我就去用晚膳……我一边吃饭一边开始担心。我担心会不会有什么意外情况发生！我让他们其他三个人参与进了这件事，让他们各自都贡献出了价值连城的钻石……我想着想着，就回到了我的办公室。两个在夜间站岗的探员让我进去了——我打开密室的门走了进去……

警长（敏锐）：不要告诉我……

尼基：你们交给拉扎勒斯的四颗钻石——

埃勒里：从密室里消失了，是不是这样，肯尼恩先生？

肯尼恩（绝望）：凭空消失！完全不见踪影！我把那间密室里里外外全部都翻了一遍！我甚至把他的实验器材一件一件拆下来！然后我把几个探员叫进来。起先他们以为我疯了，直到他们也搜不出钻石，才意识到钻石的的确确被盗了。

埃勒里：肯尼恩先生，听起来事情很简单。拉扎勒斯教授在过去的一个星期内成功地借工作之名盗取了钻石。很有可能一次拿走一颗。你们每天晚上在他离开的时候，是不是进行了彻底的搜身？会不会他身体的一些隐蔽处没有搜到？

肯尼恩：绝对不可能，奎因先生！我们连他的私处都彻彻底底搜了个遍！这就是今晚我为什么要带上库克医生同来的原因。来之前我给冯·胡滕、布赖斯，还有马塞都留了信息，告诉他们钻石被盗。

库克医生：奎因先生，我可以向您保证——我无法想象那家伙把钻石带出密室的时候是藏在身体的哪个地方。

埃勒里：他的衣服呢？

肯尼恩：每晚搜身的时候，他身上一根毫毛我们都没有忽略——不单单是我们四个，还有那些探员也是！

警长：埃勒里，我安排过去的那四个人是不会马虎应付的。他们很可靠。

尼基：我知道了！拉扎勒斯一定是个驼背——他是假驼背，把钻石藏在假的隆肉里。要不就是他安装了义肢，类似这样的东西！

库克医生：没有驼背，没有义肢，没有留长指甲……这些统统没有。

埃勒里：医生，他的头发呢？他是不是留了胡子？

库克：没有留胡子。那个男人是个跟秃鹰一样的秃顶。

埃勒里：医生，你有没有检查过他的口腔？

库克：拉扎勒斯的牙齿全都掉光了，他戴的是义齿。我每晚也非常仔细地查了那些义齿。没有任何一个地方有足够大的空隙可以容纳一颗钻石。他也不可能把钻石塞在耳洞或者鼻孔里。

尼基：他是否有义眼？我敢打赌他肯定把钻石塞在义眼里了！

库克医生：没有，波特小姐。他两只眼睛都好好的。

埃勒里：有没有可能他离开密室的时候带着一个可以容纳钻石的物件，比如说一块手表——或者一个雪茄盒——

警长：或者是钱包？一个烟袋？或者是一枚戒指？

肯尼恩：都没有，警长——我们的搜查非常彻底。

尼基：拐杖呢？中空的那种！

肯尼恩（叹气）：那个教授不用拄拐杖走路。我告诉你们，我们把他所有的随身物品都彻底地搜查了，甚至他的钢笔和铅笔。

埃勒里：肯尼恩先生，密室里是否有管道或者水龙头之类的装置？

肯尼恩：没有任何跟外界相连的管道，除了空调的通风孔——我们也查看过那里了。

尼基：库克先生，那有没有可能他把钻石吞进去了呢？

埃勒里（咯咯笑）：尼基，问得好！有这种可能吗？

库克：奎因先生，我动用了所有能够想得到的工具——胃镜、耳镜、鼻腔镜等等。如果X射线或者荧光镜可以派上用场的话，我也会毫不犹豫地使用这些仪器。这些都是因为肯尼恩先生和他的伙伴们告诉我，不要放过任何可能藏匿钻石的地方。作为一个医务人员，我可以向您保证，奎因先生——拉扎勒斯教授不可能把那四颗钻石藏匿在自己的身体里！

埃勒里：看起来我们遇到当代最天才的窃贼了。我们是该见见拉扎勒斯教授……（电话铃声响起）

尼基：警长，我来接。

警长：不，我自己接，尼基。可能是总部的人来的电话，向我报告这起盗窃案……

埃勒里（声音由近及远）：非常令人费解的难题，先生们！（接电话声）

警长：你好！谁？

韦利（话筒过滤后的声音）：是我，韦利，警长！

警长：是韦利，怎么了？

韦利（话筒过滤后的声音）：我在家里给你打的电话。

警长：怎么了，你跟你太太回家去了？

韦利（话筒过滤后的声音）：我不是嫁给我的工作了嘛。警长，你必须马上来一趟。有一起命案。

警长：为什么他们总是选在我们休息的时间！好了好了，韦利，在什么地方？

韦利（话筒过滤后的声音）：在一个又脏又破的旅馆里——是叫乔利还是约利的一个地方，在东二十四大街上。服务生打扫房间的时候发现了尸体。死者头部受到重击死亡。

警长：我马上就过去。韦利，辨别出死者的身份了吗？

韦利（话筒过滤后的声音）：噢，是的。从死者留在房间的论文研究报告可以看出是个发明怪人……

警长：发明怪人——（沙哑）韦利！他叫什么名字？

韦利（话筒过滤后的声音）：啊，说了你也不认识啊，警长。一个骗子教授而已。我看看，啊，是的……拉扎勒斯——拉扎勒斯教授！

（音乐起……继而是警笛声……而后是喧嚣声……）

韦利（伴随着嘈杂声）：我说，惠特尼！警长在叫喊着要指纹测试报告！（众人说话声）什么？非常好！那老家伙听了不知道会有多高兴！……乔！验尸结束了吗？现场搏斗的痕迹拍了照片没有——有血渍的灯具、倒在地上的椅子、撕碎的衣服……死者跟凶手肯定斗得很凶！

警长（叫喊）：韦利！普劳蒂呢？……安静点，大伙儿！

韦利（怒吼）：安——静——你们这些大老粗！（吵闹声顿时消失）普劳蒂医生已经走了，警长。他说没有什么特别的发现。死者在和凶手搏斗的时候，头部受到重击毙命。可以推断，凶案发生在今天晚上。

警长：这些信息非常关键！埃勒里，你怎么看呢？

埃勒里（心不在焉）：什么，爸爸？噢，抱歉，我刚才没有在听。

尼基：埃勒里·奎因！你看上去丝毫都不关心这件事！那是什么，警长？

警长：瞧。

尼基：噢，是一颗亮闪闪的钻石。

韦利：要是给我家老太太一颗这样的钻石，你把她的右眼挖出来她都愿意。警长，你是在哪里找到的？

警长：在拉扎勒斯的右手。肯尼恩先生！

韦利：肯尼恩！快到这边来，肯尼恩先生！

肯尼恩（上场——郁郁寡欢）：噢！太吓人了。我希望你们可以让我尽快离开。

埃勒里（低声）：爸爸，给我看看那颗钻石……嗯……

警长：肯尼恩，认得出这颗钻石吗？（众人停止说话）

肯尼恩：这是布赖斯的钻石！这是布赖斯贡献给我们这个团队的钻石，用来给教授做实验用的！

警长：事情水落石出了。只有冯·胡滕、布赖斯、马塞和肯尼恩知道拉扎勒斯的实验——即便是白天和晚上站岗的探员也不清楚密室里都在做什么！

韦利：所以很有可能是组织中的一个人杀害了教授。

肯尼恩：我们中的一人？不要乱下结论——（若有所思）我们中的一人？

警长：你们四个人中的一个在今晚来到教授住的宾馆房间，人赃俱获把他逮了个正着，并且想把这些钻石取回去，但遇到了拉扎勒斯的反击。凶手和死者进行了一番搏斗，最后凶手用重重的金属台灯将拉扎勒斯砸死。凶手抢走了钻石，然后离开了。

尼基：但是混乱之中，他没有发现少拿了一颗钻石——也就是我们在死者手上发现的这颗——

韦利：又或者凶手当时以为自己拿走了四颗。但当他发现的时候，他又因为害怕，不敢回来取走剩下的一颗。

尼基：最关键的问题是：到底是组织中的哪个人杀死了拉扎勒斯教授？

警长：埃勒里，你是怎么想的呢？

埃勒里（若有所思）：有三个秘密估计要被拉扎勒斯一并带入坟墓：第一，他的钻石放大术——尽管这件事情本身的可行性非常让人怀疑；第二，杀害他的凶手身份——这个房间灯火通明，凶手和死者之间又经历了一番搏斗，死者肯定能够认出凶手的身份；第三，拉扎勒斯是如何设法把钻石带出肯尼恩的密室——他用什么方法躲过了所有审视的目光，还有四个钻石主人的搜查，两个经验丰富的探员的搜查，以及一个医生的检查！

尼基：这些问题足够让我想得头昏眼花了。我简直不敢去想！

埃勒里：尼基，我不得不承认，我现在也想不出问题的答案——比起杀害他的凶手，我更想知道他是如何成功盗窃了钻石！

韦利：我相信你会知道的。

警长：韦利！

韦利（立即回答）：是，警长？

警长：把冯·胡滕、布赖斯，还有那个法国佬——叫什么名字来着——管他叫什么名字的——马塞——通通带过来。要快！我们要对他们进行审讯——用温和的方式！

韦利（退场）：把烫手的山芋丢给我……

警长：埃勒里，你可以好好想想拉扎勒斯教授是怎么把钻石偷出来的——我想知道是谁把他害死的！

（音乐起……继而是众人的盘问声……布赖斯说："是的，这是我的钻石，警长。"其他几个人要求要回他们的财产……马塞说道："是这样。那我的钻石呢？"）

警长：被凶手拿走了！我想知道你们今晚都在哪里？布赖斯，你先说？

布赖斯（紧张）：我一个人在外面闲逛……后来我回到了酒店，看到了肯尼恩差人留给我的信息，说钻石被盗窃了……我以为是个——是个玩笑……

警长：冯·胡滕先生，你呢？我猜你肯定是在公园里写诗，是不是？

冯·胡滕（怒吼）：我去了一趟我在纽约的办公室！然后我回到了宾馆——看到肯尼恩给我的信息——

警长（温和）：这么说，你也没有不在场证据。你呢，马塞先生？

马塞：我也是，警长先生——我回到了我在梅登大街的办公室。然后，我也——看到了肯尼恩先生给我留下的信息，说钻石被偷了……

韦利：这些生意人加在一起也不是那个骗子扎格勒斯的对手吧！

尼基：是的，警佐。但如果他们中的一个人没有去拉扎勒斯的旅馆并杀害了他——拉扎勒斯早就得手，拿着钻石远走高飞了！

埃勒里（平静）：别说话，尼基。让爸爸处理这件事情。

尼基（愤慨）：埃勒里，我知道我不该插嘴。但是像他们这样，既残暴，又装出一副受害者的样子！

冯·胡滕：我想要回我的钻石！快点还给我！

马塞（不痛快）：还有我的。布赖斯，你真走运，你的钻石没有被拿走。但是我的——

布赖斯：我还是搞不明白，他是怎么把钻石带出来的！

警长：这个案件有很多细节我没有搞明白！你们四个先等着。埃勒里，跟我来一下。（众人停止了说话）

埃勒里（低声——若有所思）：怎么了，爸爸？

警长：有没有什么想法？

埃勒里：爸爸，我感到很困惑。非常困惑！死者的盗窃行为看上去非常没有可行性！

警长：没有什么不可行的。凶手的杀人手段没有什么技术含量。我们现在最要紧的是把凶手揪出来——

埃勒里：爸爸，我说的不是凶手——我是说拉扎勒斯怎么把钻石从密室里带出来！要是今晚我想不出他躲过七个搜查者眼皮的方法，我就不睡觉！

警长：别这么较劲，儿子！这是一宗凶杀案，不是猜谜！

埃勒里：爸爸，这次您负责找出凶手——我负责解开这个谜团。（若有所思）我想知道教授是怎么得手的！

（音乐起……）

韦利：警长，没有丝毫进展。

警长：韦利，查了他们的不在场证据了吗？

韦利：你说不在场指的是什么？冯·胡滕和马塞都声称在梅登大街的办公室工作……但是没有人看到他们！布赖斯一个人在散步……（不远处响起开门声）噢——早上好，波特小姐。（关门声）

警长（阴郁）：早上好，尼基。

尼基（上场）：早上好！我的天哪，瞧您那张阴沉的脸。还是没有查出凶手，奎因警长？

警长（阴郁）：尼基，我猜这次能不能破案只能靠运气了。埃勒里这次帮不上忙。

尼基：他把自己一个人关了起来。他早上去哪里了？

韦利：那个聪明人把自己锁在卧室里来回踱步，像是在产房外面等待的父亲。

警长：尼基，埃勒里昨晚一宿没睡。

韦利：要我说，我们的大侦探这辈子第一次栽跟头了。（不远处响起了开门声）啊！他来了！

埃勒里（声音稍远——话语明快）：早上好！各位！

警长：过来，儿子——吃点早餐。你肯定累坏了，一个晚上都没有睡。

韦利：奎因先生，别费脑筋了。你不可能每次下注都能中头彩。（埃勒里咯咯笑）

尼基：埃勒里·奎因！你笑了！警长，警佐——他肯定是知道些什么了！（众人纷纷询问他）

埃勒里：当然，我是知道了一些事。我昨晚花了十个小时，眼睛都没有合上，终于让我知道了答案！

尼基：奎因先生，那么一直困扰你的问题是什么呢？

埃勒里：拉扎勒斯是怎么躲过七个搜查员将钻石带出去的。（警长、韦利小声嘀咕——尼基兴奋地等待着答案）我把他可能采取的做法都想了个遍。爸爸——我终于知道钻石是怎么被带出来的了！

警长（讽刺）：非常好！现在你可以想想凶手是谁了。

埃勒里（似乎是自言自语）：是的，我想我肯定没猜错——这是唯一有可能的答案。我知道那些钻石是怎么被带出密室的了！

韦利：好了，奎因先生，恭喜你获得了世界猜谜大赛的冠军。但是拜托快点大声地——

警长：凶手呢？我们想知道是谁杀害了拉扎勒斯！

埃勒里（心不在焉）：噢，这个问题嘛！是的，爸爸，我也知道凶手是谁！

（音乐起……继而是陪审团场景。）

挑战听众

当陪审团的成员都安静下来，各自给出对这个案件疑点的看法时，播音员伯特·帕克斯告诉听众："海湾地区无氮氧化物石油能让你的摩托车无忧驾驶，让你的车子仿佛装上了两个排气管，瞬间漂移而前。"

（音乐起……）

警长：埃勒里，我们在浪费时间。你直接告诉我谁杀死了拉扎勒斯。

埃勒里：爸爸，如果你想知道的话，我得从钻石失窃说起……

韦利（嘀咕）：他又来了。

尼基：这个人脑子一根筋！

埃勒里（温和）：小朋友们，这可是这个案件的核心。拉扎勒斯教授是怎么瞒住了七双眼睛——四个钻石所有者，两个探员，还有一个医生？这个问题我一直束手无策，直到我问了自己一个问题，一个非常简单而又不可忽略的问题：是不是真的是拉扎勒斯教授本人把钻石从密室里带出来的？

（众人哑口无言。随后又小声地讨论）

尼基：噢，天哪！噢，天哪！这就是答案！

埃勒里：是的，尼基！一系列的事实证明，拉扎勒斯不但没有拿出那些钻石，而且也不可能拿得出来。拉扎勒斯教授不可能以一敌七，盗窃了那些钻石——没有答案的问题是永远没有答案的。因此我肯定——拉扎勒斯不是偷盗钻石的元凶，盗贼另有其人！

警长：但是埃勒里，那一整个星期，只有拉扎勒斯一个人进出过那个密室——这是他们之前达成的协议！

埃勒里：是的。但是其他的几个人，是不是也都没进去过？不是的。在钻石被报失窃之前，有一个人进了密室——而且他本人也承认他单独进了密室！而且，这个人知道，他离开密室时不会被搜身——因为组织里的四个成员只针对拉扎勒斯一个人。所以我知道当时单独进入密室的那个人肯定是窃贼！这个人究竟是谁呢？

尼基：肯尼恩！是肯尼恩先生！

警长：是的！肯尼恩他自己告诉我们，昨晚他返回办公室，担心会出什么问题——所以把守的探员让他进了密室——他是单独进的密室，而且在他大声疾呼钻石失窃之前，他一直是一个人在那里。探员是在这之后才进去的。

韦利：上帝啊，天衣无缝。肯尼恩进去了，拿走了钻石，然后出去，直奔教授住的旅馆房间，将他杀死，然后逃走了。接着他将钻石藏匿起来，带上了库克医生来找我们和奎因先生，为的就是让库克证实他们是多么严格地把守以防拉扎勒斯行窃！

埃勒里：是的。而且他在陈述整个事情的过程中，非常巧妙地把我们的注意力集中在了拉扎勒斯身上，引导我们认定后者为窃贼。肯尼恩真是个心理学高手！他可是我遇到的最聪明的恶棍之一。他很巧妙地设计了盗窃的现象，让我都差点被骗了！

尼基：这么说拉扎勒斯教授根本就不是什么骗子！他真的能把钻石的体积放大吗，埃勒里？

埃勒里：这么说吧，尼基，他生前没有做到，所以我猜这个可怜人只不过是头脑发热的怪才，自认为破解了宇宙难题之一。

尼基：肯尼恩真够傻的，竟然忽略了教授手上的那颗钻石——布赖斯所有的那颗！

埃勒里：忽略？尼基，肯尼恩是故意把那颗钻石塞到教授手中。这也是他杀害拉扎勒斯的原因……给人们造成假象，是拉扎勒斯教授最早将钻石偷盗了出来。

警长：等等，埃勒里。假设确确实实是肯尼恩将钻石带出了密室，怎么证明是他杀死了拉扎勒斯？

韦利：是啊。就没有可能是其他几个人杀死了教授？

埃勒里（大笑）：你还是中了肯尼恩的诡计。你不明白吗？肯尼恩故意将其中的一颗钻石留在了死者手中。死者手中有一颗钻石，说明其余钻石在凶手手中。而谁拥有这些钻石？这个窃贼。因此凶手肯定是窃贼本人。谁又最可能是窃贼？肯尼恩。因此结论是：肯尼恩就是凶手！

尼基：证明完毕！

韦利（充满敬佩）：上帝啊！警长，为什么我们没有这么漂漂亮亮地把这个案子给结了？

警长（悲伤）：韦利，自从我当了父亲之后，我就一直在问自己这个问题！

（音乐起……）

本篇是编者最喜欢的埃勒里·奎因早期广播剧之一。喜欢该作品的原因不仅仅是因为整个剧目从头至尾都笼罩着死亡信息，而且也因为这是为数不多编者能够破解的案件。编者抱着很侥幸的心理，希望读者破解不了。该剧首次播放于一九四〇年六月二十三日。

“乌云”号

人　物

埃勒里·奎因	侦探
尼基·波特	侦探秘书
玛格丽特·瓦伦丁	社交名流
珀西·瓦伦丁	玛格丽特兄长
瓦伦丁先生	昔日富翁
阿尔弗雷德·克罗克特	富翁妻舅
拜伊船长	“乌云”号船长
奎因警长	纽约警署
韦利警佐	纽约警署

背景：长岛海峡，一九四〇年

（欢快的海军主题音乐……轻快的水手舞曲……音乐跌宕起伏，高潮迭起……继而是汽笛声和往来游艇划出的一道道欢快的水声……场景仿佛设在长岛海峡……没有雾号的声响……继而一切背景声响又消失，只听得到击水声和跳水声……随即这些声响又渐出……）

尼基（上场）：（欢快）埃勒里，快点到扶手这里来！

埃勒里（上场）：什么事情这么兴奋，尼基？

尼基：玛格丽特·瓦伦丁和她哥哥珀西从游艇上跳下，潜到海里去了……（叫喊）……嗨，玛格丽特！跳得不错。

玛格丽特（声音稍远……气急败坏……在水中……涉世不深的年轻女子）：珀西·瓦伦丁，别这样好不好，这样感觉很不舒服！……（水溅起的声音）

珀西（声音稍远……大笑……年轻男子……气急败坏）：……嘿！我跟你闹着玩的。（咕噜噜的流水声，仿佛有人潜到了水里。埃勒里和尼基大笑了起来）

尼基（高兴）：金色的太阳——蓝色的海水——五彩的帆船——在大富翁的游艇上待一个周末……埃勒里，你怎么干成这么好的事的？

埃勒里：我可没操心这事——是爸爸安排的。

尼基：警长认识瓦伦丁一家人吗？不要跟我说你爸爸是在撰写社交名人录。（珀西和玛格丽特的叫喊声）

埃勒里（咯咯笑）：才不是。我爸爸认识大富豪瓦伦丁一家，是因为他们家那个神神叨叨从南非来的舅舅阿尔弗雷德·克罗克特。那个老人家是瓦伦丁先生的妻舅。他请我们过来度周末，据我猜测，他是别有用意。（停顿）……那艘是瓦伦丁家的游艇，看到了吗，尼基？

尼基：噢，是的。刚从码头驶出来。警长和韦利警佐也在船上，是不是？

埃勒里：是的，瓦伦丁先生亲自开游艇去接他们……（又是一声喊叫声：“珀西，快住手，别这样。”）

尼基：他人真好。

珀西：快下来，美女，我来教你游泳。

尼基（叫喊，大笑）：我学过游泳，不过谢谢你。（甲板上响起脚步声）你好啊，克罗克特先生！

克罗克特（上场……苍老而浑厚的声音，带有英国口音）：玩得开心吗？

埃勒里：非常开心，先生。什么时候带我们出海？

克罗克特：等游艇开过来了，我们就出海。我自己也很想去吹吹海风。我喜欢深海！

玛格丽特（声音稍远）：你好，巴斯舅舅。今天心情不错啊！

珀西（声音稍远）：巴斯舅舅，都准备好了吗？

克罗克特（叫喊）：非常好，谢谢关心……（冷漠）我的外甥和外甥女，他们非常热心。

埃勒里：是啊，克罗克特先生，他们好像特别喜欢您。

克罗克特（冷漠）：一个刚刚从南非退休回国跟唯一的亲属同住的大富翁，谁会不喜欢呢，奎因先生？

尼基（低声）：嗯嗯！（高声）克罗克特先生，为什么玛格丽特和珀西要叫您“巴斯舅舅”？

克罗克特：嗯？噢！布尔人[①]叫“老板”或“头儿”就叫“巴斯”。我大半辈子都在南非，做钻石开采生意，你知道的……（热情激昂）我对珠宝有一种特殊的感情，你知道的，这种感

① 荷裔南非人。

情已经渗透到我的血液里了！退休以后，我把我所有的家当都换购成了珠宝……游艇上的是不是奎因警长？

尼基：埃勒里，他们马上要上这艘游艇了！看，他们在挥手。

（远处响起马达熄火的噗噗声，渐出）

克罗克特：奎因先生，你父亲真是个很不错的人。

埃勒里：我也是这么认为的。您认识我父亲很久了吗？

克罗克特：就几个星期。我们的认识很偶然。我对警察这一行当很感兴趣。你知道的，算是一种特殊的嗜好吧。有一两个警察在身边，总感觉比较安全。一个人在一个陌生的国度，什么事都有可能发生。

（珀西和玛格丽特边说话边上场）

尼基：玛格丽特和珀西来了。你们两个，游泳游得开心吗？

玛格丽特（上场）：简直是棒极了！巴斯舅舅，外面风有点凉，您没有穿披肩。

克罗克特（不耐烦）：听着，玛格丽特，我好着呢。

珀西（上场）：巴斯舅舅，这样容易感冒。

玛格丽特：巴斯舅舅总是大大咧咧的，奎因先生。舅舅，您终于决定过来和我们还有爸爸同住，真是太好了。现在您有了家，我们一家人可以照顾您。

克罗克特（冷漠）：而且是一个占有欲非常强的家庭，玛格丽特。简直把我当小孩子！这个也不行，那个也不行，一个子都不让我花。

珀西（大笑）：您想让我们相信您不喜欢这种感觉，您真是个骗子。尼基，一会儿见。玛格丽特，咱们走吧。

玛格丽特：别急着走啊，哥哥！我们去换一身衣服再走嘛！

克罗克特（平静）：奎因先生，他们很热心是不是？（欢快）他们来了！奎因警长！非常高兴看到你，先生。还有韦利警佐！快上船来！快上来。（噗噗声停住了，仿佛马达关掉了）（海水和游艇轻柔的撞击声）——拜伊船长，帮忙把他们扶上船来！

拜伊（上场）：是的，克罗克特先生——汤姆，船快点摆过去。

警长（声音稍远）：孩子们，你们好啊！玩得开心吗？（埃勒里和尼基纷纷响应）

韦利（声音稍远）：天哪，这艘船太棒了！

瓦伦丁（声音稍远……热心……礼节性的谈话方式）：这里，让我来帮你一把，奎因警长。

（金属的舷侧门上响起脚步声）

警长（声音稍远）：谢谢，瓦伦丁先生。我可以自己来。小心点，克罗克特先生。

克罗克特（兴奋）：没事，没事的。

韦利（上场）：噢，乖乖，乖乖，瞧瞧这艘船，这海风、大海。克罗克特先生，您真是太了不起了。还有您，瓦伦丁先生。非常感谢邀请我们到这里来度周末。

瓦伦丁（兴奋）：能款待我妻舅的朋友，我们感到很高兴，警佐……拜伊船长！

拜伊（声音稍远……上了年纪的一个老练的美国人，鼻音浓厚）：是的，瓦伦丁先生？

瓦伦丁：马上出海，船长。

拜伊（声音稍远）：是的，先生……（退场）……起航……汤姆。比尔，把舷梯收起来……（又传来几声指挥命令声）（马达

噗噗地发动，游艇驶离了岸边）

瓦伦丁：你们要不要和我一起去休息室喝上一两杯，嗯？

（伴随着甲板上的脚步声，所有人边说笑边走向休息室，除了埃勒里和尼基。隐隐约约仍然可以听到拜伊船长的指挥声。发动机在水下运转着，船板微微震动。）

尼基（深呼吸）：谁想的这个主意，埃勒里？真是太美妙了！这个周末我要好好享受一番。

埃勒里（若有所思）：我在想一些事情。

尼基：你在想什么？

埃勒里：我在想瓦伦丁先生游艇的名字是不是不够响亮。

尼基：游艇的名字？叫什么名字？我刚才没留意。

埃勒里（严肃）："乌云"号。

尼基（惊讶）："乌云"号……（大笑）……噢，埃勒里。别这么阴沉沉的了。我们要好好享受这个周末！

（音乐起……继而是发动机隐约的震动声……海浪轻柔的声音和众人嗡嗡的谈话声……酒杯碰撞的声音……）

尼基（不安）：船有点晃，你们感觉到了吗？

埃勒里：天上的乌云也越来越密集了……谢谢，服务员。

警长：拜伊船长，根据你的经验，这是怎么回事？

拜伊：警长，晚上天气多变，没什么好担心的。

韦利：船长，或许你觉得没什么好担心的，但是……（不远处传

来一阵阵海浪声）噢！（众人被他的窘样逗乐了）

瓦伦丁：你很快就会习惯的，警佐。

警长：克罗克特先生，我想是时候告诉我们您邀请我们在您妹夫的游艇上度周末的真正原因了。究竟是怎么回事呢，克罗克特先生？

克罗克特（低声）：嗯——我还是打算晚点再向你们说明情况。现在，我只想请您留意观察我周围的这些人，然后告诉我您对他们的看法……

警长：您不会是想让我们——

克罗克特：现在很抱歉，我要离开一小会儿——

玛格丽特（担心）：巴斯舅舅！哪里感到不舒服吗？

珀西：舅舅，您晕船吗？

瓦伦丁：阿尔弗雷德，我希望没什么大碍。

克罗克特（试探）：没什么，没什么。我只是刚想起有些事情还没做。拜伊船长，你之前说起你的船上有个小玩意儿，叫什么来着——录音器？我想要录一些——录一封信。

拜伊：克罗克特先生，您随时都可以使用。

克罗克特：谢谢，船长……晚安，各位……

尼基：拜伊船长，一艘游艇的头头需要一台录音机做什么用？

拜伊船长（咯咯笑）：波特小姐，我是个写作爱好者，有时候会写一些探险类的小说，你知道的，像法国海外军团的故事，阿拉斯加探险、淘金、大西部、海盗等等——

埃勒里：是吗，船长？你的作品有出版过吗？

瓦伦丁：有！奎因先生，拜伊船长有十几个不同的笔名——是不是，船长？

拜伊（谦虚）：这个很多人都知道。我写的东西都刊登在一些低级的杂志上。一个单词两美分。像我这样的老家伙也要找一点事情充实一下自己……（一片寂静）（酒杯的碰撞声）

尼基（打呵欠）：噢……抱歉。你们晚上在甲板上都干吗？白天可以游泳、晒晒太阳。但是——

珀西（嬉戏）：尼基，如果你愿意和我到船尾走走，我会让你觉得晚上在海上也是一件非常有意思的事情！

玛格丽特：尼基，别理他。珀西见到美女就大献殷勤的。我们一起玩个游戏吧。

瓦伦丁：好主意。拜伊船长，你经常参加这种聚会。有没有什么好建议？

拜伊：瓦伦丁先生，我倒有个……

警长（咯咯笑）：什么游戏，拜伊船长？

拜伊：猜谜游戏之类的。我们一般是给出谜面猜谜底。我的游戏呢，是给出谜面猜一个名作家的一本书名。但是……你们给出的作家名字必须跟你们本人的名字一样。

尼基：船长，我不太明白这个游戏规则。

拜伊：比如说，我的名字叫杰克。那我要让大家猜的书名也必须是一个叫杰克的作家写的。好吧，我先给大家出个题。（拜伊拙劣地模仿狼的呼啸声，引起众人哈哈大笑……珀西说道："听起来像是一个受伤的女妖精。"）

埃勒里（大笑）：船长，这么可怕的叫声到底是要传达什么信息？

拜伊（失望）：你们没有猜出来吗？

韦利：我知道这是什么！是狼的叫声。

警长：就是狼的叫声，韦利。《野性的呼唤》，杰克·伦敦写的。

（众人大笑……埃勒里："非常好，警佐。"尼基："韦利警佐，你真是太棒了。"瓦伦丁："我真希望刚才猜出来的是我。"）

玛格丽特：我也有一个，我也有一个！

珀西（嫉妒）：你肯定有，玛格丽特。

尼基：快说啊，玛格丽特。

瓦伦丁：表演出来让大家猜，玛格丽特。

韦利：我希望不要太难。

玛格丽特（咯咯笑）：听好了。（玛格丽特发出刮风的呼呼声……韦利："听起来像飓风什么的！"）猜出来了吗？

拜伊：这个太难了，再来一次，玛格丽特小姐。

玛格丽特（大笑）：如果你猜不出来的话，船长……（玛格丽特又发出一阵风的呼啸声）

尼基：我知道了。《飘》……玛格丽特·米切尔。

（大笑声和众人的赞叹声……埃勒里："猜得非常好，尼基。"韦利："上帝，我早就应该想到了。"）

玛格丽特：尼基，你真是太聪明了。爸爸，你也来一个。

瓦伦丁：我？嗯。（咯咯笑）……好吧，看看你们能不能猜出这个？

珀西：哇呜，爸爸……把你的指头竖起来再慢慢放下来，这是干什么……

瓦伦丁（有点恼怒）：还没完呢，珀西。（瓦伦丁发出在水里吐气泡的声音，惹得众人哈哈大笑）

埃勒里：我知道这个，瓦伦丁先生。手指慢慢地往下放，指的是潜水艇的潜水镜……

韦利：指的什么？（惊讶地大笑）

尼基：潜水艇。吐气泡的声音，海洋……潜水艇——答案是——《海底两万里》。

（不远处响起海水拍打着游艇的声音……）

玛格丽特：朱尔斯[①]·凡尔纳的小说。噢，是的，奎因先生，是不是，爸爸？

瓦伦丁（咯咯笑）：当然是了……（尼基："奎因先生又猜出来一个。"警长："猜得好，儿子。"拜伊："奎因警长，您有个很聪明的儿子。"）珀西，你为什么不发挥一下你的聪明才智？

珀西：什么聪明才智？好吧……听听这个……

韦利（低声）：奎因先生，轮到我的时候我该出什么题？有哪个作者叫汤姆？

埃勒里：汤姆是个很常见的名字，但是"埃勒里"——这个不太常见。

尼基：埃勒里，你可以说一本你的书让大家猜猜。（警长："等一下，我猜出来了。珀西瓦尔·雷恩的《故作大方》。"）但是我呢，我这个才难弄——尼基。有没有哪个作者叫尼基或者叫尼基什么的？（埃勒里大笑）

珀西：答对了，警长。

（船头响起一阵海浪声）

尼基：呜呜！这一下晃得厉害。

---

① 法国作家凡尔纳的名字约定俗成地翻译为"儒勒"，因为本文需要，暂翻译成"朱尔斯"。

韦利：船上可不是警察可以待的地方。

埃勒里：拜伊船长，海浪越来越大了，是不是？

拜伊（突然）：抱歉，女士们先生们，我得离开一下……（退场）……我一会儿就上来……（一片寂静……海风裹挟着海浪的声响越来越大）

韦利（嘀咕）：噢……我开始觉得……头晕。

瓦伦丁：警佐，这太糟糕了……（众人的说话声。珀西："玛格丽特，快点，我们去甲板上看看。"玛格丽特："好的。"韦利："瓦伦丁先生，你们经常这样取乐吗？"）

尼基：埃勒里，风越来越大了，感觉我们好像会遇到麻烦。

埃勒里（平静）：是的，尼基。我觉得我们是有麻烦。

尼基：埃勒里！

埃勒里：尼基，我们来这里就是来找麻烦的……但不是大西洋的海风和海浪给我们的麻烦。

（音乐起……隐约传来海风的呼啸声……客舱的门打开着……）

埃勒里（上场……关心）：尼基！大半夜为什么一个人坐在休息室？

尼基（感觉晕眩）：噢，埃勒里。我想睡觉，但是……游艇晃得厉害，所以……我感觉待在船舱里很不舒服。

埃勒里（温和地戏谑）：可怜的孩子。你可不是个好水手，嗯？

警长（上场）：尼基，发生什么事了？你的脸看上去很苍白。

尼基：我自己觉得像是中了毒一样，一脸惨绿色……

埃勒里：爸爸，我们一起陪尼基到甲板上走走。（脚步声）

警长：说实话，我自己也感觉不太好……

尼基（嘀咕）：呼吸一下新鲜空气，在大海上度一个周末。真见鬼！我想我骨子里只能做一个简单的速记员。

警长：儿子，干吗一脸忧愁？你也觉得不舒服吗？

埃勒里（心不在焉）：嗯？噢，爸爸，我只是在想你那个南非大亨朋友，还有他的那些珠宝资产。

警长（咯咯笑）：是的，巴斯·克罗克特舅舅是个了不起的人——他还有他的那些珠宝！这边，把门打开。

（打开门……风声四起，但是并不是很大……甲板上响起了脚步声……）

尼基：我希望克罗克特没有把他的珠宝带到游艇上。我现在最需要的是——珠宝盗窃给我带来的刺激感。（隐约传来拜伊船长的尖叫声）什么声音？

警长（敏锐）：有人在呼叫救命。（又传来一声呼叫声）

埃勒里：就在这船上。爸爸，是拜伊船长的声音。

警长：一定是发生什么事了——快点！小心点！（奔跑……呼叫声越来越近）

尼基（伴随着脚步声喘着气）：我知道，我就知道肯定会发生什么事！

警长：是拜伊船长——就在客舱前面。下面发生什么事了，船长？

拜伊（上场……紧张）：奎因警长，奎因先生！感谢上帝，你们在这里。

埃勒里（敏锐）：发生什么事了，船长？

拜伊：我刚刚从驾驶舱到客舱去。我以为克罗克特先生早已在我的录音机上录了音离开了。结果，我看到他在客舱里……一动不动。（客舱门打开）看他。（一片寂静）

尼基（低声）：死了。克罗克特先生……死了。

警长：快进来，把门关上，船长。（关门声……风声立即被挡在了门外）好了，埃勒里，快看看。

埃勒里（严肃）：已经死了。大约几分钟前被谋杀了！

尼基（震惊）：他是在录音的时候被杀害的。看！他的一只手还抓着录音机的送话口。

拜伊（崩溃）：可怜的克罗克特先生……（录音机响起呜呜声）

埃勒里：爸爸，你这是做什么？

警长：我倒一下磁带听听克罗克特在死前录的是什么……（众人沉默不语……录音机的呜呜声更加响亮）好吧，我——（又是一阵呜呜声）哈利路亚！（呜呜声立即停止）

埃勒里（激动）：克罗克特录的是什么，爸爸？

警长：一份新的遗嘱。（尼基惊叹……“新的遗嘱”）还有，儿子，我们很幸运，录音机还录下了整个犯罪过程。

埃勒里：爸爸，让我听一下录音。

尼基：我也要听！

警长：尼基，到下面的客舱里把韦利叫醒。韦利懂这些机器玩意儿，我想让他调一下录音把声音外放，这样瓦伦丁一家都可以听到录下的凶手行凶的整个过程。

尼基：为什么要这样做？

警长（严肃）：我想看看，瓦伦丁一家人听到克罗克特先生死前说的关于他们的话，会是什么表情。

（音乐起……继而是玛格丽特的哭泣声……瓦伦丁和珀西在安慰着她……客舱的门打开又关上。）

尼基：怎么样了，警长？

警长（上场）：我已经问过船上的其他船员，他们都有不在场的证据。凶手只有可能是瓦伦丁家中的一员了。

埃勒里：警佐，那个机器弄得怎么样了？

韦利（喘气）：奎因先生，很快就弄好了。我不知道扩音器效果怎么样。但是我会尽力弄好的……好了。

警长：大家请安静。瓦伦丁先生，玛格丽特，还有珀西·瓦伦丁——我们想让你们听听，你们中的一个人在杀害你们亲爱的巴斯·克罗克特舅舅的时候，他在说什么。（他们三人吃惊地倒抽了一口凉气）韦利，开始播放。

韦利：是的，警长。（轻微的刮擦声音……接下来播放的声音都经过过滤稍稍地变调）

克罗克特（过滤后的声音）：阿尔弗雷德·克罗克特立下的最新一份遗嘱。我，阿尔弗雷德·克罗克特，在神智清楚的情况下，要对我的资产做最后一次分配……（刮擦的声音在播放录音的过程中时不时响起）

埃勒里：警佐，能不能让机器不要发出这种声音？

韦利：请等一下。告诉过你可能声音效果不会太好……

玛格丽特（哭泣）：是巴斯舅舅的声音。是他的声音！

（珀西和瓦伦丁安慰着玛格丽特）

尼基（震惊）：一个死去的人的……声音！

韦利：好的，现在可以了！（播音器又开始运转）

克罗克特（声音比先前清楚了许多，但经过过滤仍有些许变调）：……因此我宣告两个月前我所立的遗嘱无效。该遗嘱中，我确立我的遗产由我已故妹妹的夫家瓦伦丁一家继承。但是，我现在有十足的理由相信瓦伦丁一家人是十足的骗子。因此我邀请了奎因警长及其子奎因先生来度周末，就是要请奎因父子拆穿他们的谎言和假面具，让大家看看他们是怎样的拜金主义者。他们昔日的巨额财富早就付诸流水，但却借款上演一场假戏，想让我对他们有一个好的印象，想凭此就可以继承我的巨额资产。（瓦伦丁一家惊得倒抽了一口凉气）我的珠宝安全地存放在我纽约市的银行中。现在我宣布，我死后，所有的珠宝都捐献给红十字会（手枪砰的一声响……克罗克特在剧痛中发出一声惨叫……门被猛地关上了。克罗克特垂死挣扎，大口地喘着气）珠宝！珠宝！……（呻吟声……身体轰的一声倒地……继而录音机发出轻微的刮擦声和嗡嗡声……录音机被关上）

尼基（低声）：我们竟然听到了……克罗克特先生被害的整个过程和杀害他的凶手逃窜的整个过程……（玛格丽特又一次痛哭起来）

埃勒里：真是不可思议。凶手的枪声——凶手以为克罗克特当场毙命，逃窜时离开客舱的脚步声，客舱的门被摔开的声音，克罗克特临死前留下的话，他的尸体轰然倒地的声音……太不可思议了。

警长（严肃）：韦利，找到那把作案的手枪没有？

韦利：不在这艘游艇上，警长——拜伊船长说——

拜伊（严肃）：警长，凶手作案使用的工具应该就是我的那支火枪。我在靠近客舱门口的橱柜里放着一支火枪，但是现在不在了。上过“乌云”号的所有人都知道我放了一支火枪在我的壁橱里。（阴郁）我指的是每个人！

埃勒里：现在这支火枪肯定已经沉到海底了。

警长：克罗克特所说的这些“骗子”中的一人杀害了这个老人。快点，你们自己认罪吧！

瓦伦丁（惊得倒抽了一口凉气）：你疯了你。

警长：是吗，瓦伦丁先生？你们这些人是骗子，已经破产，身无分文。你们对你们从南非回来的亲戚表现出十足热情——给他留个好印象，上演了一出出戏欺骗他！——这么做的目的就是为了成为他遗产的受益人，重新做一个有钱的社会名流！

玛格丽特（冷漠）：爸爸，我们有必要干坐在这里听这个警察当面侮辱我们吗？

警长：你必须待在这里，瓦伦丁小姐！你们中的一个人偷偷溜进了船长的客舱，偷听到了克罗克特先生录制新遗嘱，将你们排除在受益人之外，所以就起了杀念杀害了他，使他的旧遗嘱依旧有效！录音录制的遗嘱没有法律效应，也没有任何签名或者证人在旁证明其有效性，而且这还是一份没有完成的遗嘱，没有写成白纸黑字！

埃勒里：毫无疑问，克罗克特原本是打算录制新遗嘱，并且在周一早上“乌云”号靠岸的时候，请证人做证，使其生效！

珀西（冷漠）：荒唐！巴斯舅舅老糊涂了。我们不像他说的那样，已经破产了——

拜伊（愤怒）：噢，你们没有破产吗，珀西·瓦伦丁先生？警长，我是个不爱管其他人闲事的人，但是克罗克特先生真是个好人，我对这件事情也不会坐视不管！他们早就破产了，瓦伦丁一家人看上去光鲜，但是他们早就不是这艘游艇的主人了！

（尼基、警长和韦利的诧异声）

瓦伦丁（威胁）：拜伊，你最好闭上你的嘴，否则——

埃勒里（平静）：还是你先闭嘴吧，瓦伦丁先生。“乌云”号不是瓦伦丁一家的资产了？船长，那这艘船归谁所有？

拜伊：这艘船是我的。噢，之前是他们的，但是他们变卖了所有家资，我从他们手上用很低的价格购进了这艘游艇。打那时起，我又将这艘游艇倒租给他们这帮昔日富翁！

警长：上帝啊，上帝啊！真相浮出水面了！

拜伊：几个月前，瓦伦丁一家人找到我——又要租这艘“乌云”号。他们这么做就是为了欺骗那位老先生。他们提出给我好处，条件是我必须装成这艘游艇仍然归他们所有。瓦伦丁先生，不要说我在说谎，这一切我都可以证明！

瓦伦丁（阴沉）：现在——我们什么话都不想说。

警长（严肃）：回到你们的房间，待着别出来。韦利，你就在拜伊船长的客舱中守着。拜伊船长，调头回纽约！

（音乐起……游艇发动机平淡而有节奏地响着，没有狂风呼啸的声音，只有微弱的水浪声和甲板上缓慢的脚步声……）

尼基（悲叹）：我都快僵住了！一个晚上都坐在甲板的椅子上！不

过谢天谢地，大风终于停了。埃勒里，我们快到了吗？

埃勒里：尼基，很快就到了。（若有所思）很奇怪的一个案子……

警长（做梦一般）：克罗克特，他可是个非常善良的老人。（突然）好了，太阳出来了。

埃勒里：我在想韦利在客舱里怎么样了。安静得有点不正常。

尼基：你说警佐吗？埃勒里，他不是一直在客舱里守着案发现场吗？

埃勒里（不安）：我知道。但是我总有一种很奇怪的感觉……我们去客舱看看。（脚步声停住，叫喊）警佐？

警长（叫喊）：韦利！（停止叫喊）肯定是在打盹儿。埃勒里，把门打开。

（转动门把手）

（立即进入下一场……）

尼基：门锁上了！

警长：锁上了？或许他——（用力转动门把手）韦利！

埃勒里：韦利警佐！快开门！

尼基：埃勒里！透过窗户往里面看看！警佐——他倒在地上了——（尼基开始慌乱地哭了起来）韦利警佐被杀害了！

埃勒里（吼叫）：韦利倒在了地上！

警长：汤姆·韦利？（咆哮）快把门撞开！（在众人的慌乱声中埃勒里使劲撞击客舱门）再来一次，儿子！（门被撞开）汤姆！

尼基：可怜的韦利警佐。

埃勒里（严肃）：爸爸，他的头部受到了重击。

警长（崩溃）：可怜的老汤姆。（严厉）不管是哪个畜生干的这事，只要他落入我的手里——

埃勒里：爸爸！（韦利的呻吟声）他还活着！

尼基：他还活着！——警佐！快醒醒！睁开眼睛！你的头怎么样了？

韦利（呻吟）：那个东西……还在不在？噢噢！

警长（焦急）：汤姆，你还好吗？没有什么大碍吧？

埃勒里：警佐，让我看看你头上的伤口。

韦利：嗷！好疼！我肯定是晕过去了。我迷迷糊糊中好像听到一阵脚步声，然后突然一下子就醒过来了。但是我还没来得及看清楚发生了什么事——嘣的一声！（呻吟声）我的头啊……（尼基安慰着警佐）

埃勒里（敏锐）：凶手从你背后袭击了你。他回到作案现场，为什么呢？肯定是有什么他非来不可的原因让他这样铤而走险……啊！

尼基：埃勒里！快看，录音机旁的地板上有很多细碎的黑色蜂蜡！

韦利：老克罗克特录音的磁带！

警长（盛怒）：该死的凶手回到作案现场把录音机砸碎了！

埃勒里：不，爸爸。他只是以为他得逞了。

尼基：为什么这么说，埃勒里——录音机都碎成这样了——磁带也不见了！

埃勒里：很幸运，我昨晚已经把那盘磁带取走，放了一盘拜伊船长之前的磁带在里面。克罗克特的磁带放在另外一个地方

被妥善地保存了起来！——凶手犯了一个严重的错误！（惊呼声）

韦利：不要告诉我，这个下作的海盗在我头上重重地砸了一下，又试图毁了克罗克特的录音带，你就立即知道凶手的身份了，奎因先生！

埃勒里（严肃）：警佐，凶手这样无法无天的行为正好让我破了这个案子！

（音乐起……继而是陪审团场景。）

挑战听众

埃勒里告诉演播室里的陪审团，请他们辨认凶手身份并且辨认证据。伯特·帕克斯突然打断埃勒里，打赌说他知道案件的真凶是谁。但是他输了。

（音乐起……）

警长：埃勒里，快说！

埃勒里：凶手半夜又回到了作案现场，砸毁了蜡筒录音机。那上面录有凶案发生的经过。他这样孤注一掷，请问是为什么呢？

警长：为了摧毁证据——那个蜡筒录音机。

埃勒里：但是为什么呢？为什么这个录音机对他这么有震慑力？除了克罗克特的声音外，仅有一声枪响，然后就是摔门声。除此之外没有任何能直接指认凶手的声音被录制下来，没有，对不对？所以，凶手如此惧怕，又不顾身份暴露，冒险回来摧毁录音的原因，一定就隐藏在克罗克特的录音里！

尼基：克罗克特一定是说了一些让凶手暴露身份的话！

韦利：但是奎因先生，我们都听了那段录音——没有任何信息可以指认凶手……

埃勒里：那我们再仔细想想。克罗克特在被袭击之前说的话没有任何信息可以让我们认出凶手，因为大家想想，他死前没有任何话语明确表示他有可能会因为某个人而有生命危险。所以，线索就在克罗克特被袭击后说的话里。但是他中枪后说什么了？只有一个字！所以凶手的身份就藏在这个字里！我重新把那一段放一遍给大家听，我们从他遭遇袭击前开始。我已经在蜡筒录音机上标注了出来。（录音机的嗡嗡声和刮擦声。录音突然响起……）

克罗克特（过滤后的声音）：——珠宝安全地存放在我纽约市的银行中。现在我宣布，我死后，所有的珠宝都捐献给红十字会（手枪砰的一声响……克罗克特在剧痛中发出一声惨叫……门被猛地关上了。克罗克特垂死挣扎，大口地喘着气）珠宝！珠宝！……（呻吟声……身体轰的一声倒地——录音又戛然而止。录音再现了当时的犯罪经过！）

韦利：珠宝！他说珠宝然后就倒地了！

尼基（困惑）：珠宝……我没有听出——

警长：克罗克特可能只是想努力说完他没能够说完整的一句话——他说他要把他所有的资产都捐献给红十字会……砰！……珠宝。他所有的资产都兑换成了珠宝！

韦利：奎因先生，这跟凶手的身份又有什么关联？

埃勒里：他当时已经奄奄一息——事实上，他说完最后一个字后没几秒就断气了——你们觉得他只是为了把一句话说完吗？（大笑）爸爸……

尼基：那克罗克特到底是要告诉我们什么？

埃勒里：尼基，死者最后说了“珠宝”这个词是为了给我们留一个信息，告诉我们凶手的身份！——他和杀害他的凶手都认为他已经说出了后者的名字，不然后者也不会回来试图毁掉这盘磁带！

警长：凶手的名字叫珠宝？（拼读“珠宝”）J—E—W—E—L—S？

埃勒里：不是 J—E—W—E—L—S，是 J—U—L—E—S！朱尔斯是一个男人的名字！这两个词的读音是一样的。克罗克特当时已经快不行了，他不会有时间想到这两个词可能会让别人误解他的意思。

尼基：朱尔斯！

警长：当然是他！克罗克特是被他的妹夫谋杀的，也就是玛格丽特和珀西的父亲……他是这艘游艇上唯一一个没有不在场证据而且叫朱尔斯的人……瓦伦丁先生！

（音乐起……）

埃勒里：就是这样，女士们先生们，我推断出杀害阿尔弗雷德·克罗克特的凶手是朱尔斯·瓦伦丁先生——

帕克斯（打断埃勒里）：等一下，埃勒里。不要太急着下结论！你们这些人知道瓦伦丁先生的名字并不奇怪——但是我们这些听众怎么可能知道他的名字？我们从来没有听你们叫瓦伦丁先生朱尔斯！

埃勒里（大笑）：没有吗？伯特，你忘记就在凶案发生的那天晚上我们在船上玩的猜谜游戏了吗？

帕克斯（茫然）：说这个做什么，我当然记得，埃勒里，但是——

埃勒里：记不记得游戏规则是每个人都必须表达出一个名家的作品，作者的名字和提问的人必须一致？

帕克斯（疑惑）：是的，我记得杰克·拜伊船长选了一本杰克·伦敦写的书，玛格丽特·瓦伦丁选了一本玛格丽特·米切尔写的书……

埃勒里：瓦伦丁先生选的是哪本书，伯特？

帕克斯：《海底两万里》，作者是朱尔斯·凡尔纳。（惊讶）朱尔斯·凡尔纳！

埃勒里（温和地笑着）：所以，伯特，你知道瓦伦丁先生的名字叫朱尔斯！

帕克斯（懊恼）：奎因先生，我甘拜下风！你赢了！

（音乐起……）

曼弗雷德·B.李和弗雷德里克·丹奈是夏洛克·福尔摩斯的粉丝——丹奈曾说过：“夏洛克情结”是他根治不了的疾病。他在“贝克街小分队”[①]中表现异常活跃——相反，李并不乐衷于社团活动，仅仅参加过一次小分队的活动。当这对表兄弟将夏洛克没有解开的一个谜交给埃勒里时，观众也就无须感到奇怪了。华生医生曾写道：“一个未解之谜可以让学生孜孜不倦，同样也可以让大众读者废寝忘食。关于詹姆斯·菲利莫尔先生的一起悬而未决的案件就是这样一个例子。菲利莫尔先生返回家中取雨伞，此后便似人间蒸发，消失在这个世界上。”在一九四三年一月十四日播出的剧中，埃勒里给出了答案。

矮个子和高个子

人　物

埃勒里·奎因	侦探
尼基·波特	侦探秘书
奎因警长	纽约警署
韦利警佐	纽约警署
矮个子拿破仑	金融诈骗犯
高个子乔纳森	矮个子家仆
信差	
煤运工	

① 福尔摩斯所雇用的一群流浪儿。在柯南·道尔的著作中，他们经常帮侦探夏洛克·福尔摩斯收集资料，协助他解决了许多案件。一九三四年成立的一个福尔摩斯研究及兴趣组织也沿用此名。

背景：纽约市，一九四三年

（音乐响起……埃勒里的咳嗽声……）

尼基：快点嘛，埃勒里——把剩余的橙汁都喝了。

埃勒里：尼基，我不想喝橙汁。我想下床。

（又是一阵咳嗽声）

尼基：咳成这样还想下床？快点喝了！（埃勒里咕咚咕咚将橙汁喝下）

埃勒里：尼基，我只不过是有点着凉——我的小说还有很多东西没有完成——（咳嗽声）

尼基：奎因先生，你就老老实实给我待在床上。等到不咳嗽了你才可以下床。

埃勒里（发牢骚）：好啦，把你的笔记本拿过来。

尼基：这还差不多。从没见过像你这样的人，生病了鼻子一抽一抽的还不老实。（远处传来开门声）警长吗？

警长（远处）：是我，尼基！（上场）我们的病号怎么样了？（埃勒里的咳嗽声）我说，儿子，感冒不轻啊——

尼基：警长，他都这样了还想下床去！

警长（严肃）：噢，他还想下床去？不许让他下床，这是命令。（咯咯笑）不过太可惜了。

埃勒里（不高兴）：可惜什么？爸爸，什么事情让您看上去这么高兴？

警长：儿子，今天是个好日子。是的，先生！我和韦利过一会儿碰头，帮一个哥们卷铺盖，送他进监狱。这家伙好几年前就应该进去了。

埃勒里（一个激灵）：是谁，爸爸？

警长：小拿破仑。

埃勒里：小拿破仑！

尼基：警长，谁是小拿破仑？

警长：就是矮个子拿破仑，尼基——金融诈骗犯，我们称他为“两毛利皇帝”。

埃勒里：那我得马上起床！我现在就——

警长：你给我好好待在床上。（咯咯笑）我们得到密报，小拿破仑预定了明天早上飞南美的航班。昨晚我就派了一帮人在他房子周围蹲守。等我们的拿破仑先生带着从老百姓那里坑蒙拐骗来的巨额资金准备离开的时候，我们就把他抓个正着。

尼基：警长，他干什么勾当了？

警长：他拿了你的钱，帮你做“投资”，并且向你承诺两毛的利息。

尼基：他哪儿来的钱付利息？

埃勒里（咳嗽声）：这很简单，尼基。小拿破仑从你那儿获得了上千美元的资金，拿出其中的百分之二十支付你的利息——剩余的百分之八十就归他所有。

尼基：但是埃勒里，他这种做法怎么可能一直得逞？

警长：尼基，总是不断有新的人上当受骗被卷进来。新进来的人带来新的投资，这样原先应支付的利息就有钱支付了。

尼基：但是到最后，越来越多的人会想要回他们的本金！

埃勒里：尼基，当这种局面到来的时候，小拿破仑就赶紧卷走剩余的资金，找个地方避风头。爸爸，他不是第一个干这种事情的人了。还记不记得一八九九年的威廉·F. 米勒，还有他的“富兰克林机构”？

警长：当然记得。这次小拿破仑蛰伏得有点久了。所以我们要主动出击，把他引出来，然后直接把他捆了送到检察官那里。（退场）尼基，好好照顾埃勒里！

尼基：我会的，警长！

埃勒里：真该死……爸爸！一定要把结果告诉我！

（音乐起……继而场景移到了户外。远处时不时有几辆汽车驶过……）

韦利（警惕）：你好啊，警长。

警长（上场）：早上好，韦利。情况怎么样了？

韦利：警长，一切顺利进行。从昨晚我们蹲守在这里开始，没有一个人离开过那所房子。我一直盯着大门。嗯……小拿破仑出门了！

警长（冷笑）：这么直挺挺地从大门口走出来，手上还拿着一个显眼的黑色提包。趴下，韦利！让他自投罗网。

韦利：他就是个侏儒。

警长：五英尺高的身躯，一肚子的鬼把戏。等一下——他为什么停住了？他为什么抬头朝天上看了看？

韦利（专注）：他大概是在跟自己说：“看样子是要下雨了。我得回到房子里去拿把伞——”他真的回去了，警长！

警长：他在哪里，韦利？我的视线被房门前的廊柱挡住了，看不到他。我们靠近点——小心他玩什么花样。

（踩在碎石上的脚步声）

韦利：这个蠢货是玩不出什么花招了——看到他了吗，警长？（脚步声停止）现在看到了吗？

警长：是的，是的，走回房子里去了。（远处传来大门关上的声音）我们现在就在这里等着，韦利，等他再出来。他，连同他身边带的那个手提包，我们要一并擒获。

韦利：警长，如果小拿破仑能够在我们这么多人的眼皮底下堂而皇之地溜出这所房子，那他就不是个老骗子——他是魔法师！

（音乐起……背景音乐暗示着时间一分一分地流逝……渐出……）

警长：怎么样，韦利？那边的人怎么说？

韦利（上场，上气不接下气）：警长，他们说没有看到有人离开那所房子。所以他应该还在里面。

警长：拿一把雨伞要十五分钟？好好用你的脑子想想，韦利！肯定是小拿破仑发现了我们——他肯定是在谋划什么。我决定不再这样等下去了！（在韦利的劝阻声中，警长跑到了房子前的门廊里）按门铃！

韦利：等等，听我说，警长——（隐约传来了门铃声）——好吧，算了吧。（开门声）嗯，嗯。这个又高又瘦的人是谁？

高个子（上场）：您好，先生，请问您找谁？

警长：小拿破仑在哪里？

高个子（茫然）：抱歉，先生，我不太明白您的意思！

警长：矮个子拿破仑！他在哪里？

高个子：噢。矮个子先生不在这里，先生。

韦利：你给我听着，竹竿腿，小拿破仑十五分钟前走出门，然后又立刻回到房子里——他再也没有出来过。

警长：我是纽约警署的奎因警长。不要再支支吾吾了，告诉我矮个子在哪里？

高个子：先生，您一定是搞错了。矮个子先生确实在十五分钟之前离开了。之后我再也没有见过他——

警长：我们可是看到了。韦利，马上搜查这所房子。我跟这位先生就在门厅里等着。

韦利（上场）：矮个子到这时候还想逃脱，嗯？想要花样逃跑——

警长：这么说你是在帮他逃跑了。你是谁？

高个子：我是矮个子先生的家仆，先生。大家都叫我高个子乔纳森。

警长（咯咯笑）：你们主仆俩真是绝配，是不是？一个五英尺高的叫矮个子，一个六英尺高的叫高个子。

高个子：是的，先生。矮个子先生只雇佣高个子的人。（推心置腹）拿破仑情结，您知道的，先生。

警长：这就是为什么矮个子坚持蓄胡子的原因。让他看上去更加有主人派头。这下好了，他去监狱里，里面的人很快就会把他的毛发好好修理一番。（叫喊）韦利！找到我们的朋友了吗？

韦利（远处）：还没有，警长！小拿破仑一定是在和我们玩躲猫猫！

警长：高个子，为什么你们的房子里这么冷？柴油配给券用完了吗？

高个子：噢，不，先生。我们这里烧煤。

警长：那你干吗不点煤？这地方就是爱斯基摩人来了都受不了。

高个子：先生，你们造访的时候，我正要去地下室取一些煤炭上来。早上就会有人送一批新的煤炭过来——我正要往炉子里添点煤块……

警长：你快点去吧。但是完了以后立马回来。（叫喊）韦利，在一所房子里找一个人需要多久？

韦利（声音稍远）：警长，你来告诉我啊！我现在正在找呢！

（一阵短促的音乐后……）

警长：怎么回事，韦利？小拿破仑人呢？

韦利（上场）：警长，我觉得很困惑。

高个子：先生，我告诉过您——矮个子先生已经不在这里了。

警长：韦利，你肯定漏掉了什么地方。

韦利：怎么可能？我都恨不得把我的眼珠子挖出来，在每个角落都找个遍！确实没有看到他。

警长：啊啊。你去地下室找了吗？还有阁楼？所有的壁橱都看了吗？

韦利：警长，我告诉你，我找了所有能找的地方。

警长：但是——韦利，你在这里待着。我立马再找一些人来帮我们搜查这所房子。同时——高个子——你不要离开这所房子。听明白了吗？

高个子（礼貌）：非常明白，先生。

警长：韦利，你盯紧这个长腿。这家伙太能周旋了，我没有从他这里打开缺口。还有一件事。我会给在外面盯梢的兄弟们下命令，任何人，除了你我之外，没有通行卡，一律不得离开这所房子——而且，通行卡必须有我的签名！

韦利：但是警长，我告诉你小拿破仑不在这里。

警长（咆哮）：他肯定在这里！高个子，闪开。（开门声）我现在要回去，跟埃勒里谈谈这件事情！（摔门声）

（音乐起……）

埃勒里（咳嗽）：尼基，你都记下来了吗？

尼基：记下来了，埃勒里。矮个子先生的房子和每个房间的完整描述。

埃勒里：现在，爸爸，您说您和韦利看到小拿破仑从那个正门走出来，然后看到他止步，看看天空，然后……你们确定他往回走了吗？

警长：需要告诉你几遍？他的的确确回去了！

埃勒里：那么这一点是可以确定的了。您知道的，爸爸，这个案子有一个细节非常有意思，又非常奇怪。

警长：我一点都不觉得这有意思。

埃勒里：我指的是小拿破仑回到他的房子，看上去是去拿伞。尼基，帮我把夏洛克·福尔摩斯的精选集拿过来一下。

尼基（疑惑）：夏洛克·福尔摩斯？等一下。给，埃勒里。（翻书声）

埃勒里：啊，爸爸，我找一下……看这里。我给你们念念《雷神桥之谜》里面的这一句。

警长：埃勒里，看在上帝的份上——

埃勒里：不，爸爸，听一下这一句。关于福尔摩斯没有破解的一个案子，华生医生这样写道："菲利莫尔先生返回家中取雨伞，此后便似人间蒸发，消失在这个世界上。"

尼基：哇，有这么巧的事，太奇妙了。

埃勒里：据说夏洛克·福尔摩斯没有给出问题的答案。（咯咯笑）看看我们运气是不是比他好。

警长：我才不关心什么詹姆斯·菲利莫尔先生。我关心的是怎么找到小拿破仑，还有他卷走的那一大笔钱！

埃勒里：嗯。您说小拿破仑折回去以后，没有人离开过那个屋子是不是？

警长：我的手下严守在那个房子的每个出口，儿子。

埃勒里：那可以肯定，小拿破仑还在屋子里。

尼基：但是埃勒里，韦利警佐和其他探员把那所房子搜得底朝天了！

埃勒里：尼基，这就是这个案件有意思的地方。爸爸，我们从房子的地下室开始说起，一层一层往上分析。那个地下室的结构是怎样的？

警长：混凝土结构。地板、天花板、墙壁，都严严实实的。

埃勒里：地下室有没有什么包装箱之类的东西？比如一些旧箱子摆放在那里。

警长：没有。我们只在地下室看到两个煤仓。一个是空的，另外一个装满了煤。埃勒里，他肯定不会在地下室里。

埃勒里：那一楼呢——

尼基：一楼有起居室、书房、厨房。

埃勒里：先说说起居室，爸爸。有壁炉吗？

警长：我们彻彻底底查过了。整个房子的构造就是墙壁、地板、天花板——不单单起居室是这样，每个房间都这样。

埃勒里：起居室里有没有一架三角式大钢琴？

警长：上帝啊，是有一架钢琴！我不知道韦利是不是查看过那架钢琴了。

埃勒里：尼基，记下来：搜查钢琴内部。现在说说厨房。橱柜、食品室都搜查过了吗？

警长：全都查过了。

埃勒里：冰箱呢？大家不要忘了，小拿破仑是个小个子——只有五英尺一高，而且又瘦巴巴的。

警长：儿子，我最好还是和韦利再确认一下。

尼基（做笔记）：检查一下……冰箱……

埃勒里：还有书房。书房里有保险箱吗？

警长：有。小拿破仑的家仆，就是那个高个子打开给我们看了。里面空空的，只有一些无关紧要的文件。

埃勒里：爸爸，走廊上呢？

警长：有一套盔甲。

尼基：我敢打赌，他就躲在盔甲里面！

警长：尼基，你错了。我们已经查过了。

尼基：噢，是吧！那你们确定所有的壁橱都已经搜过了吗？

警长：房子里上上下下，所有的壁橱我们都检查过了，就连洗浴室的壁橱我们都没漏掉。还有阁楼、屋顶——停车房——

埃勒里：那就是整所房子都搜遍了。尼基，你和爸爸一起去一趟矮个子的住所。爸爸检查完钢琴和冰箱以后，你打电话告诉我检查结果。

尼基：我都已经猜到了——矮个子拿破仑是不会藏在那些东西里的，埃勒里！

埃勒里：尼基，我也认为他不会藏在这两个地方。（咳嗽声）这是我这个冬天遇到的最棘手的案件。更糟糕的是我还不能亲自到现场看看！

（音乐起……渐出……）

韦利：波特小姐，埃勒里都说了些什么？

尼基：警佐，他引用了夏洛克·福尔摩斯故事里的一句话。

韦利：那个英国佬侦探？（门铃声）

警佐：高个子，哪里的门铃声？

高个子：警长，是后门门铃。

警长：韦利，去后门看看。

韦利：嗯。（转动门锁……拉开门闩。打开门）请问找谁？

煤运工（上场）：我们是煤炭公司的。送两吨煤块过来。

尼基：来得真是时候。刚才这里还挺暖和的，这会儿又开始变冷了。

煤运工：如果……

韦利：现在就送过来，现在就送。老兄，不要踏进这个房间一步。

警长：韦利，跟这个人去门外看看。让他从地下室窗户的斜道把煤块送到煤仓里。不许他们踏进这所房子半步。

韦利：是的，警长。还有其他人吗，我的煤运工朋友？

煤运工：我有个帮手。

警长：韦利，盯紧他们两个。（关门，拉上门闩）现在，尼基，我们一起去搜搜埃勒里提过的那两个地方！

（短促的音乐声后……后门门铃又响起。拉开门闩，转开门锁，打开门……）

警长：噢，韦利，怎么样了？煤块都安置好了吗？

韦利（上场）：都搬进去了，警长。

煤运工（上场）：有个大个子说我和我的助手必须有通行证才能离开。这是在干什么？

警长：这是你的通行证。韦利，跟他们一起出去——最好查一下他们的卡车，确保没有猫腻。（关门，拉上门闩）（叫喊）尼基！你在哪里？

尼基（声音较远）：我在走廊边上书房的凹室里，警长！

警长（伴随着脚步声）：尼基，你在跟谁打电话？

尼基（上场）：是埃勒里，警长。他在那头发火了。

埃勒里（声音完完全全变调）：钢琴内部一无所获吗，尼基？

尼基：埃勒里，琴箱里是琴弦和传声结构板。

埃勒里：别开玩笑了！冰箱呢？

尼基：满满一冰箱的食物。看到我才想起来，我都饿了。

埃勒里（嘀咕）：一个大活人平白无故地蒸发了，她还在抱怨她饿了！停车房里的车子呢，查了吗？

尼基：埃勒里，他也不在车子里。我现在该告诉警长怎么做呢？

埃勒里：我也想知道该怎么做。那边有没有什么新情况？

尼基：一辆送煤车刚刚送了两吨煤过来。

埃勒里：什么？（兴奋）让爸爸听电话。

尼基：警长，您大名鼎鼎的儿子想跟您说话。

警长（嘀咕）：埃勒里，你别发火。我没有让那两个煤运工踏进房门一步。韦利也一直跟着他们俩。小拿破仑也不可能顺着地下室的窗户跑出来。

埃勒里：我知道，爸爸。您没有想到他可能在跟你们打游击，打一枪换一个地方？

警长：什么意思？

埃勒里：我的意思是说，你们在搜房间一个地方的时候，他很有可能躲在另外一个地方。等你们去搜他的藏身处的时候，他又偷溜了出来！你们怎么肯定你们通过斜道往煤仓送煤块的时候，他不在煤仓里？你们怎么肯定他现在没有被埋在煤堆里？

警长：我现在什么都可以相信。

埃勒里：爸爸，你们最好去确认一下。过一会儿打电话给我。

警长：好。（挂断电话）

尼基：警长，埃勒里说什么？

警长（嘀咕）：尼基，韦利一回到这里，我们就去铲开那堆煤！

尼基：上帝啊，警长。你们一定要拿一点煤来添这个炉子。

（一阵短促的音乐……）

警长：怎么样，韦利？

尼基（咯咯笑）：警佐，你这样看上去就像巡演压轴出场的演员。

韦利（上场）：我铲煤去了！别让炉火熄灭了。我干这行的，身不由己，什么都得干。看看我！我老婆看到了要晕过去的！

警长：别管你老婆了。你有没有把那堆煤都铲到另外一个煤仓里。

韦利：有啊！（故作神秘）猜猜我们在那堆煤块下面发现了什么，警长？

警长（急切）：发现什么了，韦利？

韦利（吼叫）：煤渣！（电话铃响起，接电话）

尼基：我来接，你好！（埃勒里，声音变调）等一下，埃勒里！警长，是埃勒里，他情绪非常激动！

警长：谢谢，尼基。你好啊，儿子。

埃勒里（声音完全变调）：爸爸！小拿破仑是不是躲在那堆煤块里？

警长：没有！奎因先生，你还有其他什么好建议吗？

埃勒里：嗯。躲在那里的可能性不大，但是我们还是得做一下排查。爸爸，我知道小拿破仑在哪里了！

警长（激动）：在哪里？

埃勒里：还有最后一个藏身处，我们没有搜到。

警长：你说，我听着。

埃勒里：您说小拿破仑的书房就在走廊旁。您把书房里所有的家具都列出来，但是有一样东西说漏了。

警长：你现在在半个城区以外的床上躺着，告诉身在事发地点的我说我还有地方错过了没有检查？什么东西？

埃勒里：书房里通常会有一张桌子。您好像没有提起过吧？

警长：我没有提起吗？好吧，确实是有一张桌子在这里……天哪！那地方！等一下。韦利！埃勒里知道他在哪里了。

尼基：他知道啦，警长？

韦利：他说小拿破仑藏哪里了？如果他说是藏在那个装面粉的桶里，那我这工作没法干了！

警长：他说是在那张翻盖办公桌里。韦利，马上搜查！

韦利（退场）：我说，我们还真没好好查看一下那里。（严肃）矮个子，从那里给我滚出来。（拉开翻盖）嗯？

尼基：是空的。

警长：好吧！埃勒里！（埃勒里的应和声）错啦，儿子。那张桌子是空的……

埃勒里：这不可能啊——（远处响起了门铃声）

警长：等一下，韦利，去看一下前门。

高个子（上场）：我来开门，先生。

警长：高个子，你老实待在那里别动！（远处响起开门声）韦利，是谁？

韦利（声音稍远）：是个信差，警长。有一封电报给高个子。

高个子（急切）：我来吧，谢谢，先生——

警长：站住，别动！韦利，把那封电报拿过来。

埃勒里（话筒过滤后的声音）：爸爸，那封电报是谁写的？

警长：等等，捆信的绳子很长——我马上拿到走廊去。（快速的脚步声）等等，儿子。尼基，拿着话筒。韦利，把那封电报给我。

韦利：给，警长。高个子，站着别动。

高个子：先生，那是给我的电报……（撕开信封）

尼基：埃勒里，警长在撕开那封电报。

警长（气急败坏）：什么——这不可能！这不可能！

信差：能给我一个通行证让我离开这里吗？门口的一个人说我得有通行证才能离开。我还有信要送。

警长：给，韦利。给他一个通行证。

韦利：快点走开，小毛孩。（信差退场，关门声）警长，电报上说什么？

警长：尼基，把话筒给我。埃勒里，听着！（仿佛是对自己说出了以下这番话）我接下来要跟你说的话，估计你是不会相信——

埃勒里（吼叫）：爸爸，拜托能不能——

警长：是矮个子拿破仑发来的电报！是他发来的电报！他发过来给这个高个子，上面写着："已按原计划离开。带上衣物和文件在指定地点碰头。——矮个子拿破仑"

高个子（吼叫）：让开！

警长：韦利，抓住高个子，别让他跑了。

韦利：噢，不，你这个狗奴才——（隐约有打斗撕扯的声音）

尼基：警佐——小心——

韦利：噢，你这浑蛋！（又是一阵打斗声）

埃勒里：爸爸，看在上帝的份上，那边到底发生什么事了？

警长：高个子想逃走。韦利和他打了起来——韦利想把他按住，可是失手了。（嘲讽）怎么样了，韦利——你今天没有吃维生素片吗？

韦利（喘气）：我没办法把这家伙按倒在地。好了，老兄，我可要让你不好过了！（重重一击后，高个子轰然倒地）

尼基：这么一摔，可太惨了。（高个子发出呻吟声）

警长：韦利抓到他了，儿子。小拿破仑是怎么逃出去的？我发誓没有人离开过这所房子！

埃勒里：是的……（咯咯笑）……是的，就是这样！

警长：就是哪样，埃勒里？

埃勒里（大笑）：是这样，我知道矮个子拿破仑在哪里！

警长：你知道啦？埃勒里，你之前也说你知道，但是事实证明你是错的。

埃勒里：不是的，爸爸。（咯咯笑）我解决了夏洛克·福尔摩斯没有解开的难题。一个人回房子取雨伞，从此消失在这个世界上！这次我非常肯定。

（音乐起……继而是陪审团场景。）

挑战听众

当这出广播剧播出的时候，美国正和日本交战——因此在结案时，警佐说道："这小拿破仑比日本人还卑鄙。"在陪审团上场之前，播音员（由欧内斯特·查普尔担任）读了一则鼓励女性接受培训、加入陆军和海军后勤医疗的动员书。

（音乐起……渐出……）

警长：儿子，你就这么把问题解决了？告诉我答案——在哪一步解决的——怎么解决的？

埃勒里（话筒过滤后的声音）：这个现在已经不重要了，爸爸。您有没有对他进行例行的问话？

警长：什么例行的问话？

埃勒里：噢，上帝啊。爸爸，或许现在还不晚。那个小男孩呢？

警长：他刚刚离开。等一下——我现在就站在走廊的窗户旁，我看到他了，他还没走远。皮戈特刚在大门口跟他擦肩而过。

埃勒里：非常好。爸爸，把那个男孩叫回来，带到我这里。我要亲自问话！

（短促的音乐后……）

韦利：好了，我们已经把那个信差带到你的卧室外面了。下一步该做什么呢，指挥官？

埃勒里：很好，警佐。让他在外面待一会儿。

警长：儿子，我现在想知道的是——小拿破仑在哪里？

尼基：是啊，埃勒里——十几个探员围着那所房子，守住了每个可能的出口，他是怎么逃出去的？

埃勒里：这个问题很简单，尼基。爸爸，就回答我下面的问题。小拿破仑现在是不是在房子里？

警长：不在，儿子。我敢打包票。

埃勒里：如果他不在房子内，那他应该在房子外了，对不对？

尼基：那是肯定的了。

埃勒里：爸爸，今天有多少人离开过那所房子？——不包括您和警佐。

警长：埃勒里，我已经告诉你很多遍了，没有人离开过那所房子。

埃勒里：噢，爸爸，但是实际情况不是这样的。有三个人离开过那所房子。

韦利：三个？警长，他有点妄想症。

埃勒里：想一想，想一想，那两个煤运工不是到了那所房子，后来又离开了，他们算两个——

警长：埃勒里，他们从来没有踏进那所房子！

韦利：指挥官，而且他们从屋外通过斜道把煤块送到了地下室，我一刻也没有让他们脱离我的视线。他们离开之前，我还把那辆煤车仔仔细细检查了一遍。

警长：所以小拿破仑没有在那辆卡车里，他也不是那两个煤运工中的一个，埃勒里……

埃勒里：噢，你们说得都完全正确。所以我说的三个人中，可以排除他们两个。因此，按照夏洛克·福尔摩斯最喜欢使用的排除法，那第三个人肯定就是小拿破仑。

尼基（兴奋）：我明白了！埃勒里，你说错了！小拿破仑从未离开过那所房子，警长！

警长：尼基，我们把那所房子搜了个底朝天。如果他一直在那所房子里，我们怎么可能找不到他呢？

尼基：他就在你眼前，警长，小拿破仑……他就是……高个子，那个家仆！

韦利：他一人分饰两个角色？我说……

警长：小拿破仑的身高只有五英尺一，尼基，那个高个子足足有六英尺四！

尼基（茫然）：他用了一些方法把身体垫高了，警长。比如说踩高跷啊什么的。

埃勒里：踩高跷？这不可能，尼基。韦利试着把高个子绊倒，但一直没有办法让高个子脚离地。如果高个子踩着高跷，不管他力气多大，你都能把他推倒。所以不可能是那个高个

子——警佐，把那个送信的小男孩叫进来，我要问他几个爸爸忘记问的问题。（开门声）

警长（恼火）：看在上帝的份上，到底是什么问题？

韦利（上场）：指挥官，小男孩带上来了。

信差（害怕）：先生，您——您想要干吗？

埃勒里：我想问你一个问题，小家伙。（咯咯笑）你是矮个子拿破仑，是不是？（众人惊得倒吸了一口凉气）

警长（脱口而出）：他是小拿破仑，埃勒里？这个小男孩？

埃勒里：爸爸，他怎么不会变成一个小男孩的模样？他个子本来就小，把脸刮干净，穿上信使的工作服。他嗓音高亢，不可能是一个小男孩——他是个大男人。他就是矮个子拿破仑。他也是离开那所房子的第三个人。

信使（怒吼）：你自以为很聪明，是不是？

韦利（咯咯笑）：果然是他，小拿破仑。站好了！

警长（平静）：我明白了。

尼基：埃勒里，那他是怎么事先离开了那所房子，然后再装成信使回去的？

埃勒里：尼基，他压根就没离开过那所房子。

警长：我明白了。他早就密谋了逃跑的计划。事先准备好信使的制服，早几天就已经自己给自己发了一封电报，今天只要拿出来更改一下日期，重新装入信封就可以了。

埃勒里：是的，爸爸。当他早上要离开的时候，他发现你们埋伏在屋外，所以他当机立断折回房子里，刮掉了胡子，穿上了制服，告诉高个子假装什么事都没发生，然后躲在了你们唯一没有搜查过的地方——

警长：那张翻盖的桌子里！

埃勒里：是的。当我在电话里提醒你们搜查桌子的时候，他觉得时机到了——没有人在书房，过道上也空无一人。所以他就跳出那张桌子，跑到了前门去。打开前门，走出去，站在了门廊上——

韦利：埃勒里，那皮戈特怎么会没有看到他？他守在前门。

埃勒里：警佐，他看不到。记不记得早上你和爸爸第一次看到小拿破仑回到房子里的时候，爸爸说他看不到小拿破仑——直到你们走近了才看到？所以小拿破仑按响门铃来投递他的电报的时候，他可以很镇定地让你们给他一个离开的通行证！

韦利：这小拿破仑比日本人还卑鄙。拿破仑，还是乖乖地跟我走吧。不然小心我把你撕成碎片。

尼基：埃勒里，这个局布得非常巧妙。

埃勒里（咯咯笑）：是的，尼基。按老规矩，我还要特别让你留意一下小拿破仑伪造的那封电报里的措辞。奎因警长看到那封电报后甚至都深信这个斗胆包天的罪犯已经逃离了。而此刻，他本人就在那所房子里，等待警长本人签发一张通行证！

（音乐起……）

《被谋杀的飞蛾》播于一九四五年五月九日。该剧的故事围绕着一位刚从战场回来的年轻人展开，他满心期待自己与心爱女子的婚礼——而尼基·波特则希望自己能够成为另外一场婚礼的女主角。然而埃勒里则对那些死去的飞蛾更感兴趣。

被谋杀的飞蛾

人　物

埃勒里·奎因	侦探
尼基·波特	侦探秘书
奎因警长	纽约警署
韦利警佐	纽约警署
塞思·布朗	餐馆老板
杰斯·彭德尔顿	准新郎
弗吉尼亚·温德	准新娘
温德先生	准新娘父亲
莫顿·平格尔	女装批发商

背景：通往纽约市的途中，一九四三年

（音乐起……小车内。车里的对话。）

警长（嘲讽）：埃勒里，知道我们现在在哪里吗？
埃勒里：嗯……爸爸，我们现在在前往……
警长（怒吼）：我们现在前不着村后不着店！

尼基：哇，大侦探找不着回家的路了。

韦利：我都快饿扁了。那边是不是有家旅馆？长官，开慢点！

（小车减速行驶）

埃勒里（一字一顿地读出）：塞思·布朗旅馆。

韦利：牛排，一块五美金——炸鸡，一美金。快把车停下！（刹车声，车子停住）

尼基：你们认为我们该进去看看吗？（打开车门）

警长：我不知道，尼基。

韦利：你什么意思？（步出车外，关上车门）我是来点牛排呢，还是来点炸鸡？我想还是来点牛排吧。妈妈咪呀！（伴随着叮当的风铃声，餐馆的门被推开）没错，就是牛排啦。我还要再来一整份蓝莓派。

警长（酸溜溜）：这里看上去就像个垃圾堆。（伴随着风铃声，餐馆的门被关上）

尼基：至少有人在这里用餐。有一对小年轻就坐在那边。

韦利：当然有人在这里吃饭了。（豪迈）你的椅子，波特小姐！（拖拉椅子的声响伴随着尼基的笑声）坐下吧，先生们！（众人就座。敲击桌子的砰砰声）老板在吗？有客人来了！

警长：韦利，你还是留点力气吃你的牛排吧。（啪的一声击掌声）看看这些飞来飞去的飞蛾！（伴随着嘎吱嘎吱声，摆门被推开，而后又迅速地弹回原位）

尼基：警长，小声点，餐馆的老板来了。

布朗（上场）：晚上好，各位。想来点什么？

韦利：我想我们每个人都要来份牛排，老板。

布朗：牛排？没有牛排。

韦利：噢，都卖完了吗？好吧，那我们每个人都来一份炸鸡吧。

布朗：炸鸡？没有炸鸡。（片刻沉默）

警长：韦利，问问他有没有蓝莓派。

布朗：没有蓝莓派。有番茄汤、蔬菜汤、大豆焗饭、意大利面、米布丁、苹果派、牛奶和咖啡。你们想来点什么？

韦利（生气）：那你们外面立着的牌子上面都写了什么？

布朗：我跟我太太说了把那张牌子收起来，但她非说这样可以招揽生意。

埃勒里：可以招揽生意，也可以把客人气走。尼基，你说呢？

尼基（叹气）：埃勒里，我还是就来点咖啡好了。

埃勒里：两份咖啡。

警长：三份咖啡。（温和）韦利，你呢？

韦利：嗯……（鄙夷）我要一份土豆汤、一份大豆焗饭、一份米布丁，再来一份咖……噢，还是来份牛奶吧。（嘀咕了几句）布朗先生，能请你太太出来一下吗？

布朗：我太太？我没太太。她两个星期前跑了，因为对我不满。现在她到处散播一些对我生意不利的消息。（退场）土豆汤——大豆焗饭。（摆门被推开，又自动回到原位。片刻沉寂后，警长、埃勒里和尼基都大笑了起来）

韦利（愤怒）：好啦好啦，你们就笑吧！你们自己也信了外面立的那个牌子！

杰斯（上场）：抱歉，打扰了——（笑声戛然而止）我们一直坐在那边，我们在想——

警长：有什么可以帮你们的吗，年轻人？

杰斯：嗯……我的名字叫杰斯·彭德尔顿。我们，嗯……我们遇到了一个小问题。我的女友和我，我们……（叫喊）弗吉尼亚，到这边来。这边来。

弗吉尼亚（怯生生）：杰斯……（上场）你觉得这……

杰斯：当然可以了，亲爱的。他们看上去都是很好的人。来见见……

警长：我是奎因警长——这位小姐叫尼基·波特。这是我儿子埃勒里，还有韦利警佐。

杰斯：这位是我的——她叫弗吉尼亚·温德。（众人互道问候声）

埃勒里（友善）：你刚才说你们遇到了个小问题？

杰斯：嗯，是的。我们打算今晚结婚——

尼基：我希望我遇到跟你一样的问题。

杰斯：但是住在这条街街底的治安法官说，我们得有一个证婚人。

弗吉尼亚（急切）：我们想按规矩办事，你们知道的——

尼基（热心）：哇，我们很乐意帮你们！

警长：等等，尼基。你们两个孩子看上去都很年轻——

弗吉尼亚（迅速回应）：噢，我已经满十八周岁了，警长——

杰斯：是真的。而且我也已经二十二岁了，警长——但是我刚刚从部队退伍回来。我在海外参战十八个月。

弗吉尼亚：杰斯有一枚紫心勋章，而且——

杰斯：不要说这个了，金尼！不管怎么说，我经历了不少事，现在我知道自己真正想要的是什么。

弗吉尼亚（屏住呼吸）：你们能当我们的证婚人吗？拜托了。

尼基：金尼，我很乐意当你们的证婚人。

弗吉尼亚：太感谢了，波特小姐！

埃勒里：还有我。不过我们得先弄些鲜花——

弗吉尼亚：噢，不必了，奎因先生。不用这么麻烦了——

尼基：说什么呢，金尼。哪有结婚不用鲜花的？况且，这里除了准新娘本人，就只有我一个女的。接过新娘花束的人肯定是我。（一群人大笑了起来）

韦利（高歌）：新娘驾到……（不远处摆门被推开——仍伴随着嘎吱嘎吱的声响）

布朗（声音稍远）：在叫我吗？

韦利：布朗，麻烦你跑个腿！我们要去参加一场婚礼，能否帮我们弄些酒来！

布朗：酒？（所有人一致表示抗议："不要酒，不要酒。"）好嘞。（众人大笑）我给你们来点苏打汽水吧。（退场）我这里有冰激凌，有一些蔬菜，还有橘子——

尼基：噢，布朗先生，我要橘子苏打水！那个跟橘子花的气味最接近！

埃勒里：是的——我们一起为一对新人举杯。

布朗（声音稍远）：橘子有的是——

弗吉尼亚：噢，杰斯……

杰斯：现在，金尼，如果你想哭的话——（众人大笑。稍远处伴随着叮当的风铃声，门被迅速地拉开）

温德（较远处，怒吼）：你在这里啊，弗吉尼亚！快过来，莫顿！（摔门声）（屋内的笑声戛然而止）

弗吉尼亚（微弱）：爸爸。（沉重的脚步声）

韦利（低声）：噢，一个老家伙。

尼基（低声）：跟着老家伙的那个人不会是被拒绝的追求者吧。（脚步声停止）

温德（上场）：弗吉尼亚，你让我和莫顿·平格尔好找啊。莫顿，快过来！

平格尔（声音较远）：是的，温德先生。（上场）弗吉尼亚——你有没有意识到你跟这家伙私奔让我处境很尴尬？

尼基：我猜对了。

埃勒里（平静）：尼基，别说话。

杰斯（尊敬）：听我说，温德先生——

温德：彭德尔顿，你是个很不负责任的浑球！

杰斯：温德先生，请不要这样跟我说话——

弗吉尼亚：杰斯，拜托了，杰斯——

平格尔：我真应该——真应该把你结结实实地揍一顿！你骗走了我的未婚妻！

杰斯（从牙缝中挤出字）：那你来试试看，平格尔——

警长（温和）：等一下，杰斯。温德先生，这到底是怎么回事？

温德（冷漠）：先生，请问你是谁？

警长：纽约警署的理查德·奎因警长。

温德：哦，是吗？警长，那请你立刻把这个家伙逮捕！

警长：逮捕杰斯？温德先生，理由是什么？

温德：理由是诱拐我的女儿弗吉尼亚！

弗吉尼亚（激动）：警长，杰斯没有诱拐我！我是自愿跟他一起走的！而且这都是我的主意！

温德：住嘴，弗吉尼亚！警长，我们还可以以其他罪名指控他。在纽约州，和未满十八周岁的女孩私奔是不是触犯了法律？

杰斯：弗吉尼亚已经年满十八周岁了，温德先生。

温德：我女儿的年龄需要你来告诉我吗？她还要六个月才满十八周岁！（一片沉寂）

杰斯（哽咽）：金尼，这是真的吗？

弗吉尼亚（大哭）：杰斯，我——我对你撒了谎，因为我知道如果你知道实情，你不会同意——

平格尔：这些都是他们事先串通好的！

警长：等等，你是谁？

平格尔：我叫莫顿·平格尔。我是女装品牌“温德＆平格尔”的主要合伙人。我和温德小姐订婚了。

弗吉尼亚：我没同意！是我父亲做的主！

温德：我知道什么样的生活对我女儿最好。

杰斯：我说，温德先生，您是一八九〇年代生的人吧，是不是？（现场的气氛顿时紧张了起来，所有的人说话都语气激昂）

温德：你给我滚开，你这个拜金男！

杰斯：噢，是吗？那你就是个老浑蛋！

弗吉尼亚（大哭）：杰斯——爸爸——

平格尔：弗吉尼亚，你最好给我安静点——

弗吉尼亚：你没资格跟我这样说话，莫顿！

警长：好了好了！（争论声立即停止）温德先生，你对这个年轻人杰斯·彭德尔顿有什么地方不满吗？

温德：有什么地方不满？他才认识我女儿没多久，我们对他几乎一无所知——他的家庭背景、他的社会关系——所有的一切！他从海外回来——他自己这么说的——认识了弗吉尼亚，发现她有一个有钱的父亲，用花言巧语哄骗了她——然后怂恿她跟他一起私奔！

杰斯（平静）：警长，我们彼此相爱。我就是饿死，也不会拿他一分钱。

弗吉尼亚：我也不会！（哭泣）

温德（怒吼）：我一会儿再收拾你，小丫头——

埃勒里（温和）：温德先生。（温德："嗯？"）这年头，孩子们都很早熟，这个你是知道的。我想你对杰斯的判断过于主观。但是杰斯，既然弗吉尼亚还未满十八周岁，情况对你非常不利。

警长：杰斯，我儿子说得对。你最好还是等弗吉尼亚到了法定结婚年龄再谈嫁娶的事。

韦利：孩子，再等六个月就行了——这个老家伙也没办法逼着她嫁给这个平格尔。

弗吉尼亚：我不想再等六个月了！（大哭）我想立刻和杰斯结婚——就今晚——

温德：弗吉尼亚，恐怕不能如你所愿。明早我就会带着你离开这里，我们一起到外面享受五六个星期的假期。（弗吉尼亚："不！"）换个环境，好让你忘记这个男孩——

平格尔：弗吉尼亚，我相信五六个星期以后，当你回来的时候，你对我的看法会有所改观。

弗吉尼亚：噢，不，我不会对你有任何好感的，莫顿！

温德：够了！弗吉尼亚！这个旅馆的老板是谁？

布朗：是我。

温德：我们今晚就在这里过夜。你们这里都有什么样的房间？

布朗：有一间特等房。在我太太把我甩了之前，我跟她住在那个房间。

温德：我住那间。我女儿和平格尔先生呢？

布朗：有单人房，配有卫浴、暖炉，还有其他一些室内必需设备。如果你们需要什么东西，只要按一下床边的按钮就可以了。就跟一般的旅馆一样。

温德：把我女儿的房间安排在我旁边。把她房门的钥匙给我。

弗吉尼亚（撕心裂肺地哭泣）：我不会原谅你的，爸爸。永远不会！不会的！

杰斯：该死！我不会容忍——

警长（温和）：现在只能先这样，杰斯。

温德：弗吉尼亚，立马到房间去。我会让你服两片我的安眠药，好让你早点睡觉。老板，带我们回房间。

布朗：啊？叫我布朗。（退场）这边请——

平格尔（退场）：弗吉尼亚，这都是为了你好——

弗吉尼亚（退场）：莫顿·平格尔，你离我远点——（远处门被推开，伴随着叮当的风铃声）

温德（声音稍远）：布朗，你们这里怎么收费？

布朗（声音稍远）：一个晚上一美金。您那间房两美金。

温德（声音稍远）：什么？两美金——（摔门声之后，他们的声音被挡在了门外。一片沉寂）

杰斯：那个顽固不化的猪头！我真想——

警长：听着，孩子。不管你现在在想什么——你最好什么都不要做。

杰斯：我想是的。（退场）好吧……

埃勒里：杰斯，你要去哪里？

杰斯（声音稍远，漫不经心）：不去哪里。我到外面走走。（远处门被推开，伴随着叮当的风铃声）再见——

警长：杰斯——（关门声。一片沉寂）

尼基：好了，我们的婚礼泡汤了。警佐，你的晚饭也泡汤了。

韦利：我现在也不饿了，波特小姐。警长，你怎么说呢，我们是继续赶路呢还是？

警长（不安）：嗯……韦利，我……儿子，你的意见呢？天色越来越暗了，我不太想这个时候上路。

埃勒里（语速缓慢）：我也不想这个时候赶路，爸爸。我想我们最好也在这里住一个晚上。

（音乐起……）

播音员：入夜，奎因一行人在布朗旅馆用了简单的晚餐……（餐盘、刀具的碰撞声。伴随着风铃声，门被打开，随即又关上）

布朗（上场）：晚餐怎么样，诸位？

韦利（嘀咕）：吃得我反胃！

埃勒里：布朗，我来埋单。

布朗：不急，先生。明早一起结账。我来把这些餐盘拿走。

尼基：布朗先生，你在这附近看到那个男孩了吗？杰斯·彭德尔顿。

布朗：没有。我猜他已经离开这里了。那男孩还是幸运的。结婚就是个麻烦事。如果我没和我的布朗太太结婚，她就不会离我而去——但她现在就可以这样吗？如果她没有离开我，她现在就不会一晚又一晚返回这里，想出一些鬼点子要破坏我的生意。但她现在就能随心所欲，想干吗干吗？

警长：嗯？我想她不能吧，布朗。好了，旅馆那些房间的灯都暗着——我想应该没有什么事了吧。马上快午夜了。（打呵欠）我们的房间都准备好了吗，布朗？

布朗：已经准备好了。

韦利：警长，我想我该去睡一觉了。

警长：是啊，韦利。你们两个小朋友呢？

尼基：我一点都不困。（渴望）你呢，埃勒里？

埃勒里：我也不困。爸爸，我们再待一会。

警长：那么晚安了。布朗，我的房间在哪里？

布朗：九号房间。警佐的是十号房间。（开门声和关门声，夹杂着风铃的叮当声）

布朗（伴随着关门声）：你们两位可以到我的厨房和我做个伴。我还要刷那些餐盘。

埃勒里：谢谢，布朗。（摆门被推开）

尼基：埃勒里——去外面走走不是更好吗……

埃勒里（咯咯笑）：让我一个人跟你待着？（摆门关上。严肃）我不知道自己今晚是怎么了，感觉有点神经质。

尼基：因为你刚才差点参加了一场婚礼。他们让你自己也蠢蠢欲动了，是不是？（托盘和餐盘的碰撞声）

埃勒里：尼基，或许有一天我会给你一个惊喜。（打开水龙头，又关上。餐盘在水中的碰撞声）

布朗：先生，可别急着做决定。十五年前，我就是被那个女人套牢的。我们一度过得非常幸福——我也曾非常爱她。然后两周前的一天，她突然间冲着我扔了一把切面包用的刀，好像想把我一片片剁了，然后她就跑了。后来又回来要钱，我说不可能，她就想着怎么把我的生意给毁了。告诉你，这就是婚姻的实质。嗯，嗯。（关上水龙头）三号房间在叫我了。大半夜的！该死！

尼基：布朗先生，在哪里？你怎么知道的？

布朗：小姐，你身后有一个电子信号箱。

埃勒里：噢，在我们头上。嗯嗯。三号。那个老温德的房间，是不是？

布朗：是的，三号房间。我从一个生意人那里买了这些小玩意儿。按一下床头的按钮，这边的灯箱就会显示信号。（退场）抱歉，我先离开一会儿。（开门声，没有风铃的响声）我去看看老家伙想干吗。（关门声）

埃勒里：我希望不会有什么麻烦事……

尼基（愤怒）：真可惜，她是个非常讨人喜欢的小女孩。杰斯也是个不错的男孩。

埃勒里：尼基，再等六个月对他们来说也没什么损失。

尼基：我就知道你会站在她父亲那边！你说起结婚的时候，那种语气——就像那个布朗一样！我真想听听布朗太太对他们的故事是怎么说的。我在想布朗太太长什么样子。

埃勒里（心不在焉）：布朗太太吗？她脸型瘦长，轮廓分明，下巴像个水槽，鼻尖有棕色的斑点，戴着一副金边眼镜。

尼基：什么？胡说八道。

埃勒里：你不相信我？

尼基：你怎么可能知道——

埃勒里：一会儿布朗回来了，你可以找他证实一下——（门打开，没有风铃的响声）噢，是布朗先生来了！

布朗（声音较远，愤怒）：你们知道那个老温德要什么东西吗？（关门声。上场）他跟我说："我一直睡不着，所以开灯想服两片安眠药。但是水杯哪去了？"我就跟他说："先生，这里不是豪华旅馆。但你手肘旁的那是什么？大豆罐头吗？"水杯就好好地放在他的床头柜上！老蠢驴。（打开水龙头，又开始清洗餐盘）

尼基：快点啊，埃勒里。你问问布朗先生。

埃勒里：布朗先生，你太太长什么样子？

布朗：我太太？瘦骨嶙峋的脸，看上去一副尖酸刻薄的样子——戴着一副眼镜——她的下巴能把一只下蛋的母鸡吓跑——

尼基：什么？（埃勒里咯咯笑）那她的鼻子呢……

布朗：鼻子？鼻子上有大大的斑点。为什么问这个？

尼基（惊讶）：埃勒里·奎因，你真是个奇人。

埃勒里（咯咯笑）：尼基，这次可不是因为我是个奇人——我跟你闹着玩的。（严肃）几分钟前，我在厨房的窗户外看到一张女人的脸——布朗先生，就在你去房间之前。她看你的眼神恶狠狠的，所以我猜她就是布朗太太。（餐盘摔碎的声音）

布朗（惊恐）：她在这里？她在监视我？她会伤害我的——她说她会的，如果我不养着她的话！你们最好和我待在一起——不要离开我！

尼基：布朗先生，有我们在这里，她不会对你怎样的。

布朗：你不知道我老婆！（痛苦）你们去哪里？

埃勒里：去外面呼吸呼吸新鲜空气！你呢，尼基？

尼基：终于提出要去外面走走了！

布朗：嘿——等等，等等我！

（欢快的音乐……一行人在户外散步。）

尼基（温柔）：夜晚很美……是不是，埃勒里？

布朗（紧张）：但是看样子要下雨了，小姐——

尼基：你还在这里？（从牙缝中挤出字来）布朗先生，我们连你太太的影子都没有看到。咱们在外面已经一个小时了。你不累吗？

布朗（紧张）：不累，小姐。一点也不累。

埃勒里：很显然老温德也一点不感到疲惫。他房间的灯一直开着——从午夜开始就一直亮着。那是三号房间，是不是，布朗？

布朗：是的，先生。就像我刚才说的——

尼基：别说了，布朗先生。（温柔）埃勒里，往上看。

埃勒里：嗯？看哪里，尼基？

尼基（温柔）：看天空。（脚步声停止）

布朗：我什么都没有看到，除了月亮。

尼基：布朗先生，如果你不给我——（停止说话，继而温柔地转向埃勒里）埃勒里，你不觉得月亮很美吗？

埃勒里：一轮凸月。介于圆月和半圆月之间。

尼基（极度渴望）：我已经满十八岁了，埃勒里……

布朗（疑惑）：这个跟月亮有什么关系？

尼基（盛怒）：布朗先生，我想请你——（远处传来打斗声和哭声）

埃勒里：不要说话。（片刻沉寂。哭喊声和打斗声越来越响）有点不对劲。好像是温德的房间附近传过来的！（迅速奔跑）

布朗（声音稍远）：等等——等等我啊！

尼基（奔跑）：这是不是杰斯·彭德尔顿的叫声……

杰斯（声音稍远，打斗声越来越近）：我告诉你，平格尔——（打斗似乎就在眼前）——不要再给我惹麻烦！

弗吉尼亚（尖叫）：杰斯！不要啊！小心！

平格尔：弗吉尼亚，他会……杀了我……（掌掴声、呻吟声等等）

埃勒里：嘿！杰斯，住手，快住手！（打斗声渐渐平息）

杰斯（喘气）：奎因先生，我要杀了他。他是个卑鄙的小人，鬼鬼祟祟的小人！

平格尔：彭德尔顿，我会让你进监狱。我会——（奔跑声越来越近）

韦利（上场）：嘿，这是怎么回事？

警长（上场）：死人都能被你们吵醒！弗吉尼亚，发生什么事了？

弗吉尼亚（愤怒）：警长，爸爸把我的房门锁了。几分钟前，杰斯还是设法进去了。我们在谈话的时候，听到外面有声音。结果杰斯一看，是莫顿·平格尔在我房间的窗户外偷窥——

杰斯（痛苦）：平格尔还说要去向温德先生告密——说得好像我们是两个下流的年轻人！他还说了好多关于弗吉尼亚——

平格尔：警长，他袭击了我！弗吉尼亚，我要让你爸爸知道发生的一切——我现在就去告诉他！

埃勒里（平静）：平格尔，我想温德先生应该已经听到你们的吵闹声。爸爸，您不觉得奇怪吗，外面这么吵吵闹闹的，温德先生竟然没有被吵醒？您和韦利都起来了——你们的房间

离这里更远。（片刻沉寂）

警长（惊诧）：是的……而且他房间里的灯一直亮着。

韦利：午夜前，警长和我回房间的时候经过他的房门口，那时候他房间的灯还是暗着的。

布朗：警佐，他午夜的时候按过服务灯，让我给他找水杯，他说要服安眠药。

尼基：或许就是因为吃了安眠药的缘故吧，他睡得比较沉。

埃勒里（突然）：我们去看看。（脚步声）

韦利：窗帘都拉上了——看不到里面。（脚步声停止）他为什么要把窗户关得严严实实的？

警长（叫喊）：温德先生！（片刻停顿）温德先生？

韦利（叫喊）：温德先生！（重重的敲门声）嘿，开门！（一片沉寂）

弗吉尼亚（略微感到害怕）：爸爸！快醒醒！（一片沉寂）

尼基：弗吉尼亚，不要担心。他服了安眠药——那玩意就是麻药——

埃勒里（敏锐）：等一下。大家深呼吸——（鼻息声）

尼基：有煤气味！

警长：上帝啊。希望门没有锁上。（试着开门）门是开着的！（打开房门，所有的人都被屋内的煤气味呛到了）

埃勒里（叫喊）：让女士们离开！整个房间都是煤气味！（一边步出房门，一边咳嗽）爸爸——那个煤气炉——

警长（退场）：是的，儿子——（咳嗽声）韦利，把所有的窗户都打开！

韦利（声音稍远……不停地咳嗽）：唔嗷！（所有的窗户都被打开，三人不停地咳嗽）

弗吉尼亚：爸爸在哪里？（歇斯底里）他在里面吗？

尼基：弗吉尼亚，别这样——

杰斯：金尼，不，你不能进去！

平格尔：弗吉尼亚，别傻了！

埃勒里（上场，被煤气呛得直咳嗽）：爸爸，小心点，小心点……把他放在地板上——

弗吉尼亚：爸爸！

警长（叫喊）：韦利，把那边的那盏床头灯关了！如果这里稍有点火花的话，我们所有的人都要被炸飞的！不要留在里面——所有人都离开，直到煤气被驱散为止！

弗吉尼亚（恐惧）：他为什么一动不动？爸爸，快醒醒啊！

尼基：弗吉尼亚，镇定一点。

杰斯：我来看着她——

警长（严肃）：埃勒里，我们是不是太晚了？

韦利（上场）：没有用了吗——长官？

埃勒里：他死了，已经没办法救活他了。

平格尔：上帝啊。服了几片安眠药以后睡着了，正好煤气泄漏，他就这么一命呜呼。怎么会有这样的意外发生……

警长（冷静）：平格尔先生，温德先生的确是因为服了安眠药以后昏睡不醒，所以煤气中毒不治身亡——但不是因为煤气泄漏。那个炉子的四个煤气口都开着，所以这不是什么意外，平格尔先生——这是蓄意谋杀。

（音乐起……）

警长：韦利，房间里现在怎么样了？

韦利（上场）：警长，煤气味已经都散开了。

埃勒里：我们去里面看看。你们所有人都在这里待着！（脚步声）警佐，把床头灯打开。

韦利（踉踉跄跄）：等我找到按钮。啊！（打开灯。片刻沉寂）

警长（严肃）：尼基，把门关上。（关上房间门）儿子，没有什么有价值的线索。

埃勒里：他的药片盒是开着的——一杯水——他的衣服就放在椅子上。看上去都很正常。

韦利：根据现在掌握的情况，谋杀是在午夜以后发生的。所有人午夜的时候都在哪里？

警长：韦利，你和我在我们自己的房间里睡觉。

埃勒里：尼基、布朗和我在屋外散步——

尼基：我们在找布朗太太……

韦利：平格尔没有不在场证据，那两个孩子也没有。

尼基：怎么会，警佐？弗吉尼亚和杰斯在一起——他们那时候在弗吉尼亚的房间里！

警长：尼基，弗吉尼亚自己都说，我们发现尸体前的几分钟，杰斯才到她的房间里。我不得不说，这个男孩嫌疑很大。真该死！

韦利：而且他有很明显的作案动机。

尼基：我不相信！不可能是杰斯——不可能。他是个好小伙子。

埃勒里：我们现在在这里争论也没什么意义。（尖锐）这边……这是什么？

警长：什么是什么，儿子？

韦利：长官，你干吗盯着床脚看？

尼基：我只看到了两只死掉的飞蛾。

埃勒里（专注）：是的，尼基——两只死掉的飞蛾。而且很肯定，也是煤气中毒死的。

警长（了无生趣）：如果你是想看看那些死掉的飞蛾——那这边，房间中央还有两只，埃勒里。

韦利（声音稍远）：长官，窗户这里还有一只。（大笑）

埃勒里（非常严肃）：五只死去的飞蛾。还有吗，在哪里？

警长：还有几只活的，刚刚飞进来。

韦利：但是没有其他死的飞蛾了，长官。你是要逮捕杀死飞蛾的人吗？

埃勒里（平静）：是的，警佐。（其他几人都大笑了起来）我是认真的。（笑声戛然而止）

尼基：什么意思，埃勒里？又在发挥你神奇的逻辑推理？死去的飞蛾跟这个案件有什么关系？

埃勒里：尼基，这些飞蛾让我知道，杀害温德先生的凶手是谁。

（音乐起……继而是陪审团场景。）

挑战听众

这一次，播音员——唐·汉考克再次借机做广告宣传：“阿纳辛是医生处方药……无任何副作用，使用方便简单。”随后，播音室里的陪审团试图破译死去的飞蛾如何与作案凶手联系在一起。

（音乐起……）

韦利：好了，快到这里来。（关门声伴随着风铃的叮当声）坐下来吧。

警长（冷静）：奎因先生有话要跟大家说。儿子，可以开始了。

埃勒里：当我们发现温德尸体的时候，床头的灯是开着的——爸爸让韦利去把灯关了，大家还记得吗？我和尼基在外面散步的时候，我们也提到温德房间的灯从午夜开始就一直亮着。换句话说，看上去午夜时分，温德因为无法入睡，开了房间里的灯，起床吃了安眠药，然后就昏睡过去——就在这个时候，凶手潜入他的房间，打开煤气炉的煤气口，蓄意让他窒息而死。看上去，温德好像是在午夜以后煤气中毒身亡的——也就是在他房间的灯亮着的那段时间里。

警长：是啊，儿子。然后呢……

埃勒里：但是那些飞蛾，爸爸！那五只飞蛾也同样因煤气中毒而死！但是我们发现它们的地方不合常理！

韦利：长官，你觉得我们应该在哪里发现那五只飞蛾的尸体才符合常理？——在温德的钱包里吗？（嗤之以鼻）

埃勒里（平静）：韦利，我觉得它们应该出现在开灯的房间里它们通常会出现的地方！

尼基（惊讶）：靠近光源的地方。飞蛾一般都会扑向有光的地方！

埃勒里：床头灯就摆在床头——我们在温德的床头看到飞蛾了吗？没有！在床脚有两只，在房间中央有两只，还有一只在窗户边上！我们在这三个地方发现了飞蛾！

警长（语速缓慢）：这就意味着，那些飞蛾因煤气中毒窒息而死的时候，房间里的灯是关着的。

埃勒里：是的！所以温德煤气中毒之际，房间的灯也应该是关着的！换言之，温德是死在一个黑暗的房间里，而非开着灯的房间里。温德的房间何时是暗着的？

警长：我记得在午夜前，我说过所有的房间灯都关着。

韦利：我记得我也说过，当警长和我回自己的房间时，经过温德的房门前，他房间里的灯也是关着的。

埃勒里：结论是：午夜的时候，温德早已毙命——他的房间灯在午夜打开之前，他本人就已经死了！尼基，午夜的时候都发生什么事了？

尼基：厨房的电子信号盒显示三号房间有信号，所以布朗先生就去客房看温德先生需要什么服务。

埃勒里：布朗回来以后告诉我们，温德先生想要一个玻璃水杯。这完全不可能！温德在那个时候不可能索要任何东西——他那个时候已经死了！

警长（语速缓慢）：布朗在撒谎。你在撒谎，布朗。

布朗：不，不。我没有——我的意思是——

埃勒里：是的，布朗，你是在撒谎。为什么？为什么你要告诉波特小姐和我温德当时还活着——可事实上他那时早已死了？你撒谎的目的是什么？你是为了让我们相信，在你来到三号房间的时候，温德还活着——你之后的一个小时又紧紧地跟着我们——直到尸体被发现——也是为了制造铁板钉钉的不在场证据！（慌乱奔跑的脚步声）

警长：韦利，拦住他。（两人的搏斗声）

韦利（声音稍远）：你给我住手，布朗！（掌掴声、呻吟声、打斗声）（上场）继续说，我的长官。布朗先生会后悔他刚才行为那么粗暴。

埃勒里：凶手的作案过程很容易推断出来。午夜前，布朗来到温德的房间——应该是在他假装为我们收拾房间的时候。他发现温德的房间一片黑暗，温德那时已经服了安眠药入睡。所以布朗就去翻温德的衣物。

尼基（疑惑）：翻他衣物做什么，埃勒里？

埃勒里：原因很简单，尼基，为了钱！温德说他很富有，他还当着我们的面提起他要在次日清晨带着弗吉尼亚去享受五六个星期的假期——所以布朗知道温德身上肯定携带着一大笔现金。

警长：所以当布朗找到那些钱的时候，他就起了杀机——而且他知道，杰斯·彭德尔顿会成为头号嫌疑犯，大家在慌乱之中也不会想到那些钱的。

埃勒里：是的，所以布朗就把煤气口大大地打开，关上窗户，让温德在睡梦中窒息而死。但是布朗必须给自己制造一个不在场证据。所以爸爸，当您和韦利回房里去睡觉的时候，布朗就邀请尼基和我一起去他的厨房——然后突然说起那个电子信号盒，让我们觉得那时候有信号从三号房间传来。他当时说的是："三号房间在叫我了。"我们当时没有看到三号房间的信号灯亮起来——因为信号盒在我们身后的头顶上。他很有可能是事先对三号信号灯动了手脚，让灯一直亮着。然后布朗就去了三号房间，把温德房间的灯打开——然后回来告诉我们温德要一个水杯吃药。这样他就设计了温德在午夜之后煤气中毒的假象。我们可以看到温德的房间灯亮着，认为温德当时还活着。最后当我们发现尸体的时候，他认为我们会以为温德是在他午夜离开三号房间后被害——

尼基：他这么做就是为了证明自己无罪，像一只寄生虫一样缠着我们两个，以制造不在场证据！你这只——狡猾的狐狸！

布朗（怒吼）：这就是我编造的谎言，怎么样！那些该死的飞蛾——

警长：韦利，打电话给当地警方。（韦利一边应和，一边退场）（友善）好了，弗吉尼亚，你们接下来打算怎么办？

弗吉尼亚（低声）：警长，我们打算再等六个月，等我满十八周岁的时候结婚。

杰斯：是的，先生。

埃勒里：非常好！我承诺，我会给你们两个举办一场热热闹闹的婚礼！是不是，尼基？

尼基：奎因先生，你能举办两场热热闹闹的婚礼吗？

埃勒里：呃……快点，大家——我们大伙都需要好好睡会儿！

（音乐起……）